KB261220

소현

김인숙 장편소설

자음과모음

차
례

일러두기

　병자호란 당시 강화를 쳤던 청나라 장수는 《조선왕조실록》에서는 구왕九王이라고 표기하고 있다. 구왕의 청나라 이름은 도르곤, 중국식 이름은 두얼군이다. 그는 또한 예친왕이었고, 나중에는 섭정왕이 되었다. 소설에 등장하는 인물들은 모두 조선에서 부르는 이름과 청나라에서 부르는 이름, 그리고 중국식으로 부르는 이름들을 따로 갖고 있다. 이 복잡한 호칭을 한 가지로 통일하는 대신, 독자들의 편의를 위해 구분했는데, 우리에게도 잘 알려진 이름은 그대로 두었고 필요에 따라 《조선왕조실록》에 표기된 호칭을 겸용했다. 그렇지 않은 경우는 청나라 발음과 중국어 식의 발음을 겸용했다. 숙친왕 하오거는 중국식 발음의 이름이고 조선에서는 호구왕이라고 불렀다. 두어저나 아지거는 조선에서는 팔왕과 십왕으로 호칭했다. 비파와 용골대는 한자 이름의 조선식 독음이다.

　독자들의 편의를 위해 소설에 등장하는 청나라 왕족의 계보도를 덧붙인다.

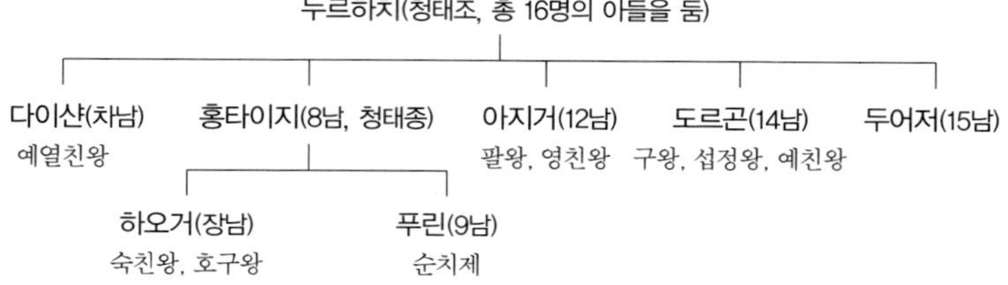

# 1장

# 찬란하거나,
# 고독하거나

사나운 꿈자리에서는 늘 그러했듯 세자는 꿈속에서 압록강을 건넜다. 그런데 건너가는 강인지, 아니면 건너오는 강인지 세자는 꿈속에서 그것을 분간할 수 없었다. 의연하고자 애쓰나 마음의 둑이 무참하게 흔들렸다.

출정

말들은 소리를 내지 않는다.

전쟁에 길들여진 말들은 소리를 내야 할 때와 내지 않아야 할 때를 구분한다. 풀이 무성한 초원에서 자라난 말들은 달릴 수 있을 만큼 달렸고, 달릴 수 없을 때에도 달렸다. 말들은 달리다가 엎어지거나 창에 찔려 무릎이 꺾였다. 피보다 먼저 거품이 솟아나왔다. 맹렬하게 뛰던 심장이 관성을 놓지 못한 채 여전히 가쁘게 뛰었다. 숨이 완전히 끊어질 때까지, 혹은 끊어진 뒤에도, 말의 몸에서는 아지랑이처럼 김이 피어올랐다.

군병들은 규율에 길들여져 있다. 저들의 대부분은 전쟁 중에 태어나 전쟁 중에 자라났으며, 곧 전쟁터에서 죽게 될 터였다. 죽음은 옆구리에 끼고 달리는 보따리 같았다. 노획으로 채워지거나, 찢겨 흩어지거나. 죽음이 무상했으므로 살아 있다는 것도 별것 아니었다.

출정의 아침, 모래바람이 무지막지해 눈을 뜰 수가 없을 지경이다. 벌판에서는 바람이 늘 이렇게 분다. 거칠 데가 없어서 가속을 놓지 못한 바람이 가슴을 밀어 휘청하고 가벼운 몸이 뒤로 꺾인다. 수십만 군병들의 얼굴이 하나같이 붉게 달아올라 있다. 출정은 아침에 일어나 문밖의 날씨를 살피는 것처럼 일상적인 일이어서 이것은 또 하나의 전쟁일 뿐이었다. 그러나 그들 누구도 그처럼 대규모의 군병이 모인 것을 본 적이 없었다. 숫자가 사람을 혼미하게 만든다. 창을 잡고 대열을 이루는 순간부터, 가차 없이 어깨나 등으로 떨어지는 채찍을 느낄 때부터, 그들은 본능적으로 전사가 되었다. 개인의 회한과 슬픔은 무의미했다. 북소리가 심장 소리에 맞춰 천지를 뒤흔들며 둥둥 울린다. 수십만의 심장이 한꺼번에 뛰고 있었다. 자신도 모르는 사이에 울음을 터뜨리며 이를 딱딱 마주쳐 떨고 있는 소년 군병의 창끝 위로 포성이 울린다. 군병들은 한꺼번에 함성을 지르고, 병기를 실은 마차와 수레들이 어지러이 달리기 시작하고, 채찍을 맞은 말과 낙타들이 일제히 울기 시작한다. 창끝은 거센 모래바람 속에 때로는 날카롭게, 때로는 창백하게 빛난다.

장성을 넘을 것이라고 했다. 청제靑帝는 출정을 선포했고, 섭정왕이면서 예친왕인 구왕 도르곤이 대장군이 되었다. 만주 전역에서 머리를 깎은 군병들이 몰려오고, 몽골에서 또한 군병들이 밀려왔으며, 투항한 한인들까지 여덟 개의 깃발 아래 대열을 이뤘다. 누구는 십만이라 했고 누구는 이십만이라 했고, 어떤 놈은 백만이라고도 했다. 열 살 먹은 아이 녀석부터 머리가 허옇게 센 백발노인까지 말을 타거나 걸을 수만 있으면 모두가 군병이었다. 출정의 아침 평야에 진을 친 군사들이 그렇게 끝을 알 수 없는 데까지 뻗쳐 있었다. 군대는 장성을 넘게 될 것이라고 했고, 중원에 들 것이라고도 했다.

대장군 구왕이 높은 자리에서 일어섰다. 깃발이 일제히 흔들리고 북이 일제히 울렸다. 그리고 마지막 북소리에 이은, 순식간의 정적. 얼어붙은 듯한 침묵 속에서 구왕의 입이 열렸다. 순간, 아무 소리도 들리지 않았다. 수십만 군병들의 함성 소리도, 대왕들의 호령 소리도, 여인들의 느껴 우는 울음소리도 들리지 않았다. 진군을 외치는 대장군의 쩌렁쩌렁한 고함 소리가 정적 속으로 파묻혔다. 이제, 전쟁의 시작이었다.


1644년, 인조 22년에 소현은 심양에 있었다. 만주인이 부르는 이름으로는 무크던, 한인漢人들이 부르는 이름으로는 션양, 조선인의 이름으로 비로소 심양이었던 곳. 무크던은 만주인의 말로 성대하다는 뜻을 가지고 있다. 만주인들, 더 정확히 말하면 건주여진족이다. 건주여진의 족장이었던 누르하치는 여진의 각 부족을 통일하고 성대한 도시에 도읍을 마련하고, 그의 열네 명의 아들 중 여덟번째 아들 홍타이지에게 칸의 자리를 물려주었다. 때 이른 죽음이 그렇게 했다. 그가 좀더 살았다면, 칸의 자리는 어디로 흘러갔을지 알 수 없는 일이다. 스스로 칸의 자리에 오른 홍타이지는 누르하치만큼 강력했다.

새벽부터 밤까지, 들판에 풀이 돋을 때부터 그 위에 다시 눈이 쌓일 때까지 전쟁으로 깨어나 전쟁으로 저물던 시대였다. 전쟁은 영웅을 낳았고, 영웅은 오래 살아남아 더욱 큰 영웅이 되었으며, 마침내 정복을 이루었다. 칸의 자리에서 다시 황제의 자리에 오른 홍타이지는 스스로 군대를 이끌고 조선을 정복했다. 조선의 임금이 이마를 땅에 부딪쳐 항복의 뜻을 전하고 군신의 예를 맺을 때, 소현은 배반하지 않을 것에 대한 아비의 맹세로 볼모가 되었다. 소현은 임금의 아들이었고, 조선의 세자였다. 밝게 빛날 소昭에 나타날 현顯. 죽은 뒤에야 이와 같은 이름으로 불리게 될 세자는 적의 땅에서 9년을 머물며, 적이 소멸하는 것을 보는 대신 세상에서 가장 강력한 국가가 되는 것을 보았다.

1644년 4월, 청은 중원으로 돌격했고, 소현은 그들의 전쟁에 종군했다. 조선의 아비는 먼 곳의 궁궐에서 아들의 종군 소식을 들었다. 아비의 표정은 임금답게 의연했다.


## 1643년 12월 심양


자, 그러니 꿈을 꿔봐.

어디선가 그런 소리가 들리는 듯했다. 지금 죽어가는 자에게 살아 있는 마지막 생에서의 꿈은 무슨 의미를 가질까. 폭설이 쏟아지고 있었다. 언 바닥에 누운 몸이 온기를 잃어 생의 기억이 함께 차가워지고 있다. 아스라하게 남은 것들 위로는 눈이 쌓였다. 끝없이 흘러 멈추지 않을 것 같던 피도 쌓이는 눈에 묻혀 더는 보이지 않았다. 꿈을 꾼다면 저승의 꿈을 꾸어야 할 것이다. 그런데 알지 못하는 곳의 꿈은 어떤 것일까.

꿈을 꾸려고 눈을 감자 보이는 것이 전쟁의 들판이다. 아직은 덜 죽어서 이승의 기억이 남은 것일까. 아니면 죽어 떠날 저곳에서도 전쟁은 끝나지 않는 것일까. 사람이 죽어나가는 것을 무수히 보았었다. 포가 터지면 언 땅이 우물처럼 파이고, 그 파인 곳으로 시체들이 완전히 찢긴 살 조각이 되어 폭설처럼 떨어졌다. 기왕에 죽으려면 누구나 한 번에 죽기를 바랐으나 누구도 한 번에 죽지는 않았다. 포가 머리 위에 떨어져 단번에 머리가 깨지고, 칼이 모가지를 한칼에 자르고, 창이 몸뚱어리를 꿰뚫어 제 가슴을 뚫고 나온 창끝을 제 눈으로 바라보게 되어도 죽음은 여기에서 저기로, 한 번에 넘어가는 일이 아니었다. 여기에서 저기로 넘어가는 순간이 또 하나의 생처럼 길었다.

그는 장수가 아니었고, 병사도 되지 못하였다. 헌데 죽음의 기억은 어찌하여 전쟁인가. 전쟁터에서 죽어가는 어미의 뱃속을 뚫고 나온 아이처럼 이곳에서 저곳으로 넘어가는 순간이 뼈가 저리게 외롭다. 아비와 어미에 대한 기억이 떠오르지 않았다. 혹시 아내가 있고 아이가 있지는 않았을까. 떠오르는 것은 그저 무수한 죽음들뿐이다. 무작스럽게 날아오는 포탄에 성벽이 깨지고, 성이 불타고, 말 탄 적들이 성을 짓밟았었다. 말 등에서 내리지도 않은 적들이 여인들의 머리채를 말 등 위에서 휘어잡고 끌고 갔다. 누구나 울었으나 누구도 자기가 울고 있는 것을 알지 못했다. 불이 타고 성의 누각이 내려앉고 여인들의 치마가 벗겨지고, 대가리가 깨져 쏟아져 나오는 뇌수를 한 손으로 싸맨 병사들이 알 수 없는 곳으로 걸어가고, 그리고 피를 토했다.

자, 그러니 꿈을 꿔봐.

그 소리를 그때에도 들었을지 모른다. 그는 전장에서 죽지 못했다. 전장에서 싸우지 못한 것이 아니라 전장에서 죽지 못한 것이다. 그러니 고작 살아남기 위해 살았던 것일까.

그는 홍등가에서 칼에 찔렸다. 자객은 그를 찌르며 오줌을 쌌다. 칼에 찔린 자리에서 펑펑 쏟아져 나오는 피가 자객이 바짓가랑이 사이로 줄줄 흘리는 오줌과 뒤섞였다. 피도 펑펑 쏟아졌고 자객의 오줌도 펑펑 쏟아졌다. 허무한 죽음의 기억이었다.

그날, 해가 저물어가는 날에 폭설이 쏟아졌다. 낮부터 날이 바짝 얼어 쏟아지는 눈이 고스란히 빙판이 되었다. 그 위에 다시 눈이 쌓여 수레바퀴들이 헛돌다 미끄러지고 말들도 재게 발을 놀리려고 들지 않았다. 그런 밤이었으나 눈발은 희게 빛나고 홍등의 불빛은 더욱 뜨거웠다. 짐승의 털을 덧댄 모자를 깊이 눌러쓰고 눈발을 맞고 서 있는 사내의 등 뒤로 길게 땋아 내린 머리꽁지가 말꼬리처럼 가끔 바람에 흔들리는 게 보였다. 뒤로는 길게 땋아 내린 변발이었으나, 머리는 꼭대기까지 밀어 앞으로 보면 맨머리일 터였다. 그 맨머리 아래로 얼굴이 온통 땀에 젖어 번들거렸다. 추운 날에 눈을 맞으며 웬 땀인가, 그는 어쩌면 아주 잠깐 그 이유를 궁금하게 여겼을 것이다.

"여깁니다."

사내의 말이 눈발에 가로막혀 잘 들리지 않았다. 눈발이 정적을 쌓았으나, 정적을 깨는 것은 사내의 목소리가 아니라 뒤쪽에서 들려오는 악기 타는 소리와 고함 소리와 여인들의 웃음소리였다. 그중에서도 악을 쓰는 소리가 가장 컸다. 기루와 투전방들이 뒤섞여 있는 값싼 홍등가에서는 날이면 날마다 그런 소란이 벌어진다 들었다. 곧 어딘가에서는 술상을 뒤엎고, 사람을 죽이겠다고 달려드는 고함 소리가 터져 나올 것이다.

흰 옷을 입은 청년이 사내의 앞으로 다가섰다. 검은 갓이 눈에 덮여 제 색을 드러내지 못했다. 갓 챙이 넓어 얼굴만은 눈에 뒤덮이는 것을 면해 짙은 눈썹과 윤기 나는 수염이 더 장하게 보였다. 그가 그 흰 옷 입은 자의 이름을 알 수 있었다. 심석경. 그것은 흰 옷 입은 자의 이름이었고, 그의 이름이었다.

"줄 것이 있다 하였소?"

수염은 장했으나 목소리는 굵지 않은 그가 가뜩이나 추위에 얼어 낮게 물었다. 조선말의 발음이 더욱 똑똑한 것은 오히려 변발을 내리고 청나라 복색을 한 사내 쪽이었다. 사내가 그의 앞으로 두어 걸음을 다가섰다.

"드릴 것이 있으니 오시라 하였겠지요."

사내가 품속에서 두툼한 것 하나를 꺼내 그의 앞으로 내밀었다. 어둠과 눈발 때문에 잘 알아볼 수 없는 그 뭉치가 서찰이 아닌 것은 분명해 보였다. 그가 손을 내밀지 않은 채 의심스러운 눈빛으로 사내를 바라보았다. 그러나 서찰을 젖지 않게 하기 위해 다시 무언가로 둘둘 싸놓은 뭉치일지도 몰랐다. 구석이라도 젖어서는 안 될 서찰이라면…… 게다가 이토록 은밀한 곳에 와서까지 받아가야 할 서찰이라면…… 그 내용이 무엇일 것인가. 그는 생각하지 않았다. 짐작이, 곧 죄였다. 그가 비로소 손을 내밀었다. 사내의 손이 불쑥 흔들리는 듯했다.

"헌데 이것이 손으로 받을 물건이 아니오."

이자가 무슨 소리를 하는가. 그의 눈빛이 의심스레 사내의 얼굴에 닿기도 전에, 이미 그 뭉치는 몸속에 있었다. 손으로 받을 물건이 아니라 하던 사내의 말이 먼저였는지, 아니면 칼이 먼저였는지 알 수 없었다. 칼이 몸속에 들어왔는데도 그는 여전히 방심한 눈빛 그대로였다. 사내가 그의 어깨를 끌어안고 있었으므로 그는 사내를 쳐다볼 수 없었다. 이게 무슨 일이오? 묻고 싶었으나 물을 수도 없었다. 품이 넓은 옷 밖으로 피가 흘러내리기 시작한 것은 잠시 후였다. 칼에 찔린 그보다 칼로 찌른 사내의 낯빛이 더 창백했다. 사내가 그에게서 떨어져 서자 그의 무릎이 꺾였다.

"죽지 않았소? 아직 안 죽은 게요?"

사내가 벌벌 떨며 물었다. 무릎이 꺾인 채 칼자루를 움켜쥔 그가 여전히 사태를 분간하지 못한 채 놀란 눈으로 그자를 올려다보았다. 사내의 얼굴이 창백했다가 흙빛이었다가 시뻘건 핏빛이었다. 사내는 허둥지둥 품을 뒤져 다시 또 한 자루의 칼을 꺼냈다. 그자가 자객의 흉내라도 낼 줄 아는 자였다면 칼을 두 자루씩이나 찔러 넣을 생각을 하지는 않았을 것이다. 먼저 맞은 칼을 움켜쥐고 무릎이 꺾여 있는 그의 어깨를 잡고 사내가 다시 칼 하나를 그의 몸속에 깊이 찔러 넣었다. 칼은 수월하게도, 예리하게도 들어가지 않았다. 그토록 단단한 칼이 무른 살 한 번을 찌르는데, 마치 철갑옷을 뚫듯 제 몸의 온 힘을 다하여 부르르 떨었다. 그의 입이 벌어지고, 침이 주르륵 흘러내렸다. 쓰러진 그의 주변으로 눈이 둥글게 녹았다. 칼을 찌른 자가 오줌을 싸고 있었던 것이다. 덜덜 떨리는 양손을 번갈아 쥐며, 거의 넋이 나간 그자가 선 자리에서 오줌을 펑펑 싸고 있는 것이었다.

자, 그러니 무슨 꿈을 꿀 수 있겠어.

그의 이름, 석경. 이제 온통 피투성이 몸이 되어 오줌 싸는 자의 앞에서 고꾸라진 석경은 서찰인 줄 알았던 칼의 자루를 손에서 놓치며, 중얼거렸다.

"저하…… 세자 저하……."

눈이 내려 그의 말을 묻었다. 남은 것은 피와 오줌뿐이었다.


사 개월 전


황제가 죽었다.

8월 9일, 해시 무렵의 일이라고 알려졌다. 무질단좌無疾端坐, 황제는 병도 없이 단정한 자세로 누워 누구의 배웅도 받지 않고 홀로 세상을 떴다고 했다. 바로 전날까지도 연회를 베풀고, 그날 오후까지도 정사를 돌봤던 황제였다. 황제는 앓지도 않았고, 피로를 호소하지도 않았고, 죽던 밤에는 여인을 안지도 않았다. 황제의 죽음은 그래서 고결한가, 그래서 수상한가.

말을 아껴야 했다. 이와 같은 시절에 가장 무서운 것은 말이었다. 세자는 대군과 신하들을 이끌고, 매일 상복을 갖춰 입고 황제의 빈소에 나아갔다. 어느 날은 궁에서 나오지 않은 채 밤을 새웠고, 어느 날은 하루에 세 번씩 갔다. 숭덕 8년, 청나라가 세워진 지 여덟 해 만의 일이었고, 조선이 정복된 지 7년 만의 일이었다. 빈소에서나 관소에서나 세자는 굳게 다문 입을 열지 않았다. 음식을 들기 위해서나 차를 마시기 위해 비로소 입을 열 때면 오래 갇혀 있던 구취가 입 밖으로 새어 나왔다.

황제가 세상을 뜰 때 세자는 압록강에 있었다. 그 기억이 선명했다. 중추가 가까워오는 날, 차오르는 달이 밝아 좀체 잠이 들지 않을 것 같던 그 밤, 어쩌자고 이른 잠에 빠져들어 꿈이 생시처럼 사나웠다. 사나운 꿈자리에서는 늘 그러했듯 세자는 꿈속에서 압록강을 건넜다. 그런데 건너가는 강인지, 아니면 건너오는 강인지 세자는 꿈속에서 그것을 분간할 수 없었다. 의연하고자 애쓰나 마음의 둑이 무참하게 흔들렸다.

꿈속의 포구는 강을 건널 군역들과 수레들과 말들로 가득 차 빈틈이 보이지 않았다. 청인들은 청인들끼리 모여 있고, 강을 건널 조선인들은 조선인들끼리, 그리고 그들을 보낼 사람들은 또 그들끼리 모여 있었다. 수를 헤아릴 수 없는 사람들이 말과 수레에 뒤섞여 있으니 채찍질 소리에 악쓰는 소리가 어지러운데, 말은 왜소한 몸집의 조선 말과 등이 곧고 갈기가 길게 뻗은 몽골 말과 다리가 억센 만주 말이 뒤섞여, 푸르고 흰 거품을 토해내며 사람들의 말〔言〕과 또한 뒤섞였다.

꿈속에서도 세자는 침묵하고 있었다. 강을 건너는 것은 어떻게 해도 마음이 닿을 수 없는 길이었는데, 그것이 건너가는 길이어서인지 아니면 건너오는 길이어서인지 알 수 없어 더욱 그러했다.

세자가 잠에서 깬 것은 인시 무렵, 북방의 이른 해도 아직 떠오르지 않은 새벽이었다. 모든 것이 숨을 죽이고 있는, 혹은 그래야만 할 시간이었다. 그런데 무엇이 자신의 잠을 깨웠는가. 잠시 후 거침없이 달려가는 말발굽 소리를 분간하고 나서야 세자는 무슨 일인가가 벌어졌다는 것을 알아차렸다. 말발굽 소리는 궐을 향해 달려가고 있었다. 성문도 궐문도 모두 닫힌 시간, 달리는 말의 거센 발굽 소리는 귀 가진 모든 자들을 두려움에 빠지게 했다. 이른 새벽에 잠에서 깬 것은 말발굽 소리 이전에, 이미 그보다 먼저 깨어난 자들의 공포의 무게였을 것이다.

"밖에 누가 있느냐."

속삭이듯 말하는 세자의 목소리가 너무 작았을까. 자신의 목소리가 귀에 들리지 않았다. 세자가 몸을 다 일으키기도 전에 말발굽 소리가 다시 이어졌다. 이번에는 여러 방향에서 한곳으로 달려가는, 필사적인 말발굽 소리였다.

정변인가…….

세자의 얼굴이 창백했다. 무엇 때문에 그런 생각이 들었는지 알 수 없는 일이었다. 황제인 홍타이지는 강력했고, 청은 계속해서 승리하고 있었다. 모반의 기미는 싹부터 잘라내져 성문 앞에는 흔히 적이 아닌 같은 종족의 모가지가 내걸렸다. 목이 잘린 채 피가 엉겨 붙어 있는 대가리 앞을 백성들이 지나가며 나으리, 밤새 안녕하셨습니까, 비웃음을 흘렸다.

정변은 아닐 것이다…… 그러나, 그렇다면…….

첫번째 울음소리가 터져 나온 것이 그때였다. 길고 쨍한 울음소리였다. 소리는 궐 쪽에서 시작되어 곧 말발굽 소리와 수레바퀴 소리를 뒤덮었다. 북방의 해가 떠오르자마자 무섭게 하늘로 솟구쳐 거대한 성도의 구석구석을 밝혔다. 그리고 이제 울음소리는 거침이 없었다. 해시 무렵에 죽은 황제를 위해 곡을 하는 것이 허락된 인시까지, 억눌렸던 공포와 불안과 침묵이 한꺼번에 울음으로 쏟아져 나왔다. 이제 울음이 허락되었으니 울지 않을 수 있는 자는 아무도 없었다.

창백한 얼굴이 더욱 창백해져 세자의 입술에 핏기가 가셨다. 저하…… 깨셨사옵니까? 밖에서 세자를 부르는 소리가 비로소 다급한데, 옷을 추스르는 세자의 손이 떨렸다. 그때 세자는 다만 한 가지를 알 수 있을 뿐이었다. 말을 아껴야 한다는 것…… 생각은 그다음에 해도 늦지 않을 것이다.


황제가 뜻밖에 자신의 침상에서 홀로 숨을 거두던 날, 그리고 그 소식이 밖으로 알려지던 날, 해는 맑고 청명했다. 그중에서도 궁궐 위에서 가장 밝았다.

황제는 죽자마자 전 황제가 되었다. 성문의 경비가 강화되고, 군병들이 소집되었다. 그러나 새 황제는 세워지지 않았고, 도성에는 살육의 기운이 선연했다. 누구의 창끝이 누구에게로 향할지는 아직 알 수 없었다. 창끝과 칼날이 제 울음에 겨워, 도성의 곳곳에서 몸을 떨었다.

선대 황제에게는 생존하는 일곱 명의 아들이 있고, 역시 생존하는 형제들이 있었다. 적은 여전히 야만이라 대통을 미리 정해두는 법도가 없었으니, 생존하는 모든 황자들과 대왕들이 황위 계승의 자격을 가졌다. 그리하여 모반도 정변도 아닌, 모반보다 더하고 정변보다 더한 싸움이었다. 모두가 모두를 죽일 수 있었고, 가차 없이 그렇게 할 태세였다. 누구도 죽이려 하지 않는 자도 죽을 수 있었고, 죽지 않으려고 몸을 낮출 데까지 낮춘 자도 죽을 수 있었다. 세자는 더더욱 굳게 입을 다물었고 다문 입을 열려고 하지 않았다.

"어느 쪽도 물러서지 않을 것입니다. 대통이 아닙니까. 조만간, 아니 어쩌면 당장이라도 피바람이 불게 될 것입니다. 양황기가 호구왕의 지지를 선언하고 궁궐을 장악할 태세입니다. 양황기는 전 황제가 이끌던 군대가 아닙니까. 그러나 구왕의 군대가 또한 강력하니, 어느 쪽도 우세하다고 할 수 없습니다. 피바람이 불면…… 공멸할 것입니다."

"그만하라."

흥분하면 목소리가 떨리는 아우에게 세자가 낮게 말했다. 궐에서 나오는 길이었다. 관소라고 하여 듣는 귀가 없지 않으니 차라리 길거리에서 말을 나누는 게 더 나을지도 몰랐다. 어떻든 여기는 적의 땅, 이국의 언어를 쓰는 곳이 아닌가. 봉림은 그렇게 생각할 수도 있었다. 누구도 믿을 수 없고, 더군다나 지금은 누구도 믿어서는 안 될 시기였다. 그렇더라도 그들은 지금 궁궐의 경계에 서 있었다. 그들이 쓰는 언어는 낯설어서 사람들의 눈길을 더욱 깊이 끌었다.

"네가 아는 것을 저들은 모르겠느냐?"

"불나방이 불이 뜨거운 줄 아주 모르겠사옵니까?"

"저들을 불나방에 비유하느냐? 그래서 우리가 여기에 있느냐?"

"변하지 않는 것이 있습니까?"

흥분하면 목소리가 떨리지만, 마음이 차가워지면 목소리가 깊어지는 봉림이었다. 세자와 말을 할 때 봉림의 목소리가 자주 이렇게 깊었다. 봉림이라고 적이 두렵지 않은 것은 아닐 터였다. 봉림도 세자와 함께 적의 볼모였으며, 그들의 임금이 적의 황제에게 무릎을 꿇던 자리에 같이 있었다. 세자가 남한산성에 있을 때 강화를 지켰던 봉림은 손수 칼을 들고 병사들을 이끌며 수성守城에 나섰다고 들었다. 봉림이 질 수밖에 없었던 싸움에서 승리를 이끈 적장은 바로 지금 대권을 다투고 있는 구왕과 호구왕이었다. 봉림은 모든 것을 기억하고 있겠지만, 그들은 오래전 조선의 한 섬에서 벌였던 싸움을 기억이나 하고 있을지 알 수 없었다. 조선의 적은 그들이었으나 그들의 적은 조선이 아니었다. 봉림의 찬란한 적의가 세자는 그래서 슬펐다.

"어느 쪽으로 가시렵니까?"

봉림이 재촉을 하듯 물었다. 여전히 목소리가 깊다. 너라면 어디로 가겠느냐, 또 한 번 묻고 싶은 것을 세자는 참았다. 말을 아껴야 할 때고, 생각을 해야 할 때고, 누구에게도 의지해서는 안 될 때였다.

한밤중에 남몰래 죽은 전 황제의 사인에 대해 은밀히 떠돌고 있는 말은 누구도 먼저 발설하지 않았으나, 이미 누구나 누구에게든지 전하고 있는 소문이었다. 괴이한 소문이었으나, 소문은 결국 소문으로 끝날 것이다. 죽은 황제의 선대 황제가 죽었을 때도 지금 죽은 황제가 그의 아비를 암살했을 것이라는 소문이 돌았었다고 들었다. 다 죽어가던 아비를 곱게 죽도록 놔둘 수 없었던 것은 그를 새로운 대통으로 지목하지 않은 아비의 유언 때문이었다고도 했다. 당시에는 칸이었던 누르하치는 수많은 아들 중의 하나에 불과했던 홍타이지를 가장 사랑하거나 특별히 사랑하지 않았다. 지나치게 강한 아들을 아비는 믿지 않았다. 나이가 어린 아들일수록 아비에게 실망을 줄 기회도 적었다. 누르하치는 열여섯 명의 아들 중 열네번째였던 지금의 구왕을 가장 아꼈고, 구왕의 생모였던 아바하이를 가장 사랑했다. 칸의 사랑은 권력이다. 그 권력이 더 커지기 전에 뭔가를 결정해야 한다고 믿었다면, 홍타이지에게 틀린 것은 없었다. 홍타이지가 죽은 지금, 당시에는 열네 살에 불과했던 도르곤, 지금의 구왕은 가장 강력한 권력자가 되어 있는 것이다.

"관소로 가자."

세자가 걸음을 빨리했다. 봉림이 한 걸음 뒤에 처졌고, 배종하는 신하들과 군관들이 앞장을 서거나 뒤를 쫓았다. 과단성이 있고 늘 빨리 말하는 봉림과, 늘 두 번 생각하지 않으면 안 되고 남보다 느리게 말하지 않으면 안 되는 세자 사이의 간격은 그러나 말에만 있지는 않았다. 말의 간격은 시간이고, 시간의 간격은 세계의 간격이었다. 어제는 살아 있었던 황제가 오늘은 죽어 있는 것처럼…… 세계가 그렇게 어지러워 세자는 자주 몸이 아팠다.

관소로 가면서 세자는 숙친왕 호구의 왕부를 지나쳤다. 왕부의 문은 굳게 닫혀 있었다. 호구는 전 황제의 장자였다. 전 황제가 유언을 남길 수 있을 만큼만이라도 더 살아 있었다면, 황제는 자신의 장자에게 보좌를 물려주었을 것인가. 조선에서는 당연한 일이 적의 나라에서는 당연하지 않았다. 누르하치는 태자였던 자신의 맏아들을 죽여 없앴다고 했다. 그 이유가 두려워 세자는 묻지 않고 듣지 않았다. 적은 야만이라 아비가 아들을 죽이고 아들이 아비를 저주하니…… 적은 야만이라…… 관소의 마당에서 조선의 궁궐을 향해 망궐례를 행하며, 세자는 다만 자신의 임금을 향해 깊이 절을 했을 뿐이다.

적은 야만이라…….

봉림이 판단하고 원하는 것처럼, 그들이 부딪친다면, 야만의 두 적은 공멸할 것이다. 호구왕과 구왕은 둘 다 전쟁터에서 태어나 전쟁터에서 자랐다. 그들의 군대는 청에서 가장 강력한 군대들이었다. 그들과 함께 그들의 군대가 공멸할 것이고, 그리고 또한 어느 편에 섰거나, 어느 편에도 서지 않았던 자들도 공멸하게 될 것이다. 그러나 그렇게 된 후에는 어떻게 될 것인가. 청이 죽으면 명이 사는가…… 명이 살면 조선이 사는가…… 혹은 청도 죽고 명도 죽으면, 그때에 이

르러서야 조선이 일어서는가…… 궐에서 관소는 지척이라 봉림과의
침묵이 더 깊어지기도 전에 어느새 관소의 대문이었다. 세자가 말없
이 관소 안으로 들어섰다. 세자를 뒤쫓아 관소로 들어서는 봉림의 뒤
를 세자의 군관들이 뒤쫓고, 세자의 군관들의 뒤를 다시 봉림의 군관
들이 뒤쫓았다. 관소 안의 서연청에서는 임금에게 올릴 글을 적느라
시강원의 대신들이 바빴다. 바쁜 글이 자주 머뭇거려 붓의 먹이 입술
의 침처럼 자주 말랐다. 세자는 아무 말도 하지 않고 내정으로 걸음을
옮겼고, 봉림은 중문에서 걸음을 멈췄다.

임금을 생각했다.
어떤 일이 닥치거나, 세자는 임금을 생각했다. 임금은 무엇을 원하
시는가. 자식이 어찌하기를 원하실 것인가. 임금의 영광은 어디에 있
는가.
임금도 어쩌면 그렇게 자주 세자를 생각하실지도 모를 일이다. 한
때는 애달픔이었겠으나 지금은 무엇인지 알 수 없는…… 안다고 해
도 차마 입에 올릴 수 없고, 생각에도 올릴 수 없는.
세자는 정축년의 기억을 떠올렸다. 볼모가 된 아들을 적의 땅으로
떠나보내며 슬픔과 애달픔에 피를 말렸던 임금은 도성 밖 들판까지
쫓아 나와 아들을 호송하는 적장에게 몸을 낮췄다.
"가르치지 못한 자식이 지금 따라가니, 대왕께서 모두 가르쳐주시
기를 바랍니다."
나라를 빼앗기고 자존을 빼앗기고 자식을 빼앗기는, 빼앗길 수 있

는 모든 것을 빼앗기는 임금의 눈이 젖어 있었다. 적장은 지금의 예친왕, 구왕이었다.

"세자의 연륜이 저보다 깊어 일에 대처하는 것을 보건대 제가 감히 가르칠 입장이 못 됩니다."

구왕이 두 손을 맞잡고 대답하는 것을 역관이 풀어서 전했다. 역관의 말이 끝날 때까지 구왕은 두 손을 맞잡고 있었다. 온순한 말과는 달리 얼굴은 무표정했다. 그는 자신과 같은 나이인 패국의 세자에게 연민을 느끼지 않는 것 같았다.

"힘쓰도록 하라. 지나치게 화를 내지도 말고 가볍게 보이지도 말라."

들판에서 임금은 눈물을 뿌렸다. 임금이 울자 늙은 대신이 달려나와 세자의 앞에 쓰러져 누우며, 가지 못하신다고 울부짖었다. 포로들도 서로 엉겨 붙어 가지 않겠다고 울음을 터뜨렸다. 구왕의 얼굴에 짜증이 어렸다. 청병들이 짚더미처럼 서로 뒤엉켜 있는 포로들에게 사정없이 채찍을 휘두르고, 바닥에 엎어져 버르적거리는 늙은 대신들은 발길질로 밀어 길을 텄다. 통곡이 겨울 들판의 메마른 풀들을 적셨다. 세자는 눈물을 참기 위해 입술을 깨물었다. 그는 곧 돌아오게 되리라고 믿었고, 그때까지 자신으로 인해 그 귀하신 용안을 적신 임금을 잊지 않으리라고 생각했다.

그러나 오래전의 일이다. 떠나온 후로부터 지금까지, 세월이 너무 길었다. 7년이 흐른 지금, 임금은 자신의 아들을 위해 다시는 울지 않을 듯했다. 세자의 이름만 듣고도 눈이 붉어지던 심약한 임금은 이제 당신을 대신하여 눈시울을 적시는 늙은 대신들에게 노엽고 의심스러운 시선을 던진다고 했다. 세자가 적의 땅에서 무엇을 하느냐. 그가 누구를 만나느냐, 그가 하는 일이 무엇이냐. 일일이 말로 되어 나오지 않는 임금의 불안이 오히려 대신들을 두렵게 만든다고 했다. 상의 뜻을 알겠느냐. 세자는 조선의 소식을 가져오는 사신들에게 묻지 않을 수 없었다. 나는 모르겠구나. 몰라서 송구하다. 그러나 입 밖으로 내서는 안 되는 말들이었다. 세자는 말을 아껴야 한다는 것을 알았고, 항상 남보다 느리게 말해야 한다는 것도 알았다.

황제가 죽은 후, 강연이 중지되었다. 책을 읽을 시간이 없기도 하거니와, 둘만 모여도 수상한 시기였다. 강연은 중지되었으나 대신들과의 조회는 길어졌다. 시국을 논하기 위해서가 아니었다. 저들이 국상에 바치라고 요구하는 품목이 많아 조회에서는 수상한 시국이 뒷전으로 밀리고, 대신 관소의 치부책을 샅샅이 뒤지는 일과 주판알을 튕기는 일, 빚질 곳과 빚 줄 곳을 헤아려보는 일들로만 어지러웠다. 세자의 학문을 보필하기 위해 파견된 문학과 사서, 보덕까지도 그즈음에는 숫자에만 파묻혔다. 저녁 무렵, 세자의 서실에서 은밀한 논의를 나눌 때조차도 낮게 이어지던 수상한 시국 얘기가 중간에 끊기고, 숫자가 툭툭 튀어나오곤 했다. 숫자는 매번 적자였다. 적자인 숫자가 놀라워, 세자도 간혹 가슴이 내려앉았다. 시국을 잊는 것은 그렇게 놀란 가슴일 때뿐이었다.

# 볼모들

시강원 대신들이 세자의 처소에서 물러나갈 때 석경이 중문 앞에 서 있다가 세자를 뵈어도 되겠는지를 물었다. 내관이 석경의 말을 갖고 들어갔다가 다시 나와, 들라 일렀다.

관소 안 세자의 처소는 조선의 세자궁과는 비할 데가 아니어서 좁고 누추했다. 정갈한 방 안은 청의 격식과 청이 좋아 하는 명의 격식으로 장식되었고, 청제가 하사한 자기와 촛대들이 넓지 않은 방을 또 채워, 조선에서 들여온 족자와 서책들은 간신히 그 구석을 차지할 뿐이었다. 세자는 죽은 황제가 하사한 높은 의자에 앉아 있었다. 세자는 돌로 깐 바닥 위에 놓인 의자에 앉아 있고, 대신들은 돌로 깐 바닥에 무릎을 대고 이마를 댄 절을 했다.

절을 깊이 하지 말라, 다치겠구나. 아비가 정승이 되는 바람에 질자質子로서 적의 땅까지 오게 된 석경이 처음 세자를 배알할 때, 세자가 석경에게 했던 말이었다. 석경은 울음을 터뜨려 세자와 자신의 애통한 처지를 드러내는 대신 미소를 지어 보였다. 세자 역시 빙그레 웃으며 그런 석경을 내려다보았었다. 아직 소년의 나이였다. 인질의 처지로 끌려왔어도 소년은 어떻든 새로운 세계에 대한 기대로 부풀어 있는 것이다. 아무려나…… 세자 역시 이제는 누구도 자신 앞에서 울음을 터뜨리는 것을 보고 싶지 않았다. 애썼겠구나. 먼 길이었을 터. 쉬거라. 찾으면 소일거리가 생길 것이다. 세자가 다정한 목소리로 석경에게 말했을 때, 저하를 모실 것입니다, 어찌 다른 소일거리가 필요하겠습니까, 맑은 목소리로 석경이 대답했었다.

밝고 쾌활하던 소년은 적의 땅에서 나이가 들었다. 나이와 함께 그늘도 깊어졌다. 새로운 것은 금방 물러가고, 환멸은 물러가지 않은 채 쌓였을 것이다. 질자들이 왔다가 갈 때마다 반복되는 일이었다. 세자도 더는 석경을 빙그레 웃는 웃음으로 바라보지 않았다.

"무슨 일이냐."

"낮에 대학사 댁에 들렀었습니다."

그럴 것이라 짐작했음에도 또한 뜻밖의 일이라 세자는 더 묻지 않고 석경의 말을 기다렸다. 대학사는 흔의 주인이었고, 흔은 조선에서 잡혀온 종실의 여인이었다. 병자년부터 시작된 전쟁으로 강화성이 함락될 때, 저들의 포로로 잡혀온 사람들은 조선의 이름 없는 백성들만이 아니었다. 그중에는 반상의 딸은 물론이거니와 종친의 여식도 있었다. 신분이 낮은 여인들은 신분이 낮은 자들에게 내려졌고 신분이 높은 여인들은 신분이 높은 자들에게 바쳐졌다. 그중에서도 더 높고 더 아름다운 여인은 황제에게 바쳐졌으며, 황제는 다시 그 여인들을 신하들에게 내려주었다. 대학사 비파는 그 여인을 황제의 선물로 기쁘게 받아들여 그 여인에게 중원식의 이름을 붙여주었다. 기쁠 흔欣 자를 써서 흔이가 되고, 부를 때는 대학사 댁의 작은부인이 된 그 여인의 조선 이름을 세자는 알지 못했다.

조선 여인을 얻은 후, 대학사 비파의 관소에 대한 태도가 은근해졌다. 그러나 그쪽에서 무슨 전갈이 있다면 그것은 비파가 아니라 흔이 직접 보내는 전언일 것이다. 흔이 대학사의 여인이 된 후, 저쪽의 소식을 은밀히 보내오곤 했었다. 은밀하나 놀라운 것들이었고, 놀라워서 더욱 은밀한 것들이었다. 은근히 물으니 황제가 죽은 후 흔이 내리궐에서 머물며 밤이나 낮이나 밖으로 나오지 않는다는 대답이었다. 그렇다면 흔이 궐에서 석경을 불렀던 것일까? 석경의 발길이 간혹 밤을 틈타 대학사의 집 쪽으로 향한다는 소문을 세자는 들어 알고 있었다. 조선에서는 있을 수 없는 일이겠으나 적의 땅이라서 가능하지 않은 일이 없었다. 그러나 마찬가지로, 적의 땅에서는 어디에서나 무엇이든 흉흉한 소문이어서 귀에 들리는 말을 다 담아둘 수도 없었다. 세자는 석경의 일을 아는 체하지 않았다. 아는 체하여 좋지 않은 것들은 아는 체하지 않는 것이 나았다.

"말하라."

"퇴궐을 하던 대학사를 뵈었습니다."

석경은 자신이 그곳에 들른 이유를 먼저 말해야 했겠으나, 그렇게 하지 않았다. 세자가 그런 석경을 빤히 쳐다보며 물었다.

"네가 말이냐?"

"그가 저를 불렀습니다."

석경은 말을 끊었다가 잠시 후에야 다시 이었다.

"퇴궐을 하다가 문 앞에서 소인을 보았던 모양이옵니다. 소인이 거기에 갔던 것은……."

"네가 그곳에 무엇을 하러 갔는지는 내가 알고 싶지 않다. 다음 일을 말하라."

세자의 말이 차가웠다. 만일 석경이 그 연유를 먼저 말했다면 세자는 들었을 것이다. 그러나 세자는 지금 듣고 싶지 않았다. 들어 좋지 않은 이야기들이라면 듣지 않는 게 나았다. 석경이 입으로 하는 말보다 그 속의 뜻을 더 새겨들어야만 했다.

"하오나 소인 말씀드려야 하옵니다."

석경의 어조가 뒤늦게야 다급했다. 그럴수록 세자의 말이 더욱 차가워졌다.

"네가 너의 일을 말하러 나를 보겠다고 청하였더냐? 그래서 온 것이더냐?"

석경의 입이 닫혔다. 붉게 달아오른 얼굴이 어떤 이유로 터질 듯이 절박했으나, 세자의 말을 감히 거역할 수는 없는 것이었다. 세자는 석경이 입술을 깨무는 것을 보았다. 두려움일까, 혹은 괴로움일까……알 수 없었으나, 알고 싶지 않았다. 석경의 입이 다시 천천히 열렸다. 소년은 몇 년 사이에 청년이 되어 안으로 삭히는 게 많아진 모양이었다. 잠시 전의 격했던 목소리가 가라앉아 말소리가 낮았다.

이날 낮, 석경은 대학사의 저택으로 통하는 길에 있었다고 했다. 마침 퇴궐 중이던 대학사가 자신의 집 담장 근처에서 배회 중인 석경을 보았고, 그를 불러 물었다고 했다.

"관소에서 왔느냐."

석경은 대답하지 않았으나, 대학사는 고개를 끄덕였다고 했다.

"한낮 볕이 따갑겠구나."

"견딜 만하오."

"볕이 덥다. 그늘에 있거라."

"송구하오."

"들라. 찬물을 주겠다."

대학사는 석경을 불러들인 후, 하인에게 물 한 대접을 가져오게 했고, 그 물을 먼저 들이켠 후 젖은 수염을 쓸어내렸노라고 했다. 그러고는 뚫어질 듯 그를 바라보다가 젖은 손가락으로 순간 찻상 위에다가 뭔가를 적어 보이더라고 했다. 예친왕이라는 글자가 빠르게 적혔다가 가을 한낮의 햇살에 곧 말라버렸노라고도 했다. 예친왕은 구왕의 작위를 일컬음이니 그의 또 다른 이름이었다.

"마셔라. 시원하지 않겠느냐."

세자의 얼굴이 차갑게 굳었다. 세자는 한동안이나 석경을 노려보았다. 네놈이 큰일을 낼 놈이로구나, 외치고 싶은 것을 참는 시간이 오래 걸렸다. 대학사 비파가 찻상 위에다가 젖은 손가락으로 썼다는 글자는 석경에게 보여주고자 쓴 글이 아닐 터였다. 한낱 석경 따위에게 그런 위험한 글자를 써서 보일 비파가 아니었다. 그렇다면 세자에게 전하라고 한 말이었을 터. 그 뜻은, 비파가 석경을 세자가 보낸 사람으로 생각했다는 의미일 것이었다. 또는 석경이 은밀히 하고 있는 짓을 대학사가 알고 있다고 말하는 것일 수도 있었다. 생각했던 것보다, 혹은 짐작했던 것보다 수가 복잡해졌다는 생각을 세자는 했다. 석경의 위험이 어디에 이르러 있음인가.

그러나 세자가 지금 침묵하고 있는 것은 그 때문이 아니었다. 그보다 더 중요한 사실이 지금 세자의 눈앞에 있기 때문이었다.

젖은 손가락으로 찻상 위에 썼다는 전언, 예친왕······. 비파가 구왕의 사람이었던가? 그렇다면 대세가 이미 구왕에게로 기울었다는 것을 알려줌인가? 고작해야 적국의 볼모로 잡혀 있는 세자가 이 상황에서 할 수 있는 일은 없었다. 그러나 바로 그러한 까닭으로 누구보다 먼저 알고 누구보다 먼저 판단해야만 했다. 할 수 있는 일은 없지만, 할 수 있는 일이 생길 때까지 염원하고, 또 염원해야만 했다. 그리하여 염원이 간절했다.

호구왕은 성미가 격한 자로 알려져 있다. 짧게 생각하고 많이 행동한다 들었다. 구왕은 달랐다. 그는 많이 생각하고 빨리 행동했다. 그러나 둘의 성격 차이에 무슨 의미가 있겠는가. 조선을 쳐 임금을 무릎 꿇릴 때, 그들은 둘 다 조선을 쳤던 적국의 장수들이었다. 조선을 그들의 속국으로 후방에 묶어두려는 생각은 둘 다 다르지 않았다. 중원을 치겠다는 생각도 같았고, 전쟁을 계속하겠다는 생각도 같았다. 조선에 대해서라면, 그들 중 누가 황제가 된다 해도 다를 것은 없었다. 그러나 구왕이 오른다면····· 구왕은 세자를 호송한 적장이었다. 구왕이 세자에게 연민을 갖고 있지 않다는 것을 세자는 알고 있었다. 세자뿐만 아니라 누구도 연민하지 않는 자였다. 그렇더라도 세자는 구왕과 더 많은 인연을 쌓았다. 구왕이 된다면 말의 길이 좀더 넓게 트일 것이다. 그러나 임금은 그리되기를 원하실 것인가····· 임금은 아들의 길이 좀더 넓게 트이는 것을 기뻐하실 것인가······.

세자가 다시 석경을 바라보았다. 물러가란 말을 듣지 못해 여전히 세자 앞에 머물러 석경이 고개를 숙이고 있었다. 여위어 툭 불거진 석경의 목뼈를 바라보는 세자의 마음이 잠시 흔들렸다. 시절을 잘 만나 태어났다면 정승의 아들로서 목뼈가 불거지도록 여윌 일은 없었을 것이다. 그러나 시절을 잘못 만나 태어난 것을 누구의 죄라 할 것인가.

"물러가거라."

세자의 목소리가 여전히 차가웠다. 석경이 고개를 숙인 채 바닥에 엎드려 절을 했다. 여윈 목뼈가 더욱 앙상하게 도드라졌다.


헌데, 비파가 예친왕이라 적었다 했던가.

석경이 나가고 나서, 세자가 노루를 생각했다. 적국으로 끌려오던 길, 선천에서 의주로 향하던 길목의 벌판, 야영지에서였다. 전쟁을 겪은 들판은 말발굽과 전차 바퀴에 다져지고, 다시 불에 태워져 논이든 밭이든 다시 파종을 할 흙의 힘을 잃어, 어디든 벌판이었다. 주린 백성들이 겨울 초목의 껍질까지 다 긁어내 산의 짐승들도 따라 주렸다. 노루 한 마리가 산 아래까지 내려왔다가 청병들에게 몰려 야영지로 달리고 있을 때, 세자는 구왕의 막차 안에 있었다. 세자를 호송하면서 구왕은 자주 세자를 자신의 막차로 청했고, 차와 음식을 내놓았다. 세자도 자주 구왕에게 마른 물고기와 곡식 등을 올려 바쳤다. 역관이 이쪽 막차에서 저쪽 막차로 하루 종일 달리느라 관절이 부어올랐다. 막차 안에서는 아랫것들이 마를 새 없이 먹을 갈았다. 역관이 말을 옮길 때는 청나라 말과 조선말이 오고 갔으나, 종이 위에 글이 오고 갈 때는 중원의 글자가 오고 갔다. 그러나 막차 안에서는 역관도 할 일이 없었고 먹을 가는 아랫것들도 할 일이 없었다. 구왕은 말이 적은 사람이었고, 세자도 마찬가지였다. 막차 안의 의자에 앉아 둘은 그저 말없이 막차 밖 조선의 들판을 내다보며 차를 마셨다. 둘은 말하지 않고 있었으나, 그러나 입 밖에 말을 내놓는다면 결국 같은 말일 것이었다. 전쟁의 승패…… 그리고 남은 것들…….

구왕의 막차에서 멀지 않은 곳, 조선군의 진영에서 소란이 이는 소리가 들린 것이 차 한 주전자를 비우고 다시 물을 데울 때였다. 무슨 일이냐, 구왕이 만주 말로 수하에게 묻는 것을 무슨 일이냐고 물으십니다, 세자의 역관이 세자에게 전했다. 무슨 일인가를 알아보러 나갔던 구왕의 시위가 잠시 후 달려와 노루를 잡고 있습니다, 답했다.

"노루가 여기까지 내려왔느냐?"

"먹을 것이 없어 산 아래로 내려온 놈을 우리 군사가 발견하고는 쫓았다 하옵니다."

"잡았느냐?"

"잡았다 하옵니다."

"무엇으로 잡았느냐?"

"군병 하나가 살 하나로 잡았다 하옵니다."

"어디에서 잡았느냐?"

"노루가 조선군 진영으로 들어간 것을 조선 군병들이 몰아 거기서 살로 맞췄다 하옵니다. 아마 미련한 것들이 노루 잡은 공로를 서로 다투었던 모양이옵니다."

"노루 잡은 자를 부르라."

시위가 막차에서 나간 후, 세자는 구왕에게 축하의 말을 건넸다.

청군이 용맹한 것을 이미 알았으나, 과연 군병 하나도 버릴 데 없이 훌륭합니다. 노루가 본래 겁이 많은 놈이라 하나 또 그 다리가 빠르니, 살 하나로 잡기는 어려웠을 것입니다. 세자의 말에 구왕이 가볍게 읍을 했다. 그렇게 말씀해주시니 부끄러울 따름입니다. 본래 우리는 말달리고 활 쏘며 사는 사람들, 노루 한 마리를 잡아 재주를 자랑한다는 것이 외려 부끄러운 일이지요. 다정한 말들과 함께 따듯한 차가 구왕의 찻잔과 세자의 찻잔에 다시 부어졌다.

"노루 잡은 자가 대령하였사옵니다."

밖에서 소리가 들리자 구왕이 일어섰다. 막차에서 나간 구왕은 바닥에 쓰러진 노루와 그 노루를 화살 하나로 잡았다는 군병을 물끄러미 내려다보았다. 구왕의 손이 언제 칼집에 가 닿았는지, 언제 그 칼집에서 칼이 뽑아져 나왔는지, 다시 군병의 목이 베어졌는지 세자는 보지 못했다. 그토록 순식간의 일이었던 것이다. 세자의 손에서 찻잔이 떨어졌다. 앉았던 의자에서 벌떡 일어서는 세자의 눈에 군병의 잘려나간 모가지가 노루의 몸뚱이 위에 얹어져 선혈로 뒤덮이는 것이 보였다. 모가지는 목에서부터 어깨로, 한칼에 베어져 있었다. 그 날카로움이 세자의 목에서부터 어깨로 전해졌다.

"소란과 행패를 금한다 하였다. 이자는 군령을 어겼다."

구왕은 조용히 말하며 칼을 시위에게 내밀었다. 시위가 칼을 씻는 동안, 구왕은 다시 막차 안으로 돌아왔다.

"즐거운 자리를 어지럽혔습니다. 송구합니다."

구왕이 어깨를 숙였고, 세자가 와들와들 떨리는 몸으로 허리를 숙였다. 다시 아무 말 없이 차 한 주전자가 오고 갔다. 차를 오래 마셨으니 이만 돌아가겠다고, 세자가 떨리는 목소리로 말하는 것을 구왕은 더 만류하지 않았다.

세자가 막차로 돌아온 지 얼마 되지 않아 구왕이 노루를 보내왔다는 말을 내관이 올렸다. 쫓아온 역관이 구왕의 말을 전했다.

"노루가 조선군의 진영에서 잡혔으니 조선의 것이라 합사옵고, 청의 살을 맞고도 조선 병사의 배를 불리게 될 것이니 또한 그 노루가 조선의 노루인 것을 알겠다 합사옵고, 노루 한 마리도 제 나라에 머리를 베고 누워 죽으니, 그 절개와 현명함을 알겠다 합사옵고……."

감히 구왕이 전하라고 하는 말이라 그만두라 할 수 없어 세자는 그 말을 끝까지 들었다. 그러나 들리지 않는 말들이었다. 세자는 구왕이 두려웠다. 통하지 않는 말과, 다 통하지 않는 글 대신 묵묵히 차만 마시던 시간들…… 그러나 세자는 구왕이 완전히 침묵하고 있는 것은 아니라는 걸 알았다. 세자 역시 입을 다물고는 있었으나 완전히 침묵하고 있던 것은 아니었으므로.

노루는 세자였다. 구왕이 그걸 알았고, 세자가 그걸 모르지 않았다. 청의 살을 맞고 지금 볼모로 끌려가고 있으나, 세자는 이미 죽은 노루가 아니라 앞으로 죽어가야 할 노루였다. 그러니까 아직은 살아 있는 노루인 것이다. 그 노루는 그의 삶과 죽음으로 적을 자비롭게 할 것이며, 그의 머리를 꿰뚫은 화살과 혹은 그의 배를 꿰뚫은 창으로 적의 두려움을 알게 할 것이다. 그러나 구왕은 어디까지 알고 있는 것일까. 세자가 두려워해야 할 것은 적의 화살뿐만 아니라, 적에게 살을 맞도록 내몬 조선의 몰이꾼들 역시 마찬가지라는 것을 구왕은 이미 그때 알고 있었을까. 그리하여, 노루를 잡은 군병의 목을 벤 것은, 구왕이 세자에게 보여줄 수 있었던 그만의 연민이었던 것일까.

노루의 피로 적신 밤이 야영지에서 그렇게 깊었고, 세자는 그날 잠을 이루지 못한 채 벌판의 밤을 홀로 새웠다.


구왕, 도르곤


창의 날을 바라본다. 창은 찌르는 끝과 베는 날이 서로 어우러져, 바라보는 시선까지 자르고 베고 찌를 듯하다. 도르곤은 그 창으로 첫 번째 전공을 세웠었다.

첫 출정의 첫 전투. 그는 살아 있는 것의 몸뚱이를 향해 창을 꽂았다. 말 위에서 내리꽂은 창은 살아 있는 것의 목 가운데로 파고들어가 빠져나오지 않았다. 빼서 베고 끝내야 했으나 창은 깊이 꽂혀 나오지 않았다. 살아 있는 것이 창을 두 손으로 붙들고 온몸을 떠는데, 창의 끝에서도 살아 있는 것의 입에서도 피가 울컥울컥 쏟아져 나왔다. 그 피의 쏟아짐이, 몸의 떨림이, 창의 날을 건너 창의 몸을 움켜쥐고 있는 그의 손으로도 고스란히 전해져왔다. 뽑아 베어야 했으나 그럴 수가 없었다. 찌를 때는 그리 깊이 찌를 수 있던 것이 뽑을 때는 수월하게 뽑히지가 않았다. 그리고 살아 있는 것은 오래 죽지 않았다. 마치 그의 죽음까지 함께 갈 듯 창을 움켜쥔 채 끝없이 피를 토해내며, 마차 바퀴가 떨리듯 덜덜덜덜 흔들고 뒤채며 격하게 떨고 있을 뿐이었다.

그것은 살아 있는 것이 아니라 아직 죽지 않은 것일 뿐이었다. 그가 사냥터에서 쏘고 찌르고 베었던 모든 살아 있는 것들, 혹은 죽어가는 것들과 조금도 다름없이 피를 흘리는 고깃덩어리에 지나지 않았다. 창에 목이 찔려 입을 벌려도 말이 되어 나오지 않는, 더 이상은 대항할 수도 없는, 그것은 그저 토끼나 고라니나 멧돼지나 다름없는 짐승이었다. 찌를 때는 적이었으나, 찌르고 나서는 그저 피 흘리는 살덩어리일 뿐. 그러니 뽑아 베어야 했다. 뽑아서 벤 후, 그 대가리를 높이 쳐들어 전공을 알려야 할 것이다. 그러나 그는 뽑지 못했고, 누군가가 대신 달려와 그 목을 베어낸 후, 소리를 질러 적장의 죽음을 알렸다.

"구왕자께서 적장을 베었다!"

그는 얼이 나가 주위를 둘러보았다. 적장의 목을 벤 장수가 그의 손에 재빨리 창을 쥐여주었다. 목 아래에서 잘려나간 대가리 하나가 그의 창에 매달려 있었다.

"전공을 외치소서!"

그를 대신하여 적의 목을 베어낸 장수가 다급하게 외쳤으나, 그는 여전히 얼이 나가 있었다. 떨리는 손끝, 모가지를 매단 창이 너무 무거워 바닥으로 떨어질 듯했다. 모두가 그를 바라보고 있었다. 적진은 완전히 전멸하여 서 있는 몸뚱어리라고는 하나도 보이지 않았다. 시체로 무더기 진 벌판 한가운데에 그 혼자만이 말을 타고 서 있었다.

그리고 모두가 그를 바라보고 있었다. 아군의 진영에서 높은 말 위에 앉아 있는 황제가 보였다. 황제의 번뜩이는 눈빛이 문득 흐리게 번졌다. 땀인가, 아니면 눈물인가…… 그는 자신이 울고 있는지도 모른다고 생각했다.

"적장을 베었다!"

그가 드디어 외쳤고, 다시 외쳤고, 또다시 외쳤다. 황제가 고개를 끄덕이자 장수들이 한꺼번에 적장을 베었다 외쳤고, 수만의 군병들이 한꺼번에 다시 외쳤다.

"적장을 베었다! 구왕자께서 적장을 베었다!"

도르곤, 그의 나이 열여섯 살 때의 일이다. 몽골의 차하얼 성을 치는 전투에서 그는 적장을 그렇게 베었다. 차하얼의 패배가 확실해졌을 때, 황제는 도르곤의 첫번째 전공을 위해 적장의 목을 남겨두도록 했다. 적장은 명예롭게 죽어야 했으나 죽지 못하고, 이리 찔리고 저리 찔리면서, 도르곤을 위해 최후까지 살아남았다. 적장을 베었다, 악을 쓰는 소리 때문에 목 안에서 울컥울컥 치미는 울음소리가 묻혔다. 살아 있는 것, 사람의 숨통을 끊은 손으로, 그날 그는 황제의 술잔을 받았다. 더는 울지 않았다. 울음은 황제에 대한 충성을 의심케 할 것이므로. 앞으로 죽는 날까지 이어지게 될 전투를 두렵게 만들 것이므로. 그는 이제 죽는 날까지 살아 있는 것들을 찌르고 벨 것이므로. 그가 누구일지라도, 그렇게 할 것이므로.

"결단을 내리거라!"

얼굴이 벌겋게 달아오른 형 아지거가 외치듯 말을 하는데, 말의 힘이 땅을 누를 듯했다.

"저들이 궐로 가고 있다. 무엇을 말함이냐? 이쪽으로 오지 못하는 것은 우리가 두렵기 때문이 아니냐! 우리들은 두렵지 않다. 그렇지 않은가!"

거리에서는 깃발이 하늘을 가릴 듯 출렁이고 있었다. 테를 두르지 않은 황색 깃발과 테를 두른 황색 깃발, 양황기는 전 황제의 군대였고 지금은 숙친왕 하오거를 받들었다. 왕부王府는 담장이 높아 전진하는 깃발을 가리웠다. 그렇더라도 소리만은 가리지 못했다. 황궁으로 전진하는 황기군의 진군 소리를 도르곤은 자신의 왕부 안에서 들었다. 소리는 귀로 들리지 않고 땅이 흔들려서 온몸으로 들렸다.

"결단을 내리소서!"

형 아지거가 외치고, 형님이 오르셔야 합니다, 동생 두어저가 또한 말하고, 목숨을 걸고 대왕을 좇겠습니다, 그의 장수들이 무릎을 구부려 존명尊命을 외쳤으나 도르곤은 여전히 침묵하고 있었다. 그는 대답 대신 벽에 세워진 창을 바라보았다. 첫번째 전투 이후로는 다시는 쓰지 않았던 창이다. 전공을 외치소서! 그를 대신해 적장의 목을 베었던 장수, 그는 그다음 전투에서 목숨을 잃었고, 도르곤은 그의 이름을 잊었다. 기억해서 의미 있는 이름이 아니었다. 그를 보내 도르곤 대신 적장의 목을 베게 한 것은 황제였다. 도르곤이 기억하는 것은 황제뿐이었다.

진군하는 군사들의 발소리에 놀라 정원의 풍성한 나무들에 깃들었던 새들이 한꺼번에 깃을 치며 날아오르는 소리가 들렸다. 진군 소리보다 가깝게, 새들의 깃 치는 소리가 거세고 날카로웠다.

군사가 일어서고 있었다. 그의 형제들과 그의 장수들이 그러한 것처럼 숙친왕 쪽에서도 피를 보려고 들 것이다. 아직 궁에서 나가지 않은 전 황제의 시신 위로 체온이 식지 않은 시체들이 무더기로 쌓이고 그 피가 내를 이루게 될 것이다. 적의 시체가 아니라 자신의 병사들의 시체를 덮고 누울 전 황제를 생각하는 도르곤의 얼굴이 차가워진다. 원한은 없었다. 그에게 원한을 심어준 전 황제는 원한이란 아무 의미도 없는 것이란 걸 알려준 장본인이기도 했다. 전쟁에 나설 때는 이기느냐 지느냐밖에는 없었다. 모든 싸움에서 모두 이길 수는 없었다. 중요한 것은 지금 여기에서 이길 수 있느냐뿐이었다. 그 모든 것을 도르곤은 전 황제 홍타이지에게서 배웠다. 그러므로 지금, 도르곤이 17년 전의 홍타이지를 떠올리는 것은 그 자신의 원한 때문이 아니라 바로 지금, 이 싸움에서 이겨야만 하기 때문이었다.

17년 전, 부왕 누르하치가 죽을 때 도르곤은 열네 살이었다. 그는 이미 그때에 칸의 자리를 둘러싼 전쟁이 어떤 것인가를 알았다. 그 싸움에서 도르곤은 그가 이어받을 수도 있었던 칸의 자리를 잃었을 뿐만 아니라, 살아 있던 어미를 잃었다. 칸의 자리를 거머쥔 홍타이지가 가장 먼저 선포한 것은 도르곤의 생모 아바하이를 순장한다는 것이었다. 은폐해야 할 비밀이 있었을까, 아니면 정적의 제거였을까.

저잣거리에서는 누르하치의 죽음에 관한 비밀들이 노래로 만들어졌다. 죽기 직전 가장 사랑했던 여인 아바하이에게 유언을 남기는 칸, 그러나 사라지는 유언, 새로운 칸의 등극, 유언을 들은 여인의 죽음…… 이야기는 살이 붙어 도르곤의 치 떨리는 원한과 복수의 맹세로 이어진다. 그리고 다시, 이야기는 슬픔의 옷을 입기 위해 순장당한 아바하이의 애절함으로 이어진다. 이야기의 슬픔이 유장하고 깊어 도르곤은 자기 연민 때문이 아니라 이야기의 슬픔 때문에 눈물을 흘렸다.

자신에 대한 부왕의 총애가 지극했다는 것을 도르곤은 물론 기억하고 있었다. 그는 열한 살 나이에 이미 소왕小王의 칭호를 갖고 있었다. 아비는 그에게 빨리 자라기를 원했고, 빨리 자라 자신이 주는 것을 능히 받아들일 수 있기를 바랐다. 어미가 들은 아비의 유언이 무엇이었는지는 도르곤도 알지 못했다. 그것은 사라지는 순간에 이미 아무 의미도 없는 것이 되었다. 도르곤이 알고 있는 것은 다만 어미의 처참한 죽음뿐이었다. 열네 살 소년은 자신보다 어린 동생의 어깨를 끌어안고 밤마다 울었다. 소리 내지 못하고 홀로 울던 밤마다 이가 갈려 소년의 이뿌리가 흔들렸다.

그러나 17년이 지난 지금, 도르곤이 기억하는 것은 어미의 죽음이 아니었다. 그는 이제 누구의 죽음도 기억하지 않았다. 중요한 것은 그가 지금 살아남아 있다는 것…… 그리고 이젠 자신이 누군가를 죽일 수 있다는 것뿐이었다. 그러므로 지금 자신이 가장 먼저 죽여야 할 자는 누구일 것인가. 그의 앞에는 한 어미의 배에서 태어나 그와 함께 고아가 되었고, 그와 함께 어미의 순장을 지켜보았던 형과 동생이 앉아 결단을 촉구하고 있다. 그의 얼굴에 문득 격자창문의 그림자가 선명해진다. 그들이 지금 여기에 있지 않았다면 그는 그들을 죽였을 것이다.

"숙친왕에게 사람을 보내라."

도르곤이 비로소 입을 열었다.

"정친왕, 예열친왕, 우진왕에게도 가라. 팔 대왕 모두를 숭정전에 있게 하라."

옳소! 아지거가 외치며 먼저 일어섰다. 무엇이 옳다는 소리인가. 성미가 급한 아지거는 자기 방식대로만 생각했고, 자기 방식대로만 행동했다. 우둔함은 때때로 미덕이기도 하니, 아지거는 그런 탓으로 무언가를 숨길 줄도 몰랐다. 용맹한 장수였으나 현명한 모사는 아니었다. 그러나 이와 같은 시기에는 수많은 모사보다는 한 명의 우둔한 용사가 더 나을지도 모른다. 아마도 그러할 것이다. 한 호흡을 쉰 후, 도르곤은 누구에게랄 것도 없이 다시 입을 열었다.

"군사를 풀라."

수하들이 존명을 외치며 일어섰다. 동생이며 십왕인 두어저가 그들의 앞으로 나서는 것을 도르곤이 멈추라 일렀다. 두어저는 묻지 않고, 멈추라 했으므로 멈췄다. 아비가 죽고 어미가 순장당할 때 두어저는 겨우 열 살을 넘긴 나이였다. 슬픔을 느낄 사이도 없이 먼저 닥쳐온 공포가 그를 제 나이보다 빨리 나이 들게 만들었다. 형 아지거와는 달리 두어저는 어떤 순간에도 흥분하지 않았다. 그의 속에 무엇이 들었는지를 도르곤도 알지 못했다.

도르곤이 일어서 창가를 향해 섰다. 숙친왕의 군대가 여전히 궁을 향해 움직이고 있었다. 그 역시 궐 쪽을 바라보고 있었다. 그러나 그가 바라보는 시선은 궐 담보다 더 멀고 깊었다. 홍타이지가 숨진 내궁 안의 여인들…… 그는 그 여인들과 그 여인들의 자식들을 생각했다. 오늘 밤 안으로 누군가는 죽고, 누군가는 살게 될 것이다.

"영복궁으로 가거라."

도르곤이 마침내 입을 열었다.

"영복궁을 말씀하셨습니까?"

"그렇다."

어떤 순간에도 감정을 드러내지 않았으므로 두어저가 지금 무슨 생각을 하고 있는지는 알 수 없었다. 다만 굵은 목에 힘줄이 서는 것이 보였을 뿐이었다. 긴장하고 있음이 분명했다.

"모두…… 베어야 합니까?"

영복궁에는 죽은 황제의 후궁인 장비와 그녀의 여섯 살 난 아들 푸린이 있었다. 홍타이지는 정궁에게서는 소생을 남기지 못했다. 장자인 숙친왕 하오거조차도 신분이 낮은 후궁의 소생이었다. 그러므로 모두 베어야 합니까,라는 질문은 영복궁 장비와 푸린에 대해서인 것일 수도, 혹은 하오거보다 서열이 높거나 낮은 모든 황자들에 대해서일 수도 있었다. 두어저의 질문이 뜻하는 바를 알았음에도 도르곤은 대답하지 않았다.

"기사년의 정벌을 기억하느냐?"

도르곤의 느닷없는 말에 두어저의 미간이 꿈틀했다. 도르곤도 두어저처럼 감정을 드러내지 않는 얼굴로 말을 이었다.

"나는 그때 저들의 성문까지 갔었다. 문 하나만 깨면 성안이었다.

성문 너머에 저들이 하늘을 향해 제를 올리는 천단이 있다 들었다. 문 하나만 깨면 중원뿐이겠느냐. 곧 하늘도 우리의 뜻을 받아들이지 않을 수 없었을 것이다. 천하가 우리 것이었단 소리가 아니냐!"

마지막 말의 목소리가 높아지며 도르곤의 입가에 웃음이 번졌다. 승리를 기억하는 자의 충만된 기쁨이었다. 기사년, 그러니까 14년 전에 도르곤은 홍타이지를 쫓아 중원을 공격했었다. 영원성을 깨고 산해관을 넘어 중원으로 진격하고자 했던 꿈을 이루지 못하고 죽은 누르하치와는 달리, 홍타이지는 우회로를 선택했다. 홍타이지는 몽골의 벌판을 가로지르며 차례차례로 몽골의 부족들을 점령했다. 명군은 홍타이지의 창끝이 몽골을 향해 있다고 믿었으나, 홍타이지가 마침내 가고자 했던 곳은 중원이었다. 홍타이지는 북으로 깨고 들어가 장성을 넘었고, 중원에 이르렀으며, 적의 성도의 성문까지 밀고 들어 갔다. 뒤늦게 홍타이지의 전략을 알아차린 산해관의 장수 원숭환이 북경으로 달려왔다. 전황이 급해 보병들이 따라오는 것을 기다릴 사이도 없이 이틀 낮 이틀 밤을 쉬지도 않고 자지도 않고 달려온 거리가 500리였다.

그때 도르곤은 열일곱 살의 장수였다. 그는 황제보다 앞서 북경의 성문을 공격했다. 전년에 몽골 정벌에 나갔었던 이후로 아직도 전쟁이 몸에 붙지 않은 참전이었으나, 전공이 너무 눈부셔 소년 장수의 가슴이 멀미를 일으키듯 시종 울렁거렸다. 황성을 지키는 명의 군대는 허약했다. 성문이 높아 쉽게 깨지지는 않았으나 도르곤은 멈추지 않고 공격을 외쳤다. 찌르고 베어낸 적의 모가지 숫자가 얼마인지도 알 수 없었다. 아군의 모가지 역시 마찬가지였다. 아군의 시체가 쌓일 때마다 공격을 외치는 도르곤의 목소리는 더욱 격해졌고, 도르곤이 타고 있는 말의 앞발은 더욱 높이 치솟았다. 그의 입에서도 말의 입에서처럼 거품이 솟아나왔다.

먹지도 않고 쉬지도 않고 달려왔다는 원숭환의 군대는 뜻밖에 강력했다. 수세에 몰리는 것이 순식간이었다. 그렇더라도 도르곤은 이길 수 있다고 믿었다. 그때 홍타이지의 퇴각 명령이 내려졌다. 도르곤은 얼이 빠져 퇴각 명령을 가져온 전령의 얼굴을 쳐다보았다. 이제 곧 중원에 들 것인데, 퇴각이라니…… 못 하오, 외치지 못한 것은 참을성이 많아서가 아니라 아직은 군령이 두려운 소년 장수였기 때문이었다. 도르곤은 못 하오, 외치는 대신 입술을 깨물고 울음을 터뜨렸다. 3년 전, 어미가 순장을 당하는 것을 목격할 때보다도 더 애통한 울음이 거침없이 터져 나와 이뿌리가 다시 시렸다.

두어저 역시 그 전투에 참전했었다. 도르곤이 말하지 않는다고 해도 그 전투의 모든 것을 다 알고 있었다. 칸이 어떻게 몽골의 초원을 가로질렀던지, 장성을 어떻게 넘었던지, 8기군들이 벤 적병의 모가지 숫자뿐만 아니라 그들의 말발굽이 짓밟은 풀잎의 숫자까지도 알았다. 전투 뒤의 이야기는 전투보다도 더욱 생생하여 전사로 태어나 전사로 살아갈 소년들의 가슴을 꿈으로 부풀렸다. 적의 성도 함락을 코앞에 두고 성벽 밑에서 퇴각을 명한 칸을 소년은 멸시했다. 10만의 군사를 거느린 칸이 고작 5천의 기마병을 몰고 수백 리를 먹지도 쉬지도 않고 달려온 원숭환이 두려워, 단 한 번의 패배를 넘지 못하고,

군사를 돌린 것이다. 아비가 끝내 이기지 못했던 원숭환이었기 때문에 새로운 칸에 대한 멸시는 다시 원한으로도 이어졌다. 기사년에 열다섯 살이던 두어저의 생각은 그러했다.

"나는 그때 칸을 용렬하다고 생각했었다. 그러나 만일 내가 그때의 칸이었다면, 나는 군사를 돌리지 않았을 것인가……."

여전히 표정을 읽을 수 없는 동생의 얼굴을 도르곤은 깊이 쳐다보았다.

"돌렸을 것이냐? 돌리지 않았을 것이냐?"

"…… 제게 하문하십니까?"

두어저는 도르곤이 말하는 바가 무엇인지를 모르지 않았다. 기사년의 정벌 때 홍타이지는 적의 성도 앞에서 군대를 돌린 대신, 명의 가장 강력한 장수였던 원숭환의 목숨을 얻었다. 자신을 구하기 위해 달려온 원숭환을 명의 황제는 의심했다. 성문을 넘으려고 하는 것이 홍타이지인지, 원숭환인지 알 수 없었던 것이다. 원숭환이 그토록 쉽게 청의 군대를 대파하고 8기군의 말머리를 되돌리게 했다는 사실이 의심을 더욱 깊게 했다. 그때 청에게 잡혔다 도망쳐 나온 포로들 사이에서 원숭환이 청에게 팔렸다는 소문이 돌았다. 청의 장수들이 은밀히 하는 소리를 직접 들었다고 했으니 그것이 바로 홍타이지의 반간계反間計였다. 마침내 원숭환은 적이 아닌 그의 황제에 의해 목이 달아났고, 홍타이지는 북경의 성문 하나와는 비교할 수도 없는 것을 얻게 되었던 것이다. 말하자면 그것이 바로 승리였다.

"때를 결정하는 것은 사람의 일이 아니다. 사람이 알 수 있는 것은 욕망뿐이다. 칸은 중원을 꿈꿨다. 그 꿈을 그는 한 번도 버리지 않았다. 그러나 뒤를 버리고 앞으로 갈 수는 없지 않겠느냐. 그렇지 아니하겠느냐?"

"허면, 모두 베어야 합니까? 그러하옵니까?"

두어저는 똑같은 질문을 똑같이 반복했다. 표정을 알 수 없던 두어저의 얼굴에 비로소 성마른 초조감이 드러났다. 도르곤이 웃음을 터뜨렸다. 호탕한 웃음소리였으나, 쓰라린 감정을 감추기 위해서인지, 아니면 헤아릴 수 없는 계책을 감추기 위해서인지는 알 수가 없었다.

"하늘이 말해줄 것이다. 내가 아는 것은, 오늘 밤, 내가 이길 것이라는 것뿐이다. 패배는 없다. 그리고 나는 중원으로 갈 것이다. 그때에 우리는 중원에 있을 것이다."

"……."

"가거라."

"명을…… 따를 뿐이옵니다."

두어저가 무릎을 꿇으며 두 손을 바닥으로 세차게 흔들어 존명의 뜻을 밝혔다. 두어저가 나간 후, 도르곤은 창가를 향해 돌아섰다. 궐담보다 더 깊은 곳에 있는 영복궁, 그곳에 있을 장비를 떠올리는 그의 얼굴이 냉정하다. 지금은 무엇을 생각해도 냉정해야만 할 때였다. 도르곤은 어려서부터 장비를 알았다. 홍타이지가 장비보다 먼저 장비의 언니를 아내로 취할 때 도르곤도 그 사절을 쫓아 몽골의 초원까지 갔었다. 초원의 소녀는 귀엽고 활달하고 거셌다. 여인에게 주어진 숙명대로 언젠가는 적에게 바쳐지기 위해 태어난 소녀였다. 그녀는 자신의 친언니에 이어 다시 홍타이지의 여인이 되었으나, 홍타이지의 총애를 얻지는 못했다. 홍타이지가 가장 사랑했던 여인은 그녀의 언니였다. 그러나 그녀의 언니는 아들을 남기지 못한 채 죽었고, 그녀는 아들을 낳아 남겼다. 여인의 일 중에 가장 영화로운 일을 이뤘으니 그녀는 죽어도 괴롭지는 않을 것이다. 그들을 남기고 떠난 그들의 어미처럼…… 오늘 밤, 그녀의 생사가 결정될 것이다.

"술을 들이라!"

도르곤이 밖을 향해 외쳤다. 그는 이제, 딱 한 잔의 뜨거운 술을 마실 것이다. 오직 한 잔…… 그것이면 충분했다. 황기군의 진군 소리가 멀어져 고요해진 왕부, 내정 쪽에서 어린아이들의 웃음소리가 들렸다. 술잔을 들어 올리지 않은 채, 도르곤은 그 웃음소리에 귀를 기울였다. 아들을 보지 못한 도르곤에게는 여러 명의 딸만 있었다. 여자아이들의 낭랑한 웃음소리가 뜨거운 술 한 잔보다 더 뭉근하게 도르곤의 고독을 녹인다. 사내로 태어나지 않았으니, 누군가를 죽이는 일은 없을 것이다. 전쟁에 나갈 일도 없을 것이다. 비록 적에게 바쳐지고, 능멸을 당하고, 벌거벗겨져 찢김을 당하더라도…… 죽이지 않고 스스로 죽을 터이니, 그 죽음에 위안이 있을 것이다. 도르곤이 급하게 술 한 잔을 들이켰다. 뭉근해진 줄 알았던 고독이 베어내지 못한 모가지처럼 창끝에 걸려, 울컥울컥 피를 쏟아내는 듯하다. 운명이었다. 그것은 그가 선택한 것이 아니었다. 누구도 무엇을 선택한 적이 없었다. 그는 그의 어미를 죽인 전 황제를 한 번도 용서해본 적이 없었으나, 용서하지 않은 적도 없었다. 선택은 그의 몫이 아니었다. 습관처럼 그의 눈에서 눈물이 흘러내렸다. 도르곤이 딱 한 잔의 술을 필요로 할 때마다, 홀로 눈물을 흘린다는 것을 아무도 알지 못했다.


종친의 딸


석경이 배알을 청한다는 말을 세자는 술시 무렵에 들었다. 봉림과 단둘이 시국 이야기를 나누고 있을 때였다. 세자가 석경을 방 안에 들게 했다.

"무슨 일이냐."

석경이 쉽게 입을 열지 못했다. 봉림을 신경 쓰는 듯했다. 세자가 석경에게 그의 일을 아무에게도 말하지 말라 이른 적이 없었다. 그러나 석경이 미련한 자가 아니었다. 세자가 말하지 않았으나 그가 알아들었을 터이고, 그중에서도 특히 봉림에게만은 발설하지 말아야 한다는 것도 알았을 것이다. 석경이 영리한 줄을 알아 취해 썼으나 영리한 것은 나중에 우환이 되기도 할 터였다.

"……만상이란 자가 제게 왔었사옵니다."

짐작했던 대로 역시 흔과 관련된 일이었다. 만상은 저들 쪽에서 역관 노릇을 하는 자로 대학사 비파가 즐겨 불러 쓰고, 흔이 또한 그러했다. 조선의 피로 태어났으나, 저들의 녹을 먹고 사니 조선의 것이라 할 수 없는 자였다. 듣자 하니 조선말보다 저들 말을 더 잘한다고 했다. 저들 말뿐만 아니라 몽골 말도 하고, 중원 말도 능통하다 했다. 배우지 못한 것이 말로만 늘었으니 그 말의 법도 없음이 차마 들어줄 지경이 아니지만, 법도 없는 저들에게서는 그도 귀함을 받는 일이라, 조선의 줏대 없는 자들 중에서는 만상을 통하고자 줄을 대는 자들도 한둘이 아니라고 했다. 제 발로 도경을 했든지, 아니면 전란 중에 잡혀왔든지, 조선에서는 필시 천것에 지나지 않았을 것인데, 반상의 이름을 지어 저 스스로 갖다 붙이기까지 했다. 역관 노릇으로 등을 처먹는 것도 부족하여 조선 백성을 팔아먹는 짓도 예사로 한다 들었다. 흔이 비밀스러운 서찰을 세자에게 보낼 때 만상을 시켜 석경을 불렀고 석경이 흔과 통할 일이 있을 때 또 만상을 찾았다. 가운데에 석경이 없었다면 세자가 그 간교한 자의 얼굴을 흔히 마주해야 했을 것이다. 위엄은 사라지고 위세만 남은 세월이었다.

"계속하라."

세자가 스치듯 봉림을 쳐다보았다가 석경을 다시 바라보았다. 석경이 계속 말을 잇는다면, 그것이 그리 중요한 일은 아닐 것이다.

"그자가 말하기를, 대학사 댁 작은마님께서……."

세자보다 앞서 봉림의 몸이 석경 쪽으로 기울었다. 봉림 역시 흔의 존재가 뜻하는 바를 알고 있는 것이다. 흔은 대학사 비파에게 아낌을 받았고, 비파는 조선을 관리하는 자리에 있었다. 적의 나라에서는 여인이 결속의 표시였다. 그 여인은 자주 세자 관소로 서찰을 보내왔지만, 봉림의 관저로는 보낸 적이 없었다. 세자가 알고 있기로는 그러했다.

"말하라지 않느냐."

봉림이 재촉했고, 석경의 입이 간신히 열렸다.

"종년 막금이를 보내와 어디다 숨겨달라 한다는데……."

"저놈이 미친놈이 아니더냐!"

봉림의 고함 소리가 벽력같았다. 석경의 낯빛이 달빛 아래에서 더욱 창백해졌다.

"무슨 까닭이라 하느냐?"

봉림과는 달리 세자는 낮고 조용한 목소리로 물었다. 석경이 입술을 깨무는 듯한 목소리로 말을 이었다. 한낱 종년의 일을 세자에게 아뢰는 것이 망극한 일이기도 하겠거니와, 석경 자신에게도 또한 능욕이리라. 그러나 석경이 아니라면 누구도 세자에게 올리지 못할 말이었다. 만상이 그걸 알아서 석경을 찾은 것이 아니라, 흔이 그걸 알아서 만상을 석경에게 보냈을 터이다. 요망한 계집이었다.

조선에서 끌려온 흔의 몸종 막금은 조선에서는 신의 몸을 받은 무녀였다고 했다. 평소에는 멀쩡한 것이 신기만 돌았다 하면 짐작 못할 말들을 예사로 내뱉는데, 그 말이 어찌나 신통하게 맞아떨어지는지, 흔이 그 몸종을 곁에 두고 떼놓지를 않는다는 소리를 세자도 들은 적이 있었다. 그 몸종이 흔의 심부름을 하러 궐에 들어갔다가 새 황제를 알아보았다고, 만상이 놈의 말이 그러하다고, 대학사 댁 작은마님이 기겁을 하여 그 종년을 궐 밖으로 내보냈다고…… 그런데 만상이 놈이 그 몸종을 세자의 관소로 데려왔노라고…… 석경이 말을 이었다.

세자도 봉림도 말이 없었다. 잠시의 정적 뒤, 봉림이 먼저 입을 열어 말했다.

"그 종년이 어디에서 나왔다 하느냐?"

"영복궁이라 하옵니다."

다시 세자도 봉림도 말이 없었다. 또다시 정적 뒤, 이번에는 세자가 말을 했다.

"만상이 놈에게 뜻대로 처리하라 이르라."

석경이 물러가는 것을 보지도 않고, 봉림이 스스로 일어서 문을 당겨 닫았다.

"어떻게 생각하시옵니까?"

묻는 봉림의 목소리가 낮았다.

"그년이 신기가 대단한 년이라지요. 새 황제 운운하였다니, 누구를 일컬었겠습니까?"

"계집종의 말이 소용에 닿겠느냐."

"그년의 주인에 대해서 하는 말입니다. 영복궁에서 내보냈다니…… 영복궁이 이번 일과 관련이 있겠습니까?"

"영복궁의 장비가 범 같은 여인이란 말을 들었다. 살아남는다면 높은 자리에 오를 것이다."

"구왕과 각별한 사이라 하지요. 그런 말을 들은 적이 있었습니다. 어떻게 되어가든, 조선으로서는 나쁜 일이 아닐 것입니다."

"어찌하여 그렇다고 생각하느냐?"

"결국 내분을 막지는 못할 터이지요. 저들은 군병의 힘으로 일어선 자들입니다. 저들을 쓰러트리는 것은 적이 아니라 내부의 균열일 것입니다. 머리가 내분에 휩싸이면 수하들은 설 곳을 잃게 마련이지요.”

“저들이 군사력으로 일어섰다는 네 말이 옳다. 그러나 그것만 있겠느냐. 그것만 있어서 여기까지 왔겠느냐. 사방에서 모사들이 모여들고 있다. 명의 이름난 선비들까지 줄을 지어 투항을 해오는 지경이 아니냐. 그들이 하루가 다르게 더욱 높은 자리에 오르니, 나는 앞날이 두렵구나.”

“그러나 흥한 것은 멸하기 마련이지요. 빨리 흥한 것일수록 빨리 멸하기도 하겠지요. 절개를 잃은 선비와 모사라는 것들도 그 간악한 꾀에 스스로 빠짐이 있겠지요.”

세자는 다시 봉림의 말에 대꾸하지 않았다. 너의 소망이 나의 소망과 다르지 않겠으나, 나는 네 소망이 두렵다…… 이렇게 말해야 했을까. 그러나 아닐지도 모른다. 지금 청이 내분에 휩싸여 스스로 멸하게 되는 것이 과연 자신의 소망일까. 입 밖에 낼 수 없는 말들이 머릿속에서 어지럽다. 세자는 하루빨리 조선으로 돌아가야 했으나, 그가 돌아갈 수 있는 길은 청이 멸하는 길이 아니라, 오히려 그 반대의 길일지도 모를 일이니.

— 청을 도우소서. 저하께서 환국하시는 길은 그뿐이옵니다.

그런 말을 한 것은 바로 요망한 여인, 흔이었다. 여인이 정세를 읽고, 처신을 하는 수완이 놀라웠다. 명을 치는 전쟁에 청이 조선의 군대를 불렀을 때의 일이었다. 조선의 군병들은 오려 하지 않았고, 늦는 파병은 고스란히 세자를 향한 핍박이 되었다. 그때에 대학사가 와서 먼저 말하고, 그후에 흔이 서찰을 보내왔었다.

— 믿음을 보이십시오. 저들의 적은 조선이 아니옵니다. 저들은 세자 저하를 믿고자 합니다.

흔의 서찰이었으나 대학사의 말이었을 것이다. 대학사의 말이었으나, 또한 저들 내부의 말이었을 것이다. 그러나 그 말을 집어내어 그것을 글자로 적어내는 흔이라는 여인이 놀라웠다. 여인이 두려움을 알지 못하는 것이 분명했다. 세자는 그 서찰을 봉림에게는 보여주지 않았었다.

그날 서찰이 봉해지지 않은 채 세자에게 도착했었다. 봉해져 있었다고 한들 봉림에게는 보여줄 수 없었겠으나, 봉해져 있지 않은 위험이 더욱 커서 그 자리에서 태워버리지 않을 수 없었다. 봉해져 있지 않은 서찰을 가져온 석경에게 그 이유를 묻지도 않았었다. 석경이 뜯었다면 다시 봉했으리라. 그러나 석경이 위험이란 것이 무엇인지를 아는 자였다면 저가 뜯지 않은 것까지도 봉할 줄 알았어야 했으리라. 그래서 석경이 영리한 자인가, 그렇지 않은 자인가. 수상한 시국의 와중에 다른 것을 생각할 여유가 없었음에도 석경을 생각하는 세자의 마음이 자주 어지러웠다.

"대학사 쪽에서는 다른 말이 없었습니까?"

마치 세자의 머릿속을 읽고 있었다는 듯 봉림이 흔의 얘기를 꺼냈다. 세자의 눈빛이 미세하게 흔들렸다.

"석경이라 하였습니까? 그자에게 경계를 주어야 할 것입니다. 그가 밤을 틈타 그쪽으로 발길을 한다는 소문이 돌고 있는데, 사실이든 아니든, 자칫 공연한 추문이 일까 두렵습니다. 어떻든 비파는 지금 조선의 편에 서 있지 않습니까."

"네가 듣는 것이 많다. 그런 소문까지 들었느냐."

세자가 잠시 침묵 끝에 봉림에 물었다. 봉림이 말하는 것이 단지 흔과 석경의 추문에 관한 것인지, 아니면 그보다 깊은 것에 관한 것인지 분간이 가지 않았기 때문이었다. 봉림 역시 잠시 침묵했다. 그 침묵이 세자가 이미 자신의 뜻을 알고 있으리라 말하는 듯했다.

"헛된 소문이겠으나 그와 같은 소문이 발목을 잡기도 하니, 다 내버릴 수가 없습니다."

세자가 고개를 끄덕였다. 석경이 대학사 집의 담장을 배회한다는 소문은 어떻게 말한다고 해도 아름다운 일이라 할 수 없었다. 세자가 시키지 않은 일이었다. 그러나 석경이 세자를 바라볼 때, 그의 눈빛에 간절한 염원이 보였다.

'저하, 이 짐을 내려놓게 하여주소서.'

세자가 그 눈빛을 아는 체하지 않았다. 석경이 아니라면 누구도 할 수 없는 일이었던 것이다. 입이 있어도 말하지 않고, 혀가 있어도 말할 수 없어야 하는 일이었다. 그리하여 충의로 시작되어 마침내 배반까지 가게 될 그 일을, 석경이 아니라면 누가 할 수 있을 것인가. 봉림이 미처 거기까지는 생각하지 않을 터였다. 다행이라 해야 할 것인가. 봉림이 석경의 충의보다 배반을 걱정하는 것이 분명한 한, 아직은 그의 적이 아닌 것이니…….

"귀를 씻으러 가지 않느냐?"

길어지는 침묵, 세자가 분위기를 바꾸려는 듯 농으로 물었다. 봉림의 얼굴에 미소가 번졌다.

"적의 땅이 아니옵니까. 적의 물로 씻으니 씻어도 씻어지지가 않사옵니다."

오랜만에 세자의 입에서 웃음소리가 터져 나왔다. 세자는 그윽한 눈빛으로 아우의 얼굴을 쳐다보았다. 열이 많아 참는 것이 어려운 성품인 봉림은, 그러나 적의 땅에서 어른이 되었다. 참지 못할 것을 참다 보니, 소망하는 것이 더 뜨거워졌다. 봉림의 그 뜨거운 소망이 세자에게 때때로 위로가 되었다.

처음 혼의 존재를 알았을 때, 세자가 봉림에게 그 여인에 대한 것을 알아보라 시켰었다. 황제가 조선 종실의 여인을 대학사에게 내렸다는, 있을 수 없는 일에 대해 달리 의논할 사람이 없기도 했거니와, 그 여인이 강화에서 잡혔다는 소리가 있었기 때문이었다. 여인은 강화에서 잡혔으나 세자와 함께 호송되지는 않았다. 아마 다른 장수의 부대에 끌려 북향했을 것이다. 여인의 존재가 그때 확인되었다면 돈을 주고 속환하였을 것이다. 그럴 수 있는 길이 반드시 있었을 것이다. 그러나 여인은 황제에게 바쳐지기 위해 궁중으로 들어갔고, 궁중의 일은 바깥으로 알려지지 않았다. 여인은 황제의 몸을 받았을까? 아니면 바쳐진 채 속절없이 세월만 보내다가 문득 대학사에게 내려졌을까. 적의 법도가 망측한 것이 많으니, 조선 사람의 머리로는 다 짐작할 수 없는 일이었다.

여인이 회은군의 여식이더라는 말을 봉림이 올렸을 때, 세자는 자신도 모르는 사이에 입 밖으로 신음 소리를 흘렸다. 회은군은 성종 임금의 다섯째 아들인 경창군의 후손이니, 종실로서도 멀지 않은 왕족이었다. 세를 이루지는 못했으나 가진 것을 잃지도 않아서 종친의 체통을 그나마 유지했다. 임금이 광해를 물리치고 보위에 오를 때, 반정 대신들 사이에서 임금 대신 회은군의 이름을 거명하기도 했다는 소문이 있었는데, 임금은 보위에 오른 후에도 회은군을 그대로 살려두었다. 적이라 여기고, 후환으로 여기기에는 그자의 사람됨이 너무 허약했다. 허약했으나 술 좋아하고 풍류를 즐겨 여러 대신들과 오고 가는데 그중에서도 석경의 아비인 기원과 가까이 지내, 아들 있는 기원과 딸 있는 회은군이 서로 사돈을 맺자는 말을 입에 올린 적도 있었다고 했다. 사실인지 헛된 소문인지는 알 수 없었다.

그러나 그때 기원의 이름을 입에 올리는 봉림의 목소리가 긴장되어 있었다. 남한산성 수어사인 심기원이 누구에게 충성을 바치는 자인지 알 수 없었고, 그런 기원과 관계된 회은군이, 그리고 또 그의 딸이 어디에 속해 있는지 알 수 없었기 때문이었다. 그것을 알 수 없기는 세자 역시 마찬가지였다. 그러나 바로 그 때문에라도 세자는 기원의 아들인 석경을 가까이에 두지 않을 수 없었다.

그 여인, 흔이 세자의 관소로 세자를 찾아왔던 날, 봉림도 그 자리에 함께 있었다. 여인은 화려한 비단옷을 입고 머리에는 청나라 화관을 쓰고 있었으며 발에는 굽 높은 청나라 신발을 신고 있었다. 조선에서처럼 얼굴을 가리는 법도가 없어 여인은 고스란히 얼굴을 드러낸 채로 봉림을 지나쳐 갔다. 종친의 딸로 잡혀와 황제의 여자가 되었다가 대학사의 작은마님이 된 그 여인은, 그러고도 스스로 목숨을 끊지 않고 살아남은 그 여인은, 감히 대군의 곁을 지나치며 눈길조차 주지 않았다. 조선에서라면 있을 수 없는 일이었으나 적의 나라라서, 규중의 여인은 세자의 앞에서도 무릎만 구부린 채 말했었다. 저를 조선의 여인으로 보지 마소서. 조선의 여인은 세자 저하를 배알하지 못하옵니다. 제가 적의 몸을 받았으니 조선의 이름을 감히 입에 올리지 못하옵니다. 말을 할 때, 흔의 머리에서 꽃과 나비 모양의 장신구들이 어지럽게 흔들렸다. 그 여인을 내려다보는 세자의 시선이 아득했다.

"너에게 내가 무엇을 해주어야 하겠느냐."

대학사의 부인이었으나 세자에게는 여전히 조선 종실의 딸이어서 세자가 말을 놓아 물었었다.

"아무것도 없사옵니다. 적이 제게 무엇이든 해주니 부족한 것이 없사옵니다."

그 목소리의 낭랑함을 봉림은 오래 잊지 못했다. 자리가 젖어 있더구나. 요망한 계집이 눈물을 흘렸던 게야. 세자가 일깨워주었어도 더러운 것을 삼킨 듯, 고약한 기분은 여전했다. 그 여인이 잡혀온 곳이 하필이면 강화성이어서, 그 자신이 지키지 못했던 성이어서 더욱 그러했을 것이다. 여인은 그때 죽어 절개를 보여야 했을 것이다…… 그것이 마땅한 일이었을 것이다. 그러나 여인은 살아남아 적의 여인이 되었다. 그것은 여인의 수치일 뿐만 아니라 조선의 능멸이었다. 그리고 봉림의 치욕이었다. 봉림은 눈을 씻고 귀를 씻었으나 울분이 사라지지 않아 그 며칠 울화가 가득했었다.

"저하, 최래이옵니다."

밖에서 다급한 소리가 울렸다. 내관을 통할 사이도 없이 스스로 말을 올리는 것이 급박한 상황이 발생한 게 틀림없었다. 세자가 일어서 직접 문을 밀어 열었다. 밖의 정황을 살피라 일러두었던 군관 최래가 뜰에 서 있다가 서둘러 말을 올렸다.

"대왕들이 궐로 향하고 있사옵니다."

"상세히 말하라."

"소인이 상세한 것을 어찌 알겠사옵니까마는, 대왕들의 왕부 문이 모두 열려 마차와 말들이 궁으로 향하고 있는 것을 보았사옵니다."

"궐은 어떠하냐?"

"양황기가 포위를 하고 있는 것은 다름이 없사온데, 서문 바깥으로 구왕의 군대가 몰려오고 있다는 말이 있사옵니다."

"어디서 들었느냐."

"풀어놓았던 밑엣놈들이 가져왔습니다. 놈들은 다시 나가고 제가 그자들의 말을 가져왔습니다."

최래의 말이 어딘가 미진한 듯했다. 세자가 눈길을 거두지 않자 최래가 말을 다시 이었다.

"만상이란 자가 또한 제 눈으로 보았다 하옵니다. 모이는 군병들이 크고 높아 심상치가 않다 하옵니다."

세자의 굳은 얼굴이 달아오르는 듯 뜨거워졌다. 그렇구나…… 만상이로구나. 그 어느 때보다도 믿을 자가 필요한 때였으나, 적을 통하지 않고서는 아무것도 알아낼 수가 없는 상황이기도 했다. 모든 문이 닫혀 바람도 새어 나가지 못할 지금, 개구멍을 통과하는 것은 간자들이거나 모리배들뿐이었다. 세자의 입에서 깊은 숨이 새어 나왔다.

오늘 밤이로구나…….

세자의 명을 기다리고 있는 최래에게 무슨 말이든 해야 했으나, 세자는 그저 서 있었다. 관소의 안전을 걱정하는 것이 지금 소용에 닿는 일일 것인가. 세자의 군관들은 세자의 관소를 지키고 봉림의 군관들은 봉림의 처소를 지켰으나, 피바람이 불면 관소의 지붕 위로도 그 피가 튀게 될 것이다. 임금을 생각했다. 임금은 내게 살아 있으라 할 것인가, 그렇지 않을 것인가. 8월 열나흗날 밤, 달이 눈부시게 밝아 붉게 달아오른 세자의 얼굴을 고스란히 밝혔다.


## 하늘의 아들


심양은 요하의 동쪽, 혼하의 북쪽에 자리 잡아 두 줄기 강물이 성도를 어미처럼 감싸 안았다. 건주위에서 일어난 누르하치가 최초로 쌓은 성은 흙과 돌로 쌓였고, 성벽은 목책이었다. 이 목책성에서 누르하치는 홍타이지를 낳았다. 3년 후, 누르하치는 수자하와 이도하가 합쳐지는 들판에 성을 쌓았고, 그 성을 홍성이라 불렀으며, 그곳에서 '대금大金'을 열었다. 이때부터 그는 스스로를 칸이라고 칭했다. 성경이라 불리는 심양성은 명나라 땅 심양위였다. 칸은 거의 다 쓰러져가던 심양위의 성을 허물어 누구도 침범할 수 없는 견고한 성으로 다시 세웠다. 벽돌을 구워 쌓은 높은 성벽이 궁과 성도를 둘러싸게 했고, 8대 문으로만 인마가 드나들도록 했다. 문은 남쪽에 덕성문, 동쪽에 우진 문, 서쪽에 환원문이 있었고, 북쪽으로는 복성문이 있었다. 성문의 현 판이 새로 걸려 만주 글과 중원의 글이 같이 적혔다. 몽골이 혈족이라 몽골의 글자도 함께 새겨졌다.

누르하치는 대정전과 십왕청을 세워 팔기八旗의 결속을 나타냈다. 대정전은 팔각의 전각이었으며, 대정전 아래 팔기군 기왕들의 전각 역 시 팔자형으로 늘어섰다. 테를 두른 기와 테를 두르지 않은 깃발들이 대정전 아래의 넓은 돌마당에서 휘날렸다. 대금의 국호를 지우고 대청 으로 나라를 세웠으며, 칸이라는 이름을 물리치고 스스로 황제의 자리 에 오른 홍타이지는 이곳에서 등극했다. 그후 그는 정사를 보는 숭정 전과 침궁인 건녕궁을 서쪽에 세워 궁의 위엄을 더욱 높이 했다. 홍타 이지는 건녕궁에서 눈을 감았고, 그 시신이 숭정전에 모셔졌다.

죽은 황제의 시신이 머물고 있는 숭정전을 대왕들은 걸어서 들었 다. 보름을 하루 앞둔 밤, 달이 차서 밤이 낮처럼 밝았다. 궐은 타오르 는 횃불로 더욱 밝았으나, 그림자는 횃불로 인하여 더 길고 더 멀었 다. 돌바닥을 치는 대왕들의 발걸음 소리가 낱낱이 들렸다. 예친왕 도 르곤, 숙친왕 하오거, 우진왕 지얼하랑, 예열친왕 다이샨, 그리고 팔 왕 아지거까지, 황제가 살아 출정을 논할 때처럼 모두가 모였으나 다 만 황제의 보좌가 비어 있을 뿐이었다. 황제는 죽은 몸으로 숭정전의 보좌 뒤에 누워 있었다. 황제는 이제 일어서지도 못하고, 그의 뜻을 밝힐 수도 없다. 그는 죽었고, 새로운 황제가 날 것이다.

숭정전 아래에는 팔기의 깃발들이 도열해 서 있었다. 그들은 팔기로 이루어졌으며, 팔기로 번성한 자들이었다. 그러므로 팔기를 깬다는 것은 그들의 멸망을 말하는 것과 다를 바가 없었다. 양황기가 가장 먼저 팔기의 결속을 깼다. 그들은 전 황제의 직속부대였다. 궁을 장악한 것은 죽은 황제의 재궁梓宮을 지킨다는 명분이었지만, 결국에는 도르곤에게 칼을 겨누기 위해서였다. 도르곤이 대청문을 통과할 때, 그를 겨냥한 칼의 울음소리가 살을 가를 듯했다. 피바람이 불 것이다. 그리고 그것은 팔기의 공멸이 될 것이다. 그러나 새로운 시대는 낡은 시대의 모든 것을 남김없이 멸한 후에 세워진다. 그러할 것이다.

"황제의 아들을 원할 뿐이오. 황제의 아들을! 황제의 아들을!"

장수들이 돌바닥을 창으로 내리찍으며 외치는 소리가 밤하늘을 흔들 듯했다. 도르곤도 하오거도 그 소리를 듣지 못한 것처럼 자신의 자리로 가서 앉았다. 모두가 마찬가지였다. 기다림을 견디지 못하는 자가 가장 먼저 움직였다. 팔왕 아지거였다.

"누가 감히 이 자리를 어지럽히는가! 내가 그 목을 베리라!"

팔왕 아지거가 뛰쳐 일어섰으나 누구도 그를 말리는 자가 없었다. 감히 있을 수 없는 곳에 있는 무장한 장수들에 대해서도 마찬가지였다. 넋이 나간 듯한 아지거의 얼굴에 입이 벌어져 침이 흘렀다. 기다리는 성품을 배우지 못한 아지거에게는 이 며칠이 생지옥이었다. 그러나 그것은 누구에게나 마찬가지였다. 황제가 죽은 후 밤마다 대왕들이 다른 대왕들의 왕부를 찾았다. 사느냐 죽느냐의 의논이 입안을 마르게 해, 매일 아침 높으신 대왕들의 입안에는 혓바늘이 돋았다. 사는 것과 죽는 것의 거리가 너무 가까운 밤이 아침으로 이어졌다가 다시 밤으로 이어졌다.

"내가 저들의 목을 모두 베어버리리라! 저들이 어찌하여 감히 이 자리에 있단 말인가!"

아지거의 외침이 허공으로 날아갔다. 그 뒤를 이어 다이샨이 입을 열었다.

"저들이 누구를 받드는가? 하오거가 황제의 맏아들이니, 저들이 그를 원하는 것인가?"

탄식처럼 흘러나온 말이었다. 다이샨은 누르하치의 둘째 아들이었으나, 장자가 아비에게 죽임을 당한 후 태자에 책봉되었다. 누르하치의 장자의 죄목은 아비를 저주했다는 것이었다. 다이샨도 태자의 자리에 오래 머물러 있지 못했다. 이번에는 아비의 여인과 간통했다는 것이 죄목이었다. 음모와 모함과 추문이 들끓던 권력의 가장 높은 자리에서 다이샨은 권력 대신 목숨을 택했다.

그러므로 지금 다이샨의 얼굴이 붉은 것은 포기하지 못한 욕망 때문이 아니라, 버려진 욕망의 뒤끝에 남은 슬픔 때문이었다. 누르하치는 한 명의 태자를 죽이고 또 한 명의 태자를 버린 끝에, 다시 태자를 세우는 일에 환멸을 느꼈다. 그는 팔기의 대왕들에게 황제를 선출하게 했고, 팔기의 대왕들이 함께 정사를 논의하도록 했다. 함께라는 아름다운 말은, 그러나 더욱 잔혹한 피를 불렀다. 누구나 황제가 될 수 있으니 누구나 죽을 수 있었던 것이다. 그것은 황제가 되기 전에도, 황제가 된 후에도 마찬가지였다. 그러니, 피바람은 이제부터 시작이었다.

"대통이 그에게 감이 마땅한가. 그러한가?"

다이산은 절대로 단정적으로는 말하지 않았다. 욕망의 끝에 남는 비통함을 알게 된 대신에, 그는 오래 살아남는 법도 알았다. 어느 편에 서도 죽고, 어느 편에 서지 않아도 죽게 될 터였다. 허니, 그는 부끄러움 없이 흔들릴 것이었다. 목숨이 남는 대가로 자신의 가장 소중한 것을 내놓게 되리라는 것을 그가 예감하지 못하는 것은 아니었다. 그렇더라도 그는 살아남아야만 했다.

"망설임이 무엇이오?"

동시에 입을 연 것은 아지거와 하오거였다. 아지거의 목소리가 거의 울부짖음 같아서 하오거의 목소리가 들리지 않았다. 그러나 대왕들의 시선이 향한 쪽은 전부 하오거였다. 도르곤은 가늘게 뜬 눈을 내리깔고 있어 감은 듯 보이지 않는 눈의 기색을 알 수 없었다. 하오거가 자리에서 일어섰다.

"내가 복이 적고 덕이 엷으니, 망설임이 여기에 있소?"

아무도 대꾸하지 않았다. 말 한마디가 삶과 죽음을 갈라놓을 것이었다.

"대왕들의 망설임이 그러하면, 감히 내가 보좌를 감당할 수 있겠소! 대왕들의 뜻이 그러하오?"

목소리가 점점 더 높아져 협박과 힐난의 외침이 끝내 쩌렁쩌렁했다. 누구든 가장 먼저 입을 여는 자가 하오거의 이름을 발언해야 한다는 뜻이었다. 장수들의 외침이 다시 시작되었다.

"황제의 아들을! 황제의 아들을! 황제의 아들을!"

도르곤이 감은 듯 내리깔았던 눈을 올려 떴다. 그가 불가不可를 외치면, 곧 피가 튈 것이다. 하오거를 받들어도, 피는 튈 것이다. 피 냄새가 그를 어지럽게 했다. 전장에서 태어나 전장에서 자라난 장수 도르곤에게 피의 냄새가 새삼스러울 것은 없었다. 그는 언젠가 자신이 전쟁터에서 죽기를 바랐다. 그러니까 말하자면, 피가 강으로 흐르는 곳에서. 그는 피의 냄새를 맡으며 그가 흘리게 한 피에게 위로받는 죽음을 맞고 싶었다. 그것이 적의 피든, 아군의 피든 상관은 없었다. 살아 있을 때는 적이지만, 피를 흘리면 다 똑같이 무간지옥보다 더한 이승에서 더럽혀진 몸뚱어리들일 뿐이었다. 죄를 빌 것도, 용서를 구할 것도 없이 그저 그렇게 죽고 싶었다. 그러니까 전쟁터에서…… 그 꿈이 꿈만으로도 그를 위로했다. 마침내 도르곤이 입을 열었다. 입을 열었으나 말은 천천히, 침묵의 간격을 두고 흘러나왔다.

"황제의 아들을 세울 것이다!"

대왕들이 앉았던 자리에서 모두 일어섰다. 아지거가 알아들을 수 없는 괴성을 내지르며 도르곤에게로 달려왔다. 장수들이 일제히 침을 삼키는 소리가 꿀꺽 하고 들렸다. 도르곤이 아지거를 제지하고, 하오거도 대왕들도 아닌 장수들을 향해 고함을 외치듯 말을 이었다. 소망하지 않는 말을 하는 자의 고통이, 혹은 고독이 그의 말을 더욱 날카롭게 만들었다. 소망하지 않으나, 소망할 수밖에 없게 된 말이었다. 도르곤의 이를 가는 소리가 장수들의 함성 속에 파묻혔다.

"너희들이 피를 보려 하면 나 또한 피를 볼 것이고, 너희들이 의를 원하면 나 또한 의를 좇을 것이다. 너희들은 황제의 아들을 세우기를 원한다. 나는 그렇게 할 것이다!"

장수들이 일제히 함성을 내지르며, 창을 치켜 올렸다.

"불가하오!"

아지거가 악을 썼고, 다른 대왕들의 얼굴이 창백해졌다. 도르곤이 그들의 얼굴을 쳐다보지 않았다. 하오거의 얼굴도 보지 않았다. 그가 그의 얼굴을 보고 싶지 않았다. 도르곤이 다만 숭정전의 앞마당에서 휘날리는 팔기만을 쳐다보았다.

"불가하다! 말을 멈추라! 하늘의 뜻을 받을 자가 누구냐! 네가 그 뜻을 모르느냐?"

아지거의 울부짖는 말을 도르곤이 듣지 않았다. 도르곤이 다시 입을 열었다. 독한 것을 내뱉지 못하고 마침내 삼켜버리는 자처럼, 도르곤의 얼굴이 순간 시뻘겠다.

"내가 황제의 아들을 세울 것이다!"

마지막 말을 도르곤은 혼자의 입속으로 삼켰다.

너희들이 원한다면, 나는 황제의 아들을 세울 것이다…….


십왕 두어저는 그때 영복궁에 있었다. 영복궁은 숭정전의 바로 뒤편이니, 숭정전의 뒷문이 봉황루로 통해 있고, 봉황루를 거치면 황제의 침궁인 건녕궁이었다. 영복궁은 건녕궁의 서쪽 아래채였다. 함성과 고함 소리는 영복궁에서도 고스란히 들렸다. 영복궁 장비가 여섯 살 난 아들 푸린을 끌어안은 채, 숭정전에서 전해져오는 외침을 들었다. 여인의 몸이 사시나무처럼 떨려 여섯 살 어린아이도 칭얼거림을 멈추었다. 두어저는 칼자루에 손을 얹고 있었다. 그는 간절히, 영복궁을 벨 수 있기를 바랐다. 도르곤이 보좌에 오른다면, 여인은 죽음을 면치 못할 것이다. 두어저의 소망이 거기에 있고, 도르곤의 소망이 또한 거기에 있었다. 그는 한칼에 여인을 벨 수 있기를 바랐다. 여인에게 죽을 까닭이 있는지 없는지 따위는 생각하지 않았다. 여인을 택한 것은 도르곤이었다. 택해진 여인의 운명이 오늘 밤에 갈릴 것이다.

"어쩌면 여인은 오늘 밤 가장 높은 자리에 오를 것이다……."

도르곤이 두어저에게 말했을 때, 두어저는 그것이 도르곤의 소망이 아니라는 것을 알았다. 그러나 전쟁터에서 적과 마주 서 서로 창을 겨누고 있을 때처럼, 간격도 벌리지 못한 채 창 하나의 거리로 서 있을 때처럼, 소망하는 것은 무의미했다. 소망보다 먼저 생사가 갈리는 것이다.

봉황루의 계단에 누군가의 모습이 나타났다. 두어저의 손에 힘이 들어갔다. 한칼에 벨 수 있을 것인가. 달려 들어온 자는 형 아지거였다. 아지거가 왔다면…… 여인의 죽음인가. 적은 수없이 베었으나, 살육은 하지 않았던, 적어도 그렇다고 믿고 있는 두어저의 손이 순간 얼음장처럼 차가워졌다. 아지거가 달려와 영복궁 앞에서 무릎을 꺾었다. 정신이 혼미한 듯한 얼굴에 눈물이 범벅이었다.

"황제의 아들을…… 숭정전으로 모시라 하오!"

이를 갈 듯 내뱉고, 아지거가 통곡했다. 칼자루에 얹혀 있던 두어저의 손이 툭 떨어졌다. 도르곤은 결국 정면 돌파를 피한 것이다. 그는 기사년의 황제처럼, 성문 하나만 깨면 들 수 있는 중원의 성곽 아래에서, 철군을 명한 것이다. 두어저의 눈도 와락 붉어졌다. 도르곤은 형이기 이전에 그의 주군이었다. 도르곤의 명을 거역할 수는 없었다. 기사년의 도르곤처럼 군령이 두려운 소년 장수여서가 아니라, 공멸과 공생의 아슬아슬한 차이를 알기 때문이다.

"나는 이길 것이다, 내가 아는 것은 그것뿐이다."

도르곤은 섭정을 선포할 것이고, 황제보다 더 높은 자리에 오르게 될 것이다. 도르곤은 그의 말처럼 쓰레기 같은 승리를 버리고, 최후의 고결한 승리를 거둔 것일지도 모른다. 그러나 도르곤은 이겼으되, 아지거와 두어저는 졌다. 그들은 결국, 도르곤을 보위에 올리지 못한 것이다.

여인이 아들을 품에 안고, 문을 열었다. 두어저를 바라보는 여인의 눈빛이 여전히 경련하고 있는 얼굴 한가운데에서도 냉엄했다. 한순간에 죽일 수 있는 자의 자리가 바뀐 것이다. 두어저가 무릎을 꿇었다. 무릎을 꿇자, 바닥에 닿은 칼이 쇳소리를 냈다. 이제 칼자루를 놓고 칼집을 잡은, 살육을 면한 손이, 그러나 기쁨에 떨리지 않고 슬픔으로 경련했다. 여인의 걸음이 비로소 휘청했다. 순간, 두어저는 도르곤이 장비를 택한 것이 아니라 장비가 도르곤을 선택한 것일지도 모른다는 생각을 했다. 공멸의 끝에서 공생을 선택한 것은, 팔기의 대왕들이 아니라 장비와 도르곤이었다. 전말을 알지 못하였다면, 여인은 휘청하지도 않았을 것이다. 만일에 그러하다면, 무서운 여인이었다. 그리고 만일에 그러하다면, 이제부터의 적은 하오거가 아니라 이 여인일지도 모를 일이다. 칼집에서, 칼이 하오거의 손보다 먼저, 제 슬픔에 겨워 몸을 떨었다.


## 비밀문서, 승정원에서 열어볼 것


14일에 제왕들이 모두 대아문에 모이니, 새 황제가 그곳에서 났다 합니다. 새 황제는 선대 황제의 아홉번째 아들로 나이가 금년 6세이오며, 황제에 올라서는 그 연호를 순치라 한다 하옵니다. 구왕은 섭정을 선포했고, 숙친왕 호구는 순식간에 그 기세를 잃었다고도 하옵니다. 일이 어찌하여 이렇게 흘러갔는지 밝히 알 수 없으나, 전해 들은 바가 거짓이든 사실이든 간에 모두 이와 같아 황급히 장계를 올립니다. 절차를 갖추어 잘 아뢰어주시기를 바랍니다. 새 황제가 연치 유년하여 누가 보아도 구왕의 세상이니, 두려운 마음을 다 말할 수가 없습니다.

16일 저녁에는 큰 대왕의 아들과 손자가 아문에 잡혀와 목이 매달렸는데, 그들이 연치 유년한 새 황제가 대통을 잇는 것에 불만을 가진 자들이었다 하옵니다. 벌거벗겨진 채 목이 매달린 시체가 아문의 마당에 오래 매달려 있어, 입 밖으로 한 자나 비어져 나온 혀가 시퍼런데, 그 위로 쇠파리들이 몰려들고 구더기들이 구멍마다 들끓었습니다. 그자들이 실은 구왕의 수하들이라 그를 옹립할 마음을 가진 자들이었다 하는데, 그자들을 목매단 것이 또한 구왕이라 하니 그 비밀한 내막을 알 수가 없습니다.

조선이 성현의 도리로 깨우치고 또한 그 뜻으로 이어가니 어둠이 지나면 곧 밝은 날이 오지 않겠는가마는 적은 흔들리는 중에 더욱 거세지고, 짐작할 수 없는 일들로도 그 위세가 더욱 중해지니, 이 망극함을 어찌 다 말로 할 수 있으오리까. 차마 엎드려 애통하는 마음으로 적습니다.

15일부터 세자와 대군은 아침 제사에만 참석하시고, 제사가 끝나면 곧 관소로 돌아오십니다. 빈궁께서는 조금 편치 않은 때가 있어 바야흐로 연달아 기제청신산을 지어 올렸는데, 증세에 관한 기록은 의관이 쓴 서계에 상세합니다. 대군 또한 평안하십니다.

시강원에서 올립니다.


## 찬란하거나, 고독하거나


8월 14일 밤, 숭정전에서 일어났던 일들은 흔의 짧고 긴박한 전갈 이외에도 소문과 사실을 가리지 않고 어지러이 전해져왔다. 세자가 온몸에 힘을 주고 똑바로 앉아 그 소식들을 가려들어야 했다. 대왕들이 숭정전에 들기 전에 구왕에게서 미리 받았던 약속도 더는 비밀이 아니게 되었다. 그가 황제의 아들을 세우는 대신 충성을 달라 하였다고 했다. 충성을 주는 대신 목숨을 줄 것이고, 목숨과 함께 그들이 원하는 것을 또한 줄 것이라고 약속했다는 것이다. 우진왕은 그와 함께 섭정의 자리를 맡았고, 예열친왕은 목숨과 명예를 얻었고, 나머지 왕들도 죽음을 면했다. 호구가 자신의 편을 가리고 있을 때, 도르곤은 자신의 적을 가리고 있었던 것이다. 가렸으나, 적이 아닌 자가 없다는 것을 그가 알고 있었다. 그가 살아 있는 생애 내리 그리하리라는 것을 그의 삶이 준 숙명처럼 알았다.

그리고 구왕이 자신의 수하들의 목을 잘랐다. 수하의 목도 잘랐으니, 누구나 베어버리겠다는 뜻이었다. 예열친왕이 자신의 친아들과 손자의 목을 친히 내주고, 대신 자신의 가문과 일족을 구했다.

호구의 패배는 결국, 그의 교만과 어리석음 때문이었다. 그는 도르곤이 한발을 물러설 수도 있으리라는 것을 생각하지 못했고, 설령 생각했다 하더라도 도르곤 아닌 다른 자가 그의 적수가 되리라고는 생각지 못했던 것이었다.

호구는 칼의 솜씨가 훌륭했다. 뼈와 뼈 사이를 갈라 한 번에 베어내는 칼질이 놀랍게 빨랐다. 선대 황제는 그의 맏아들인 호구의 검법을 어여삐 여기는 대신 우려했다고 전해진다. 말을 타는 기마 전사에게는 칼보다는 활이나 창이 더 빨랐다. 달리며 깊게 찌르고, 뽑아내며 다시 달려야 했다. 달리며 쏘고, 멈추지 않은 채 다시 쏘아야 하는 것이다. 말 타고 달리는 전장에서 칼은 너무 짧았다. 베기 위하여 뼈와 뼈의 틈, 혹은 뼈와 살의 틈 사이를 노리는 시각이 자신의 목이 뚫리거나, 등에 살이 꽂히는 순간일 수도 있었다. 그러므로 칼은 장수의 것이 아니라 자객의 것이었다.

구왕 도르곤 역시 칼을 잘 썼다. 전쟁의 시대에 태어난 장수로서 칼을 다루지 못하는 자는 아무도 없었다. 중요한 것은 검법이 아니라 칼을 찌르는 순간을 아는 것이다. 도르곤은 이미 열네 살 나이에 삶과 죽음의 틈 사이를 겪었고, 그때에 그것을 알았다. 선대 황제 홍타이지에게서 그가 배운 것이 있다면 바로 그것이었을 것이다. 자객이 될 수 있는 자만이 자객의 칼을 피할 수도 있었다. 말하자면 먼저 찔러야 했고, 다시 찔리지 않기 위해서는 단 한 번에 뼈와 뼈 사이의 틈을 갈라 놓아야만 했다. 놓치는 순간이 바로 모든 것의 끝인 것이다.

호구는 그렇게 졌고, 도르곤은 그렇게 이겼다. 섭정이라 하였다. 그러나 그것이 황제보다 더 높은 자리라는 것을 누구도 모를 리 없었다.

흔의 두번째 서찰이 다시 그 이튿날 밤에 도착했다. 서찰을 가져온 석경의 낯빛도 긴장으로 인해 파랬다. 개인의 서글픔과 비루한 욕망이 끼어들 여지가 없어서 서찰의 빛깔까지도 퍼랬다. 세자가 서찰을 움켜쥔 채 석경에게 낮게 말했다.

"보는 자가 있었더냐?"

"은밀한 서찰이라 여겼사옵니다."

"너 이외에 본 자가 없고, 너도 본 것이 없다. 알겠느냐."

"…… 제가 이 밤에 한 일이 아무것도 없사옵니다."

"나가보라."

흔의 두번째 서찰 역시, 급한 글씨로 메워져 있었다.

— 피바람이 불 것입니다.

흔이 그렇게 썼다.

— 최후의 목을 치기 위해, 수하와 적을 가리지 않고 아낌없이 목이 떨어지게 될 것입니다. 누구도 믿지 마시고, 보중하소서. 영복궁으로 길이 열릴 것입니다. 그때를 기다리소서. 천하가 구왕의 것입니다.

무서운 여인이었다. 감히 써서는 안 될 글을 적어 세자에게 보냈으니, 여인이 세자에게 목을 걸겠다는 것인가, 아니면 세자의 목을 갖겠다는 것인가. 흔이 궐에 있을 때 이제는 태후가 된 영복궁 장비와 가까운 거리에 있었다고 들었다. 영복궁이 이제까지는 조선에 대해 깊은 관심을 갖고 있지 않았을 것이나, 앞으로 흔의 한마디 말이 영복궁의 관심을 불러일으킬 것이다. 헌데 여인이 원하는 것이 무엇일 것인가. 그것이 세자와 임금의 소망에 닿아 있는 것일 것인가.

세자가 흔의 서찰을 불에 태웠다. 임금께 아뢰지 못할 서찰이어서 더욱 그러했다. 새로운 천하가 임금을 더욱 불안하게 할 터이니, 임금께 올릴 세자의 말이 더욱 줄어들게 될 것이다. 그래서 서찰을 태우는 세자의 손이 두려움을 넘어 고독했다.

서찰을 태우면서야 세자는 서찰이 또다시 봉해지지 않은 채 자신에게 왔다는 것을 깨달았다. 세자가 서찰을 태우다가 말고 자리에서 벌떡 일어서 방문을 벌컥 열었다. 석경은 이미 물러가 자취도 보이지 않았다. 다행인 일이었다. 만일 그때 석경이 머뭇거려 세자의 방문 앞에 있었다면, 세자가 마침내 참지 못하고 소리쳤을 것이다.

"배반하지 말라. 무엇도 배반하지 말라. 그리고 의심하지 말라! 내가 다만 조선의 앞날을 우려하고 있음이니!"

무녀


　막금이, 그년의 신기가 과연 신통하지 않은가.

　만상의 입에서 '고것 참!' 하는 소리가 다시 새어 나왔다. 아무리 신의 몸을 받았다기로서니, 감히 종년 주제에 새 황제를 알아보다니. 신기는 과연 신통할지 몰라도 제 목숨을 곱게 보전하기는 어려운 계집이렷다……. 막금이 년이 지껄인 말이 영복궁의 귀에까지 들어갔다는데, 영복궁이 그년을 살려두라 할지 죽이라 할지는 알 수 없는 일이었다. 요망한 년이니 죽이라 하면 죽을 것이고, 요망하나 신통하다 하면 살게 될 것이다. 영복궁이었을 때도 종년 하나 죽이는 것쯤 눈 한번 깜빡 안 하는 일이었을 터인데, 이제는 태후 마마가 되신 분이 아닌가.

　태후가 어떤 여인인지는 만상 따위가 알 리 없었다. 들리는 말은 하나도 놓치지 않고, 그것이 똥이든 밥이든, 똥은 거름으로 쓰고 밥은 먹어 배불리리라, 제 몸속에 빈틈없이 담아두었던 터였으나, 깊은 궁궐 안, 황제의 내궁에 관한 것까지 새겨듣지는 못했다. 오랑캐의 법도란 것이 망측하기 짝이 없어, 죽은 황제는 한 아비의 두 딸을 후궁으로 삼았을 뿐 아니라 그에 앞서서는 두 여인의 친어미의 친동생까지도 아내로 취하였다 들었다. 내궁은 한 마당을 가운데에 두고 몇 개의 궁이 남과 동과 서로 바라보고 있는데, 동으로 들면 영복궁의 언니인 매란주의 처소요, 서로 들면 영복궁이라고 했다. 꿈을 받기로는 매란주가 최고였다는 말도 들렸다. 나이는 많아도 자태가 곱고, 황제의 수발을 받드는 것이 입에 든 혀와 같아, 매란주가 살아 있을 때 황제가 그 여인의 곁을 떠날 줄을 몰랐다고도 했다.

하, 대체…… 그 자태가 얼마나 고왔으면…….

만상은 입맛을 다셨다. 말은 귀동냥으로 들어 몸속에 담아둘 수 있지만, 언감생심 그 귀한 여인네들의 그림자 한번 밟아본 적이 없는 것이다. 만상이 만나본 가장 귀한 여인은 흔이었다. 흔은 조선에서는 종실의 딸이었고, 청국에서는 비록 후궁의 반열에까지는 오르지 못했더라도, 어떻든 황제에게 바쳐졌던 여인이었다. 그 모든 걸 다 고사하고라도, 대학사 댁의 작은마님 자리만이라도 얼마나 높은가. 흔이 요사스러운 여인이 아니었다면, 만상은 대학사 댁 작은마님의 얼굴을 바라볼 수 있기는커녕 그 근처에도 이르지 못했을 것이다.

생각의 갈래가 흔에게로 미치자 만상은 얼른 고개를 저어 흔들었다. 흔을 떠올리기 전에 무엇을 생각했더라…… 옳거니. 태후 마마가 되신 영복궁 마마. 그 마마님이 무서우신 분이라는 소문이 어느새 저 잣거리에 파다했다. 생각이란 게 조금이라도 있는 자라면 그걸 짐작 못할 바가 아니었다. 새 황제가 선대 황제의 여섯번째 아들이라고 했던가, 일곱번째 아들이라고 했던가…… 아무튼 쟁쟁한 황자들을 모두 물리치고, 심지어는 호구왕까지 물리치고 겨우 여섯 살짜리 아들을 황제로 만든 여인이었다. 소문이 사실인지 아닌지는 알 수 없으나, 황제의 자리를 두고 거래를 제안한 것이 섭정왕이 아니라 영복궁 쪽이 먼저였다는 말도 돌고 있었다. 그 소문이 사실이라면, 대체 영복궁은 거래의 대가로 섭정왕에게 무엇을 주었을 것인가. 입 가진 자마다 그런 말을 떠들어대니, 섭정왕과 영복궁의 관계가 전부터 심상치 않았다는 것이며, 심지어는 새 황제가 실은 섭정왕의 아들이라는 말까지 퍼지고 있는 지경이었다. 이야기야 항상 살이 붙는 것이고, 또 그래야 재미있는 것이 아니던가. 다만 모가지가 잘 붙어 있게 조심만 하면 되는 것이다.

그나저나 이년을 어찌한다…….

술잔을 들어 올리는데 빈 잔이 입에 닿았다. 혼자 생각에 골몰하느라 술이 빈 줄도 몰랐던 것이다. 전 황제의 상이 나간 후, 저자의 술집 문이 다시 활짝 열렸다. 상이 나가기 전이라고 해서 술을 데우는 곳이 없었겠는가마는, 내놓고 팔지도 못하고 내놓고 취하지도 못하였으니, 황제 죽은 자리에 흔하디흔한 것이 고기 값만도 못한 사람 목숨 값이었던 것이다.

전 황제의 상에는 산 놈들이 여럿 묻혔다고 들었다. 끼고 살던 후궁들을 저승까지 끼고 가는 거야 그렇다 치더라도, 끼고 살지도 않았던 아랫것들이 스스로 땅 밑으로 걸어 들어갔는데, 전 황제가 몽골에서 버려졌던 것들을 들여와 살도록 해준 자들이라 했다. 그자들의 충의가 저잣거리에서 아름다운 이야기로 회자될 때, 만상의 모골이 송연했다. 너도 죽으라 하면 흉내로라도 모가지를 길게 늘어뜨려야 할 듯했기 때문이었다. 너무 높은 주인을 모시는 것은 그래서 위험하고 어리석은 일이었다. 만상은 대가가 큰 거래는 원하지도 좋아하지도 않았다. 개똥밭에 굴러도 이승이 좋다는데, 어차피 태어난 한 목숨,

배부르게 오래 살아남으면 그만이었다.

그나저나, 주루의 종놈은 손님의 술 떨어진 것도 모르는가. 역정이 확 치미는데, 막금이 물동이를 들고 주루 안으로 들어서는 것이 보였다. 황제의 상이 나간 후 관소에서 빼내와 이곳에다 박아두었더니 주루의 일을 돕고 있는 모양이었다. 신기가 들었을 때는 눈동자 돌아가는 것도 겁이 더럭더럭 나게 요망한 계집이었지만, 그때가 지나고 나면 어디 신기가 있는가 싶게 멀쩡한 계집이었다. 생긴 것도 덜 밉지 않아, 두려운 마음만 없었다면 벌써 어떻게 요정을 내도 냈을 것이다.

"술병이 비지 않았느냐!"

만상이 탁자를 내리치며 소리를 질렀다. 막금이 들으라고 외친 소린데 청나라 말을 제 나라 말처럼 잘 알아먹으면서도 곁눈 한번 돌리지 않았다. 술병을 들고 나타난 것은 주루의 주인인 이생이었다. 만상처럼 머리를 밀고 변발을 내린 이생은 술병을 내려놓으면서, 그러나 조선말로 말을 건넸다.

"새 황제가 나셨으니 곧 진하사 사절들이 크게 오겠지요?"

"그리하겠지."

"약재며 종이 값이 많이 올랐습니다. 국상에 들어간 물건들이 많아서 지금은 시장에 내놓기만 하면 그게 다 금값이올시다. 역관은 누가 쫓아올 것 같습니까?"

"그놈이 다 그놈이겠지, 별다른 놈이 있겠는가."

"장이 큽니다. 서행이 언제 다시 시작될지 알 수 없으니, 이만한 때가 없습지요."

"술 다 식네."

이생이 술을 따랐고, 만상이 단숨에 술을 들이켜다가 눈을 휘둥그레 떴다. 이생의 입가에 웃음이 번졌다.

"저도 머리 밀고 산 지가 10년이 넘사오나, 아직도 가끔은 조선 술이 입에 당길 때가 있지요. 어떻습니까? 제대로 내렸지요?"

"갓 쓴 놈들에게나 내놓으면 좋겠군. 조선에서 갓은커녕 상투 한번 못 틀어본 나 같은 불상놈한테야 가당한가. 게다가 조선 술이란 게 어디 싱거워서……."

말은 그렇게 하면서도 만상은 맑은 조선 소주가 담긴 술병을 밀어내지 못했다.

만상은 열두어 살 무렵에 청으로 끌려오는 길에 강을 건너기도 전에 머리가 밀렸다. 청군에게 잡혀와서는 역관의 집에 팔렸는데, 만상은 몇 년이 지나도록 변발을 늘이고 있는 자신의 주인이 조선 사람인 줄도 알지 못했다. 전쟁 중에 아비와 어미, 형과 누이가 모두 죽고 만상은 고아가 되었다. 그리고 그처럼 고아가 되었거나, 아니면 자식새끼들과 서방과 마누라를 모두 잃은 사람들과 함께 채찍을 맞으며, 손바닥에 활줄이 꿰인 채 굴비 두름처럼 언 강을 떠밀려 건넜다. 노예시장은 온통 조선인 노예들로 넘쳐났다. 생사도 모른 채 따로 끌려와 뜻밖에 시장에서 상봉하는 부모와 자식들이 시장에서 다시 따로 팔려 갔다. 통하지 않는 말로 울부짖는 조선인 노예들은 거지처럼 헐벗었고, 개돼지처럼 비참했다. 말이 통하지 않았으므로, 말은 곧 채찍질이었다.

역관의 집으로 팔려간 만상은 아무런 이유도 없이 며칠 동안 매만 맞았다. 말을 알아듣지 못했으니 자기가 맞는 까닭도 알지 못했고, 알았다고 한들 그 매를 피할 방법도 없었다. 그후로부터 몇 년 동안 만상도 새로 잡혀온 자기 또래의 노예들을 때렸다. 저들의 말을 빨리 깨우친 만상은 매질을 하는 동안에는 조선말을 하지 않았다. 어느 땐가부터는 매질을 하지 않을 때도 조선말을 하지 않았다. 만상이 열다섯 살쯤 되었을 무렵에 새로 잡혀온 노예 하나가 매질을 견디지 못한 끝에 덜컥 숨을 놔버리고 말았다. 주인은 노발대발했고, 종들은 입을 맞춰 만상이 과하게 매질을 했다고 주인에게 고했다. 결벽을 주장하기 위해 바닥에 머리를 박아대는 종들의 이마에 피멍이 들었다. 전쟁터에서 사람 죽어나가는 것을 수없이 보았고, 포로로 끌려오는 동안 제풀에 숨넘어가는 자들의 시체를 또한 수도 없이 보았으나, 제 손끝에서 사람이 죽어나가는 것을 보기는 처음인 만상은 얼이 나가 있었다.

쳇, 죽으라면 죽지.

결백을 주장하기 위해서가 아니라 남들이 그리하므로 만상도 머리를 바닥에 박는데, 한 번에 이마가 깨져 피가 철철 흘렀다. 집 안의 종이란 종은 모두 잡아 죽일 듯이 펄펄 뛰던 주인이 갑자기 말을 잃고 만상을 내려다보았다.

"이놈이!"

잠시 후 벽력같은 호통 소리가 터져 나왔으나, 만상은 흐르는 피를 씻을 생각도 하지 않고 떨리지도 않는 목소리로 말했다.

"죽으라 하시면 죽겠사옵니다만 이놈이 억울한 건 주인이 아실 것이고, 혹이나 주인이 살라 하시면 죽은 놈 몫까지 살아낼 것이나, 죽은 놈이든 산 놈이든 주인의 것이니 이놈이 이놈의 입으로 할 말이 없사옵니다.”

주인의 얼굴이 갑자기 차가워졌다. 그는 노발대발하지도 않고, 호통을 치지도 않았다. 갑작스러운 정적 속에서 만상의 가슴이 두근두근 뛰기 시작했다. 혹시라도 살길이 열리는가. 간신히 눈을 들어 올려보는데, 주인이 낮은 목소리로 만상에게 말했다.

“네놈이 청국 말을 곧잘 하는구나.”

뜻밖에 주인의 말은 조선말이었다. 주인이 조선을 왔다 갔다 하며 역관 노릇을 한다는 것은 알고 있었지만, 주인의 조선말이 너무나 또렷하여 만상은 그 와중에도 어리둥절했다.

“허면 조선말은 어떠한가 보자꾸나. 조선말로 너의 그 뜻을 말해보라. 그 말이 네놈을 살리거나 죽이거나 할 것이다.”

노예 생활 몇 년 만에 청 말을 그리 법도 있게 배웠으면, 조선말은 이미 잊었으리라 생각했음이 틀림없었다. 머리가 빠르게 돌아갔다. 주인이 자신의 재주를 밉지 않게 본다는 것을 알았고, 사는 길은 재주 자랑밖에 없다는 생각이 들었는데, 나서 자란 조선의 말을 입에 올리는 것이 무슨 재주 자랑이 되겠는가. 그래도 주인이 하라 했으니 해야 했건만, 귀신에 홀린 것처럼 입이 열리지를 않았다. 청국 말로는 그리 맹랑하게 지껄였던 말들이 조선말로는 입 밖으로 나올 생각도 하지 않았다. 벙어리처럼 입을 벌리고 얼굴만 벌겋게 달아올라 만상이 쩔쩔매는 동안, 주인의 얼굴이 싸늘해졌다.

"매우 쳐라. 저놈의 입이 열릴 때까지 매우 쳐야 할 것이야."

기다렸다는 듯이 매질이 시작되었다.

"나, 나, 나으리 마님, 살려줍시오!"

비로소 만상의 입에서 조선말이 터져 나왔다. 그러나 매질은 멈추지 않았다. 혹독하고, 악착같은 매질이었다. 비로소 생생해진 죽음의 실감이 어린 소년의 억울함이나 결기, 혹은 교활함 따위를 모두 사라지게 만들었다. 깨진 이마로 바닥을 내리치는데, 바닥이 피로 흥건했다. 그래도 주인은 매질을 멈추라는 말을 하지 않았다. 바짓가랑이 사이로 오줌이 줄줄 흘러내리더니, 끝내는 물똥이 쏟아져 나왔다. 그제야 주인은 그 냄새나는 것을 방에다 처박아놓으라 명령했다.

오줌을 지리고 물똥을 내지른, 냄새나는 것…… 그 냄새나는 것의 생각이 깊어졌다. 주인이 조선 사람이라는 것을 알게 된 순간부터였다. 청국의 높은 사람인 줄로만 알았던 주인이 사실은 조선 것일 뿐만 아니라, 한때는 자신처럼 적국에 사로잡힌 포로에 지나지 않았다는 얘기들을, 사실인 것과 헛소문인 말들 모두를, 만상은 한마디도 놓치지 않고 다 귀에 담았다. 말하자면 '냄새나는 것'의 세계가 열린 것이다. 아직 열다섯 살, 꿈이 필요한 나이였다. 그후로 만상은 자신의 땋아 내린 변발을 다시는 부끄러워하지 않았다.

서문 거리에서 주루와 기방을 열고 있는 이생은 한때는 인삼을 밀매하던 조선의 잠상이었다. 조선에서 체포령이 나자 그는 청에 주저앉아 머리를 밀고 청나라 사람 행세를 하며 잠상을 이어갔다. 그러다가 군사들에게 쫓겨 죽을고에 들었다가 빠져나온 이후로는 청의 도성에다가 주루를 차리고 눌러앉았다. 이미 오십이 가까운 나이였다. 그는 다시는 월경에 나서지 않고, 대신 주루에 앉아 잠상들이 가져온 물건들을 청에 넘기면서 이문을 챙겼다. 조선의 사신단이 올 때마다 역관들은 이생의 주루로 몰려들었다. 가져온 것이 있는 자는 돈을 챙겼고, 그렇지 못한 자는 조선의 음식과 술을 그곳에서 맛보는 것으로 만족했다. 명과의 육로가 끊기면서 명에서 온 물건들도 이곳에서 팔렸다. 싼값에 넘어온 귀한 서책들이 터무니없을 정도로 비싼 값에 팔렸는데, 그렇게 해서라도 명의 서책을 구할 수 있게 된 정승 판서 영감마님들은 그 서책들을 어루만지며 눈물을 흘리고, 심지어는 서책을 명나라 쪽으로 두고 절을 올린다고도 했다.

청나라 말로 된 서책을 구하고자 하는 사람은 아무도 없었다. 역관을 제외하고는 청의 말을 하는 사람도 없었으니, 청의 말을 입에 담는 것은 똥을 담는 일이라, 적의 땅에서 10년 가까이나 볼모 생활을 하고 있는 세자조차도 청의 말은 배우지 않는다 했다. 역관들은 조선의 높으신 양반들이 이리하시라 하는 말을 저리하라고 옮겼고, 일이 틀어지면 뇌물을 챙겼다. 조선 양반들은 만상 같은 부류들을 가벼이 다루지 못했다. 더욱이 만상만큼 청의 말을 잘하고 잘 옮기는 사람은 없었다. 그의 주인조차도 세속의 말은 잘 알아듣지 못했으니, 천것들의 말을 듣고 옮길 필요가 있을 때는 만상을 불러 쓰지 않을 수 없었다.

"그나저나 저년은 언제 다시 가져가시렵니까?"

"또 무슨 요망한 짓을 하든가?"

"아닙니다. 알아서 일도 잘 찾고 손끝도 잽싼 것이 데리고 있을 만은 합지요. 그런데 저년의 얼굴이 덜 밉지 않아 탐을 내는 주객들이 많으니 그것이 탈이라면 탈이겠습니다."

만상이 혀를 쯧쯧 찼다.

"밖에 내보이지를 않으면 되지 않는가."

"어디 그게 제 마음대로 되는 일이어야지요. 종년한테 가만히 틀어박혀 주는 밥이나 먹고 처누워 있으라 하면, 그것이 어디 호사겠습니까? 차라리 죽으라는 소리와 진배없지요. 그럴 팔자로 태어나지 못했으니 그런 팔자로 어디 살아지겠습니까?"

만상이 다시 혀를 찼다. 이생의 말에 틀린 데가 없기 때문이었다. 종년의 팔자란 바로 그런 것이었고, 그 역시 조선에 있었다면 그렇게 살게 되었을 것이다. 노비의 자식은 아니었으나, 전쟁 중에 어미 아비가 모두 죽었으니 곧 노비로 팔리지 않고서는 살아내지 못했을 것이다. 적국에서의 삶이 고되었다 한들 조선에서 살았다면 나았을 것인가. 나라가 다 망하였으니, 조선의 임금은 적의 황제 앞에서 이마를 부딪쳐 절을 하고, 조선의 세자는 적의 땅에서 잡힌 몸으로 살고 있는 것이었다. 조선의 양반들은 여전히 상투를 틀어 올리고 갓을 쓴 채로 도성의 거리를 오고 갔으나, 여기는 머리를 밀고 사는 사람들의 나라였다. 만상은 길게 늘어진 변발을 소리 나게 앞가슴으로 걸쳐 내렸다. 숱이 많아 청인들조차 부러워하는 아름다운 변발이었다.

"곧 소식이 있지 않겠는가. 나도 저 종년 하나 때문에 골머리가 아프네."

"아깝습니다. 대학사 댁 종년만 아니라면, 내 한번 길러볼 터인데."

"신령이 안 무서운 게로군."

"그래 봤자 조선의 신령이겠지요. 여기가 어디이옵니까. 대청의 성도가 아니옵니까."

이생이 호탕하게 웃음을 터뜨렸으나 만상은 웃지 않았다. 막금이 년이 새 황제를 알아보았다는 사실을 이생은 알지 못함이었다. 듣자하니 막금이란 년이 영복궁에서 나서는 어린 마마님을 보자마자 그 앞에서 넙죽 절을 하였다는 것인데, 조선의 신령이 여기까지 오지 않았다면 막금이 년한테 그런 신기가 가당키나 했겠는가. 그나저나, 저 년이 신의 몸은 받았을지언정 사내 육것의 맛은 아직 다 알지 못하리라. 술 한 잔을 들이마신 후, 만상은 입맛을 다셨다. 술맛만으로는 채워지지 않는 것이 있어 몸속이 허전했다.

그날 밤, 만상은 주루의 기방에 있었다. 조선에서 팔려온 지 얼마 안 된 기녀는 아직 기녀 흉내가 몸에 배지도 않아 옷자락에만 손을 대도 몸을 부들부들 떨었다. 숙인 얼굴을 들어 올려보니 곧 울음이 터질 듯 눈물이 그렁그렁했다. 만상의 입에서 버릇처럼 쯧쯧 하고 혀 차는 소리가 새어 나왔다. 조선에서 반상의 딸로 살지도 않은 년이겠거늘, 팔린 몸 때문에 눈물을 꼴짝거린다는 게 가당키나 한가. 몸이나 좀 주물리리라 했던 생각이 바뀐 것은 아마도 그 그렁그렁한 눈물 때문이었을 것이다.

"벗어라."

잔에 술을 치기도 전에 벗으라는 명령이 놀라워 기녀가 머뭇거리는 것을, 만상이 끌어당겨 옷섶 속으로 손부터 집어넣었다. 슬퍼서라

기보다 놀라워서 기녀의 눈에서 눈물이 툭 떨어졌다. 그 또한 만상에게는 마땅치가 못한 일이라 기녀가 손을 놀리기도 전에 만상의 손이 기녀의 옷을 거머쥐었다. 조잡한 것이라도 비단 축에는 드는 옷이 한순간에 허물 벗듯이 벗겨질 리 없어 옷에 조이고 만상의 완력에 조인 기녀의 입에서 비명 소리가 터져 나왔다. 만상이 또 한 번 쯧쯧 하고 혀를 차고, 덜 벗겨진 옷을 마저 벗겼다.

만상의 어미와 누이는 청나라 군사와 함께 내려온 몽골 병사들에게 짓밟힌 후에 죽임을 당했다. 가진 몸이 덜 만족스러웠을까, 아니면 더럽힘만으로는 만족하지 못할 무언가가 있었을까. 마을의 모든 여인들이 하룻밤 사이에 군병들에게 도륙이 났다. 군병들은 눈에 불을 켜고 계집들을 찾아냈고, 빨리 찾아낸 자는 첫맛으로, 늦게 찾아낸 자는 후물림으로 미처 가릴 사이도 없어 벌겋게 드러나 있는 가랑이 사이를 파고들었다. 누군가는 살맛으로만 끝냈지만 어떤 놈은 피의 맛까지 원했으니, 여인들의 몸이 칼날에 베어지고 난자되었다. 그의 어미와 누이도 그렇게 죽었다. 살았다면 끌려와 노예가 되었거나 주루에 팔렸을 것이다.

기방의 계집들을 탐할 때마다 만상은 흔히 어미와 누이의 환영을 보았다. 그 모진 환영이 눈앞에 떠오르면 놈들에게 벗겨지고 찢겨졌던 옷을 누더기로나마 챙겨 가릴 곳을 가려주고 찢긴 곳은 덮어주어야 할 터인데, 어쩌자고 만상은 자신의 누이와 어미를 능욕했던 놈들처럼 기녀의 살맛뿐만 아니라 피맛까지 보려고 들었다. 어미도 이렇게 당하였소? 누이도 이렇게 아팠소? 그렇게 잔혹한 질문을 던진 연

후에야 비로소 구토처럼 떠오르는 어미와 누이의 환영이 지워졌다.

기녀의 입에서 연신 비명 소리가 터져 나왔다. 그러거나 말거나, 만상은 벌거벗은 기녀를 떠밀어 엎어지게 하고는 다시 그 몸뚱이를 끌어안아 엉덩이를 들어 올렸다.

"이년이 기녀 노릇에 뒷물도 안 하느냐. 고린내가 진동을 하는구나."

놀라움과 수치로 몸을 비트는 기녀의 엉덩이를 꽉 움켜쥐고, 만상이 뒤에서 기녀의 몸속으로 파고들려는 순간이었다. 뭔가 서늘한 기운이 느껴져 뒤를 돌아보는데, 순간 그의 얼굴에서 핏기가 와락 사라졌다.

"개요, 소요. 홀레를 뒤로 붙게."

막금이었다. 믿을 수 없게도, 막금이 방문에 서서 안을 들여다보고 있었다.

"좋소? 그리하면?"

"저년이…… 저년이…….'

만상의 입에서 어어, 하는 신음 소리가 새어 나왔다. 막금의 눈동자가 홱 돌아가는 것이 보였던 것이다. 만상은 계집처럼 벗은 옷으로 몸을 가리고, 잠시 후에는 눈을 가렸다. 저리 가라, 이년! 눈을 가리고, 있는 힘껏 소리를 질렀음에도 벌벌 떨리는 몸이 진정되지 않았다.

"나으리, 나으리…….'

기녀가 부르는 소리에 간신히 눈을 뜨고 손가락을 벌려 바라보았을 때, 막금은 더 이상 방문 앞에 보이지 않았다. 문은 열려 있지도 않왔고, 기녀는 여전히 벗은 몸이었다. 만상의 온몸에 순식간 맥이 풀렸다. 그는 털썩 주저앉다 말고 다시 비명을 질렀는데, 만상을 기겁하게 한 것은 시각을 알리는 종소리였다. 종소리는 북소리로 이어지고, 다시 먼 종소리와 북소리로 이어졌다. 종소리와 북소리를 두렵다고 여기기는 전에 없던 일이었으니, 그가 잠시 전에 본 것이 헛것인가, 아니면 조선에서 건너온 신령이었는가도 알 수 없는 일이었다.

계절이 바뀌어 빠르게 차가워진 북방의 달이 기방의 창문 안으로 스며들어 얼이 빠져 있는 만상의 얼굴을 밝혔다. 기녀는 만상이 본 헛것 때문이 아니라 헛것을 보고 얼이 빠진 만상 때문에 겁에 질렸는데, 다시 한 번 조심스레 나으리를 부르는 기녀를 만상이 냅다 발길질로 내질렀다. 요망한 것이 신령인지, 헛본 막금이 년인지, 아니면 벌거벗고 있는 기녀인지 분간이 되지 않았던 것이다.


## 간자와 모리배


그날 밤, 막금이를 데려오라는 흔의 전갈이 이생의 주루로 왔다. 만상보다 막금이 먼저 그 전갈을 들었던지, 막금은 어느새 주루의 문 앞에서 만상을 기다리고 서 있었다. 잠시 전에 보았던 헛것이 떠올라 막금을 바라보는 만상의 어깨가 흠칫 떨렸다.

이년이 혹시, 내 지은 죄도 모두 알지 않을 것인가……

혼자 생각하다가 다시 어깨가 떨렸는데, 자신이 살아온 길지 않은 생을 죄라고 여기기는 전에 없던 일이었다. 만상은 역관의 일을 배운 후부터 주인과 함께 주로 노예를 속환하는 일에 간여했다. 청의 주인이 천 냥을 부르면 조선 주인에게는 이천 냥을 불러 가운데에서 그 값을 챙기는 식이었다. 한쪽에서는 노예를 파는 일이었지만, 다른 한쪽에서는 제 자식과 제 부모를 되찾아가는 일이라, 재물이 좀 있는 축이라면 돈이 문제가 아니었다. 처음에는 백 냥 돈으로도 거래되던 노예들의 값이 나중에는 몇백 냥, 심지어는 천 냥 돈으로까지 치솟았다. 돈 많은 양반들이 값을 올려놓으니 상것들은 물론이거니와 가난한 양반도 제 식솔을 되사가는 일이 난망했다. 가진 것 안 가진 것을 모두 팔아 간신히 돈을 마련해, 또 죽을힘을 다해 국경을 넘어왔던 자들이 제 자식과 제 아내를 그대로 노예로 남겨둔 채, 목을 매달아 죽고 혼하 강물에 몸을 던져 죽었다. 관소의 앞마당에 울부짖는 조선인들이 매일같이 넘쳐났다.

만상을 찾으러 오는 사람은 아무도 없었다. 그가 잡혀올 때 어미와 누이와 형이 모두 죽는 것을 제 눈으로 보았고, 제 가솔을 놔두고 혼자만 줄행랑을 놓았던 아비도 적에게 잡혀오다 얼어 죽었다는 소식을 들었으니, 만상에겐 혈육이랄 것이 없었다. 있어서 되돌아간다 한들, 뭐 신통한 일이 있을 것인가. 주리고 얼고, 하루걸러 매를 맞아 살이 터지던 기억밖에는 없는 땅이었다.

이튿날이면 속환되어 제 아비나 오라비의 품으로 돌아갈 여인들을 만상이 여럿 범했다. 노예로 끌려온 것들 중에 처녀인 것이 거의 없었다. 끌려오는 길에 이미 도륙이 나도 여러 번 났기 때문이었다. 신분 낮은 것들은 아예 돌림으로 당하였고, 그중 신분이 높은 것들은 대장의 막차 안에서 당했다. 동침을 한 맛이 좋으면 상에 남은 반찬을 물려주듯이 사랑하는 수하에게 그 맛을 물려주기도 했다. 그런데도 여인들이 죽을 용을 다 써 만상의 손목을 물어뜯고 얼굴을 할퀴어 만상의 몸이 성할 날이 없었다. 제 분에 못 이겨 숨이 넘어가는 계집도 있었는데, 그런 년이라도 시체 값은 받아 챙겼다. 속환되어 가던 반상의 따님들은 조선 땅에 이르러 난데없이 목을 매달기도 한다고 했다. 제 땅에 이르니 비로소 자신이 당한 능욕이 두려웠기 때문일 것이다. 그러나 죽는 년은 드물고, 대개는 살아서 제 집까지 갔다 들었다.

밤이 늦어 기찰을 피하느라 걸음이 더뎠음에도, 대학사의 저택 가까이로 접어들자 대문에 밝혀놓은 등불이 낮처럼 환했다. 만상이 앞서 걷던 걸음을 멈추고, 막금의 얼굴을 돌아보았다. 등불 빛을 받은 막금의 얼굴이 맑았다.

"뭣이 보이느냐?"

만상이 속삭이듯 물었다. 막금이 만상을 쳐다보며, 어이가 없다는 듯 피식 웃음을 흘렸다.

"나으리 얼굴이 보이지 뭣이 보이겠소?"

"이년! 앞으로는 보여도 보지 말거라!"

"보이는 것을 어찌 안 봅니까?"

"보여도 보지 말라 하지 않느냐!"

헛된 문답이 오고 간 후, 만상은 오만정이 다 떨어진다는 듯 고개를 세차게 흔들었다. 그렇더라도 발밑에 차진 진흙이 달라붙은 것처럼, 개운치 못한 기분은 여전했다.

안에서 미리 손을 써두었던지, 만상과 막금은 열려 있는 곁문을 통과해 곧바로 흔의 처소가 있는 내정까지 갈 수 있었다. 궐에 들어본 적은 없으나 궐이 아마 이러하려니 여겨질 정도로 대학사의 저택은 거대했다. 꽃과 나무들이 우거지고 어디서 가져다 심은 것인지 알 수 없는 기암괴석들이 또한 빽빽하게 서 있는 정원을 지나면, 배 한 척도 능히 띄울 수 있을 것 같은 연못이 나타났다. 청이 성하면서 명의 습속도 빠르게 퍼져, 성도의 곳곳에 이와 같은 큰 저택들이 생겨났다. 문관에 대한 대접도 전과 달라서, 장수로서도 학문이 높은 비파가 중원의 책을 만주 말로 옮기는 일을 맡았는데, 그후로 황제의 대우가 각별해졌다 들었다. 글을 읽는 자가 귀한 대접을 받는 것도 전에는 없던 일이었다.

흔이 이미 내정의 쪽문 앞에 나와서 막금을 기다리고 있었다.

"막금이냐?"

묻는 흔의 말이 마치 정인을 기다리는 여인의 안타까움처럼 애가 달았다.

"네, 마님. 막금이옵니다."

"어찌 이리 늦었느냐. 내가 너를 기다리다가 애간장이 다 녹겠구나."

달려나와 막금의 손을 거머쥐던 흔이 뒤늦게야 만상을 발견하고는 눈빛이 순식간에 꼿꼿해졌다. 애썼다는 한마디쯤은 돈도 안 드는 말이겠건만, 만상에게 돌아온 것이 문이 쾅 하고 닫히는 소리뿐이었다.

배알이 꼴리기는 했으나 자신에게는 그따위 것이 아무짝에도 쓸모없다는 것을 누구보다 만상이 잘 알았다. 대학사의 부름을 받고 또 흔이 시키는 대로 일을 하는 것이 언젠가는 재물로 돌아올 일이었다. 하루가 멀게 전쟁이 벌어지고, 사람들의 대가리가 아침저녁으로 떨어져 나가는 시절에 재물보다 더 귀한 것이 없었다. 어려서부터 적의 땅에서 살아 적의 습속이 모두 몸에 배기는 했으나, 그렇더라도 말 타고 활 쏘는 것만은 몸에 익지를 않으니, 불알 달린 것들 중에 전쟁에 소집되지 않는 자가 없을 때에도 만상은 돈으로 소집을 피했다. 그는 아무튼…… 살아남을 작정이었다.

정원을 돌아 나올 때, 노비 하나가 다가와 대학사가 부르신다 했다. 만상이 온 것을 알고 있는 걸 보면 막금이 온 것도 알고 있는 것일 터였다.

"부르셨사옵니까?"

"오는 길에 보는 눈은 없었더냐?"

"기찰을 피해 오느라……."

"애썼구나."

대학사가 만상의 말을 잘랐다.

"어떠하냐. 네 생각에는 그년이 과연 신기란 게 있는 년이더냐?"

"하문하심이……."

"교활한 놈, 몰라서 다시 묻느냐."

때 아니게 입가에 웃음이 번져, 만상이 그것을 감추느라 얼른 고개를 숙였다. 언젠가 대학사가 이와 같은 한밤중에 만상을 급히 불러들인 적이 있었다. 말하라, 대학사가 명을 내렸고 막금이 고개도 들어 올리지 않은 채, 낮고 빠르게 조선말로 만상에게 속삭였다.

"나으리 마님께서 이 밤중에 무슨 꿈을 꾸다가 깨어나셨다지 않소. 나를 불러 그 꿈의 뜻을 말하라 하시는데, 내가 남의 꿈을 어찌 알겠소. 이리 갑갑할 데가 없소. 해도 분부가 하도 추상같으니 내가 방법이 없어 내 신령의 말을 핑계 댔소. 이제 나으리가 오셨으니 나으리가 날 살리시오."

막금의 말로 짐작해보니 그 밤에 대학사가 무엇인가 범상치 않은 꿈을 꾸고는 신기 있다는 막금을 불러들였던 모양이었다. 그런데 그때따라 막금이란 년의 신기가 어디로 몽땅 사라졌는지, 해몽은 고사하고 변명도 요령 있게 할 수가 없었다는 것이다. 대학사의 분부가 무서운 줄은 알아서, 막금이 살든가 죽든가 하는 각오로 되는 말 안 되는 말들을 주워섬겼는데, 그게 모두 조선말이었다고 했다. 막금이 청국 말을 못해서가 아니라, 대학사가 듣고자 하는 말을 찾을 도리가 없었던 것일 터이다.

"뭐라 하느냐? 저년이 뭐라 하는 소리냐? 저년이 지껄이는 소리가 다 지 신령의 말이라는데 만상이 네놈이 조선 신령의 말도 옮길 수 있으렷다?"

만상이 아무리 엎어질 데 안 엎어질 데를 가리지 않고 살아온 자라고는 한들, 한밤중에 그런 황망한 일이 있을 수가 없었다. 잠시 눈을 내리깔고 서 있는데, 머릿속의 생각들이 정신없이 어지러웠다. 이럴

때일수록 눈치가 빨라야만 했다. 그러지 않고서는 살아남을 수 없는 세월이었다. 그러나 들어보지도 못한 무녀의 말을 무슨 요령으로 풀어낼 수 있을 것인가.

"그러니까 그 꿈이…… 신령의 뜻보다도 더 높은 곳에 있으니, 하늘이 내린 꿈이라…… 입안에 담아두고 내놓지 않으심이……."

"이놈이 무슨 말을 지껄이는 것이냐! 알아듣도록 말을 하라!"

만상이 질끈 눈을 감았다가 떴다. 에라, 모르겠다는 듯이 내뱉는 말이, 그러나 청산유수처럼 이어졌다.

"신령의 말을 제가 감히 어찌 다 옮기겠사옵니까마는, 제 소견으로 짐작컨대 그 꿈이 크고 높은 것이니 밖으로 내놓지 않고 간직하심이 옳사옵고, 그리하시면 마침내 그 뜻이 하늘에 닿아 이루어지리라…… 뭐, 그런 말이 아니겠는지요."

대학사의 미간이 좁아졌다.

"시체들의 대가리가 일어서 내게 달려드는 것이 그리 참혹하였거늘…… 그토록 흉한 꿈이었거늘……."

"듣는 귀가 많사옵니다. 안으로 간직하시지요. 사람의 눈으로 보아 흉한 것도 하늘의 뜻으로는 외려 길한 것이기도 하겠습지요. 예사로운 꿈이었다면 나으리께서 이 밤에 단잠을 깨셨을 리도 없을 터…… 서방의 별을 보고 가라 한답니다."

"서쪽이라?"

대학사의 고개가 갸웃해졌다. 서쪽의 별을 바라보려는 듯, 갸웃했던 고개가 은연중 위로 쳐들리기도 했다. 그사이 막금이 남모르게 만상의 옷깃을 쥐었다.

"나으리가 대학사 어르신 무서운 것만 알고 신령님 두려운 줄은 모르시오."

막금이 속삭이는 소리를 만상은 무시했다. 서니 동이니 하는 말은 막금의 입에서 나온 적도 없지만, 서쪽은 명나라가 있는 곳이니, 저들이 원하는 것이 모두 서에 있음이었다.

"이년아, 너도 살고 나도 살아야 할 것 아니냐. 잠자코 있어라."

며칠 후, 황제가 느닷없이 세상을 떴다. 새 황제가 서쪽 궁에서 났다는 소리를 듣고 만상이 저 홀로 웃음을 터뜨렸다. 신령이 별것이겠는가. 살고자 하는 욕망이 신령의 뜻보다 높았다.

"…… 그년이 신기가 있는 년이기는 한 게야. 그런 게야."

마침내 대학사의 입에서 혼잣말이 흘러나왔고, 만상은 입술을 깨물어 스며 나오는 웃음을 간신히 참았다.

"그년을 잠시 관소에 두었었다 했으렷다?"

"소견이 짧아 미처 거기밖에는 생각지 못하였으나, 곧 다른 곳으로 옮겼사옵니다."

"요망한 년이 관소에서는 헛된 소리를 하지 않았더냐?"

"관소에서야 자발없이 지껄일 말이 있었겠사옵니까?"

막금을 사이에 두고 말하고 있었지만, 만상은 대학사가 막금의 일을 묻고 있는 게 아니라는 걸 알았다. 그의 대답 역시 마찬가지였다.

"저들이 남모르는 곳에서는 여전히 명의 황제 숭정의 연호를 쓴다 하니, 혹 기집이 천벌을 받을 일이라 일러줬을지는 모릅지요."

대학사의 입매가 단단해졌다. 그는 잠자코 들었다.

"조선의 임금이 세자를 멀리한다는 종작없는 말도 있사온데, 기집 한테서 조선의 새 임금 운운하는 말은 없었던 모양이옵니다. 그런 맞아 죽을 소리를 했다가는 여직 살아 있지도 못했겠습지요만……."

"말이 넘치는구나. 시끄럽다!"

대학사가 버럭 소리를 질렀다. 그쯤 해서는 그럴 줄 알았다는 듯, 만상도 넙죽 허리를 숙였다. 만상은 미천한 소역小譯에 불과했다. 그러니 둘 사이에 오고 가는 말도 늘 그런 식에 지나지 않았다. 그러나 그런 식의 말에서 대학사는 관소의 동정을 읽었다. 미천한 말과 비루한 정보였으나, 미천하지 않고 비루하지 않은 것은 소용에 닿지 않고 만상의 말은 소용에 닿았다. 대학사는 만상이 마찬가지로, 미천하고 비루한 청의 정보를 세자의 관소에 흘린다는 것을 알고 있었다.

새 황제가 났으니 그들은 다시 전쟁을 준비할 터였다. 전쟁은 일상이라 새삼스러울 것이 없었으나, 섭정왕의 포부가 크니 전보다 더 큰 전쟁이 될 게 틀림없었다. 조선은 그들의 적의 축에도 끼지 못했으나, 성가신 후방임에는 틀림없었다. 뒤를 걱정하면서 앞으로 나갈 수는 없었다. 전쟁 때마다 그들이 조선의 출병을 요구하는 것은 조선의 군대가 힘이 되어서가 아니라 그들의 후방을 비워두기 위해서였다. 황제가 조선 종실의 여인을 대학사에게 내린 것은 끼고 살며 이뻐만 하라는 뜻은 아닐 터였다. 흔이 그와 관소 사이에서 은밀한 다리 노릇을 해주고 있었다.

"교활한 놈. 말로써 먹고사니 입술만 기름지구나. 나가보거라."

배알도 없는 터에 욕먹고 사는 것이 분할 것도 없어서 만상이 허리를 숙였다. 잠시 후 만상의 등 뒤에서 대학사가 혼자 중얼거리는 말이 들려왔다.

"흉몽은 아니었던 게야…… 그랬던 게야."

꿈을 믿는 자들이란 꿈이 필요한 자들일 터…… 만상은 밤마다 깊은 잠이 들어 흉몽이고 길몽이고 꾸지 않았다. 더 높이 올라갈 데도 없었고, 더 낮은 데로 떨어질 데도 없었다. 그는 가장 낮은 바닥에서 뒹굴어 간신히 그 낮은 바닥을 기어 나왔을 뿐이었다. 열다섯 살 어린 나이에 역관이었던 주인이 그의 세계를 열어주었다면 그후의 세월은 겁 없이 열렸던 세계의 문이 닫히는 시간들에 지나지 않았다. 높이 오를 수 있는 자는 높이 있는 자들이었다. 그는 자신의 주제를 알았고, 자기 주제를 알았으므로 어디서든 엎드렸고, 어떤 때는 알아서 엎어졌다. 그러므로 위험한 거래 따위는 하지 않았고, 위험한 높이까지는 바라보려고 들지도 않았다. 그의 꿈은 그저 오래 살아남는 것뿐이었다. 밤마다 잠이 깊어 해몽이 필요한 꿈 같은 것은 꿔지지도 않았다. 밤마다 그가 꾸는 꿈이라고는 고작 내일도 목이 붙은 채 살아 깨어 일어나는 것이었는데, 그 꿈이 얼마나 간절한 염원으로 이루어지는 것인지를 높은 분들은 결코 알지 못할 터였다. 그래서 만상은 높으신 대학사의 꿈이 가소로웠다.

밤이 깊어 삼경을 치는 소리가 들려왔다. 다시 분부가 내릴지 모르니 만상은 잠들 수 없겠으나, 이제 높은 자들은 그들만의 높은 꿈을 꿀 시간이었다. 그러나 그날 밤, 잠들지 못한 자는 만상만이 아니었으니, 새벽에 다시 막금을 데리고 대학사의 집에서 나설 때 만상은 담장이 있는 골목에서 빠르게 몸을 움직이는 누군가를 본 것 같았다. 막금이 년과 함께만 있으면 보이는 것마다 헛것이라, 그것도 헛것이라 치면 헛것이겠으나, 헛것이 아니라면 조선의 정승 댁 자제이신 석경이 분명했다.

석경이 대학사 댁의 안채에서 나온 것은 짐작하지 않고도 알 수 있는 일이라 만상의 입에서 또 버릇처럼 쯧쯧 혀 차는 소리가 울려 나오려고 하는데, 석경의 앞으로 다가서는 또 하나의 그림자가 보였다. 둘이 서찰처럼 보이는 무언가를 은밀히 주고받는 것이 분명했으니, 눈치 밝은 만상으로서도 그 내용이 무엇인지는 알 수 없는 일이었다.


## 사냥


수풀 사이로 노루들이 내달렸다. 사철 푸른 나무들 사이에서 내밀려 계곡으로 빠져나온 노루들은 긴 다리가 서로 뒤엉켜, 제풀에 쓰러지거나 무릎이 꺾였다. 몰이꾼들이 나무막대기를 서로 부딪치며 질러대는 고함 소리와 호각 소리가 노루들의 뒤꽁무니를 쫓고, 앞에서는 거품을 문 수십 마리의 말들이 몰려들었다. 날이 얼어 거품과 함께 말의 코와 사람의 입에서도 입김이 연기처럼 뿜어져 나왔다. 노루와 사람과 말의 내달리는 서슬에 낮은 풀숲 사이에 숨어 있던 꿩들이 날아오르고, 동시에 매잡이들의 팔목에서도 매들이 사납게 날아올랐다. 꿩을 잡아챈 매들의 방울 소리가 다시 노루들을 놀래켰다. 제풀에 다리가 꺾인 수컷 노루 곁에서 암컷 노루가 울음소리를 냈다. 울음소리는 길지 않았다. 화살 한 대가 허공을 갈라 암컷 노루의 눈을 꿰뚫었다. 이어 기다렸다는 듯이 수십 대의 화살이 쏟아졌다. 함성을 지르는 군병들의 소리와, 몰이꾼들의 딱따기 소리와, 매들의 방울 소리가 어지러워 다리를 떨고 있는 노루의 울음소리는 더는 들리지 않았다. 순식간에 벌판은 쓰러진 노루들로 가득했고, 피비린내가 진동을 했다.

난데없이 눈발이 떨어지기 시작해 벌판을 덮는데, 덜 죽은 몸이 뜨겁고 시뻘겋게 흘러내리는 피가 또한 뜨거워 쓰러진 노루의 몸뚱이 위로만 눈이 덮이지 않았다. 대장 하나가 말을 달려 나와 덜 죽은 노루의 목을 창으로 찌르고, 짐승의 털과 가죽으로 만든 모자에 피를 받았다. 대왕에게 피를 바치는 대장의 손도 피투성이였고, 그 피를 받아 꿀꺽꿀꺽 들이마시는 대왕의 입가로도 피가 흘러 온몸이 피로 물들었다. 대왕이 모자의 피를 말끔히 비워 뒤집자, 대왕 천세를 외치는 대장들의 함성이 터져 나왔고, 곧 군병들이 그 뒤를 이었다. 매들이 날아와 어떤 놈은 매잡이의 팔뚝에, 어떤 놈은 대왕의 어깨에 앉았다. 꿩고기의 생피를 맛본 매의 부리에도 피가 묻어 있었다.

사냥을 나선 지 10여 일 만에 가장 큰 수확을 한 날이었다. 언 계절에 사냥을 나가는 것은 저들의 습성이라, 저들은 추위도 견디고 얼어도 견뎠으나, 조선의 세자는 견딤이 쉽지 않았다. 들짐승을 찾아 느리게 말을 달릴 때는 발이 얼었고, 짐승을 발견한 후 빨리 달릴 때는 말의 등에서 낙상을 했다. 언 산을 달리는 것은 조선의 세자가 조선에서 배운 바 없는 일이어서 세자는 사냥을 나선 지 10여 일 동안에 세 번이나 낙마를 했다. 해가 일찍 떨어져 들판에 세운 막차 안에서 긴 밤을 보내는 동안에는, 사람보다 먼저 천막이 얼어붙어 들고날 수도 없는 천막 안에서 사람은 등 붙일 곳을 찾지 못했다. 밤마다 여우 울음소리가 끊이지 않고 들렸다.

새 황제가 난 후 100일도 되기 전에 저들은 다시 사냥을 나섰다. 사냥을 나서면서 세자와 대군에게 동행을 요구하는 것도 전과 마찬가지의 일이었다. 20여 일간의 식량을 준비해 따라나서라는 명이 황제가 아닌 섭정왕의 명으로 내려왔다.

언 계절의 사냥이 고역이라 대신들이 엎드려 그 불가함을 말하고, 그 불가하다는 상소를 섭정왕에게 바쳐 올렸다. 언제나처럼 세자의 잦은 병과 허약함이 불가의 이유가 되었으나, 세자는 그 상소가 마땅치 않았다. 세자는 아프고 싶지 않았고 아파도 아프다 말하고 싶지 않았다. 더욱이 그 아픔을 호소하고 싶지 않았다. 그러나 아프다 말하지 않고, 호소하는 상소도 올리지 않고 선뜻 따라나서면 조선의 임금은 그런 세자를 가상하다 하실 것인가. 그래서 세자는 가고 싶지 않은 길을 떠나는 애통한 마음을, 신하들이 임금에게 올리는 장계에 간곡하게 쓰게 했다. 신하들이 쓴 장계를 읽고 봉하는 손이 차가워 세자는 자신도 모르는 사이에 손을 비볐다. 어디가 편찮으시옵니까? 의관을 들라 하오리까? 약을 달여 올리오리까? 대신들의 성화를 세자는 대꾸 없이 물끄러미 바라보았다. 그 자신도 어디에다 그처럼 성화를 부릴 데가 있다면 좋으리라.

큰 수렵이 있던 그 밤, 잠시 멈추었던 눈이 다시 내리기 시작하는데 바람마저 무섭게 거세 막차가 휘청휘청 흔들렸다. 추위를 이기지 못하는 말들이 요란하게 울어 사람의 소리는 어디에서도 들리지 않았다. 눈의 무게를 이기지 못한 막차의 천장이 출렁거려 막차 안의 사람들을 불안하게 했다. 그런데도 정적은 어찌 이리 깊은가. 마치 다시는 돌아가지 못할 곳에 이른 듯, 벌판의 밤이 깊었다.

발소리도 없이 전령이 막차 앞에 이르러 구왕이 세자와 대군들을 부른다 알렸다. 전에 없던 일은 아니었다. 구왕은 자주 세자와 대군들을 자신의 막차로 불렀고, 그러지 않을 때는 술과 삶은 고기를 그들의 막차에 내려 보냈다. 구왕과 세자의 막차가 멀리 떨어져 있지 않았음에도, 눈보라가 거세 길을 가기가 힘들었다. 발이 눈에 깊숙이 빠져 몇 걸음을 걷기도 전에 신발이 축축이 젖었다. 앞길을 밝히는 수행의 몸도 휘청휘청했다. 구왕의 막차에 가까이 이르자 풍악 소리가 들리기 시작했다. 눈발이 소리도 가리웠던 것일까. 평소라면 세자의 막차에서도 들렸을 소리였다. 저들은 사냥을 떠나면서 악대를 이끌었고, 여인들도 이끌었다. 전 황제가 사냥을 나설 때는 전 황제의 곁에서 후궁들이나 공주들이 말을 달렸었다. 이번에는 황제의 사냥이 아니라 후궁과 공주는 없었으나, 대신 섭정왕의 여인들이 있었다. 새 황제가 난 지 100일, 그러나 누구도 모르지 않았으니, 섭정왕은 황제보다 높았다.

풍악 소리와 호탕한 남성들의 웃음소리와 여인들의 낭랑한 웃음소리가 뒤섞여 눈보라 속의 벌판이 자못 소란스러웠으나, 어쩌자고 세자의 귀에는 눈 밟히는 소리가 더욱 거셌다. 세자는 간신히 구왕의 막차에 이르러, 먼저 와 있던 봉림과 인평을 만났다. 인평은 새 황제가 난 것을 축하하는 사절로 왔다가 아직 돌아가지 않고 있었다. 봉림과 인평의 온 얼굴에 눈이 뒤덮여 눈썹도 수염도 보이지를 않았다. 세자를 향해 허리를 숙이니 비로소 얼굴을 덮었던 눈이 바닥으로 쏟아졌다.

수확이 큰 날이라 연회도 컸다. 사냥에 따라나선 대왕들과 장수들이 모두 구왕의 막차 안으로 들어 좁지 않은 구왕의 막차가 가득 찼다. 사람들과 술의 열기가 뜨거워 구왕의 막차 위에는 눈도 쌓이지 않았다. 얼어서 들어온 세자와 대군들을 위해 구왕이 장작불이 타오르는 불가의 자리를 비우게 했다.

"제왕이 마시는 자리에 또한 세자 마마와 대군 마마가 떠오르더이다 하시옵고, 격의 없는 자리니 격의 없이 즐기시라 하시옵니다."

역관이 구왕의 말을 옮겨 전했다.

"늘 보살피고 크게 마음을 써주시니 항상 황공하게 생각할 따름입니다."

세자가 말했고, 역관이 다시 구왕의 말을 옮겼다.

"큰 대군 마마께서는 몸이 괜찮으신가 물어보십니다."

봉림의 얼굴이 눈에 띄게 붉어졌다. 노루를 사냥하고 돌아오는 길에 말이 눈 쌓인 언 땅에 미끄러져 봉림이 낙마를 했었다. 봉림의 말

타는 법도가 나쁘지 않았으나, 말이 주리고 지쳐 있었다. 돌아오는 내 내 봉림의 낯빛이 차가웠다. 의관에게 보여야 하지 않겠느냐, 세자가 물었을 때에도 봉림은 가타부타 대답하지 않았다. 네가 남보다 많이 달렸으니 네 말이 남들 말보다 더 주리고 지쳤다, 세자가 위로하는 말에도 봉림은 대꾸하지 않았다. 세자도 더는 말하지 않았다. 차라리 말 없는 편이 나으리라. 그러지 않으면 분한 마음에 무슨 격한 말을 할지 알 수 없는 일이었다.

사냥은 저들에게 단순한 놀이가 아니었다. 전쟁이 없을 때 그들은 사냥을 했고, 사냥을 하지 않을 때는 전쟁을 했다. 그러므로 사냥은 전쟁과 전쟁의 사이, 또 다른 전쟁이었다. 사냥에 나설 때마다 저들이 세자와 대군을 청하는 것은 같이 짐승이나 잡으며 놀자는 소리가 아니었다. 전에도 그랬으나, 이번에는 더욱 그러했다. 새 황제가 선 후, 정국은 빠르게 안정을 찾았다. 분란을 일으키려는 자들에 대해서는 자기편과 적의 편을 가리지 않고 가차 없이 목을 베어버려, 그 피가 아직도 성문 앞에서 마르지를 않았다. 그 핏물이 다시 모여 어디로 흐르게 될지는 아직 알 수 없는 일이었다. 그러나 이번 사냥에는 구왕의 사람들만 온 것이 아니라 숙친왕 호구의 편에 섰던 사람들까지 따라 나섰고, 지금은 문관으로 자리를 잡고 있는 대학사까지 따라나섰다. 저들이 세자에게 보여주고자 하는 것은, 그러므로, 바로 저들의 앞날 이었다. 그것을 봉림 역시 모르지는 않을 터이나 생각보다 말이 빠른 봉림이 세자는 때때로 걱정스러웠다.

잡은 짐승이 많아 익은 고기가 모자람이 없고, 때맞춰 후송이 도착해 술이 또한 모자람이 없어 연회는 그 어느 때보다도 풍성했다. 저들은 춤추고 노래하기를 좋아하는 자들이라 아랫것에서부터 위의 대왕들까지 칼을 흔들어 춤을 추고, 거센 목소리로 노래를 높이 부르지 않는 자들이 없었다. 술 취한 대왕들 중에서는 여인들의 허리를 스스럼없이 끌어안는 자도 있었다. 여인들의 교성도 거리낌이 없었다. 구왕은 미소를 띤 채 그 모든 것을 바라보고만 있었다.

"이처럼 좋은 날에 세자께서는 어찌 술을 양껏 드시지 않습니까?"

구왕이 세자에게 다정히 말을 건넸다. 타오르는 장작불에 얼굴이 빨갛게 달아오른 세자는 자신의 낯빛을 숨길 수 있어 다행이라는 생각을 했다. 기회를 보아 말씀을 올리십시오. 윤허가 내리실 수도 있으니…… 사냥 중에 말머리를 같이하게 되었을 때, 대학사 비파가 슬며시 건넨 말이었다. 좋은 소식이 있을 듯하옵니다,라는 흔의 전언은 사냥을 나서기 전에 이미 받은 바 있었다.

"조선에 계신 부왕께서 몸이 편찮으시니, 아비의 아들로서 감히 술잔을 입에 대기가 송구함입니다."

역관이 옮기는 말을 듣고, 구왕이 종이와 붓을 가져오라 일렀다. 팔왕이 그들의 말 사이로 끼어들었다.

"세자 마마는 어찌하여 청국 말을 배우지 않으시오? 다정한 말이 역관 따위를 통해 오고 가니 안타까운 일이 한두 가지가 아니외다. 세자와 말이 통하기만 하면 나는 매일이라도 세자를 내 집에 청해 좋은 말들을 들을 것인데!"

술에 취해 목소리가 더욱 커진 팔왕이 내뱉는 말이 거침없고, 그 말에 이어 다른 왕들의 옳다 하는 말이 여기저기서 이어져, 여러 말을 한꺼번에 옮기는 역관의 얼굴에 진땀이 흘렀다.

"붓이 아무리 빠르다 하나 말보다 빠를 것이오? 게다가 나는 저놈들의 말을 믿을 수가 없소이다. 쥐새끼 같은 놈들이 제멋대로 말을 옮기고 없는 말도 지어서 옮겨 붙이니, 저 교활한 작자들로 인해 쌓인 오해가 한둘이 아닐 것이오."

조선의 것으로 태어나 청의 역관이 된 자의 얼굴이 달아올랐다. 조선의 피는 깡그리 잊고, 청의 세도만 살아남은 저와 같은 자들은 관소에 와서는 더욱 그 세도를 뽐내었다. 그러나 저에게 세도를 준 자들 앞에 서면, 그들은 한순간에 쥐새끼 같은 놈들이 되었다. 세자의 마음이 쓰렸다. 그와 같은 자들이 당하는 능멸이 아파서가 아니라, 그 능멸이 세자 자신에게 닿아 있는 것이기도 했기 때문이었다. 적국에 왔던 첫해에 황제가 세자에게 청국 말을 배우라, 가르치는 사람을 보낸 적이 있었다. 시강원의 대신들이 벌떼처럼 일어나 불가함을 아뢰었다. 적국에 온 첫해였으니 세자 또한 적의 땅에 그리 오래 머물게 되리라고는 알지 못했던 때였다. 세월이 흘러, 시강원의 높은 대신들조차 역관 따위에게 능멸을 당하게 될 때가 있었다. 세자는 역정이 나서, 허면 대감이 청국 말을 배우시지 그러시오, 쏘아붙이기도 했다. 능멸에 능멸이 겹쳐져, 그런 말을 들은 대신은 곡기를 끊고, 밥을 먹을 손으로 글만 적어댔다. 세자를 꾸짖고, 타이르고, 협박하는 글들…… 아름다운 문장의 그 글들이, 세자는 지긋지긋했다.

"팔왕께서 술이 과하셨습니다."

구왕이 세자에게 대신 사과를 하고, 이번에는 종이 위에 붓을 움직여 글을 적었다.

─조선 국왕의 병세가 어떠한가.

구왕이 쓰고, 세자가 이어 썼다.

─오랜 병환이 근래 들어 더욱 중하니, 먼 곳의 아들이 마음을 둘 데가 없노라.

구왕이 고개를 끄덕였다. 환국을 허락한다는 뜻인가, 아니면 그저 알았다는 뜻인가.

연회가 끝나고 대왕들이 물러갈 때, 구왕이 세자를 불렀다. 세자와 함께 막차에서 나서려던 봉림과 인평이 같이 멈춰 섰으나, 구왕은 그들에게는 눈길을 주지 않았다. 막차에는 구왕과 함께 십왕, 그리고 대학사 비파가 남아 있었다. 환국에 관한 말이 있으리라, 세자는 짐작했다. 먼저 막차를 떠나야 했던 봉림과 인평도 같은 짐작을 하고 있을 것이다.

"대군들께서 오늘 과하게 달렸으니 몸이 곤하실 듯하여 먼저 보내 드렸습니다."

구왕이 먼저 말을 꺼냈고, 비파가 그 말을 이었다.

"대군들께서 용맹하시어 세자께서 큰 힘이 되실 것입니다."

"난세에 힘이 되는 것은 과연 혈육이지요. 내게도 힘이 되는 아우가 있습니다. 그렇지 않으냐?"

구왕이 십왕에게 다정히 말을 건네고, 십왕이 대답 대신 구왕을 향해 어깨를 숙였다. 표정이 드러나지 않는 얼굴과 늘 작게 움직이는 행동 때문에 세자는 자주 십왕의 존재를 잊었다. 팔왕이 뻔질나게 관소에 사람을 보내 이런저런 물품을 요구하고, 또 요란하게 사례의 서찰을 보내오는 것과는 달리, 십왕은 관소와 어떤 일로도 오고 가지 않았다. 그는 구왕을 위해서만 존재했다. 황제도 아니고 나라도 아니고, 오직 구왕…… 그래서 구왕은 그를 전부 다 믿고 있을 것인가? 세자는 간혹 그것이 궁금했다.

구왕이 다시 술을 따르라 일렀다. 막차 안의 좁은 탁자에 술잔과 종이와 붓이 어지러워 종이 위에 술이 번졌다. 구왕이 종이와 붓을 치우라 명했다.

"술잔과 붓을 번갈아 잡으려니 번거롭고, 나 또한 술이 과했으니 되지 못한 글씨를 쓰고 싶지 않음입니다."

"대왕의 아름다운 글씨를 보는 것이 저의 즐거움이나 손이 번거로우신 것을 또한 이해하옵니다."

구왕의 얼굴에 미소가 번졌다.

"조선의 국왕께서 기뻐하실 것입니다."

세자의 미간이 꿈틀했다.

"내 세자에 대한 그리움이 중할 것이니 너무 오래는 계시지 마시지요."

세자는 다시 한 번 장작불이 성하게 타고 있어 다행이라 생각했다. 그러지 말아야 했으나 어쩔 수 없이 얼굴이 달아올랐던 것이다. 흥분과 기쁨을 감추기 위해 세자는 고개를 숙였다. 대학사가 호탕한 웃음소리를 터뜨렸다.

"과연 기쁜 일이올시다. 과연 기쁜 일이야!"

"대학사는 조선 부인의 치마폭에 싸여 산다 하더니, 지금 그 기쁨은 바로 그 여인을 위한 것이겠지요."

구왕이 농을 던졌고, 대학사의 웃음소리가 더욱 커졌다.

"조선의 장인 되는 자가 말술로 유명한 자라 장인과 사위가 만나면 술자리가 즐겁지요. 허나 어디 기집 따위로 인한 기쁨이겠습니까. 조선과 청국의 관계가 갈수록 돈독하여지니, 세자께서 아주 환국하시는 날도 멀지 않았을 것입니다."

대학사의 말이 과할 수도 있었으나 구왕은 탓하지 않았다. 세자가 그 틈을 타 홀로 깊은 숨을 내쉬고, 감사의 말을 건넸다.

"고마운 말씀을 다 드릴 수가 없습니다. 저 또한 대왕을 그리워할 것이옵니다. 대왕의 보살펴주심을 한시도 잊지 않사옵니다."

말을 옮기는 역관을 구왕이 쳐다보았다. 역관의 말이 끝나자마자, 느닷없이 구왕의 목소리가 거세고 날카로웠다.

"쥐새끼 같은 놈. 쓸데없는 말을 네 마음대로 옮기지 말라. 네 말의 번드르르함이 지겹다. 내가 내 마음의 말을 하고 싶음인데, 네놈이 네 입술에 윤기 나는 말만 지어 옮기느냐!"

세자의 등에서 땀이 흘렀다. 꺼질 사이 없이 다시 태워지는 장작 때문이 아니라 구왕의 말 때문이었다. 구왕이 취기를 내세워 역관을 꾸짖고 있었다. 역관을 꾸짖기 위해 내뱉은 욕설이 아니라는 것을 세자가 모를 리 없었다. 의례적인 말은 관두고 마음의 말을 하라는 뜻일 터. 그러나 구왕이 일컫는 마음의 말이란 무엇인가. 그런 것이 구왕과 자신 사이에 있을 수 있을 것인가? 등에서 흘러내린 땀이 엉덩이까지 내려와 짐승 껍질을 씌운 의자를 적셨다.

"세자와 나의 인연이 깊습니다. 7년 전에 우리는 적으로 만났지만, 지금 나는 세자를 벗으로 생각합니다."

땀이 줄줄 흘러 옷을 더욱 깊이 적시고 의자를 더욱 깊이 적셨다. 위험한 말이었다. 구왕에게는 위험하지 않겠으나, 세자에게는 위험한 말이었다. 구왕은 이 말을 하기 위해 봉림과 인평을 물리쳤던가. 구왕의 말이 이어졌다.

"세자에게 내 마음의 말을 하고 싶었습니다. 이자는 쥐새끼이니 사람이 아닙니다. 조선에서는 쥐와 관련된 말이 있다지요? 밤말은 쥐가 듣고 낮말은 새가 듣는다…… 쥐야, 그러하냐?"

역관의 얼굴에서도 땀이 줄줄 흘러내렸다. 구왕이 다시 말을 이었다.

"대답이 없는 것을 보니, 쥐새끼도 못 되는 모양이올시다. 허니, 내가 안심하고 말을 합니다. 나는 조선의 국왕을 모릅니다. 그가 병이 들었는지 아닌지, 그가 어디에다 대고 절을 하고 사대를 하는지, 나는 아무것도 알지 못합니다. 다만, 세자가 그러하다고 하면 세자의 말을 믿을 뿐입니다."

세자는 대답해야 했다. 구왕이 대답을 요구하고 있는 것이다. 대학사는 딴 데를 쳐다보고 있고, 십왕은 바닥을 내려다보고 있었다. 그리고 세자는 그 막차 안에 누구도 없이 홀로 있었다.

"…… 조선의 앞날을 생각할 따름입니다."

세자의 입에서 말소리가 떨려 나왔고, 구왕의 웃음소리가 세자의 말 뒤끝을 이었다.

"그렇습니다. 조선의 앞날을 생각하십시오. 그것이 옳습니다."

구왕은 말을 길게 하는 자가 아니었다. 세자와 구왕 사이에 오고 간 말은 그렇게, 단 한마디에 불과한 것일 수도 있었다. 조선의 앞날을 생각한다는 것…… 그러나 그 말의 함의가 얼마나 많은 것을 뜻할지, 세자는 짐작하기가 두려웠다.

"다시 말씀드리지만 길게는 계시지 마십시오. 내가 세자를 그리워할 것입니다."

"…… 헤아려주심에 감사할 따름입니다."

역관이 감히 세자의 말을 옮기지 못했다. 구왕은 그런 역관을 탓하지 않았다. 그 자신이 하고 싶은 말을 다 한 것이다.

"곤하실 것입니다. 가서 쉬시지요."

세자가 일어섰다. 허리를 숙여 인사하는 세자에게 구왕이 흘리듯 다시 말을 이었다.

"봉림이라 하였습니까? 큰 대군의 이름이?"

"…… 그러하옵니다."

"결기 있는 아우를 두셨습니다. 내 아우는 모든 걸 다 너무 속으로만 삭이니 그게 탈이지요. 내 아우의 속에 무엇이 있는지 나도 알지 못합니다."

숨죽인 듯 서 있던 십왕의 얼굴이 꿈틀했다. 십왕이 뭐라고 말을 하려는 것을 구왕이 손을 저어 막았다.

"내가 열네 살 때, 아우가 열두 살 때 부왕께서 승하하셨습니다. 그때 내 아우가 어찌나 총명하였던지…… 나는 가끔 생각합니다. 부왕께서 좀더 오래 사셨다면 그 총애가 어디로 갔을까……."

"형님!"

십왕이 기어코 소리를 질렀고, 세자의 얼굴에서는 다시 땀이 흘렀다. 그러나 구왕은 미소 짓고 있을 뿐이었다.

"달리 생각은 마시옵소서. 훌륭한 아우를 두셨다 말하고 싶었음입니다."

무어라 대답해야 했으나, 세자는 말이 떠오르지 않았다. 옷이 온통 땀으로 젖어 막차로 돌아가는 동안 감기가 들겠다는 생각이 얼토당토않게 들었다가 사라졌다. 막차 밖에서는 인평은 몰라도 봉림은 분명 세자를 기다리고 서 있을 것이다. 저들의 귀가 멀어지는 순간을 기다렸다가 다급하게 다가와 구왕과 세자 사이에서 오고 간 말들을 물을 터였다. 봉림도 막차 밖에서 오래 기다려 옷이 젖은 세자처럼 감기에 걸릴지 모를 일이다. 사냥에 따라나선 의관의 수가 적고 약재의 수가 적으니, 둘 다 감기에 걸리면 어찌할 것인가. 막차의 문을 열자 기다렸다는 듯이 눈보라가 밀어닥쳤다. 뜻밖에 봉림은 보이지 않았다. 아마도 구왕이 주위를 모두 물리치라 한 듯, 막차 밖에는 추위에 언 시위들의 모습만 보였다. 눈보라 속에서 노랫소리가 멀리 들렸다. 술이 미진한 어느 대왕이 자신의 막차에서 노래를 부르고 있음이리라.

세자는 다시 노루를 생각했다.

7년 전, 청의 살을 맞고 조선의 진영에서 쓰러졌던 노루. 이날 낮 사냥에 잡히는 노루들을 보면서도, 세자는 7년 전의 노루를 생각하고 있었다.

그때 그 노루는 어떻게 잡혔을까. 몰이꾼들에 몰려 더욱 슬픈 눈으로 살에 맞았을까. 보지 않아 다행이었다. 세자는 죽은 노루의 각을 떠 수하들에게 고루 나누어주게 했다. 그 자신은 먹고 싶지 않아 자신의 상에 오른 것을 봉림에게 고스란히 물려주었다. 세자보다 더 많이 먹어야 할 나이였다. 봉림은 어려서부터 많이 움직이고 많이 먹었다. 장자의 성품이 얌전하니 차남의 개구진 짓과 몸을 아끼지 않는 장난질은 흠이 되지 않았다. 한 어미의 배에서 태어났으나 서로 다른 아들들을 바라보는 아비에게는 즐거움이 있었다. 봉림과 세 살 차이로 태어난 인평은 세자처럼 얌전한 성품이었다. 두 진중한 아들 사이에 결기 있는 둘째 아들이 끼어 앉아 있는 걸 보며 아비는, 내 얼굴을 빼닮지 않았으면 남의 새끼라 생각했을 터이야, 웃음을 터뜨리곤 했었다. 생김새로는 가장 많이 아비를 빼닮은 봉림이었다.

강화성이 함락될 때 제대로 싸워보지도 않고 도망친 장수들을 대신하여 열아홉 살 봉림이 용사를 모으고, 성 밖으로 나가 칼을 휘둘렀다 했다. 대군의 기개가 높아 그 기개에 대한 충절을 지키느라 성이 함락된 후에는 자진을 하는 자들이 줄을 이었다. 누구는 목을 매어 죽고, 누구는 불을 질러 죽고, 누구는 칼로 제 몸을 찔러 죽었다. 여인들은 능욕을 피해 바다에 몸을 던졌다. 봉림이 포로의 신분이 되어 강화를 떠날 때, 바다가 온통 연꽃으로 뒤덮인 듯했는데, 그 모두가 몸을 던져 죽은 여인들의 흰옷이었다고 했다. 강화에서 끌려온 봉림과 남한산성에서 내려온 세자가 삼전도에서 만났을 때, 봉림은 강화로 떠나기 전의 그가 이미 아니었다.

"…… 지키지 못하였습니다. 성도 백성도 묘사의 위패도 모두 잃었습니다."

그렇구나. 나도 그러했다. 세자는 차마 말할 수 없었다.

"원손도…… 지키지 못했습니다."

그렇구나. 나도 그러했다. 임금을 지키지 못하였다.

세자는 이번에도 차마 말하지 못했다.

적의 땅으로 끌려가던 길, 그래도 봉림이 있어 외로움이 덜했다. 봉림의 성급한 결기는 흠이 아니라 위로가 되었다. 노루를 먹었느냐, 세자가 물었을 때 내버렸습니다, 대답할 줄 알았던 봉림은 남김없이 한 입도 버리지 않고 다 먹었노라 말했었다.

"그 많은 것을 다 먹었더냐?"

"먹지 못하게 배가 부른 후에는 씹어 내뱉었지요."

봉림이 웃었고, 세자가 따라 조용히 웃었다.

"결기가 네 몸을 해치겠구나."

"저하께서만 몸을 보존하신다면, 이딴 몸이야 무슨 상관이 있겠습니까."

"그러지 마라. 네가 있어 내가 외롭지 않다."

그것은 7년이 흐른 지금 역시도 마찬가지였다. 봉림이 없었다면 세자는 지난 7년을 무슨 힘으로 버텼을 것인가. 봉림은 세자 대신 저들의 전쟁에 종군했고, 세자 대신 홀로 저들의 사냥에 쫓아 나서기도 했다. 세자 대신 죽어야 할 일이 있었다면 봉림은 마땅히 그렇게 했을 것이다. 그러므로 봉림은 세자의 적이 아니었다.

그러나 적이었다면…… 좀더, 덜 외롭지 않았을 것인가. 마음이 쓰리지도 않고, 같이 마시는 술이 그리 쓰지도 않았을 것이다. 세자의 고독이 거기에 있다는 것을 봉림은 알 것인가. 여전히 눈보라가 거세 봉림의 막차 곁을 지나는 세자의 발소리를 지웠다. 환국이 허락된, 사냥터의 밤이 그렇게 깊었다.


## 환국하는 사람들


세자의 환국이 결정된 후, 세자를 호송할 적장들이 뽑히고 그 밑으로 역관들이 결정되고, 다시 소역小譯들의 이름이 거명될 때, 만상의 이름은 그 축에 끼어들지 못했다. 그 얼마 동안 만상의 심기가 편치 못해 이생의 주루에 있는 기녀들만 죽어났다. 나중에는 이생까지 혀를 쯧쯧 찰 지경이었다. 만상의 심정을 누구보다 잘 이해하는 것이 이생이었다. 큰 행차에 큰 이문이 없을 수 없다는 것을 누구보다 그가 잘 알고 있었기 때문이었다.

조선을 제 집 드나들 듯 드나드는 높으신 역관 나으리들은 두말할 나위도 없겠거니와 만상 같은 소역들에게는 조선 행차 한 번이 그야

말로 한 몫을 단단히 잡을 수 있는 기회였다. 역관은 말로만 먹고사는 게 아니라 요령으로도 먹고사는 자들이라 말을 한마디 옮길 때마다 그 말의 값이 제 주머니로 들어오게 하는 방법을 말과 함께 배웠다. 제 몫의 재물이 없으면 옳게 가는 말도 없었으니, 고된 길에 정승 나으리는 굶주릴망정 역관들이 배고플 일은 없었다. 그중에서도 더 수완 있는 자들은 귀한 물건들을 가지고 가 귀한 값에 팔았고, 귀하지 않은 물건들도 귀한 값에 팔았다. 조선에서는 모든 게 다 부르는 게 값이라 했다. 물건이 귀해서만이 아니라 역관의 행패가 더욱 두려운 탓이었다.

세자의 환국이 하루 앞으로 다가온 날, 대학사가 만상을 불렀다. 뜻밖에 세자의 관소로 오라는 말이었다. 일이 있거나 없거나 관소 드나들기를 제 집처럼 하는 만상이기는 했으나, 대학사가 관소에 들어 만상을 부르는 것이 이전에는 없던 일이었다. 만상이 재간이 있기는 했으나 그 재간을 더러운 일에다만 부렸다. 대학사도 그걸 모르지 않아 내놓고 만상을 쓰는 일만큼은 꺼렸었다.

만상이 관소에 도착했을 때, 대학사는 세자와 단둘이 처소에 있었다. 부른 이유를 알지 못하는 만상이 세자의 처소 앞에서 오래 허리를 굽히고 서 있었다. 마침내 처소의 문이 열렸고, 대학사가 문을 나섰다. 대학사는 만상을 쳐다보지 않았으나, 대학사의 뒤를 쫓아 나서는 세자의 시선이 만상을 향했다. 스치는 듯한 시선이었으나 그 시선이 깊고 서늘해, 만상이 자신도 모르게 숙였던 허리를 더욱 낮게 숙였다.

대학사의 수하가 만상에게 다가와 대학사를 따르라 했다. 만상은 대학사를 쫓아 대학사의 집에까지 갔고, 다시 대학사의 처소에 들었다. 용골대가 대학사를 기다리고 있었다. 만상이 지레 알아서 멈칫하였으나 대학사는 물러가라 명하지 않았다. 대학사가 용골대를 옆에 둔 채로 만상에게 물었다.

"네가 조선에 가본 적이 언제 적의 일이더냐?"

심상한 듯 묻는 말이었으나, 그런 심상한 말이나 묻자고 부른 것이 아닐 터이므로 만상의 머리가 어지럽게 돌아갔다. 용골대를 옆에 두고 묻는다는 것이 더욱 심상한 일이 아니라 여겨졌다. 용골대는 관소에 관한 모든 것을 처리하는 자리에 있는 자였다. 그가 조선을 정벌하였을 뿐만 아니라 조선의 뒤처리까지 맡았다. 대학사가 높은 자리에 있다고는 하더라도 일을 행할 때는 용골대를 거치지 않을 수 없었다. 대학사의 심중을 다 알지는 못한 채로도 만상의 가슴이 쿵쿵 뛰었다.

"이놈이 대청의 은혜로 살기 시작한 이후로는 한 번도 가본 적이 없으니 그것이 몇 해인 줄을 모르겠사옵니다."

"그렇다고 한들 네가 조선의 것으로 태어났으니 조선을 아주 모른다고는 할 수 없을 것이야."

"나기는 조선에서 났으나 난 데서는 받은 게 없고 자란 데서는 그 은혜가 하늘 같으니 자나 깨나 황제 폐하의 성덕에 절하며 감읍할 뿐이옵지요."

"교활한 놈, 말이 기름지구나."

대학사가 만상의 말을 잘랐으나, 용골대는 만상을 쳐다보는 시선을 거두지 않았다. 용골대가 만상이 관소에서 하는 더러운 짓들을 잘 알았다. 알고 있었으나 벌하지도 않았다. 천한 것들의 패악이 관소에 미칠 때마다 용골대가 할 수 있는 일들이 많아졌다. 그는 세자의 능멸을 어르고 달래고, 또는 윽박질렀다. 용골대가 만상을 벌하지 않는 것처럼 대학사도 용골대를 탓하지 않았다. 필요한 자들이 필요한 자리에 있을 뿐이었다.

대학사처럼 깊게 생각하는 머리가 없다고는 하더라도, 대학사가 만상을 조선에 보내고자 한다는 걸 모를 만큼 용골대가 어리석지는 않았다. 그것은 만상 역시 마찬가지여서 어느새 온몸이 후끈후끈했다.

"내가 방금 관소에 다녀왔는데 행차가 크더이다. 행차가 크니 들어야 할 귀도 많아야 할 터이올시다."

용골대에게 하는 대학사의 말에 만상이 혼자 허리를 넙죽 숙였다. 대학사의 말이 이어졌다.

"조선이 작은 나라라 하나 입 가진 자들마다 말이 그치지 않는 나라라고도 들었소."

"되지 못한 놈이 뚫린 귀가 있다고 한들 담을 말과 담지 못할 말을 구분이나 하겠습니까?"

"되지 못한 놈이니 되지 못한 말들까지도 담아두지 않겠는가마는 이놈의 주제가 그만도 못 미칠 터. 내 실은 조선에서 팔려온 종년 하나 때문에 골머리를 썩이는 일이 있소. 그년을 내다 버려야 하겠는데, 이놈한테 그 일을 좀 맡길까 하오."

다시 허리를 숙이려던 만상이 이번에는 숙였던 고개를 들어 올렸다. 눈치 빠른 만상으로서도 대학사의 말뜻이 짐작이 가지 않았던 것이다. 조선에서 팔려온 종년이라 함은 막금을 말하는 것이 분명할 것이었다. 막금은 새 황제를 알아본 이래로 계속 이생의 주루에 머물고 있었다. 간혹 흔이 야심한 시각에 막금을 불러들이곤 했는데, 그것이 외려 말이 되었다. 말이 말로써 부풀려져 말 좋아하는 사람치고 막금의 이야기를 하지 않는 사람이 없었는데, 그중에는 기집들끼리 서로 붙어먹는 게 분명하다는 입에 담지 못할 말도 있었다. 그런 와중에도 흔의 애달픔이 정인을 잃은 여인에 비할 데가 아니어서 그즈음에는 대학사의 얼굴에서도 역정이 가실 날이 없었다. 그렇더라도, 이 무슨 엉뚱한 말씀이신가. 용골대도 어리둥절하기는 마찬가지인 모양이었다.

"내다 버리시는 수고를 하실 양이면 아예 죽여 없애시지요?"

"그년이 신기를 받은 년이라 죽여 없애는 것도 길하지가 못한 일이 될 터이니 쉬운 길을 놔두고 어려운 길을 택하는 내 사정이 여기에 있소. 그년이 가다가 청의 땅에서 내빼버리면 그것도 골치가 아픈 일이라…… 죽이든 살리든 조선 땅에 가서 하라 할 작정이오."

"그만한 일이면 저따위 놈을 붙이실 필요까지 있겠습니까?"

"한심한 일이 밖으로 퍼질까 두려움이오."

용골대의 미간이 좁아졌다. 대학사의 속셈이 무엇인지 알 수 없는 것이다. 만상 역시 마찬가지였다. 조선으로 가는 길이 열리기만 한다면 송장을 지고라도 가겠으나, 송장 뒤에 알지 못할 것이 쫓아오지는 않을 것인가.

"네가 칼을 다룰 줄 알더냐?"

대학사가 만상에게 다시 말을 건넨 것이 용골대가 먼저 처소를 떠난 후였다. 하는 말마다 난데없는 말이라 만상이 그 뜻을 짐작할 수가 없었으나, 짐작하지 못해도 어느새 등줄기가 서늘했다. 만상이 대답을 올릴 수가 없었다.

"사람을 베어본 적이 있더냐?"

만상의 허리가 다시 굽었다. 말을 받잡기 위해서가 아니라 그 말이 두려워서였다. 막금이 년을 베라는 뜻인가? 베라면 베겠으나, 설마 대학사 나으리께서 그만한 일을 처리하지 못하시어 나 같은 놈에게 그와 같이 은밀한 분부를 내리실 것인가.

"좋은 칼을 쥐여줘도 법도를 알지 못할 것이니 한칼에 베지 못해도 상관없음이다. 다만 소리가 나가지 못하게 하라. 네가 그만한 요령은 알 것이다."

대학사가 주머니 하나를 만상의 발치께로 던졌다. 무거운 소리가 철컥하고 떨어졌다. 그 소리가 반갑지 않기는 난생처음의 일이어서 만상이 얼이 빠진 얼굴로 주머니를 집지도 못한 채 대학사를 바라다보기만 했다. 글을 읽는 자리에 있더라도 비파는 장수였다. 그의 손이 글자를 쓰기 전에 먼저 사람의 목을 쳤던 손이다. 대학사는 만상을 쳐다보지도 않고 있었는데, 먼 데를 바라보는 듯한 그 눈빛이 무섭게 차가워 만상의 가슴을 더욱 두렵게 했다.

"그리고 죽은 듯이 조선에 엎어져 있다 오거라. 세자 행차 호종에 딴 돈이 필요치는 않을 것이나 더 있어서 나쁠 것도 없을 것이다. 그만하면 행자는 넉넉할 것이야."

"베라 하시면 베겠으나 베어야 할 것은 누구이옵니까? 누구를 베라 하십니까?"

만상의 목소리가 덜덜 떨려 나왔다. 세상에 오만 가지 일 중 안 해본 일이 없었으나 그가 살인만큼은 해본 적이 없었던 것이다. 막금이 년입니까? 그년을 죽이라 하십니까? 떨리는 마음에 분간 없이 터져 나오려는 만상의 말을 대학사가 차갑게 막았다.

"네가 곧 알게 될 것이다."

만상이 이때, 자신이 죽여야 할 자가 막금이 년 따위가 아닐 것을 짐작했다. 그러자 자신이 죽여야 할 것이 차라리 막금이 년이기를 바라는 마음이 간절해졌다. 누군가를 죽여야 한다면 기껏해야 그런 년 따위이기를…….


대학사의 분부를 받든 후, 이생의 주루에서 술로 두려운 마음을 식히고 있을 즈음에 흔에게서도 들라는 전갈이 왔다. 파랗게 독이 오른 여인이 만상을 보고는 입을 열자마자 막금을 데려오라, 했다

"지금 말이옵니까?"

술을 동이째 들이마셔도 취할 것 같지 않던 그 밤에 어쩌자고 말은 취기에 꼬여서 흔들려 나왔다. 흔이 이를 가는 소리가 아드득, 그의 귀에까지 들렸다.

"조선에서 돌아올 때 데려오란 말이다!"

"그것이 가당한 일이겠사옵니까?"

만상은 흔의 얼굴을 빤히 쳐다보면서 말했다.

“그년이 소나 돼지면 우리를 지어 가두고, 개나 말이면 고삐를 매어 도망치지 못하게 하겠으나, 그년이 개도 아니고 소도 아니니 내빼자고 치면 열 장사가 달라붙어도 안 될 일이 분명하온데, 그 위에 대학사 나으리의 명이 또한 엄하시니, 소인이 그 분부를 받잡지 않고 어찌하오리까?”

“허면 네놈이 내 말은 귓등으로 듣겠다는 것이냐?”

“마님의 명을 받잡자니 대학사 나으리의 명을 거역해야겠습지요. 그러자니 제 목이 달아날 터인데 마님이 그 달아난 목을 다시 붙여주시렵니까?”

“이놈이!”

외치며 떨쳐 일어서는 흔의 서슬이 곧 달려나와 만상을 후려갈길 듯했다. 다른 때라면 그저 흉내로라도 모가지를 움츠리는 시늉을 해 보였을 테지만 취기 때문인가, 두려운 마음 때문인가, 만상의 눈빛이 흔들리지도 않았다. 대신에 흔의 눈이 눈물로 그렁그렁했다. 여인이란 것이 노여울 때도 흔히 눈물을 흘리는 것들이라 흔이 제 성을 못 이겨 우는가 싶었는데, 그 눈물이 눈가에서 멈추지 않고 뺨으로 흘러 내려 자칫 흐느낌이 될 기세였다.

“내가 네놈의 시커먼 속을 모를 줄 알고 있는 게냐?”

여인이 목소리까지 출렁거리며 말했다. 만상이 여전히 두려움을 알지 못하는 목소리로 말했다.

“이놈도 알지 못하는 것을 아씨 마님께서 아십니까?”

여인이 어금니를 앙다무는데 턱 끝에서 눈물이 툭 떨어졌다.

"쥐새끼 같은 놈! 썩 꺼지거라!"

흔이 방문을 깨어져라 닫아걸었다. 찬방에서 종년들이 고개를 빼고 기웃거렸지만, 막금 말고는 조선말을 알아먹는 종이 하나도 없으니, 누구도 흔이 우는 이유를 알지 못할 것이었다. 그것은 만상 역시도 마찬가지였다. 아무리 요사스러운 여인이더라도 앞으로 일어날 일을 알지는 못할 것이다. 그러니 여인의 눈물이란 얼마나 허망한 것인가.

흔이 우는 것을 만상이 이때 처음 본 것이 아니었다. 흔을 처음 보았을 때, 그때에도 여인은 울어 퉁퉁 부은 얼굴이었다.

"조선의 배가 먹고 싶구나. 그 달고 아삭한 배가 어디에 있겠느냐. 여기 것은 배라도 배가 아니구나."

바로 그 직전에 만상은 대학사의 부름을 받았고, 그의 조선 부인이 무슨 말을 하는데 알아들을 수가 없으니 그 말을 옮겨오라는 분부를 받았었다. 여인이 황제에게서 내려지기 전까지 청의 말을 제법 법도 있게 배워 대학사가 그 여인을 안자마자 금실이 깨가 쏟아진다 했었다. 허니 대학사와의 말문을 갑자기 닫아버린 것은 필시 여인의 앙탈이리라.

황제가 내린 여인이라 여인에 대한 대학사의 총애가 특별하다 들었다. 그러나 그것이 황제의 선물 탓만은 아니었으리라는 것을 만상이 흔의 얼굴을 대면하고서야 알게 되었다. 눈물 젖은 여인의 얼굴은, 그러니까 아름다웠던 것이다. 청의 옷을 입고 청의 화관을 쓰고 있었으나 여인의 얼굴은 청의 여인의 얼굴과는 달랐다. 뭐가 어떻게 다르다고는 말할 수가 없었으나, 아무튼지 달랐다. 여인은 청초하고 수삽하고 아름다웠다.

머리가 채 다 굵어지기도 전에 청으로 잡혀온 만상은 적의 땅에서 노예나 기녀가 아닌 조선 여인을 본 적이 없었다. 노예들은 더럽고 냄새나는 짐승에 지나지 않았고, 기녀들은 때가 덜 빠진 천것들에 지나지 않았다. 비로소 조선의 아름다운 여인을 발견한 만상의 가슴이 저도 모르게 울렁울렁 흔들렸다. 자신의 주제도 잊은 채 만상은 잠시 여인의 뺨을 쓸어주는 환상에 빠졌다. 그 뺨이 얼마나 부드럽고 얼마나 따듯할 것인가.

여인이 원하는 것이라면 대학사의 명이 아니더라도 그것이 무엇이든 구해다 주고 싶었다. 그러나 조선의 배를 청의 성도에서 구한다는 것이 말처럼 쉬운 일이 아니었다. 이생의 주루에서도 구하지 못해 관소에까지 달려갔으나 배는 세자에게 진상된 것뿐이었다. 대학사 댁에서 왔다 하였더니, 세자에게 바쳐질 찬거리들이 차갑게 저장되어 있는 움과 빙고氷庫의 문이 열렸다. 원하는 대로 가져가라 하였으나, 만상이 마음이 급해 상하지 않고 얼지 않은 배 몇 알만을 취했다.

그러는 동안 만상의 가슴이 시종일관 울렁울렁했다. 달고 아삭한 배를 그 고운 이빨로 씹어 삼킬 것은 대학사 댁의 작은마님이었으나, 어쩌자고 그 단물과 아삭한 맛이 자신의 입안에도 가득 넘치는 듯했다. 그러나 만상이 배를 들고 다시 대학사 댁으로 달려갔을 때, 그를 기다리고 있던 것은 뜻밖에도 모진 매질이었다.

"네놈이 감히 아씨 마님을 맹랑하고 음탕한 눈빛으로 쳐다보았다

하였더냐!”

“무, 무슨 말씀이시온지…… 그럴 리가 있겠사옵니까!”

다짜고짜 날아오는 매질에 변명은 소용없었다. 맞으라 하면 맞는 것이 만상 같은 자에게 주어진 본분이었으니 덜 맞지 않고 죽도록 맞는 것이 오히려 후환이 없음이었다. 그렇더라도 분한 마음이 가시지는 않았다. 소역이라도 역관으로 사는 동안 그런 대접을 잊은 지가 오래여서 만상의 가슴에 매 맞은 자국보다 더 모진 수모가 남았다. 그리고 난생처음으로 그는 자신이 부끄러웠다. 까닭 없이 매를 맞는 동안에도 가슴에 덴 자국 같은 것이 여전히 화기로 남아 홧홧거리고 있었던 것이다. 매 맞는 아픔보다 그 뜨거움이 더욱 괴로웠다. 그리하여 그는 부끄럽고 분하고 고통스럽고, 마침내 외로웠다. 적의 땅에서 자신의 주제를 잊지 않고 사는 동안, 그런 감정은 진실로 처음이었다.

만일 그날 흔이 다시 그를 부르지 않았다면, 그는 그 고독한 감정 때문에 혹시 사람이 달라졌을까. 그날 흔이 만상을 다시 불러 말했다.

“배가 달더구나. 어디 곶감도 있겠느냐?”

만상이 얼이 빠져 곧바로 대답을 하지 못했다. 여인의 입에서 웃음소리가 흘러나왔다.

“내가 너의 이름을 많이 들었다. 천한 것치고는 재간이 많다지. 내 앞으로 너를 자주 불러 쓰리라.”

“……”

눈물 젖었던 자국이 말끔히 사라지고 분이 하얗게 칠해져 있는 흔의 얼굴을 만상이 바라보기만 했다.

"어리석은 것이 아닐 터이니 네가 내 말뜻을 알 것이다."

비로소 이가 으드득 갈리면서 만상의 고독했던 감정이 말끔히 사라졌다. 한낮의 모질었던 매질이 자신을 길들이기 위해서였다는 것을 그때에 알아차렸던 것이다. 역관의 집에 노예로 팔려왔던 때로부터 오랜 세월이 흘렀으나, 그가 여전히 매 맞지 않고는 길들여지지 않는 축생에 불과했던 것이다.

그러나 한낱 종년 때문인지 무엇 때문인지, 참지 못하고 눈물을 쏟아내는 여인을 보며 만상은 오랜만에 다시 고독했다. 여인 때문이 아니라 그가 없애야 할 목숨 때문이었다.

그가 흔에게서 물러나오며 품속의 칼을 꺼내보았다. 한 자루의 칼이 뭉치에 쌓여 있었다. 허리춤에 지니고 있는 자신의 칼보다 훨씬 예리한 것이니, 생겨난 후로 사람의 피라고는 묻혀본 적이 없는 자신의 칼과는 전혀 달랐다. 칼이 저 홀로 울음소리를 내고 있었다. 뭉치 속 서찰에는 그가 죽여야 할 자의 이름이 쓰여 있었다. 심석경. 서찰이라 하나 오직 그 이름 석 자가 쓰여 있을 뿐이었다. 뭉치는 대학사에게서 물러나온 지 얼마 되지 않아 이생의 주루로 왔다. 만상이 서찰 속 이름에 놀라느라, 그 필체가 평소라면 눈 감고도 알아볼 대학사의 서체가 아닌 것을 알지 못했다. 그리고 그의 칼이 얼마나 많은 피를 묻혀야 할지도.

# 2장

# 창경궁의 꿈

세자는 임금의 아들이었다! 임금이 그들에 의해 임금이 되었으니, 세자도 그들에 의해 세자가 되었다

세자가 그들의 편이라는 것을 밝히지 않으면 기원의 말처럼 세자의 자리는 없었다

그러나 세자가 그들의 편이라는 것이 알려지면, 세자는 적의 땅에서 결코 돌아오지 못할 것이었다.

## 시강원의 대신


　세자 저하의 환국은 계미년 섣달에 저들에 의해 결정되어, 해가 넘어가기 전에 그 떠나는 날이 잡히셨다. 경진년 환국 후로는 3년 만의 일이고, 정축년에 볼모로 끌려온 이래로는 두번째의 행차시다.

　저하의 환국이 아주 돌아가는 길이 아니라 비록 다시 돌아오실 길이기는 해도, 행차에 기쁜 마음이 없을 수가 없음이었다. 노구로서도 늙은 몸을 이끌고 늙은 다리를 부려 조선에 다녀온 것이 벌써 몇 차례였다. 다시 되돌아오고 싶지 않아 늙은 몸의 병을 핑계 댄 적은 천만 없었으나, 오고 가며 병이 더쳐 돌아오는 길의 괴로움이 더했다. 그렇더라도 돌아와 세자 저하를 뵙는 일보다 더 괴로운 일이 있었으랴. 저하께서 은근히 물으시면 은근히 답을 올려야 할 것이나, 올리는 답이 매번 버성겨 늙은 얼굴에서는 눈물이 흐르고, 마마의 맑은 얼굴에는 그늘이 졌다.

"저하, 마음을 크게 잡수시옵소서. 조선의 백성들이 모두 저하께서 돌아오실 날만을 기다리고 있습니다."

"…… 그러하오. 과연 그러하겠소."

"기다림의 공덕이 있을 것이옵니다."

"…… 그렇겠소. 과연 그러할 것이오."

저들이 무슨 까닭으로 세자 저하의 환국을 허락하였는지 늙어 삭은 머리로는 밝히 알 수가 없으나, 그 사연을 더욱 궁금해하는 것은 주상 전하시라 하는 말을 들었다. 저들이 세자를 어찌하여 보내느냐? 그가 어찌하여 온다는 것이냐? 상의 물으시는 말이 밭아서 옥음을 받잡는 대신들의 등에서 땀이 흐른다 하였다. 저하께는 감히 올릴 수 없는 말이었으나, 또한 올리지 않을 수 없었으니, 저하의 귀한 얼굴에 다시 그늘이 깊었다.

날이 잡힌 후로는 적국의 왕들이 날을 번갈아 송별연을 베풀어 저하께서도 입술에만 적셨던 술에 끝내는 취하지 않으실 수 없는 날이 잦았다. 관소의 언 마당에 거친 자리를 깔고, 홑옷 차림으로 앉아 엎드렸으니, 늙은 몸의 뼈가 먼저 덜걱거렸다.

"대감이 나를 치죄하려 거기에 있소."

관소로 돌아오시던 길의 세자께서 문턱에 앉아 이 몸을 내려다보시니, 군주 되실 분으로 문턱에 몸을 부리심이 과연 가당한 일이기나 하겠는가. 눈물이 먼저 쏟아져 나왔다.

"경계하고 또 경계하시옵소서. 저하께서 어찌 적국의 은혜를 받으실 몸이십니까. 뿌리치고 떨쳐, 저들에게 위엄을 보이시옵소서."

"허면, 내가 저들의 은전을 가소롭다 하여 물리쳐야 하겠소."

"그리하소서. 행동으로 아니 되시면 말씀으로 하시고, 말씀으로 아니 되시면 뜻으로 하소서."

"뜻으로도 아니 되면 어찌하겠소. 그때는 대감이 나를 대신하여 하겠소?"

"저하! 어찌 그리 송구한 말씀을 하시옵니까? 뜻으로 아니 되는 일이 어디에 있사옵니까? 성현의 도리가 모두 뜻으로 이루어지니, 맑은 마음을 어지럽히지 마시고 그 뜻을 담아 하루에도 천 번씩 만 번씩 헤아리셔야 할 것으로 아옵니다!"

"그렇소. 그러할 것이오. 헌데, 내가 저들의 은전을 가소롭다 하여 물리치면 나는 적국에 있겠소? 조선에 있겠소?"

"저하, 황공한 말씀을 부디 거두시옵소서!"

"황공한 말은 거둘 것이니 그 의로운 뜻을 대감이 나를 대신하여 저들에게 보이겠소?"

대군 마마께서 조용히 다가와 문턱에 앉으신 저하를 부축해 일으켰다. 내관들이 달려와 영감, 일어나십시오, 하고 저하의 뜻을 알리는데 몸이 먼저 바닥으로 고꾸라져 이마가 바닥을 쳤다. 울음이 쏟아져 나와 견딜 수가 없음이니, 적국에서의 세월이란 것이 견뎌도 견뎌도 이리 비루할 수가 있단 말인가.

"대감도 자빠져 일어나지 않겠소? 그리하겠소?"

저하께서도 우시는가. 내 몸의 울음이 너무 가득하여 감히 저하의 울음을 알 수가 없다. 저하께서 말씀하시는 것이 적에게 끌려와 있던 김상헌 영감의 일이었다. 영감은 명과 내통했다는 죄목으로 잡혀와 있었는데, 사면을 받은 것이 바로 전년의 일이고, 끌려와 감금되어 있은 세월이 그사이에 대여섯 해가 흘렀었다. 그 오랜 세월 동안, 영감에게는 살고자 하는 뜻도 없고 죽고자 하는 뜻도 없었다. 적의 뜻으로 잡혀와 있으니 적에게 굴복하여 살고자 할 수 없음이고, 자신의 뜻으로 잡혀온 것이 아니니 스스로 죽고자 할 이유도 없음이었다.

영감은 황제의 칙서를 엎드려 받지 않았다. 목이 떨어져야 마땅할 죄이지만 황제의 큰 은혜로 사면을 베푸노라, 칙서가 읽히는 동안에도 영감은 앉아서 딴 데만 쳐다보고 있었다. 황제의 말을 읽어 그 뜻을 전한 칙사가 오히려 당황하여 절을 하라 이르자 허리가 아파 일어나지 못한다 대꾸했다. 잠시 후에는 아예 자빠져 일어나지도 않았다. 황제의 큰 은혜가, 그리하여 똥이 되었던 것이다. 영감의 연세가 그때 이미 일흔 몇이셨다.

상헌의 일이 관소에 전해졌을 때, 세자 저하는 고개를 숙인 채 말없이 앉아 계셨다. 저하께서는 어떤 경우에도 우는 모습을 보이지 않으셨으나 고개를 숙이고 앉아 있는 저하의 어깨가 떨리셨었다.

"내가 취하지 않았다. 상께서 환우 중이신데 내가 취할 수 없음이다."

저하께서 대군의 손을 밀치시는데, 그 귀하신 몸이 크게 휘청하니, 내 입에서 기어코 통곡 소리가 나오지 않을 수 없음이었다.

"헌데 오늘이 며칠이오? 대감은 알고 있소? 오늘이 어느 세월이오? 대감은 말할 수 있소?"

그 황공한 말씀을 어찌 받잡으랴. 저하께서도 어찌 모르실 수 있으시랴. 숭정 16년의 섣달 밤이 저무는 날이었다.

원손 마마의 행차는 섣달 초이레에 경도를 출발하였다고 장달이 올라왔다. 보양관 김육이 원손 마마를 수행한다고 했다. 원손 마마의 보령이 아직 유년하시니, 언 날들에 먼 길 오시는 것이 괴로움에 괴로움을 더하는 일일 터이나, 상께서는 원손의 행차에 삼도 감사들이 마중하고 배웅하는 것을 금한다고 명하셨다 했다. 상의 뜻이 높고 깊어 어려운 시절에 백성의 폐해를 막으려 하심이라 저하께서는 상의 뜻을 절하여 받았다. 그날 밤 빈궁 마마의 처소에서 울음소리가 들렸다는 소문이 아랫것들 사이에서 돌았다. 늙어 삭정이 같아진 손에 힘이 있을 리 없었으나, 마땅히 매를 들고 그런 종작없는 말을 돌리는 미련한 것들의 몸에 매 자국을 새겨주지 않을 수 없었다.

"대감이 종들을 쳤는데, 어찌 내 몸이 아픈가."

황공한 말씀을 내리시는 저하의 얼굴에 다행히 빙그레 웃음이 번져 있었다. 늙은 얼굴에 또다시 눈물이 흐르려는 것을 애써 참았으나, 저하께서 그것을 먼저 보셨던 모양이었다.

"울지 마시오. 나는 그대들의 눈물이 지겹소."

저하가 환국하면 원손 마마께 그 빈자리를 대신하게 하는 것이 저 야만스러운 적들의 야만스러운 법도라 원손 마마는 경진년 환국 때에도 언 날들에 먼 길을 오셨었다. 호란이 일어나던 당시에 한 돌도 채 되지 않으셨던 마마는 강화가 함락될 때 내시와 군관들에게 안겨 간신히 성을 빠져나갔었다 했다. 그랬다고 전해 들었다. 그후, 세자 저하께서는 원손 마마의 무사한 얼굴도 보지 못한 채 조선을 떠나셨고, 몇 년 뒤에나 그 귀하신 아드님의 얼굴을 다시 보셨던 것이다. 유모의 젖을 먹고 크는 동안 부모의 얼굴이라고는 한 번도 보지 못하셨던 아기씨는 환국하는 저하 대신 볼모가 되기 위해 저하와는 반대되는 길을 오고 계시는 중이었다. 조선으로 돌아가는 아비와 청나라로 떠나는 아기가 평양에서 만났을 때, 아기는 두 손으로 얼굴을 가리고 울었다. 그 울음소리가 너무 연약하여, 저하께서는 짐짓 엄한 얼굴을 짓지 않으실 수 없었다. 그때 원손 마마의 나이 겨우 네 살이셨다.

보양관 김육을 생각해본다. 노천 김식의 3대손인 김육은 실학을 중시하는 자라고 하니, 상께서 어찌하여 그런 자에게 원손 마마의 곁을 지키게 하였는지 알 수 없는 일이다. 사대부로서 수차水車 따위를 개발하는 것에 마음을 판다는 소리를 들었다. 상이 적에게 무릎을 꿇은 후, 시절이 수상하여, 사대부들의 마음까지도 어지러웠다. 명의 재조지은을 잊어버리고 적을 추종하는 자가 생기고, 주자를 버리고 삿된 양명을 받드는 자가 있는가 하면, 잡학에 마음을 파는 자도 있다고 했다. 늙은 몸은 비록 적의 땅에 있으나, 하루도 조선을 향해 절하지 않은 날이 없었다. 뜻이 그 의로움으로 이루어질 터이니 수상한 시절을 마음으로 견뎌야 하지 않겠는가.

"대감의 마음이 의롭소."

저하께 글을 적어 올릴 때마다 저하의 답이 그렇게 황공하였으나 매일같이 적어 올리는 그 글을 저하께서 다 읽으시는지는 알 수 없는 일이었다. 읽지 않고 버리신다고도 했다. 버려질 글을 적는 손이, 그리하여 더욱 간절했다.

"보이는 것만을 보지 마옵소서. 경계하고 또 경계하시옵소서. 저들은 의로운 뜻이 없고 간악한 힘만 있는 자들이니, 저들의 날이 오래가리라고 생각지 마옵소서. 저들의 것을 모두 버리시고, 오직 서쪽을 향하여 마음을 닦으소서. 성현의 도리가 모두 거기에 있으니, 수상한 시절이 지나가고 나면 의로운 뜻이 마침내 이루어질 것이옵니다."

환국하는 세자 저하의 행차는 장했다. 마땅히 그래야 할 일이었다. 길 떠나기 전 호종하는 관역들에게 주는 하사품이 아낌이 없어 관소 마당에 초피며 은이며 비단 등이 넘쳐났다. 황궁과 아문에서도 갖가지 하례품들이 도착했다. 늙은 이 몸에게도 비단이 내려졌다. 그 비단을 찢어 경계를 삼아야 할 것이나, 늙은 손에 힘이 없으니 비단을 찢어야 할 손으로 글을 적을 뿐이었다.

섣달 언 날에 떠나는 길이라 떠나는 사람마다 솜을 잔뜩 누빈 옷을 갖춰 입고, 털모자를 쓰고, 두둑한 각반을 찼다. 입을 옷이 없는 말들은 든든히 배를 불려 추운 길에 대비했다. 떠나는 날에는 제왕과 장수들이 길목마다 잔치를 열어놓고 세자 저하를 기다렸다. 아비의 상을 맞아 7년 만에 처음으로 환국하는 빈궁 마마의 행차가 먼저 관소를 빠져나가고, 그후 저하의 행차가 뒤를 이었다. 소라고둥을 든 시위들이 앞을 서고 저하의 수레가 그 뒤를 잇고, 다시 대신들이 탄 말과 마차가 뒤를 쫓았으며, 칼 차고 활 든 군역들이 긴 꼬리로 매달렸다. 그 장한 거조가 적의 풍습과는 달라 적의 백성들이 문 밖으로 나서거나 2층의 난간에 서서 이 장대한 행차를 구경했다. 적의 장수와 병사들이 자기 백성의 어깨와 등을 채찍으로 갈겨 길을 어지럽히는 것을 막았다.

날이 춥고 땅이 얼어 장한 행차도 고됨을 면할 수가 없었다. 시위들의 입술이 언 소라고등에 달라붙어 고등의 소리는 장하지 못하고, 째진 입술에서 피가 묻었다. 가는 곳마다 서둘러 불을 피웠으나 간신히 세자 저하의 몸을 녹일 뿐이었다. 앞은 녹고 뒤는 언 세자 저하의 얼굴도 내리 파리했다. 빈궁 마마가 타신 가마 안으로는 연신 탕약과 환약이 들어갔다. 동상을 입은 노비들의 떨어져 나간 발가락이 행차의 뒤쪽으로 남았다. 그렇게 책문을 넘어 압록강에 이른 것이 해를 지나 숭정 17년 정월 초닷새의 일이었다.

추운 날에는 오줌도 마렵지 않으나, 압록강에 이르러 늙은 바지춤을 내리고 오줌을 누었다. 오줌이 줄줄 흘러내려 바지춤을 적셨다. 그렇더라도 적의 땅에 남기고 갈 것이었다. 압록강 건너 조선의 땅이 보였다. 눈이 쌓인 듯 나루가 온통 하얬다. 조선의 백성들이 모두 달려나와 엎드려 세자 저하를 기다리고 있음이었다. 늙은이들의 울음소리가 강을 건너 들렸다. 상께서 민폐를 금하셨으나 민의 마음까지는 금하지 못하심이었다. 저하께서 더 울지 말라 하셨으니 울지 말아야겠으나, 늙어 눈물이 흔해져 어찌할 수 없이 또 눈물이 흘러내리는데, 그것이 바지춤을 적신 오줌 줄기 같았다.

내가 너무 늙어 언 길을 무사히 걸어 경도까지 갈 수 있을지 알 수 없고, 다행히 그리된다 한들, 또한 되돌아오는 길에 세자 저하를 다시 받들게 될지 알 수 없는 일이다. 몸은 늙어도 마음은 여전하여 언 땅을 관 삼아 눕는다 하더라도 저하를 받들어야 하겠으나, 이루어지는 일이 내 뜻에 있지 않고 하늘에 있을 터이니, 그것이 한스러울 따름이다. 저하께서 이주 환국하시어 보위에 오르시는 것을 볼 때까지 살아 있기를, 그리하여 적들에게 받으신 능욕을 다 갚아주시는 날을 볼 수 있기를 하늘에 빌 뿐이나, 그러한 소망이 또한 성현의 도리에 닿는 것인지를 알 수 없음이다…… 숭정 17년 정월 초닷새에, 세자 저하를 보필하는 길에, 늙은이 윤모가 남긴다.


## 겨울, 압록강


세자의 행차가 압록강을 건넌 것이 정월 초닷새, 만상과 막금도 그 행차의 뒤를 쫓아 건넜다. 강을 건너기 전까지는 남복을 하고 행차를 쫓던 막금은 강을 건넌 후에는 어디에서 구했는지 남루한 것이나마 치마저고리를 챙겨 입었다. 구한 옷이 솜을 두둑이 둔 것이 못 되어서 오랜 행역에 지치고 병든 몸이 더욱 추워 보였다. 짐승 가죽을 덧댄 옷을 입고 털모자를 깊이 눌러쓴 만상도 앞을 민 머리가 종종 시렸다. 상투 튼 사람들의 땅에 닿으니 더욱 그러했다.

막금은 병자년에 호란이 시작될 때, 먼저 건너왔다가 먼저 건너간 적국의 군대에 잡혀 끌려갔다 했다. 의주성내에서였는데, 그 며칠 전 막금은 신어머니를 쫓아 성내에 굿을 하러 들어왔다가 적에게 잡혔다고 했다. 잡히면서 무슨 일을 당했는가, 만상은 묻지 않았다. 들어 좋을 말도 아니고, 들어 알고 싶은 일도 아니었다.

"네가 신기 있는 년이, 너 잡힐 것도 모르고 불구덩이에 있었더냐?"

추운 날들이 이어져 재게 입을 놀리지 않으면 입까지 얼어붙어 만상은 자주 막금과 말을 섞었다. 몸이 추워서도 그렇겠거니와, 마음이 시려서도 그랬다. 조선에 저 살던 곳으로 데려다 준다고 끌고 가는 길이니 막금이 도중에서 도망질을 치거나 할 걱정은 하지 않았다. 그렇더라도 만일을 알 수가 없어 만상은 각별히 몇몇 군관과 노비들에게 막금의 감시를 청해놓았는데, 그 값이 적지 않아 저도 모르게 욕이 튀어나왔다. 막금을 감시한다는 작자들이 하는 일이라는 게 계집이 밤새 얼어 죽었나, 아직 살아 있나를 확인하는 일뿐이었다. 그 정도 일이라면 만상 혼자서라도 할 수 있는 일이었다.

"아홉 살에 신어머니한테 팔려와 열다섯 살이 되도록 나처럼 신기 없는 년은 처음 봤다고 만날 머리를 꺼들렀소."

세자가 배로 건넌 후, 덜 녹은 곳을 가려 얼음 위로 강을 걸어 건너며 막금이 입은 얼어 있어도 제 집으로 돌아가는 마음이 뜨거워 납죽납죽 대답을 잘했다.

"하루도 매 안 맞고 산 날이 없소. 신령님의 말을 받아내는 것은 고사하고 비손도 요령 있게 못하였다오."

"맹랑한 년, 네가 내게도 감히 말을 숨기느냐. 네년이 네 말 같은 년이면 대학사 댁 작은마님께서 너를 그리 싸고돌았겠느냐?"

"낸들 어찌 알겠소. 꿈을 꾸면 그 꿈의 뜻을 말하라 하시고, 가슴이 답답하면 그 연유를 말하라 하시는데, 아씨 마님 밤마다 꾸는 꿈이 무엇일 것이고, 아침저녁으로 가슴 답답하신 이유가 무엇일 것인지는 내가 아니라 나으리라도 아실 것이오."

"별소리를 다 들어보겠구나. 내가 그것을 어찌 알겠느냐."

"모르시면 관두시오. 아무튼 나는 그저 그 손을 잡아드린 것밖에는 달리 한 일이 없소."

"이년, 내뱉는 말마다 거짓말이 아주 난당이로구나. 허면 네가 황제 폐하를 알아보았다는 말은 또 무엇이냐?"

"그 귀하신 얼굴을 뵙고 절로 허리가 숙여진 것밖에는 달리 한 일이 없소. 내가 아니라 누구라도 그렇지 않았겠소. 헌데도 그것이 신기라 하니 나도 참으로 답답한 노릇이오. 또 믿지 못하시겠소? 믿기 싫으면 믿지 마시오."

말을 끊고 고개를 돌리려던 막금이 다시 만상을 쳐다보며, 낮게 말했다.

"그런데 나으리 뒤편에 그것은 뭐요? 그게 귀신이 아니요?"

"뭣이라?"

만상이 자신도 모르게 펄쩍 뛰어 뒤를 돌아보았다. 얼었다 녹기를 거듭한 강의 얼음이 고르지 않아 만상이 제 서슬에 엉덩방아를 찧었다. 만상의 엉덩이가 빙판에 젖고 어는데, 막금의 입에서는 웃음소리가 터져 나왔다.

"이런 오살을 할 년을 보았나!"

귀신 운운한 것은 막금이 만상을 골려먹자고 내뱉은 말이 분명할 터인데, 그 낭랑한 웃음소리에도 불구하고 만상이 섬뜩한 마음을 떨굴 수가 없었다. 아무래도 이것이 길한 길은 못 될 터이다. 아무래도 이것이 귀신을 지고 가는 길일 터이다. 그러나 가지 않으면 안 될 길이니, 귀신 아니라 저승사자를 끼고라도 갈 길이었다.

만상은 막금과 의주까지만 길을 같이하고, 그후로는 세자를 쫓아 도성까지 들어갈 작정이었다. 소역으로 이름을 걸었다고는 하더라도 주어진 일이 없고, 대학사가 시킨 일도 그저 죽은 듯이 엎드려 있다가 오란 것이었으니, 도성까지 가지 않고 도중에 자빠진다고 하더라도 누가 뭐라 할 사람도 없었다. 그러나 이생이 은을 맡겨 사오라 한 것도 도성에 있었고, 팔아오라 맡긴 것도 다 도성에다가 풀 물건들이었다. 장사의 이문도 이문이었으나, 난생처음의 도성 길이었으니 만상은 조선에서 살 때도 제 고향이었던 선천 경계를 넘어서본 적이 없었다.

"네가 신기가 있는지 없는지는 모르겠으나 억세게 운은 좋은 년이다. 돈 한 푼 안 바치고 속환되는 것도 있을 수 없는 일인 터에, 거기에 더해 호종까지 붙여서 왔으니 반상의 아씨 마님이 부럽지 않음이다."

"나를 이제 풀어주시려오?"

"언제 잡힌 적이나 있었다더냐. 강을 건넜으니 이제 죽든 살든 네 갈 길을 가면 그만이다."

그러나 강을 건넌 후에도 막금은 쉬 자기 길을 가려고 하지 않았다. 여러 날 동안 행차를 쫓아왔으니 아무리 요망한 계집이라 하더라도 홀로 떨어지는 것이 두려운 일일 터였다. 모든 것이 다 달라져 길도 알아보지 못하겠소. 강을 건넌 후, 막금이 두려운 목소리로 중얼거리듯 말했다. 의주는 압록강을 건너자마자 넘어지면 코 닿을 거리에 있었다. 그러니 낳고 자란 곳이 성내가 아니라고 하더라도 하루 걸음이면 족히 찾아갈 수 있을 터였다. 그런데도 막금은 갈수록 더 만상에 붙어 그 곁을 떠나려고 하지 않았다.

"나으리가 나를 집에까지 데려다 주시면 안 되겠소?"

"이런 맹랑한 년을 보았나. 나를 여기까지 호종시켜놓고도 부족해서 찢어진 입이라고 그런 소리가 나온다더냐?"

말은 그렇게 해도 마음속이 시려 만상의 목소리가 높지 못했다.

"모르겠소. 어찌 자꾸 두려운 마음이 드는지……."

두려운 마음이 드는 것은 만상 역시 마찬가지였다. 10년이면 강산도 변한다더니, 그의 눈에 익숙한 것이 아무것도 없었다. 산천도 낯설고, 사람도 낯설고, 불어오는 바람에 섞인 냄새도 낯설었다. 청으로 끌려가던 길에 보았던 것들, 불타 잿더미가 된 마을과 벌거벗겨져 난자된 여인들, 그리고 길거리에 쌓여 있던 송장들…… 전쟁이 지나간 지 오래되어 이제 그 참혹한 광경은 더는 눈앞에 보이지 않았다. 그러나 보이지 않는 것이 참혹한 풍경만은 아니었다. 그것은 그의 유년의 기억들 역시 마찬가지였다. 배고픔과 추위와 고된 노동과 매질뿐, 기억해 좋을 일은 한 가지도 없었는데, 그 기억을 넘어 그가 기억하지 못하는 무언가까지 완전히 사라져버린 것 같았다. 길을 가는 동안, 자꾸 눈길이 다른 쪽으로 가 만상은 자주 걸음을 헛디뎠다.

강을 건넌 후 의주성내에 이르기까지, 길목마다 조선의 백성들이 엎드려 세자의 행차를 맞이해 행차가 자주 앞으로 나가지 못하고 멈췄다. 늙은이들은 울음도 어찌 그리 장하게 우는가. 언 땅에 이마를 박으며 우는 늙은이들의 울음소리가 천지를 진동하여 공연히 만상의 코끝까지 찡해졌다. 세자가 수레에서 내려 장히 우는 늙은이의 손을 잡았다. 늙은이가 울던 끝에 숨이 넘어가 의관이 달려와 팔다리를 주무르지 않으면 안 될 지경이었다.

세자는 길에 서서 오래 남쪽을 바라보았다. 만상도 서서 오래 조선의 들판을 바라보았다. 언 땅에 곱게 부서지는 흙을 구하지 못해 세자의 행차가 지나는 길에도 겨우 말똥과 소똥을 치웠을 뿐이니, 샛길은 그 누추함이 이루 말할 수 없고, 그 샛길의 끝에 초가들이 겨우 움막을 면한 듯 서 있는 것도 그 처참함이 말할 수 없을 지경이었다. 얼굴이 새빨갛게 튼 아이들이 배고픈 얼굴로 행차를 머뭇머뭇 구경하고 서 있는 것도 보였다. 조선에 두고 왔던 것 중에 가장 절박했던 기억은 그래도 배고픔이었던가. 만상의 뱃속이 자신도 모르게 격렬히 쓰렸다.

세자의 행차가 머무는 사이, 곁에 있던 막금이 보이지 않았다. 공연히 다급한 마음이 들어 서둘러 두리번거려보니, 막금이 행차 끝에 서서 웬 여인과 손을 잡고 있는 것이 보였다. 머릿수건을 쓴 더러운 여인이 막금의 손을 연신 다시 잡고 다시 잡고 하였다. 그 누추한 몰골이 의주 근방에 명성이 뜨르르하였다는 막금의 신어미로는 보이지 않았다. 아마도 아는 얼굴을 만난 것일 터이다. 만상의 코끝이 괜히 또 매워졌다. 자신으로 말하자면 조선 천지를 전부 흔들어 뒤진다 해도 아는 얼굴 따위는 나타나지 않으리라. 허니, 여기가 어디 나서 자란 곳이라 할 수 있을 것인가.

행차가 다시 움직이기 시작할 때, 만상이 일부러 걸음을 옮겨 막금이 서 있는 곳으로 갔다. 머릿수건 쓴 여인은 사라지고 홀로 서 있던 막금이 만상을 쳐다보는데, 그 잠깐 사이에 신색이 아주 틀렸다.

"아는 얼굴을 만났더냐. 허면 이제 네가 갈 곳을 알겠구나. 성가시다. 어서 떠나거라."

"어디로 가야 하오?"

"이런 년을 보았나. 그것을 나한테 묻는단 말이냐?"

"신어머니도 죽고, 낳아준 어머니 아버지도 모두 죽었다 하오."

"…… 소식을 들었더냐?"

막금이 고개를 떨궜다.

"굿 좋아하던 아주머니를 만났소. 굿 좋아하던 아주머니는 살았는데 굿 해주던 내 어머니는 죽었다오. 굿하고 살면 배고픔은 면하리라고, 그리 모진 곳에 날 보내놓더니, 내 친부모도 천벌을 받아 다 죽었다오. 불에 타 죽고, 적의 창에 찔려 죽고, 양반 나리의 매질에도 죽었다 하오."

만상의 입에서 쯧쯧 혀 차는 소리가 나오는데, 넋 놓은 듯 말하던 막금의 허리가 갑자기 푹 접혔다. 이년이 설움을 견디지 못할 모양이었다. 기집 우는 것이야 한두 번 본 일이 아니니 새삼스러울 것도 없었으나, 조선 땅에 들어서 처음 듣는 말이 또 길하지 못한 것이라 만상의 입에서 혀 차는 소리가 그치지 않았다.

"울지 마라. 안 죽는 사람 있다더냐. 모진 세상에 빨리 죽었으면 그도 복이다."

"죽은 사람들이 보이오."

우는가 했던 막금이 울음도 섞이지 않은 목소리로 말했다. 허리를 숙여 앙상한 어깨뼈가 와들와들 떨리는 것이 고스란히 보였는데, 그것이 마치 신대가 떨리는 듯했다. 만상도 더럭 겁이 났다.

"죽은 사람들이 죄다 보이오…… 에구머니나, 피를 저리 흘리고 피 칠갑을 하였으니, 저승사자라도 무서워 맞이하지 못하겠구나. 저리 가거라, 귀신들!"

만상이 얼굴이 파랗게 질려 막금에게서 한 발자국을 떨어져 섰다. 자신을 놀리려고 귀신 운운하였던 그 말과는 달랐던 것이다. 그러나 신기 없는 자신으로서야 귀신이 어디 보일 것인가. 아니, 신기도 없는 자신에게 어찌 귀신 같은 것들이 눈앞에 어른거린단 말인가. 만상이 허리 숙이고 어깨를 떠는 막금을 냅다 떼밀었다.

"요망하다. 저리 가거라, 이년!"

막금이 쫓아오거나 말거나, 만상은 다시는 뒤를 돌아보지 않았다. 뒤를 돌아보지 않았는데도 뭔가가 계속 쫓아오는 듯하여 가뜩이나 언 등이 더더욱 와들와들 떨렸다. 행차는 그후에도 여러 번 멈춰 섰다. 늙은이들은 울며 세자의 환국을 반기고, 또 울며 외쳤다. 살펴주옵소서. 부민이 모두 헐벗어 눈 뜨면 하는 일이 굶어 죽은 새끼들을 거적때기에 싸는 일이옵니다. 부민의 괴로움을 마마께서 살펴주옵소서. 세자가 강 건너 청의 성도에 있으니, 강 가까운 곳의 백성들은 세자를 먹여살리는 일에 자신들의 뼈를 깎았다. 달마다 올라가는 세자의 삿찬에, 대신들의 녹봉에, 쇄마에, 날이면 날마다 동원되는 군역까지 의주부의 백성들이 적에 볼모로 있는 세자로 인하여 헐벗고 굶주리고, 목숨이 죽어나갔다. 전쟁에는 한 목숨 잃으면 그만이었으나, 전쟁 뒤끝에는 살아남은 목숨들이 더욱 고되었다. 오래 살아 그 모든 것을 다 목격한 늙은이들의 울음이 그래서 더욱 장하였다.

전쟁이 끝난 후 이미 8년이었으나 조선의 누추함은 여전했다. 여인들은 더럽고, 사내들은 여위어 목뼈가 툭툭 드러나 있었다. 그 외중에도 새끼들은 어찌 그리 싸질렀는가. 때가 껴 그 얼굴색을 알아볼 수 없는 어린것들의 코 아래 누런 콧물이 얼어붙어 있었다. 그날 밤, 비록 소역 자리라고는 하더라도 갖은 수완으로 창기 하나를 품은 만상은 창기의 옷에서 이가 한 바구니나 쏟아져 나오는 것을 보고는 기겁을 해 내쫓았다. 추운 날에 따뜻한 자리를 찾은 이들이 무섭게 발을 놀려 벌벌거리며 만상의 몸으로 파고들었다.

이런 오살을 할! 조선에서의 만상의 첫 밤이 그렇게 깊었다. 홀로 잠든 그 밤, 이에 뜯기며, 만상은 밤새도록 귀신에 쫓기는 꿈을 꿨다. 그가 죽인 자와 그가 죽여야 할 것의 모습이 꿈속에 보여 귀신보다 더 흉악했다. 계집이 머문 곳을 알아두었다는 전령의 말은 그 이튿날 새벽에 들었다.

임금과 아들

상은 창경궁에 계셨다. 4년 만에 뵈옵는 상의 용안이 수척하여, 세자의 마음이 저렸다. 그러나 상은 울지 않으셨고, 세자도 울지 않았다. 먼 길이 고되지 않았느냐 상이 물었고, 상을 뵈러 오는 길, 고됨이 있어도 느끼지 못하였사옵니다, 세자가 답했다. 상은 울지 않으셨다. 4년 전에는 울지 않으리라 마음먹고도 끝내 눈물을 흘렸던 임금이었다. 세자의 손을 잡은 임금의 손등 위로 눈물이 뚝뚝 떨어져 배석했던 적장들도 칼 잡던 손으로 매워진 코끝을 잡았었다. 그러나 이제 상은 울지 않으셨다.

창경궁은 꿈에 그리던 그대로였다. 인정전의 종이 바른 문, 문틈 사이로 들어와 방 위쪽에 머무는 찬바람까지 그대로였다. 잎을 모두 떨구고 가지마저 얼어붙은 나무들이 세자의 기억 속에 있는 풀잎 냄새를 바람에 묻혀 들여보냈다. 풀잎이 모두 졌으니 냄새도 없겠으나, 기억 속의 냄새가 더욱 진해 세자의 마음이 울렁거렸다. 궁은 열한 살 때부터 세자의 집이었다. 상이 광해를 몰아내고 새 임금이 된 후, 세자는 대비의 명을 받잡고 궁내로 들어왔다. 오호, 원자의 상이 아름답구나…… 대비가 눈을 가늘게 뜨고 웃어 보였다. 웃었으나, 원한에 묻혀 산 세월이 오래된 대비의 얼굴이 귀신처럼 두려웠다. 그 자리에서 울음을 터뜨리지 않았던 것은 나이 어렸어도 원자라는 말이 무슨 뜻인지를 알았기 때문이었다.

광해가 쫓겨나간 창덕궁을 상은 좋아하지 않으셨다. 상은 자주 창경궁으로 이어하셨고, 동으로 자리 잡은 궁에 일찌감치 비쳐 드는 햇살을 좋아하셨다. 남으로 자리를 잡았던 사저와는 달리, 궁의 아침이 일찍 밝고 궁의 저녁이 일찍 왔다. 창덕궁에서 매일 밤마다 어린 세자의 꿈속에 찾아들었던 귀신의 울음소리들도 창경궁에서는 들리지 않았다. 그래서 적의 땅에 있을 때 세자가 꿈꾸는 궁은 늘 창경궁이었다. 꿈속에서 창경궁은 적의 황제가 사는 높고 큰 궁보다 더 크고 더 높아 꿈결이나마 자신도 모르게 품는 뜻이 뜻밖에 찬란했다가 뜻밖에 슬퍼지곤 했다. 그런 꿈을 꾸고 난 이튿날 아침의 외로움을 상은 아실 것인가. 아비에게 하고 싶은 말들이 목젖에 가로막혀 입 밖으로 나오지 않았다.

"길이 고되었으리라."

상은 같은 말을 반복하셨다. 세자는 같은 말로 대답할 수 없어 어깨만 숙였다.

"자점이 청에 갔다 오는 길에 큰 물고기를 가져왔다. 네가 그 물고기를 아느냐?"

상의 하문이 난데없음이었다. 이번에도 대답하지 않을 수 없으니, 세자가 말씀을 올렸다.

"그것이 우어牛魚라고 하는 것이온데, 저들 역시 남쪽으로부터 진상을 받는 물고기라 들었사옵니다."

"수레 하나가 가득 차게 크니 그것이 보기에는 흉물이나 황제의 은혜를 받들지 않을 수 있겠느냐. 남쪽에서 온 것이라…… 황제의 은혜가 남쪽에까지 미쳤구나. 내가 그 물고기를 맛있게 먹었다.”

“황제께서도 기뻐하실 것이옵니다.”

4년 만에 만난 임금과 아들이 물고기 얘기를 했다. 물고기는 김자점이 사은사로 갔다 돌아오는 길에 가져온 것이라 들었다. 크기와 생김새가 작은 송아지만 하여 우어라는 이름이 붙은 그 물고기는 제 몸에 독을 품고 있다고 했다. 잘 가려 먹지 않으면 아니 되니, 황제는 그것의 요리법까지 함께 보냈다. 독이 있어 남을 죽일 뿐 아니라 그 독으로 스스로 죽기도 한다 하였다. 황제가 내린 하사품이지만, 섭정왕이 보낸 것일 터이다.

4년 전 경진년의 환국 때, 전 황제는 환국하는 세자에게 붉은 옷을 내렸다. 세자가 놀라, 붉은 옷은 임금이 입는 옷이니 감히 황제의 은혜라도 받잡을 수 없다고 돌려보냈다. 세자의 소식은 낱낱이 임금에게 전해져, 그 장계를 읽는 임금의 얼굴이 꿈틀하다가 파랗게 질리더라고도 했다. 이번에는 물고기였다. 독이 있어 남도 죽이고 저도 죽는 물고기…… 임금은 황제가 보낸 요리법을 믿지 못해, 그 큰 몸통의 살점 하나를 뜰 때마다 은젓가락을 잡은 손이 떨렸다고 했다. 네가 나를 죽이려 하느냐, 네가 죽으려 하느냐. 수라에 오른 물고기에 임금이 농을 던져, 절인 고기의 살점을 화로에 굽던 상궁들의 얼굴이 붉었다고도 했다.

상이 울음을 허락하지 않으니, 세자는 종묘에 가서도 울지 않았다. 참배하러 가는 길에 바람이 모질게 불어 세자의 익선관이 벗겨지고, 장막이 넘어져 가마가 부서졌다. 뒤를 따르던 대신들이 종묘 가는 길

언 땅에 엎어져, 세자의 행차를 제대로 보필하지 못한 자들을 벌하
라, 주청했다. 허면, 바람을 벌하랴? 세자는 물을 수 없어 내관이 황
망히 주워가지고 온 익선관을 다시 쓰고, 이번에는 벗겨지지 않게 손
으로 관을 잡았다. 세자는 종묘에 들어 선조의 신위 앞에 무릎 꿇고
어깨를 숙였다. 잠시 후, 세자의 고개가 어깨보다 아래로 떨어져 둥
글게 솟은 목뼈가 드러났다. 추운 날에 드러난 목이 더욱 시려 보였
으나, 누구도 그 목을 가려줄 수는 없었다. 세자의 어깨와 함께 목뼈
가 같이 흔들렸다.

"저하께서 적의 땅에 너무 오래 계셨음입니다."
기원이 말했다.
"상의 심중을 헤아리소서. 상께서는 하루도 편안한 날이 없으셨습
니다. 조선이 상의 나라라 하나, 적에게 잡힌 세자 저하와 다를 바가
무엇이 있겠사옵니까? 저하는 적에게 가까이 있고 상은 멀리 계십니
다. 허나, 잡힌 것이 누구인지, 저하이신지 상이신지…… 망극한 세
월이옵니다."
"울지 마시오. 대감도 우시려 하오? 조선의 대신들이 모두 울면 상
께서는 지겹다 안 하시오?"
기원은 마른 눈으로 세자를 쳐다보았다. 울고 싶은 것이 세자라는
것을 기원이 모르지 않았다.
"지난달에 상께서 숭정의 연호를 금하셨습니다. 그 참담한 뜻을 저
하께서는 아시옵니까?"

“내가 적의 땅에 오래 있었으니 상의 깊으신 뜻을 알 수 있겠소?”

“저하!”

“내가 적의 땅에 오래 있으면서 매일같이 하는 일이 무엇인지, 허면, 대감은 아시오? 숭정의 연호를 지우고, 또 지우고, 또 지우고, 그리고 간교한 자들처럼 입술에 침을 적셔 말하오. 숭덕의 세상에 숭정은 없사옵니다, 조선이 그것을 모르지 않사옵니다. 아니구려…… 이제는 순치구려. 숭덕의 세상에도 없던 숭정이 순치의 세상에 있을 수 있소?”

“저하의 말씀이 과하십니다.”

“대감의 말이 과하오. 내가 적의 땅에 오래 있었던 것은 모두가 알고, 내가 있고 싶지 않았음은 아무도 모르니, 내가 어디에다가 그 말을 하면 좋겠소?”

“저하의 말씀을 누가 듣기를 바라십니까? 저하 스스로 아시는 일이 아니옵니까?”

“그 말이 두렵구려. 대감은 무슨 말을 하고 있소?”

“뜻을 크게 세우소서. 적의 땅에 있는 모든 것을 허물고, 남김없이 버리소서. 적이 저하를 믿으면 저하께서 돌아오실 곳이 없음입니다.”

“허면, 대감이 내 대신 갈 것이오?”

“가라 하시면 가겠으나 저들이 나같이 쓸모없는 늙은이를 받아들일 리 없으니 허면, 상께서 가셔야겠습니까?”

세자가 자리를 떨치고 일어섰다. 부르쥔 두 주먹이 부르르 떨렸다.

“저하께서 적의 나라에 오래 계셔서 주먹을 쥐는 법을 배우셨습니다. 허면 칼 쓰고 활 쏘는 법도 배우셨습니까? 군자는 마음의 길을 닦아 그 길로 성현의 도리에 이름입니다."

기원의 눈길이 감히 차갑고 엄해 세자의 몸이 다시 떨렸다. 기원의 말이 맞았다. 세자는 너무 오래 떠나 있었다. 누구도 더는 세자를 세자로서 기억하고 있지 않은 것이었다. 세자는 여전히 세자였으나, 더는 정축년에 적의 땅으로 끌려가던 세자가 아닌 것이다. 적의 땅으로 끌려간 세자가 적의 나라에서 돌아오기까지의 세월, 그 긴 세월 동안 세자가 없는 곳에서 일어난 일들을 세자는 다 알지 못했다. 다만 세자가 아는 것은 그것이 돌아오기 위해 가까워져가는 세월이 아니라, 오히려 점점 더 멀어져가는 세월이었다는 사실뿐이었다. 기원이 감히 차갑고 냉엄한 눈빛으로 그 사실을 다시 일깨워주고 있었다.

기원은 정묘년의 호란이 일어나 세자가 분조分朝를 맡았을 때, 남도의 검찰사 직책을 맡았었다. 분조라고는 하나 결국엔 피난길이었다. 임금은 강화로 들어가고, 세자는 전주로 떠났는데 분조의 끝이 어디가 될지는 아무도 몰랐다. 전주에 머물자마자 다시 떠날 길로 진주와 순천이 거론되고, 심지어는 통영을 거쳐 한산도까지 들어간다는 말이 나왔다. 백성들은 세자의 가마가 여기에까지 이르렀으니 살기는 다 글렀다 하고, 가산을 챙겨 산으로 들어가 나오지 않았다. 강을 넘은 오랑캐군은, 과연 그들을 오랑캐라 말해도 좋은가 싶을 정도로 놀랍게 빠르고 놀랍게 거셌다. 공주를 지키던 기원은 세자에게 서찰을 보내와 전주를 지키시옵소서, 읍소했다. 그때 세자의 나이 열여섯 살이었다. 나라가 위급을 당해 세자가 분조를 맡는 것은 임진년에 광해가 이미 했던 일이었으나, 분조를 맡아 백성을 위무한 광해의 활약이 너무 눈부셔 임금의 불안이 되었다는 것을, 그때 어린 세자는 알지 못했다. 다만 아비와 떨어져 홀로 가는 길이 두렵고, 아침이면 이 말을 하고 저녁이면 저 말을 하는 정승판서 대감들이 두려울 뿐이었다. 더 가고 싶지 않은 길을 더 가지 말라 하는 기원 역시 싫고 두렵기는 마찬가지였다.

전황이 급하면 당장 짐을 꾸릴 것처럼 야단법석을 떨던 대신들이 전황이 뜸하기가 무섭게 서책을 들고 와, 어찌 학문을 게을리 하십니까 꾸짖었다. 배운 뒤에 열 번 읽고, 선생 앞에서 또 열 번 읽고, 이튿날 아침에 일어나자마자 또 열 번 읽으라고 엄한 규칙을 만들어 내보이기도 했다. 글을 읽는 것은 어려서부터 세자가 사랑하는 일이었으나, 대신들의 꾸짖음에는 눈물이 났다. 그들은 전쟁 중의 위급한 상황에서도 남송의 어린 왕에게《대학》을 강연하기를 멈추지 않았던 재상 육수부의 예를 들기도 했는데, 세자가 매일같이 글을 읽으면 대신들은 남송의 육수부가 그러했던 것처럼, 적을 맞아 자신을 등에 업고 바다에 뛰어들어 죽을 것인가.

기원은 어찌할 것인가.

기원은 임금이 반정을 일으킬 때 공을 세워 공신으로 책봉되었고, 그후에 직책이 계속 올랐다가 병자년에는 유도대장으로 도성을 지켰었다. 그는 남한산성에 승전의 첩보를 올렸고, 곤궁하게 갇혀 있던 임금을 위해서는 적의 포위망을 뚫고 비린 어젓을 올리기도 했다. 임금은 그 귀한 어젓을 대신들에게 나눠주었으니, 어젓의 비린 맛보다 더욱 진했던 것은 승전의 소식이었던 것이다. 그러나 강화가 이루어진 후에는 기원의 승전 첩보가 사실과는 다르다는 상소가 이어졌다. 기원은 자점과 함께 도성을 적에게 내주고 자신의 살 길만을 도모했으며, 그도 모자라 거짓 승전보로 임금을 속였다 했다. 상소를 받아들이지 않을 수 없는 지경이 되었을 때 임금은 기원을 버렸으나, 기원이 올렸던 비린 어젓의 맛까지 버리지는 않았다. 탄핵을 받아 유배에 처해졌던 기원은 다시 복위되었고, 남한산성 수어사로서 책무를 다시 받았으며 청원부원군에 봉해졌다. 세자가 적의 땅에 있는 동안 기원이 살았던 삶이 파란만장하여, 그의 말이 세자의 마음에 더욱 사무쳤다.

저하께서는 적의 땅에 너무 오래 계셨습니다.

허니, 어찌하겠는가.

"경업의 소식을 저하께서도 모른다 하실 수는 없을 것입니다."

기원이 여전히 냉엄한 말투로 말을 이었다. 경업의 일을 세자가 어찌 모를 수가 있겠는가. 의주부윤이었던 임경업은 명을 치라는 청의 분부를 거역하고 오히려 명으로 넘어가 명의 직첩을 받은 장수가 되었다. 청은 아침저녁으로 관소에 와 경업을 잡아내라 세자를 다그쳤고 경업의 가솔들이 청의 성도로 압송되어왔다. 적의 땅을 떠나기 전에, 세자는 경업의 처가 옥중에서 끝내 목숨을 거두었다는 소식을 들었다. 그날, 관소의 대신들과 아랫것들이 너나없이 눈물을 흘려 세자의 마음도 깊은 곳에서부터 젖었다. 그러나 슬픔과 의기와 현실이 모두 다 다르다는 것을, 눈물 흘려 그 슬픔을 닦아낼 수 있는 자들은 알지 못함이었다. 눈물로는 씻어지지 않는 것이 있다는 것을, 지금 세자가 안다고 하면, 기원은 그 또한 세자가 적의 땅에 너무 오래 있었던 것을 탓할 것인가.

"경업이 일을 도모하면 저하께서는 어찌하시렵니까?"

기원의 물음에 세자의 입에서 웃음소리가 흘러나왔다.

"내가 어찌하기를 바라시오?"

기원이 찻상을 쳤다. 감히 세자 앞에서 할 수 있는 일이 아니었으나, 기원은 자신이 무슨 짓을 했다는 것조차 알지 못하는 듯했다. 혹은, 그와는 정반대이거나. 기원은 세자가 모욕을 알기를 원하는 것일지도 몰랐다. 찻상을 치던 기세와는 달리 기원의 목소리가 낮고 단정했다.

"적이 성하면 저하께서는 계실 자리가 없사옵니다. 정녕, 그것을 모르시겠사옵니까?"

세자는 대답하지 않았다. 웃지도 않았다. 원하는 것이 원하는 대로 이루어진다면, 세자가 먼저 적을 쳤을 것이다. 분명, 그리했을 것이다. 허니, 원하는 것이 원하는 대로 이루어지지 않는 세상을 기원이 모르는가, 아니면 내가 모르는 것인가. 그러나 세자가 이때에 웃지도 않고 입을 열지도 않은 것은 그와 같은 의문 때문이 아니었다. 적이 성하면 세자의 있을 자리가 없다는 것…… 그 말의 두려움이 세자를 압도했다.

적은 성할 것이다. 그것이 조선의 대신들은 알고자 하지 않고, 적의 땅에 오래 머물렀던 세자는 알고 있는 사실이었다. 그러나 그렇다면…… 그후에는 어떤 일이 벌어지게 될 것인가. 세자는 감히 그 뒷 말을 입 밖에 낼 수도 없고, 머릿속으로도 떠올릴 수가 없는 것이다.


적과 적의 전쟁


4년 전, 세자는 저들의 전쟁에 첫번째 종군을 했었다. 숭정 13년, 숭덕으로는 5년이었을 때의 일이었다. 세자가 적의 땅에 오던 첫해부터 전쟁에 나서라는 저들의 요구가 추상같았었다. 그러나 그때마다 봉림이 세자를 대신했었다. 남의 전쟁에 끌려가는 봉림의 말 탄 뒷등을 바라보는 것이 세자는 괴로웠다. 그리고 그해에는 세자도 더는 봉림을 대신 내보내고 싶지 않았다. 그러나 저들이 대군의 대리 종군을 받아들였다면, 그해에도 역시 봉림은 세자의 목숨을 대신했을 것이다.

그해 3월부터 저들은 수만 대군을 이끌고 금주성으로 진격하여, 송산과 금주 등을 포위했다. 금주를 넘으면 산해관이었고, 산해관을 넘으면 중원이었다. 명의 응전이 사생을 불사하는 것이라 성은 종내 깨지지 않고, 저쪽과 이쪽을 가리지 않고 시체가 벌판을 가득 채웠다. 황제는 마침내 최후의 일전을 선포하고, 도성을 지키던 군병을 모두 이끌고 스스로 친정에 나섰다. 황제는 황제가 되기 전부터 전장에서 뼈가 굵은 전사였으니 전투가 새삼스러운 일이 아니었으나, 그러나 반드시 이기지 않을 싸움에 황제가 나서는 법은 없었다. 황제는 반드시 이기거나, 반드시 죽지 않으면 안 될 싸움에만 나서는 법이었다. 그해의 출정이 그만큼 긴박했다.

그해에는 북방의 추위가 일찍 찾아와서 세자에게 종군 명령이 내려진 8월 보름에 벌써 밤이면 살얼음이 얼었다. 황제가 급히 출정하고, 그 뒷길을 쫓아 세자의 행군이 시작되었다. 세자의 행차는 급히 모은 군역들과 급히 모은 비루한 말들, 그리고 저들이 보내준 낙타 몇 마리로 꾸려져 적을 치러 간다기보다는 적을 피해 쫓겨가는 몰골로 보였다. 길을 서둘러야 하니 양식 마바리를 꾸리지 말라는 명령 때문에 더욱 그러했다. 성의 북문을 나가 금주까지 달리는 길은 끝없는 벌판이었다. 개간되지 않은 벌판은 한 자나 넘는 풀들이 자라나 비루한 말들의 발굽이 풀뿌리에 뒤엉켰다. 먹을 것은 고사하고 마실 물을 구할 수도 없었다. 군역들이 칼과 창을 잡는 대신 물을 푸러 다녔으나 간신히 길어온 물들은 황톳빛이었다. 그렇더라도 핏빛이 아니었으니 다행이었다.

송산에 이르러 세자는 황제의 진영에서 멀지 않은 곳에 진을 꾸렸다. 둔덕 위에 위치한 청의 진영에서 명의 성이 내려다보였다. 거위알만 한 대포알들이 성벽을 넘고 해자를 넘고 다시 백성들의 불탄 마을을 넘어 청의 진영 앞에까지 날아왔다. 포는 명이 청에 앞선 것이라 진으로 승부하고 말달리는 속도로 승부하는 청이 이겨내기 힘들었다. 포가 날아오면 머리 밀고 변발을 늘인 청의 군병들이 십어 명씩, 혹은 수십 명씩 한꺼번에 공중으로 치솟아 어육이 되어 바닥으로 떨어졌다. 포가 멈추면 청의 기병들이 무섭게 달려가 명의 군병들의 목을 베었다. 황제는 황색 천막 아래에 황색 보좌를 내놓고 앉아 무더기진 죽음들을 냉엄하게 내려다보았다. 이기느냐 지느냐밖에 없는 전쟁에 살아 있는 것의 모가지 숫자는 어차피 무의미했다. 포성이 멈춘 사이에 기병들이 명의 부대를 바다 쪽으로 몰아 명의 군병들은 살에 맞거나 창에 찔리는 대신 바다에 빠져 죽었다. 빠져 죽은 시체가 너무 많아 거센 파도도 그 시체를 전부 바닷가로 밀어내지 못했다. 바닷가의 군량미 창고가 남김없이 약탈되어 명은 식량이 끊겼다.

대왕들은 왕이기 전에 모두 다 전장에서 뼈가 굵은 장수들이었다. 구왕이 그러했고 호구왕이 그러했고, 우진왕과 귀영개가 그러했다. 대왕들이 말을 타고 달려 군병들을 지휘하고, 직접 적의 장수의 목을 쳤다. 그들의 갑옷에서 피가 마르지 않고, 그 피가 몸의 열기로 익고 삭아 비린내가 마르지 않았다. 세자의 몸에서도 흙먼지가 가시지 않았다. 입안에는 모래가 버석거리고, 코끝에는 시커먼 콧물이 딱지 져 떨어지지 않았다. 하루도 정신이 혼미하지 않은 날이 없었다. 명이 그의 적이었다면, 그리고 적이 그의 편이었다면, 세자에게도 그 전쟁에 대한 소망이 있었을 것이다. 바라보며 두려운 것이 아니라, 두려운 것을 깨고 부수고자 저들처럼 눈알이 붉었을 것이다. 그러나 세자는 바라볼 뿐이었고, 바라보며 두려울 뿐이었고, 그 두려움이 비루하여 환멸을 견딜 수 없음이었다.

응전하는 명의 장수들은 장했으나, 그들의 나라는 이미 비루했다. 숭정은 황제로서의 위엄을 이미 잃어, 아침이면 이자를 죽이고, 저녁이면 아침에 이자를 죽인 저자를 죽이라 하는 식이라고 했다. 조선은 명에서 멀고, 또한 저들에 의해 육로와 해로가 모두 끊겨 조선에까지는 가지 못하는 명의 참담한 소식들이 세자의 관소에는 속속 들어왔다. 전공은 흔히 과장되어 다 믿을 수는 없었으나, 적의 땅에서 지낸 세월이 오래되어 세자는 가려듣는 귀를 갖게 되었다. 명에는 황제에게 아첨하고 간교한 말을 올리는 자들만이 살아남은 게 아니라 황제보다 더 높이 있는 환관들에게 줄을 대는 자들만이 살아남았다고 했다. 곳곳에서 백성들이 들고 일어나 새 황제가 났음을 참칭하는 자들이 줄을 잇고, 그들의 누런 깃발이 이미 명의 성도 앞에 이르러 있다고도 했다. 그즈음에 이르러서 명을 위협하는 것은 적군인 청이 아니라 오히려 명의 백성들이었다. 숭정의 세상이 끝났다는 말은 이미 그때부터였다. 그러하니, 적이 명을 이겨도 명은 쓰러질 것이고, 적이 명에 져도 명은 쓰러질 것이었다.

그 전쟁에 군관 최래가 세자를 수행했었다. 최래는 정축년에 세자가 북행을 할 때, 스스로 세자의 행차를 찾아와 수행을 자청했었다. 영감 소리 듣는 대신들도 자식들을 볼모로 보내기 싫어 모두 칭병을 하고 임금의 부름에조차 얼굴을 드러내지 않던 시절이었다. 미천한 군관이나마 스스로 나서 세자를 좇겠다고 하니, 그 마음이 갸륵하여 세자가 그 군관의 얼굴을 깊이 바라보았었다.

"어찌하여 험한 길을 스스로 가겠다 하느냐."

세자가 묻자 최래는 우직하게 답했다.

"전쟁에 부모를 모두 잃었습니다. 기댈 곳이 없사옵니다."

그 우직한 답이 쓸쓸하여 세자는 차마 말이 나오지 않았다. 기댈 곳이 없다 한들 하필이면 적의 땅으로 끌려가는 나이겠느냐. 세자는 말하지 않았으나 최래가 홀로 말을 이었다.

"사내로 태어나 대장부에 이르지는 못하였을망정, 섬기는 마음이 무엇인 줄은 아옵니다. 거두어주소서."

그 전쟁에서 최래가 세자를 대신하여 포에 맞았다. 다행히 포가 비껴가 죽음에까지 이르지는 않았으나 세자를 몸으로 덮은 등에 탄피가 무작스럽게 박혔다. 날이 추워 다행이었다. 곪지 않은 상처의 구멍마다 피를 쏟으며 최래는 끝까지 세자를 무사한 곳까지 모셨다. 포성이 들끓던 전장, 정신이 혼미한 세자를 부축하며 정신이 아예 나가버린 듯한 최래가 악을 썼다.

"저하, 명이 끝났습니다!"

"네가 명의 포를 맞고도 그러한 말을 하느냐."

"제가 명의 포를 맞고도 죽지 않았습니다! 홍이포 따위가 무엇이옵니까! 다 끝장입니다! 명은 이기지 못할 것입니다!"

그날 아침, 세자가 청장들에게 문책을 당했었다. 조선에서 동원된 포병들이 포를 제대로 쏘지 않는다는 것이 그 이유였다. 조선에서 온 포병들은, 과연 그러했었다. 적을 향해서는 쏘지 못할 것이나, 명을 향해서도 쏘지 않았다. 그리고 세자가 하마터면 명의 포에 맞을 뻔했던 것이다.

참담하고 가혹한 세월이었다. 전쟁은 후궁이 위독하다는 소식을 들은 황제의 명령으로 중지되었다. 철군의 이유가 뜻밖이었으나, 철군이 반갑지 않은 것은 아니었다. 갈 때보다 더 추운 돌아오는 길에 세자는 내리 고열에 시달렸다. 황제가 성도에 들기 전에 위독하던 후궁이 끝내 숨을 놓았다는 소식이 전해져왔다. 수천수만의 모가지를 베게 한 황제가 후궁이 죽었다는 소식을 듣자마자 황금빛 수레에서 목을 놓아 울었다. 그리고 갑자기, 말 위에서 세자가 통곡하기 시작했다. 세자의 통곡이 너무 거세고 격렬해 말의 고삐를 잡고 있던 말구종이 감히 세자의 몸을 잡았다. 세자의 온몸이 말 등 위에서 떨어지고 자빠질 듯, 격렬히 흔들렸다.

봉림은 종군했던 전장에서 돌아올 때마다 낯빛이 차가워 세자라도 쉽게 말을 건넬 수가 없는 지경이곤 했었다. 봉림이 보았던 것이 무엇이었는가를, 세자는 이때에 알았다. 그것은 말로 전해질 수 없는 것이며, 글로도 적어 올릴 수가 없는 것이었다. 명이 끝났습니다. 미천한 최래는 외칠 수 있었으나, 세자는 말할 수 없었다. 봉림도 마찬가지였을 것이다. 그들은 적의 땅에서, 그야말로 너무 오래, 모든 것을 보았다. 그들에게 다른 점이 있다면 한 사람은 세자, 한 사람은 대군이라는 사실뿐이었다.

조선의 대신들은 달랐다. 그들에게 명과 청의 전투는 무의미했다. 소식이 멀어 전황이 늦어서가 아니라, 어차피 지고 이기는 것 자체가 그들에게는 중요한 일이 아니었다. 명이 이겨도, 져도 그들은 명을 받들 것이다. 숭정이 사라져도, 그들은 숭정을 이을 것이다. 성현의 뜻이 거기에 있어서가 아니라, 그들의 입지가 거기에 있기 때문이었다. 광해를 쳤던 대의가 모두 거기에 있었다. 임금의 반정은 명의 재조지은

을 잊은 광해를 내몬다는 명분으로 이루어졌다. 말하자면 임금의 자리
가 거기에 있었으니, 임금이 수백 번 수천 번 적의 황제 앞에서 이마를
찧는다 하더라도, 임금이 명나라를 받들어 임금이 되었던 사실은 사라
지지 않는 것이다. 임금을 임금의 자리에 올린 자들이라면, 더욱 그러
했다. 적에게 굴복한 것은 치욕이 될 것이나, 또한 원한이 될 수도 있
었다. 그러나 명을 등지면 남는 것이 없었다. 광해를 치면서 씨를 말리
듯 내몰았던 광해의 정파가 다시 일어선다면, 그들에게 돌아올 것은
한때 광해의 정파가 그러했던 것처럼 멸문과 죽음뿐이었다.

　세자는 임금의 아들이었다. 임금이 그들에 의해 임금이 되었으니,
세자도 그들에 의해 세자가 되었다. 세자가 그들의 편이라는 것을 밝
히지 않으면 기원의 말처럼 세자의 자리는 없었다. 그러나 세자가 그
들의 편이라는 것이 알려지면, 세자는 적의 땅에서 결코 돌아오지 못
할 것이었다. 적의 땅에 머물며 낮과 밤마다 홀로 삭였던 고독이 조선
의 땅에 돌아와서는 고독을 넘어 슬픔이 되었다.

　그러한데, 임금은 나를 위해 울어주지 않으실 것인가. 정녕 울어주
지 않으실 것인가…….


## 또 하나의 전쟁


　세자가 기원과 함께 있을 때, 청장의 말을 전하는 역관이 들었다

했다. 내관이 방문을 열자 마당에 서 있는 역관이 보였는데 세자의 눈빛이 문득 싸늘했다. 청장의 말을 가져오는 역관이라면 그가 누구일 것을 뻔히 알았음에도 세자의 눈에 그자가 만상으로 보였던 것이다.

청의 역관이 가져온 말은 청장들이 이튿날 한강으로 야유를 나가도 되겠는가를 묻는 것이었다. 청장들에게는 거의 매일같이 연회나 만찬이 베풀어졌고, 세자가 또 지루할 틈이 없이 문안하곤 했으나, 그들이 그 시간을 편안하게 견뎌내지 못했다. 평생을 들판에서 말달리며 살아온 자들이었다. 조선의 뜨거운 온돌방에서 엉덩이나 지지며 앉아 있는 일이 죽고 사는 전쟁보다도 더 고역이었던 것이다. 섭정왕의 명이 엄하여 질기게 엉덩이를 깔고 앉아 묵새기는 동안에도 벌판으로 돌아가고 싶은 그들의 마음이 아침과 저녁으로 들썩였다.

심부름을 한 역관에게 은자를 베풀어 보내라 이른 뒤, 세자가 다시 기원을 바라보았다. 도성에 들어 기원을 몇 번이나 보았으나, 석경의 소식을 전할 틈이 없었다. 전할 틈도 없고, 들을 틈도 없었다. 임금의 아들이 적의 땅에서 볼모로 있는데, 신하가 자신의 아들의 소식을 물을 수는 없는 일이었다. 그렇더라도 세자는 말해줄 수 있을 것이다. 석경이 자신에게 무엇을 바치고 있는지…… 그 순정함이 무엇인지…… 세자가, 세자의 자리에 있지 아니하였다면 그리했을 것이다. 어쩌면 그를 보호해야 하리라, 일러주었을지도 모른다. 석경이 아직 죽지 않았다면, 이제 그를 살릴 수 있는 사람은 아비인 기원밖에는 없을 것이다.

기원이 성절사로 적의 성도에 왔을 때, 사신들을 맞아 베푼 연회에 그들의 아들들이 자리를 함께했었다. 석경도 그 자리에 있었다. 자리가 시작되어 끝날 때까지 기원은 석경을 한 번도 쳐다보지 않았다. 석경도 자신의 아비를 쳐다보지 못했다. 기원이 석경의 소문을 알고 있는 듯했고 석경이 그 아비를 두려워하는 듯했다. 그 정경이 애처로워 세자가 기원과 단둘이 있게 되었을 때 석경의 얘기를 꺼내려고 했었다. 그러나 기원이 감히 세자의 말을 끊었었다.

"가르치지 못한 자식이옵니다. 저하께 보내었으니 저하의 것으로 남김없이 쓰소서."

그때 세자의 마음이 울컥했던 것을 기원은 알 것인가. 아비가 자식을 품은 마음이 그토록 냉혹하니, 세자가 이를 갈아주고 싶었던 것을 기원은 알 것인가. 가르치지 못한 자식이란 말 때문에 더욱 그러했을 것이다. 임금도 세자를 적의 땅으로 보낼 때, 지금은 섭정왕이 된 당시의 구왕에게 그리 말하였던 것이다.

그리고 기원이 남김없이 쓰라 말했다. 그 말의 함의를 세자가 모르지 않아 이가 갈릴 듯한 마음을 억눌렀다. 세자가 쓸 수 있는 것이 석경이란 한 인물이기 전에 기원의 자식이었다. 그러니 남김없이 쓰는 대가가 따르리라.

"대감의 자제가……."

세자가 낮게 말했다. 기원이 찻상 앞으로 어깨를 숙이며 세자의 말을 잘랐다.

"말씀하지 마시옵소서. 이 자리에서 감히 올릴 이름이 아니옵니다. 한낱 가르치지 못한 자식에 불과하옵니다."

세자의 어금니가 자신도 모르는 사이에 소리를 낼 듯 맞닿았다. 석경은 아직 죽지 않았더라도, 결국 살지 못하게 될 것이다.

그 시간에, 만상은 기원의 집에 있었다. 조선에서 태어난 신분이 상것에 지나지 않으니, 조선에서 자랐다면 영감 나으리의 댁에 엉덩이를 부려놓고 있기는커녕 댁의 대문을 허리 꼿꼿이 세운 채 들어서는 것조차 언감생심이었을 것이다. 어려 고향에 살 때도 그는 양반 나으리의 댁 안에는 발을 들여본 적이 없었다. 양반들이 사는 길목에만 접어들어도 허리가 먼저 굽고, 고개가 먼저 숙여졌다. 어려 호기심이 없지 않았으나 옆의 아비가 먼저 만상의 뒤통수를 쥐어박았고, 그렇지 않으면 양반 댁 노비들이 달려와 어린 만상의 뺨을 쳤다. 만상보다 어린 도령님들이 노비의 등에 업혀 얻어맞는 상것들을 매 맞는 개 쳐다보듯 재미나게 바라보곤 했다.

그 귀하신 양반 댁 자제분이신 석경이 바로 이 댁에서 자랐으렷다…….

아궁이에 땔감을 과하게 넣어 만상이 들기 전까지만 해도 비어 있던 사랑의 바닥이 절절 끓었다. 엉덩이가 뜨거워도 외풍에 뺨이 시릴까 봐 만상이 들자마자 또 큰 화로가 들어왔다. 청의 옷을 입고, 청의 말을 하는 만상을 기원의 집 아랫것들이 저승사자 모시듯 했던 것이다. 그는 그토록 분에 넘치는 대접이 역겨웠으나, 역겨워서 다행이었다. 어차피 운명이 그렇게 되어 있었으니 남은 자라도 남아 살아야 하지 않겠는가. 살자면 기왕에 잘 살 일이다. 그렇지 않겠는가. 마음은 그렇게 먹어도 뜨거운 자리에 앉아 있는 만상의 몸이 자신도 모르게 덜덜 떨리고 있는 중이었다.

기원이 찾는다는 전갈을 받은 것이 이날 저녁이었다. 기원이 청에 사신으로 머물던 중에 만상의 얼굴을 익혀 알고 있었다. 허니, 자신을 부른 이유가 석경에게 전할 물건이나 서찰을 맡기고자 함일 것이었다. 그 이외에 무슨 다른 이유가 있겠는가. 그랬음에도 만상이 전갈을 받자마자 덜덜 떨리는 손을 어찌하지 못했다. 그 손이 한 시각이 넘도록 여전히 떨림을 멈추지 못하고 있는 것이었다.

만상이 자신의 손을 내려다보았다. 손이 무언가를 기억하고 있었다. 그것은 분명 칼과 피와 죽음의 기억이었다. 만상이 땀이 나도록 두 손을 비벼댔다. 죽음이 너무 허망해서, 혹은 죽이는 일이 너무 기막혀서, 만상이 자신의 손을 내려다보면서도 그 손의 기억을 믿을 수가 없었다. 죽은 자도 마찬가지겠거니와 죽이는 자에게도 살인은 처음인 일이었다. 만상은 머리 굵어지기 전부터 늘 간직해오던 짧은 칼이 한 자루 있었는데, 그 칼을 써보기는 단단한 밤껍질을 깔 때가 고작이었다. 칼을 뽑아 혈기를 뽐내본 적이 없는 것은 아니지만, 그 칼이 피의 맛을 본 적이 없었다. 있다면 고작해야 밤껍질을 까다가 제 손을 벤 것이 다였을까.

그래도 장만할 때 큰맘을 먹고 장만한 것이라 칼이 본능적으로 살과 피의 맛을 알았다. 죽어야 할 자의 가슴에 칼을 꽂았을 때, 칼이 마치 자신의 본분을 안다는 듯이 살을 찌르고 들어갔다. 만상이 베거나 찌르는 법을 알지 못해서 그 모든 것이 오직 칼이 스스로 알아서 한 일이었다.

세자의 행차를 쫓아 조선으로 오는 길에 만상이 내리 뒤쪽의 소식을 탐문하기를 게을리하지 않았다. 전쟁터에서는 수천, 수만의 숨이 끊어져도 전쟁터 아닌 곳에서의 살인은 가벼운 일이 아니라 곧 무슨 소리든 뒤를 쫓아오리라 여겼다. 그러나 조선의 경도에 닿을 때까지도 소식이 감감무소식이었다. 숨을 악착같이 끊어놓았으니 죽기는 죽었을 것인데, 죽었다는 소식이 없으니 만상의 잠자리가 내리 귀신과 산 것들에 뒤섞여 쫓겨 밤마다 흉흉했다. 산 것의 목을 따는 것도 아무나 하는 일이 못 된다는 것을 만상이 이때에 알았다.

경도에 든 후에는 기원의 집 쪽 동정을 살피는 일도 잊지 않았다. 밖에서 살피거나, 뜻밖에 안에 들어와 살피거나 기원의 집은 더할 수 없이 고요했다. 개새끼 하나 죽어나간 흔적이 없었다. 고요한 중에 엉덩이가 뜨겁고, 화로 불기에 얼굴이 홧홧 달아올라 만상이 가만히 엉덩이를 붙이고 앉아 있을 수가 없었다. 기원이 불렀으니 그가 오지 않을 도리가 없었다. 오고 싶지 않다고 한들, 앞머리 밀어 변발을 내린 처지에 어디에 숨어 흔적을 가릴 것인가.

사랑의 문이 벌컥 열렸다. 만상의 어깨가 다짜고짜 바닥으로 굽는데, 벌컥 열린 문 안으로 들어서는 것이 네댓 살짜리 꼬마 도령이었다.

"네가 청국 놈이라 하였더냐?"

꼬마 도령이 호통을 치는데 호통의 낭랑함이 사뭇 맹랑하였다. 열린 사랑방 문 틈 사이로 종놈들이 기웃기웃 그 광경을 훔쳐보고 있었다. 식은땀을 닦아내며 되어가는 일을 볼 양으로 만상이 대꾸하지 않은 채 꼬마 도령을 쳐다보기만 했다. 도령이 문 밖을 향해 이번에는 소리를 지르지 않고 의논하듯 물었다.

"이자가 말을 못하느냐?"

"청국 사람이니 청국 말을 하겠습지요."

누군가가 킥킥거리며 말을 받았고, 도령의 얼굴이 갑자기 난처해졌다.

"내가 오랑캐의 말을 배우지 않았으니, 어쩐다?"

"허면 이제 그만 나오셔요. 오랑캐의 얼굴을 한번 보셨으면 되지 않았습니까. 할아버님께 들키셨다가는 큰 야단을 맞으실 터입니다."

또 누군가가 안절부절 말을 올리는 것을 도령이 맹랑하게 사랑의 문을 탁 닫아거는 것으로 막았다. 도령이 만상의 앞에 야무지게 양반다리를 하고 앉았다. 엄한 눈빛을 꾸민 아이의 눈에 호기심이 반들거렸으니, 그 신 모양새가 가관이었다. 만상은 가만히 아이의 눈길을 받고 앉아 있었다.

"내 아버님은 석자 경자, 어른이시다!"

아이가 다시 호통처럼 소리를 질렀다. 만상의 미간이 비로소 꿈틀했다. 그렇구나…… 이 맹랑한 도령이 석경의 아들이로구나. 질자가 되어 청국으로 떠나기 전 서둘러 혼례를 마쳤더니, 그때에 자식이 생겼다고 석경이 말했던 것을 만상이 비로소 기억해냈다. 이른 나이에 본 자식인 데다가 곧 두고 떠나와 아비의 정이 무엇인지도 모르겠다 하더니, 그렇게 봐서 그런지 석경의 얼굴을 아주 빼다 박았다. 독하게 먹었던 만상의 마음이 출렁 흔들려 만상이 자신도 모르는 사이에 몸을 숙였다. 위엄을 갖추기에는 너무 어린 나이라 아이가 제 눈에 신기한 만상의 변발을 만져보려는 듯 손을 뻗었다가 얼른 거두어들였다. 그리고는 또다시 야무지게 소리를 질렀다.

"내 아버님은 오랑캐를 치러 가셨다! 임경업 장군과 함께 오랑캐를 치고 돌아오실 것이다!"

어린 도령이 큰일 낼 소리를 하시는구나……. 그러나 밉지 않은 마음이 들었다. 이 도령에게 뭔가 줄 것이 있었으면 좋겠다는 생각이 들기도 했는데, 가진 것 중에 아이에게 줄 것이 있을 리 없었다. 만상이 아이의 얼굴 쪽으로 자기 얼굴을 가까이 가져갔다. 줄 것이 없으니 내 얼굴이라도 보아두시오…… 그런 마음이었을까. 맹랑하더라도 나이 어려, 갑자기 제 앞으로 다가온 만상의 얼굴에 아이가 놀란 듯 흠칫했다. 그러나 곧 손을 뻗어 만상의 수염을 잡으니 만상이 그 와중에도 소리를 지르지 않을 수 없었다.

"오랑캐가 수염을 기르느냐? 머리는 밀고, 수염은 밀지 않느냐?"

아이의 수염 쥔 손이 제법 야무져 만상의 입에서 에구구, 신음 소리가 나오는데 다시 사랑의 문이 열렸다. 문 밖에 기원이 서 있었다. 종놈 하나가 먼저 달려 들어와 꼬마 도령을 덥석 안아 나갔다. 내가 잘했지? 아이가 거드름을 피우며 말하는 것이 아직 두려움도 알지 못할 나이인 것이다.

"범 같은 손주님을 두셨습니다."

만상이 얼얼한 턱을 어루만지며 기원에게 말했다. 호랑이 굴에 들어도 정신만 바짝 차리면 산다 하였으니, 만상이 절대로 떨지 않을 작정이었다. 저를 살인죄로 잡으려고 했다면 이리 댁으로 불러들이지는 않았으리라. 살인이 알려졌더라도 그것이 투전패의 소행으로 알려졌을 것이다. 만상이 그 정도의 요령은 부려놓은 뒤, 조선 길을 떠났던 것이다.

그런 만상을 기원이 깊은 눈빛으로 쳐다보고 있었다. 불렀으니 먼저 할 말이 있을 터인데도 기원이 입을 열지 않았다. 말은 떨려 나오지 않았으나 다시 손이 떨리기 시작한 만상이 두 손을 무릎 위에서 마주 잡은 채로 홀로 입을 놀렸다.

"조선에 와서 들어보니 입 가진 자들마다 임 장군 얘기입니다. 제가 비록 청의 것으로 살고는 있으나 낳기는 조선의 몸으로 태어났으니, 임 장군 얘기를 들으면 아닌 게 아니라 으쓱하여집니다. 비록 제 목숨을 고기 값으로 내어줄망정 의기가 있다는 것은 아름다운 일이옵지요. 청에서도 임 장군 얘기를 많이들 하십니다. 의로우나 베어야 할 터이니 안타깝다고도 하고, 어리석다고도 하지요."

기원이 잠자코 듣고 있다가 흘리듯 내뱉었다.

"네가 청국의 것으로 산다 하더니 조선의 말이 개죽이 되었구나. 내가 너의 말을 알아듣지 못함이다."

되는 대로 내뱉던 말이 멈춰 만상도 더는 할 말을 찾지 못했다. 덜그덕 소리라도 낼 듯이 떨리는 손을 연신 서로 비벼대며 할깃할깃 기원의 눈치를 볼 뿐이었다. 기원이 그 손을 바라보면서도 아는 체하지 않았다. 벌컥 열렸다가 닫히는 서슬에 틈이 맞지 않은 문 사이로 삭풍이 쏟아져 들어오는데, 얼핏 눈발이 비치는 듯했다.

죽여줍시오, 해야 할 것인가.

기원이 침묵을 지키는 중에 마치 무언가가 흘러나오듯이 만상의 머릿속에 그런 생각이 들었다. 죽는 한이 있어도 제 입으로 먼저 토설하지는 않으리라는 각오로 기원의 집 대문을 들어섰었다. 어리석은 그 어떤 행동도 하지 않으리라고, 마음을 다져먹고 또 다져먹고 했었다. 그가 살인죄를 뒤집어쓴다 하더라도 조선의 몸이 아니라 청국의 몸을 받아서 왔으니, 여기에서 단매에 죽는 일은 없으리라. 헌데, 어쩌자고 기원의 침묵이 이리 날카로운가. 어쩌자고 이리 숨을 조르는가.

"제가 조선에 와서 보니……."

침묵을 견디기가 어려워 만상이 또 되는 대로 입을 열려고 하는 것을 기원이 막았다.

"내가 너에게 전할 것이 있어 불렀다."

"무엇이옵니까?"

"받아들이라 전하라."

"…… 무슨 말씀이시온지."

"글로 쓸 말이 아니라 내가 말로 전하고자 함이다. 내 말을 누가 전할 수 있겠느냐. 내 너를 죽이지 않고, 전해야 할 말을 보내는 데 쓸 것이다."

"무, 무슨 말씀이시온지……."

꼿꼿하게 앉아 있던 기원이 등을 벽에 기대었다. 잠시 전까지만 해도 형형하던 눈빛이 사라져 피로가 겹겹이 쌓인 얼굴이 순식간에 곧 죽을 늙은이처럼 보였다.

"네가 한 일을 내가 안다 하지 않을 것이다. 누가 시켰느냐 묻지도 않을 것이다. 네 아가리를 찢어 네 입을 터지게 하거나 아니면 막을 수도 있겠으나 그리하지도 않을 것이다. 허니 무사히 돌아가 이 말만을 전하거라."

"나으리……."

만상의 등이 바닥에 닿을 듯이 굽어졌다. 두려움으로 눈앞이 하얗게 바래는 듯한데, 그 와중에 가장 묻고 싶은 말이 죽지 않았습니까, 라는 말이었다. 그리 악착같이 칼질을 하였는데 어찌 죽지 않았습니까? 어찌 살아 있을 수가 있습니까?

"어리석은 자식이 투전방에 드나들다 투전패의 칼에 찔렸다 들었다. 어리석은 자식이 그러고도 살아나 목숨을 부지하였다 하니, 이제 남은 것은 그 악독한 투전패를 찾아 사지를 찢어발기는 일이 될 터."

"나으리……."

"허나, 입을 다물라 이르라. 살고 죽는 것은 그다음 일이라고도 이르라. 그것이 그의 운명이라 하라."

만상이 더 이상 나으리를 부르지도 못한 채로 눈만 들어 올려 기원을 올려다보았다. 더 이상은 내려앉을 데도 없을 것 같던 가슴이 다시 한 번 출렁했다. 기원의 주름진 얼굴이 순간 죽은 자의 그것처럼 시커멓게 보였던 것이다. 순간적이기는 했지만 어둠과 그늘이 너무 뚜렷하여 만상의 눈에 들어 사라지지 않았다. 그것은 소중한 것을 놓치는, 아니 손에서 놓아버리는 자의 표정이었다.

만상이 아무리 어리석은 자라 하더라도 그 순간에 한 가지만은 알

수 있었다. 기원이 아들 석경에게 전하라 하는 것이 바로 아비의 그늘
이라는 것을. 그러나 결국, 그늘로 가리어진 욕망이라는 것을.

만상의 등이 천천히 꼿꼿해졌다. 만상으로서는, 말하자면, 그 어둠
과 고독이라는 것이 역겨웠던 것이다. 그 어둠에 엎어져, 제 가슴에
꽂힌 칼을 움켜쥐고 저하, 세자 저하를 부르던 석경의 목소리가 떠올
랐다. 그자가 어쩌자고 죽을 마당에 제 아비도 안 부르고, 제 새끼의
이름도 안 부르고, 저를 죽게 만든 계집의 이름도 안 부르고, 하필이
면 세자를 불렀단 말인가. 조선의 양반들이란, 그래서 역겹고, 추악하
고, 가소로운 것들이었다. 그들의 세상이 통째로 망한다고 하더라도
만상은 눈 하나 깜짝하지 않을 것이었다.

아무튼 자신은 오래 살아남을 것이라고, 만상은 어금니를 앙다물
며 생각했다. 겨우 그러한 생각만이 그의 두려움을 가려줄 수 있었다.
그때 다시 덜 닫힌 문이 덜컥하는데, 과연 석경이 칼에 찔리던 그 밤
처럼 눈발이 흩날리고 있었다.


## 창경궁의 꿈


상이 침을 맞으셨다. 양화당에 누워 옷을 풀어헤치셨으니 뒤에 앉
고 둘러앉은 도제조와 의관들의 숨소리가 상의 숨소리와 낮게 서로
뒤섞였다. 의관 이형익이 침을 불에 달구었다. 이른바, 번침이라 하였

는데 그것이 민간에서 떠돌던 사술邪術이었다. 그렇더라도 그자의 침 놓는 법이 신통하여 풍에 걸려 벌벌 기던 늙은이들도 그자의 침 몇 번에 자리를 털고 일어서더라고 했다. 소문이 궐에까지 닿아 상이 그를 불러들였다. 사술을 믿지 못하고 정결하게 여기지 않는 어의들의 불만과 또 대신들의 상소에도 불구하고, 상이 그를 아껴 곁에 둔 지가 벌써 여러 해였다.

상은 오래 아프셨다. 보위에 오른 후 반란과 전쟁이 끊이지를 않아 심화가 병의 근원이 되었을 것이다. 노여움은 불안이 되고, 불안은 몸 속 깊은 곳의 농증이 되었다. 상이 스스로 보위에 오를 때 소망이 없으셨겠는가. 그러나 소망은 적에게 짓밟히고, 능욕은 사관의 기록으로 역사에 남았다. 기록이 새로운 영광으로 채워질 날은 보이지 않고, 적의 내부를 깊이 알 수 없어 보위는 늘 위태하게 여겨졌다. 아프지 않고, 세월을 어찌 견디실 수 있으실 것인가. 의관 하나 곁에 두는 일조차도 들고 일어서 가타부타 하는 대신들이 임금은 지겨웠다. 대신들이 삿되다 하는 의관을 부러 곁에 두고, 삿된 의관이 사술로 혈을 맘껏 찾으라고 벗은 몸을 아낌없이 내주었다. 심화가 마음을 닦는 성현의 도리만으로는 다스려지지 않는 것이었다. 세월이 임금의 소망을 넘쳐서 흐르니, 임금의 세월이 임금의 것이 아니었다.

혈과 맥을 찾는 이형익의 손이 과연 기민했다. 불에 달군 침이 임금의 살을 뚫을 때마다 임금에게서 낮은 신음 소리가 흘러나왔으나, 곧 그 소리가 가볍게 코를 고는 소리로 바뀌었다. 오랜 환우로 인해 벗은 몸이 침 맞은 자국투성이고 뜸 뜬 자국투성이였으나, 그래도 상의 코 고는 소리가 편안하게 울렸다. 진료를 기록하던 의관이 부스럭거리는 소리가 들릴까 잠시 붓을 멈추었다. 의관도 아니면서 의관의 침술을 감시하는 도제조는 끄덕끄덕 졸고 있었다. 자칫 도제조까지 코 고는 소리를 내어 상의 잠을 방해할까 걱정되었으나, 늙은 도제조는 엎어질 듯 자빠질 듯 고개를 떨어뜨리면서도 차마 상의 앞에서 코 고는 소리까지는 내지 못하였다.

날이 따듯하여 외풍도 스며들지 않는 양화당에 햇살마저 따듯해 상을 지키는 세자의 마음도 오랜만에 아늑했다. 사저에서의 기억들이 떠올랐다. 사저에 있을 때 아비는 엄하지 않으셨다. 아비는 흔히 아들을 불러 무릎 위에 앉히고, 읽은 책을 말해보라 하며 머리를 쓰다듬곤 하셨다. 때로는 두 아들을 양쪽 무릎에 한꺼번에 앉히실 때도 있었다. 몸이 잰 봉림이 잠시도 아비의 무릎에서 버티지 못했던 것과는 달리, 세자는 아비가 힘들다 하지만 않으면 한나절이라도 그 무릎에 앉아 읽은 글을 외울 수도 있었다. 아비의 가슴에서 오르락내리락하던 숨결이 무릎에 앉은 어린 아들의 등으로 전해지곤 했었다. 아이는 사랑받음을 알았고, 그래서 더욱 온순했다. 아비가 임금이 되기 전까지 사저에서의 나날들이 그렇게 온순했었다. 그러니 되돌아갈 수 있다면 그 시절로 되돌아갈 것인가…… 세자의 따듯하던 마음이 흔들렸다. 돌아갈 수 없는 세월들이 너무 길었다. 돌아갈 수 없는 세월이 있고 내놓을 수 없는 자리가 있으니, 너무 먼 뒤를 돌아보는 것은 있어서도 안 되었고 가능하지도 않은 일이었다. 임금이 그러하듯 세자 역시, 멸할 수 없는 자리에 있었다.

“내가 꿈을 꾸었구나.”

낮게 코를 골던 임금이 단 낮잠 끝에 편안한 목소리로 말했다.

“형익의 침이 용하다. 오랜만에 꿈까지 이리 편안하구나.”

임금의 몸에서 침을 빼낸 형익이 침구를 챙기다 말고 어깨를 숙였
다. 임금이 도제조와 의관들을 물러가라 일렀다. 좀더 낮잠을 즐기고
싶다 말하였으나 일어서려는 세자는 다시 불러 앉혔다.

“침 때문이겠느냐. 네가 옆에 있어서 내 잠이 편안했다. 내가 꿈에
서 오래전의 사저를 보았다.”

임금이 세자를 누운 자리에서 바라보았다. 다정한 말에 눈빛은 어
찌 그리 쓸쓸하신가. 세자가 아랫입술을 지그시 깨물었다. 같은 시간
에 아비와 아들이 같은 꿈을 꾸었던 것이다. 꿈속에서 아비는 어린 아
들을 무릎에 앉히셨을까? 그 꿈이 다정하고 따듯하셨을까. 세자는 눈
이 뜨거워져 깨문 입술을 놓을 수가 없었다.

“나를 원망하느냐.”

임금이 물었고 세자의 어깨가 굽었다. 상께서는 어찌 그런 말씀을
하시는가. 그 황공한 말씀을 귀에 담은 것만으로도 바닥에 자리를 깔
고 대죄를 청해야 할 일이었다. 임금의 목소리가 여전히 낮았다.

“내가 꿈에 사저에 있었다. 네가 글을 읽는 소리도 들었다. 네 글
읽는 소리가 참으로 기특하였다.”

세자는 답하지 못했다. 꿈을 말씀하시는 상께 무슨 답을 올릴 수
있을 것인가. 그러한데, 상이 다시 물으셨다.

“나를 원망하느냐.”

"신, 어찌……."

"내가 백성을 생각한다. 사저를 떠나던 그 순간부터 내가 그러했다. 백성들이 전란에 다치고, 주렸다. 그 피맺힌 울음소리가 한시도 내 귀를 떠나지 않으니 내 살이 아팠다. 내 살을 베어 백성들을 먹일 수 있으면 그리했으리라. 내 목을 내주어 백성들을 살릴 수 있다면 내가 그리했으리라."

세자의 어깨가 흔들렸다. 감당할 수 없는 말씀을 거두어주소서, 대죄를 청하듯 말해야 할 것이나 말이 입 밖으로 나오지 않았다.

"멀리 떠나 있는 아들을 생각할 때도 내가 몸이 아팠다. 베어내지 못하는 살이 붙어 있는 자리에서 아팠다. 내가 너를 생각하면 몸이 더욱 아팠다. 불로 지진 침을 맞아도 그 아픔이 가시지 않았다."

임금이 몸을 돌려 누웠다. 여윈 몸의 등뼈가 세자를 향해 드러났다.

"울거라. 네 몸에 울음이 가득할 것이다."

세자에게 울라 하고 돌아누운 아비의 등이 흔들렸다. 상께서 울고 계셨다.


헌데, 그것은 꿈이었을까. 꿈이었다면 그것은 임금의 꿈이었을까, 세자의 꿈이었을까. 한낮의 따듯한 햇살은 날과 함께 지고, 꿈은 꿈으로만 남았다. 아비의 상을 당해 처음으로 환국한 빈궁이 사저에 나가는 것을 임금은 허락하지 않았다. 돌아와서도 궁 안에 갇힌 몸이 된 빈궁이 밤마다 홀로 운다는 소문이 돌아 대신들이 빈궁을 사저에 내보내 곡을 하게 하시라는 상소를 올렸다. 백성들이 너나없이 곤궁한 이때에 빈궁의 사사로운 사정을 말하지 말라 임금이 답했고, 상소를 올렸던 대신들이 허면 외람된 말을 올린 벌로 자신들을 파직하시라 또 상소를 올렸다. 임금의 낯빛이 점점 더 차가웠다. 상소를 읽고 상소에 답하는 일로 임금의 하루가 새고 저물었다. 전쟁이 끝난 후에도 오욕은 오래 남았다. 궁이 정한 기운을 받는 자리에 있지 못하니 창경궁과 창덕궁을 버리고, 법궁인 경복궁도 버리고, 다른 궁으로 이어하시라는 상소가 또 난데없이 올라왔다. 대신들이 임금의 말을 받아, 백성들이 너나없이 곤궁한 이때에 새로운 궁으로 이어 운운한 자를 파직하시라는 상소를 다시 올렸다. 삿된 상소를 임금께 바친 승지도 파직하시라 했고, 그 상소를 올려 바쳤던 승지도 자신을 파직하시라 했다. 심화가 더쳐 다시 침을 맞으니, 삿된 침은 이제 그만 맞으시라, 또 상소가 올라왔다.

"경들의 뜻이 가상하다."

상이 답하셨다.

"가상하나 그만하라. 너희들이 나를 임금으로 보느냐!"

마침내 상이 참지 못한 말을 내뱉어 언로에 막힘이 없는 간원들이 다시 벌떼처럼 일어섰다.

몸에 가득한 울음은 임금의 것이었다. 누구도 누구를 위해 대신 울어줄 수 없었다. 세자가 임금의 곁에 있었으나, 임금을 위해 할 수 있는 일이 없었다.

# 무녀, 신을 받다

세자는 한 달을 머물고 임금이 계신 경도를 떠났다. 그사이에도 청장들의 성화가 불같았다. 오래 머물지 말라는 섭정왕의 지시 위에 제 땅으로 돌아가고 싶은 마음이 더욱 커 청장들이 엉덩이를 붙이고 있지 못했다.

"마땅히 가야 할 터이나 상의 환우가 아직 중하시니……."

세자가 간곡한 말에 간곡한 말을 더해 며칠을 미루고, 다시 며칠을 미루고, 또다시 하루와 하루를 미루었다. 조선으로 돌아오는 길은 그토록 멀었음에도 돌아가지 않으면 안 될 날짜는 급히 왔고, 그 급한 날을 더는 막을 수도 없었다. 임금은 세자에게 더 있으라 하지도 않고, 언제 가느냐 묻지도 않았다. 그 침묵이 청장들의 성화보다 더 무겁게 세자의 등을 밀었다.

세자가 청의 땅으로 넘어가기 위해 의주에 이르렀을 때, 웬 무녀 하나가 세자를 뵙겠다고 소동을 벌인다 하는 말을 들었다. 그 무녀가 흔의 몸종 막금이라는 것을 세자가 곧 짐작했다. 세자가 막금에 대해 안 것은 청의 땅에서 조선으로 향하던 길에서였다. 호종하던 아랫것들 사이에서 두역을 앓는 자가 생긴 듯하다는 말이 들렸는데, 그 이튿날 난데없이 소란이 벌어져 물어보니, 손님을 내쫓는 굿을 하고 있다는 대답이었다. 그 굿을 하는 무녀가 막금이라는 사실을 그때에 알았고, 막금이 행차에 끼어 있었다는 사실도 그때에 같이 알았다. 괴이한 일이 아닐 수 없었다.

세자가 처소에 들어 그 계집을 불러들이라 했다. 관가로 끌려 들어오는 막금이 헐벗고 주린 기색이 역력했다. 그러나 과연 요망하여 고개도 숙이지 않고 맹랑하기 짝이 없는 낯짝을 전부 들어 올린 채로 세자를 꼿꼿이 바라보았다. 세자가 말을 시키기도 전에 막금이 가슴부터 움켜쥐고 마른 울음소리를 내어놓았다.

"죽은 자들이 보이옵니다."

"저년이 뭐라 하는 소리냐!"

세자의 곁에서 부윤이 소리 지르는 것을 세자가 막았다. 요망한 계집이 멈추지 않고 말을 이었다.

"두려워 견딜 수가 없사옵니다. 피를 흘리고, 몸이 찢기고, 능욕을 당하고, 불에 그슬리고, 마침내 은혜하는 분들의 혼령을 보옵니다. 마마, 그 모든 것을 이년이 이년의 두 눈깔로 다 보기 전에 차라리 죽여주소서."

부윤의 말처럼 더할 수 없이 불길한 계집이었다. 그러나 세자는 계집을 물리치라 하지 않고, 그 얼굴을 똑똑히 바라보았다.

어쩐 일인지 계집의 얼굴이 흔의 얼굴과 언뜻 언뜻 겹쳐져 어지러웠는데, 계집이 토해놓은 섬뜩한 말들 때문일까. 피와 찢긴 살점과 불에 그슬리는 살 냄새와 썩어가는 육신의 냄새들이 한꺼번에 훅 끼쳐오는 것이었다. 흔이 아끼는 몸종이라 했으니 요망한 것이라고 목숨을 거둘 수도 없겠으나, 그럴 수 있다 하더라도 세자는 이 무녀를 살려두고 싶다 생각했다. 무녀가 그에게 전해준 그 모든 역겨움 속에서도 세자가 가장 뚜렷하게 본 것이 누군가, 그가 아주 잘 알고 있는 누군가의 죽음이었기 때문이었다.

임금이 계신 곳을 떠나 길 위에 있던 날들 동안, 세자는 툭하면 죽음의 환영을 보았다. 상이 평안하지 못한 것을 보고 떠나는 길이어서인가. 설마 그렇게 망극한 까닭이었을 것인가. 그러나 머리를 세차게 내저어도 환영은 사라지지 않았다.

막금을 불러들였던 이튿날에 봉림의 어린 딸을 땅에 묻었다. 세상의 빛을 본 것이 몇 달에 지나지 않으니, 그 어린것이 보았던 것이 과연 세상이라 할 만한 것인지도 알 수 없었다. 봉림의 어린 딸은 적의 땅에서 태어나 조선으로 돌아가는 길에 죽었다. 마침 의주 근방이어서 의주에 묻으라 하고 그 소식을 심양에 있는 봉림에게 알리게 했다. 어린것이 낯선 땅에 묻히는 동안, 종일 비가 내렸다. 그리고 세자는 종일 몸이 아팠다. 심양 관소에서 온 소식에 의하면, 세자가 조선에 있는 동안 세자 대신 인질로 잡혀 있는 원손도 아프고, 인평도 아프다 했다. 봉림의 어린 딸이 땅에 묻혔으니 봉림도 아플 터였다. 아비의 상을 치르러 조선에 들어갔다가 임금의 허락이 떨어지지 않아 곡 한 번 하지 못한 채 다시 도성을 떠나야만 했던 빈궁도 아팠다. 종일 그렇게 비가 내렸다.

관소의 소식을 가져온 것은 최래였다. 최래는 세자보다 먼저 의주에 도착하여 세자가 성에 들어오는 것을 기다리지 못하고 선천 경계까지 말을 타고 달려왔다. 관소의 자잘한 소식들을 적은 서찰들보다 오는 길에 얻어온 최래의 소식이 더 놀라웠다. 영원성이 떨어졌다는 소식이었다. 영원성은 산해관으로 가는 문이었으니 영원성이 깨지면 그다음이 산해관이었다. 저들이 정녕 장성을 넘을 것인가…… 정녕 중원에 이를 것인가…… 최래의 말을 듣는 세자의 안색이 푸른빛이었다.

관소의 자잘한 소식들은 처소에 들어서야 들었다. 원손이 아비 대신 볼모 노릇을 아주 잘한다고 하였다. 아비도 없고 어미도 없는 관소에서 어린아이가 볼모 노릇을 하자니 그 지루함을 달랠 수가 없을 터, 봉림이 아침저녁으로 원손에게 들러 원손의 벗이 되어준다고도 했다. 말 타는 법, 활 쏘는 법도 봉림이 가르쳐줘 어린 원손이 봉림 곁에 달라붙어 떠날 줄을 모른다고도 했다. 원손의 소식을 전하는 최래의 목소리가 은근하고 흐뭇하였으나, 세자의 얼굴은 쓸쓸했다. 세자는 아들을 알지 못했다. 알 수 있는 시간도 기회도 없었다. 세자가 아들을 보는 것은 아비가 환국할 때마다 아비 대신 볼모가 되기 위해 그 어린아이가 그토록 먼 길을 떠나올 때뿐이었다.

이번 환국 때 역시 마찬가지였다. 저들의 명에 의해 세자는 원손을 청의 땅으로 불러들이지 않을 수 없었다. 오랜 길에 지친 어린아이를 세자가 청의 땅, 봉황성에서 만났다. 4년 만에 아이가 너무 많이 자라 세자가 그 얼굴을 알아보기 어려웠다. 아이가 공손하게 절을 하고, 법도에 맞춰 아비의 안부를 물었다. 아들이 아비를 두려워하고 서먹해했다. 어린 아들을 바라보는 마음이 울컥하여 곧 울음이 터져 나올 듯했으나, 어쩌자고 입이 닫혀 다정한 말 한마디가 나오지 않았다. 한참 동안이나 아비와 아들이 그렇게 눈을 피한 채 앉아 있었다. 아비와 아들 대신 늙은 대신들이 울었다.

흐뭇한 소식을 다 전하고 나자 말이 떨어져 최래는 세자가 없는 동안 관소에서 일어났던 불상사들도 전했다. 세자의 군관과 봉림의 군관이 서로 싸워 두 놈 중의 한 놈의 대가리가 깨졌는데, 봉림이 대가리 깨진 자신의 군관을 벌줘 그가 장히 매를 맞았다고 했다. 질자 중의 하나가 세자 없는 사이에 가지 말아야 할 곳에 갔다가 흉악한 놈의 칼에 맞았으나, 위로부터 치죄당할 것이 두려워 쉬쉬하며 치료를 받았는데, 다행히 목숨은 구한 듯하다는 소식도 전했다. 그 질자의 이름이 석경이었다.

감은 듯 눈을 내리깔고 최래의 말을 듣던 세자가 낮게 물었다.

"살았다 하였느냐?"

죽지 않았다 하였느냐 묻지 않고, 세자가 살았다 하였느냐 물었다. 최래가 곧 대답을 올리지 못하다가 간격을 두고 조용히 말을 올렸다.

"되지 못한 소식을 올렸으니 대죄를 올려야 할는지요."

세자가 대꾸 없이 최래를 가만히 바라보았다. 죽으라 하면 죽을 듯한 모습으로 최래가 고개를 숙이고 있었다. 잠시 동안 최래와 세자의 낮은 숨소리가 방의 적막을 채웠다.

"되었다. 나가보거라."

세자가 대죄를 올리라 말하는 대신 나가보라고만 했다. 그러나 최래가 여전히 물러가지 않고 고개를 숙이고 있었다.

"할 말이 더 남았더냐?"

"…… 그 소식을 한양에 알리게 하였습니다. 저하의 윤허도 받잡지 않고 그리하였습니다."

세자의 미간이 좁아졌다. 최래의 말뜻을 쉽게 알아들을 수가 없는 것이었다.

"이놈이 그날 밤에 살인하려던 자를 보았습니다. 그자가 천벌도 받지 않고 조선으로 가는 것을 보니, 이놈이 격한 마음을 참지 못하였습니다. 칼에 찔린 자가 살아나지 못하고 죽는다면 살인하려던 자가 무사해서는 안 되겠기에……."

"소식을 어디로 보냈다는 말이냐?"

"칼에 찔린 자의 아비에게옵니다……. 아들의 목숨은 아비의 것이겠기에…… 죽여주시옵소서! 허나 살인하려던 자의 이름 이외에는 다른 것은 아무것도 말하지 아니하였습니다. 맹세할 수 있사옵니다!"

세자의 입술이 떨려 수염이 같이 떨렸다. 최래가 설마 기원에게 팔린 자였던가…… 그것을 지금 자백하고 있음인가…….

환국하기 전날의 일이었다. 그날 밤, 대학사 비파가 세자를 찾아왔었다. 환국하기 전의 의례적인 인사라 여겼으나, 그가 세자에게 서찰 하나를 내밀었다.

"우연히 취했으나, 저하께서 가지실 물건이라 여겼습니다."

긴 서찰이었으나 오래 읽고 있을 수가 없어 세자가 곧 그 서찰을 다시 접었다. 세자의 얼굴이 참혹했다.

"서찰을 지녔던 자가 눈에 띄게 수상하여 기찰을 피하지 못하였던 모양이올시다. 사혐私嫌이라 여기실까, 쓸데없는 말을 덧붙입니다."

서찰은 석경이 조선의 아비에게로 보내는 것이었다. 자식이 아비에게 서찰을 보내는 것이 무슨 탓이 되랴. 그러나 석경의 아비가 바로 심기원이었다. 앞의 몇 줄만 읽고도 세자가 그것이 단순한 서찰이 아님을 알았다. 그랬다면 대학사가 그 서찰을 세자에게 가져오지도 않았으리라.

세자가 그 서찰을 오래 읽을 수가 없었다. 그 서찰의 내용이 두려워서가 아니라 세자가 이미 그 서찰의 내용을 짐작할 수 있었기 때문이었다. 두려워하는 얼굴보다 짐작하는 얼굴을 대학사 앞에 보이기가 더욱 싫었다. 그리된다면 결국 대학사보다 먼저 세자의 입으로 말해야 하리라. 이자의 목이 마침내 떨어져 나가게 될 것이라고…… 그렇게 하여 세자가 청의 편임을 보이게 될 것이라고……. 의연하고자 애쓰나 끝내 의연할 수 없는 세자의 얼굴이 흔들렸다.

사혐이 아니라 했다. 그러나 대학사가 사혐을 말하고 있었다. 대학사에게도 귀가 있으니 석경과 흔의 소문을 그가 모르지 않았을 것이다. 서찰을 우연히 취했다 했으나 우연히 취한 것이 아닐 터이고, 하필이면 환국 전날 취하였다 했으나 그것도 우연은 아니었을 것이다. 대학사가 어쩌면 세자보다 석경에 대해 더 많은 것을 알고 있었던 것인지 모른다. 그리고 마침내 대학사가 석경을 살려두지 않으려 함이었다.

그 밤, 세자가 최래에게 석경의 뒤를 밟으라 시켰다. 최래가 세자의 말을 곧 알아듣지 못하고, 뒤를 밟아 어찌 해야 할는지요 물었다. 세자의 앞이라 감히 묻지 못했으나, 최래가 묻는 말을 세자가 알아들었다. 죽이라 하십니까, 살리라 하십니까…… 최래의 말뜻을 알아들었음에도 세자가 입을 다물고만 있었다. 죽었으면 살리고, 살았으면 죽여야 하리라…… 입을 열면 내뱉어야 할 그 말을 세자가 어찌 할 수 있을 것인가. 입을 열면 터져 나올 것 같은 그 애통함을 세자가 어찌 최래 따위 앞에서 보일 수 있을 것인가.

헌데 최래가 석경을 살리고, 그 소식을 기원에게 알리기까지 했다고 말하고 있는 것이다. 최래가 기원의 사람이었던가? 최래마저 그러하였던가? 세자가 자신도 모르는 사이에 고개를 가로저었다. 우직한 놈의 미련한 행동이었을 것이다. 살인하려던 자를 알고는 있으나 저가 고발할 수 없는 자리에 있음을 알고, 그 의분을 참지 못하였을 것이다. 석경이 왜 죽어야 하는지도 알지 못하고, 왜 살아야 하는지도 알지 못할 만큼 최래가 아무것도 알지 못하는 놈인 것이다. 그러할 것이다……. 그렇더라도 이놈을 믿을 수 있을 것인가. 후환이 없으려면 이놈의 모가지도 잘라야 하는 것인가.

"살인하려던 자를 보았다 하니, 살린 것은 너이더냐?"

최래가 다시 넙죽 절하고 대답을 올리려고 하는 것을 세자가 막았다. 미련한 자가 살리는 것이 저하의 뜻이셨습니까, 죽이는 것이 뜻이셨습니까 되물어올 것이 두려웠기 때문이었다.

"되었다, 나가보거라."

최래가 여전히 쉽게 움직이려고 하지 않았다. 저가 무엇을 잘했는지 잘못했는지를 알고 싶어 하는 기색이 역력하였으니 지은 죄가 커서가 아니라 저 지은 죄가 무엇인지도 알지 못하는 것이 분명했다. 그러나 세자가 더는 최래의 말을 듣고 싶지 않았다.

“나가보라 하지 않느냐!”

역정을 내어 최래를 내보낸 후에도 세자는 감은 듯이 내리뜬 눈으로 오래 바닥만 내려다보고 있었다. 석경이 살았다 했다……. 석경이 죽지 않은 것을 세자가 이미 알고 있었다. 심양을 떠나온 후 뒤에서 들려온 소식이 없었으니 이미 짐작했던 바였다. 석경이 죽지 않았다 했다……. 그리고 기원이 그것을 알고 있었다 했다……. 허니, 그 삶은 이제 어떻게 쓰일 것인가.

오래전의 어느 날 밤이 떠올랐다. 깊은 밤 배알을 청한 석경이 세자에게 죄를 청한다 했었다. 대학사 댁에서 사람이 와 귀한 것을 청하니, 빙고와 움을 열어 세자에게 진상된 것들을 마음대로 퍼내주었다고 했다. 마음대로 퍼내주었다고 했으나 고작 배 몇 알이 전부였다. 세자가 석경이 청하는 죄의 내용을 짐작했다. 알았다, 물러가라 하였으나 석경이 물러가지 않은 채, 숙인 고개도 들어 올리지 않은 채 말했다.

“여인이 또 무엇을 원하면 어찌하옵니까.”

대답해야 할 말이 아니었다. 그러나 세자가 끝내 입을 열지 않을 수가 없었다. 석경에 대한 안타까움 때문이었다.

“여인이 또 무엇을 원하리라고 생각하느냐.”

이번에는 석경이 대답하지 않았다. 대답할 수가 없어서가 아니라 하고 싶은 말들이 넘쳐서일 것이었다. 여인을 마음에 품었더냐, 세자가 묻고 싶은 것을 참았다. 석경이 여인을 마음에 품었다 하더라도 지금 괴로운 것은 여인에 대한 마음 때문이 아닐 것임을 세자가 누구보다 잘 알았기 때문이었다.

소년의 나이에 적국에 끌려온 석경에겐 세자가 세상의 전부였다. 세자는 그의 하늘이었고, 그가 목숨을 바쳐도 좋을 유일한 영광이었다. 적국에 끌려온 첫해에 소년이 세자를 바라볼 때마다 얼굴이 붉어졌었다. 때때로 가슴이 쿵쿵 뛰는 소리가 세자의 귀에까지 들릴 듯했다. 그 모습이 어여뻐 세자가 은근히 바라보면 귓불까지 빨갛게 물든 소년이 또 은근히 미소 짓곤 했었다. 세자는 석경의 아비였고, 영광이었고, 세상이었다. 저하와 함께 환국하여 조선을 부국케 하는 것이 소원이라던 소년은 새로운 지식을 하나 얻을 때마다 얼굴이 터질 듯 부풀어 올랐었다.

정승의 아들이며 볼모의 처지로서 감히 조선에서는 금서로 치고 있는 양명학을 다룬 서책을 들춰본다는 소리도 들렸다. 양명은 주자를 거스르는 사학이니, 주자를 받드는 조선 선비로 양명을 들여다본다는 것은 있을 수 없는 일이었다. 헌데도 그가 그것을 숨기기는커녕, 오히려 세자에게 자랑을 하려고 들었다. 소년의 부푼 마음이 손에 잡힐 듯 보여 세자도 마땅히 훈계해야 할 말 대신 은근히 스며 나오는 웃음을 감추지 못했었다.

"네가 삿된 것들을 가까이 하고 그것을 내 앞에서 자랑하니 두려움이 무엇인지나 아는 게냐?"

세자가 밉지 않아 묻곤 했다. 그러면 비로소 죄를 청하듯 한번 엎드려 보이는 것이나, 엎드렸다 일어나면 어느새 눈빛이 초롱초롱했다.

"무엇이든 아는 게 힘이 된다 하였으니, 알고 나서 버릴 것은 버릴 터입니다."

"알고도 버리지 못하면 어찌하려느냐?"

"알고도 버리지 못할 것이면 그것이 취할 만한 것이지 않겠사옵니까? 저하, 저들의 산술이며 역법이며, 용한 것이 한두 가지가 아니옵니다. 그 모든 것이 다 대국에서 온 것인데, 그것들이 전부 대국에서만 생긴 것이 아니라 어떤 것은 서역에서부터도 왔다 하옵니다."

"네가 서역 것에도 관심이 있느냐?"

"서역이 어디이옵니까? 세상이 참으로 넓으니, 제 견문이 부끄러워 밤에도 잠이 오지를 않사옵니다."

세자가 석경에게 빙고 짓는 일을 맡겼었다. 어찌나 망아지처럼 여기저기를 들쑤시고 다니는지 붙잡아놓을 일이 필요했기 때문이었다. 글을 적어야 할 손으로 도면까지 손수 그려가며, 석경은 빙고 짓는 일에 빠져들었다. 대신들이 관소 마당에 모두 엎드려, 마마, 아주 안 돌아가시렵니까? 어찌하여 관소를 치장하시옵니까? 빙고를 지어 얼음을 모으면, 그 얼음이 다 녹아 물이 되어 흐르도록 여기 머물겠다는 뜻이시옵니까? 저들이 그리 여기고, 상께서 또한 그리 여기실 터이니, 마마 두렵지 않으시옵니까! 대신들은 돌아가며 상소를 올리고, 돌아가며 관소의 마당에 머리를 짓찧어댔다. 이듬해 여름, 세자는 대신들에게 빙고에서 꺼낸 얼음을 하사했다. 누군가는 안으로 들이지 않고 마당에서 녹게 했고, 누군가는 그 얼음을 끓여 염천 더위에 끓는 물로 마셨다 했다. 그러나 대부분은 그 얼음으로 달게 더위를 식혔다.

흔과 관계되는 일만 없었다면, 석경은 올해에도 빙고를 관리하거나 명에서 건너온 신기한 서책들에 빠져 있었을 것이다. 그리고 세자를 사랑하는 일만으로도 가슴이 터질 듯했을 것이다. 일찍이 적의 땅에 던져져 가문과 당파의 싸움을 배우지 못한 소년이었다. 배반이라는 단어조차 알지 못하였으니, 그래서 그 사랑이 위태했다. 석경을 흔에게 보낸 후에도 세자가 석경에 대한 안타까움을 거둘 수가 없었다. 수상한 세상만 아니었다면 내 너를 어여쁜 자리에만 두고 썼으리라…… 분명히 그리했으리라. 허나, 그러한 세상이 있을 것이냐. 세상이 수백 번 바뀐다고 하더라도 그러한 날이 있을 수 있을 것이냐. 나의 슬픔이 여기에 있는 것을 네가 알겠느냐.

그러나 그때 세자를 무엇보다도 슬프게 했던 것은 석경의 예정된 앞날이었다. 운명이 결국 석경을 자신으로부터 등 돌리게 하리라. 그리고 배반의 슬픔은 정작 배반당한 자신보다도 더 석경을 고통스럽게 만들리라. 그것은 누구도 어찌할 수가 없는 일이었다. 미천한 군관인 최래와는 달리 그것이 양반의 자식으로 태어난 석경의 존재의 운명이었던 것이다. 그래서 죽지 않았다는 석경의 목숨이 불길했다. 허나 석경을 죽음으로 몰아간 것이 석경의 아비라 할 것인가, 석경의 주군이나 다를 바가 없는 세자 자신이라 할 것인가. 아니면 오직 존재의 운명을 잘못 타고 태어난 그자의 탓이라 할 것인가.

그 밤, 세자가 잠을 이룰 수가 없었다. 그 어떤 생각에도 불구하고 세자가 석경을 마음 깊이 사랑하였던 것이다.

# 신의 길

"바라는 것이 있느냐."

막금이 세자의 하사품을 감히 받들 수 없다 말했을 때, 세자가 물었던 말이었다. 세상 사람 누구나 자신을 요망하다 하였으니, 진실로 죽여주옵소서 말씀 올리면 정녕 죽여주실 것인가. 그리 되지 않을 것을 막금이 알고 있었다. 아홉 살에 신딸로 팔려와 신어미가 시키는 대로 내림도 받았으나, 내림이 겉으로만 치러진 것이라 막금의 신기가 입에 올릴 만한 것이 못 되었다. 저에게 신기 없는 줄은 저가 가장 잘 알았으나, 신을 받들어 모시지 못하는 것은 자신의 재주 없음이지 신령이 자신에게 없어서인 것은 아니었다. 청에 있을 때, 조선 신령이 예까지 미치느냐, 보는 사람마다 묻더니 과연 그리하였던가. 조선 땅에 이르러 신령의 소리가 귀에서 그치지를 않았다. 때로는 천둥소리 같고, 때로는 휘익 휘익 새 우는 소리 같은 그 음성이 막금에게 가라, 가라 하였다. 어디로 가옵니까? 신어미도 죽고 친어미도 죽었는데, 이제 이년이 어디로 가옵니까?

세자가 바라는 것이 있느냐 물었을 때, 막금은 적의 땅으로 돌아가기를 원한다고 대답했다. 어미도 죽고 아비도 죽고, 줄줄이 딸려 있던 동생들도 모두 죽고, 하루 한날 때리지 않는 날이 없고 밥 굶기지 않는 날이 없던 신어미도 죽었으니 조선이 이제 그녀에게 사고무친의 땅이었다. 그렇더라도 제 말 통하고 제 습속이 통하는 땅이 살 곳이 아니었으랴. 헌데도 몸속 어딘가에서 천둥소리 같고, 휘익 휘익 새 우는 소리 같은 음성이 자꾸만 가라, 가라 하는 것이었다.

막금이 세자에게서 물러나와 죽은 듯이 잠을 잤다. 제 몸이 곤하여 잠이 든 것이 아니라 뭔가가 온몸을 내리누르는 듯했다. 죽음같이 깊은 잠 속에서 막금이 죽은 제 친어미를 보고 또 죽은 제 신어미도 보았다. 무명천을 쭉쭉 늘여놓아 저승과 이승을 잇는 다리를 놓았는데, 살아생전 다리굿을 그리 잘 놀던 신어미가 이제는 혼령이 되어 다리 저편에 있었다. 신어미가 저편에 있으니 막금이 굿을 놀아 어미를 불러들여야 했으나, 막금이 신기 없는 계집이라 다리를 붙들고 흑흑 흐느껴 울기만 했다.

'막금아, 막금아. 나를 불러다고.'

귀신들이 다리 끝에 몰려들어 악착같이 막금을 불러대는데, 모가지가 잘린 귀신, 팔다리가 찢긴 귀신, 가랑이가 피에 젖은 귀신, 오만 가지 흉악한 귀신들이 다 있었다. 그 귀신들이 입을 모아 춥고 배고프다 했다. 살아서도 배고프더니 죽어서도 배가 고프다 했다. 허니, 다리를 열고 밥을 다오, 하는데 막금이 그저 흑흑 흐느끼며 울기만 했다.

"없는 나라 백성이니 배고픔이 제 복이오. 그러니 그만들 가시오."

'배고파 못 간다. 배가 고파 갈 수 없다.'

"산 사람도 못 먹소. 없는 나라 백성이니 먹을 것이 어디 있소. 그러니 가시오. 가서, 저승에서 배불리시오."

'없는 나라 백성을 누가 죽였느냐. 원수를 갚아다고. 배가 고파 갈 수 없다.'

"내가 죽이지 아니하였소. 그러니 가시오. 가서 저승에서 그 원수를 갚으시오."

'임금이 죽였느냐, 오랑캐가 죽였느냐. 갚을 원수가 누구냐. 그것을 말해다오.'

"내가 죽이지 아니하였소. 허니, 부디 어서 가시오."

막금이 흉악한 꿈에서 깨어 일어났을 때, 머물고 있는 굿당의 툇마루에 만상이 앉아 있는 것이 보였다. 오래전에 불타고 허물어진 굿당이 이름만 굿당이라 거의 다 쓰러진 움막이나 다름없었다. 만상이 경도에 들어가 있던 한 달 동안, 막금이 움막에 머물며 먹을 것을 구걸하며 살았다. 굶주리는 백성들한테 먹을 것을 구걸하자니 흉한 일도 입에 담을 수 없게 당했다. 세자를 뵙는다고 찬물에 얼굴을 닦아 눈코 입의 더러운 때를 간신히 벗었으나, 여위고 부르트고, 또 누구에게 얻어맞았는지 붓고 멍든 몸이 살아 있는 것이라 말할 수도 없을 지경이었다. 만상의 입에서 쯧쯧 혀 차는 소리가 흘러나왔다.

이년을 그때 정녕 죽여주었더라면, 그것이 보시가 아니었을 것인가.

죽이거나 말거나 제 손에 든 목숨이었던 것을 살려두었던 것은 대학사의 말마따나 신기 있는 년 죽이는 것이 길하지 못한 일이어서가 아니었다. 한칼로 두 목숨을 거두기가 싫었고, 거두어도 그 목숨 값을 어디서 받지 못할 계집이니 수고하기가 싫었을 뿐이었다. 제 땅에 가져다주었으니 살든 죽든 제 알아서 할 일일 터이다 여겼던 것인데, 계집이 세자를 찾아가 청국 땅으로 다시 데려가 달라는 말을 올릴 줄은 꿈에도 생각지 못했던 일이었다.

허니, 뒤탈이 없으려면 이제 이년을 죽일 것인가.

쯧쯧 혀를 차는 만상의 얼굴을 막금이 웃으며 올려다보았다. 잠이 덜 깬 사람과 저승사자도 구분 못 할 눈빛인데, 반가워하는 기색만큼은 역력했다.

"나으리가 오셨소."

"널 죽이러 왔다."

"그러시오. 그래서 이리 반갑소."

만상이 다시 혀를 차고, 막금에게 일어나라 일렀다. 몇날 며칠 피죽도 못 먹은 모양새이니 죽이든 살리든 일단 뭣부터 좀 먹여두고 볼 일이었다. 굿당이 마을에서 멀리 떨어져 있어 만상이 막금을 거의 이고 지듯이 하고 주막까지 끌고 갔다. 국밥 한 그릇을 시켜주자 막금이 국밥에 코를 빠트리듯이 하고 밥을 입안에 퍼 넣었다. 이 기력에 세자는 어찌 찾아갔을까. 게다가 이 몰골에 온갖 요망한 말은 다 하였다 하니, 과연 계집에게 신령이 깃들지 않고서야 그런 짓을 어찌 저지를 수 있었을까.

"다시 강을 건너겠다고 했다 하니, 네가 대학사 댁에 다시 갈 수 없다는 것을 모르느냐?"

막금을 쳐다보는 만상의 눈길이 그 외중에도 측은했다. 청에서 조선으로 올 때까지만 하더라도 비록 춥고 먼 길에 얼굴이 많이 상하기는 했었어도 계집이 이 지경은 아니었다. 청의 땅에서야 말할 것도 없었다. 비록 종년으로 살았어도 주인의 끔을 받아 막금이 부족한 것 없이 먹고 지냈었다. 그때 계집의 뺨이 깨물어주고 싶게 통통하고 붉어, 신기 받은 년의 불길함만 없었다면 어떻게 요정을 내도 냈을 것이고, 그 뺨을 핥아줘도 여러 번 핥아줬을 것이다. 그러나 제 땅에 돌아와 계집은 아주 상거지가 되어버렸다. 굳이 죽일 수고를 하지 않는다고 하더라도 곧 굶어 죽지 않고는 못 배길 터수로 보였다. 허니 계집이 배부른 곳을 찾아 다시 강을 건너겠다고 청을 넣었던가. 그 땅이 또한 저 죽을 자리인 줄을 모르고 그리하였던가.

"댁에 붙어살지는 못하여도 아씨 마님을 한번 뵐 수는 있겠지요."

그릇을 바닥까지 다 긁어 먹고도 아쉬워 숟가락을 놓지 못한 채 막금이 간격을 두고 대답했다. 만상이 혀를 찼다.

"네 신령이 참으로 딱하신 신령이시다. 남의 일은 그리 용하게 알려주면서 네년 일은 코앞의 일도 알려주지를 않는단 말이냐. 네가 강을 건너면 그게 곧바로 세상 하직하는 날이다. 그것도 알지 못하고 감히 세자 저하 안전에서 납죽납죽 말을 올렸더란 말이냐."

"그것이 내 말이 아니니 신령님이 나 죽을 자리를 점지하신 모양입니다."

"네년의 신령이 장하기도 하구나. 고작 가르쳐주는 것이 죽을 자리라 하더냐. 허면, 너 죽기 전에 내 운수는 어떠할지 한번 보거라. 네 배를 든든히 채워줬으니 복채는 미리 낸 셈 치거라."

말은 농처럼 내뱉었으나 만상의 마음이 답답하기가 이를 데 없었다. 석경의 소식을 만상이 의주에 들어서 다시 확인했다. 경도로 향하기 전에 뒤의 소식을 알아보라 사람 하나를 사서 보냈었는데 그자가 의주에 들어와 자빠져 있다가 비로소 만상에게 그 소식을 알린 것이다. 돈을 풀어도 항상 아낌없이 풀지를 못하니 돈으로 산 자가 한 일이란 게 겨우 절반 일이었다. 석경의 아비에게 불려갔을 때 모든 사단이 다 들통 났다는 것을 이미 알았으나, 그렇더라도 혹시 하는 마음이 없지 않았다. 석경이 그사이에 찔린 자국이 더쳐 끝내 죽었다는 소식을 듣게 되지는 않을까 은근한 기대가 없지 않았던 것이다. 만상이 살인죄보다 더 두려운 것이 대학사의 손에 당하는 일이었다.

그런데 그 칼이 과연 대학사에게서 온 것이기는 하였던가? 석경이 살았다는 것을 확인한 후부터 만상의 의심이 이상한 쪽으로 흘러갔다. 뭉치 속 서찰에 쓰여 있던 그 필체가 대학사의 것이 아니었다는 생각이 비로소 드니, 자신이 미친 것인지 그 서찰이 미친 것인지 당최 알 수가 없는 일이었다. 만일 서찰이 다른 데서 온 것이었다면 대학사가 죽이라 한 것은 의심할 여지 없이 막금이란 년이었단 소린가. 그러면 석경을 죽이라 하던 그 서찰은 또 어디서 온 것이란 말인가. 그가 대체 누구를 피해 살 길을 도모해야 한단 말인가.

그런 생각만으로도 곧 숨이 넘어갈 지경으로 눈앞이 막막한데, 설상가상, 그저 내버리고 가면 그만이리라 여겼던 막금이 년은 제 발로 세자를 찾아가 청의 땅으로 도로 데려가 달라고 청을 했다는 것이다. 만상에게 앞으로 갈 길이 없었다. 이대로 강을 건너도 대학사의 손에 죽을 것이고, 그렇다고 강을 건너지 않으면 막금이 년처럼 상거지가 되어 굶어 죽을 것이다. 허니, 막금이 년 하나라도 야무지게 죽이면 두 번 죽을죄가 한 번 죽을죄로 깎일 것인가. 허면 저승 가는 길이 조

금이나마 편안할 것인가. 그럴 리가 있을 것인가. 한 번 죽든 두 번 죽
든 만상에겐 그런 건 생각조차도 하고 싶은 일이 아니었다.

"나으리는 죽지 않으십니다."

막금이 고개를 숙인 채 흔들리는 목소리로 말했다.

"내가 꿈에 나으리를 보지 않았습니다. 온갖 귀신들의 얼굴이 다
보이는데 나으리는 보이지 않습디다."

"네년이 한 말 중에 제일 신통하다. 헌데 네년이 지금 울고 있는 게
냐?"

막금이 우는지 울지 않는지 고개를 숙인 채 낮게, 또 한 번 출렁이
듯 말했다.

"꿈에 내 얼굴이 보였으니 나도 죽겠지요."

만상이 또 혀를 찼다.

"네년이 어리석기가 그지없는 년이구나. 네 꿈에 네 얼굴이 보이는
것이 무슨 큰일이라더냐. 듣기 싫다. 들을수록 마음만 어지럽다."

강을 건너 청국 땅으로 들어가는 것이 이튿날로 다가온 터라 만상
의 마음이 불안을 견디지 못했다. 죽을 길을 갈 것인가, 말 것인가. 오
랜 세월 요령으로만 살아오는 동안에 이렇게 막힌 길에 서 있어보기
는 처음이었다.

해도 죽으란 법이야 있을까. 그날 밤, 만상이 세자 저하를 배알할
것을 청했다. 강을 건너는 날이 다음 날이라 틈 없이 바쁠 터인데도
세자가 만상을 불러들였다. 세자 처소에는 들지 못하고, 마당에 서서
만상이 넙죽 절한 후, 다짜고짜로 대학사 댁 종년을 청국 땅으로 데려

갈깝쇼 여쭈었다. 미친놈의 말을 듣듯 세자가 말없이 만상의 말을 들었다.

"대학사 댁 작은마님께서 살려 데려오라 당부하였습지요."

어떻든 강은 건너야 할 터인데 강을 건너자마자 대학사가 보낸 손에 죽을 수는 없는 일이니 시간이라도 벌어봐야 할 일이었다. 만상이 세자의 행차에 바짝 붙어 잠시라도 안전을 도모해볼 요량이었다.

"제 입으로 간다고는 하였어도 그년의 신령이 또 뭔 소리를 할지 모르니 그년이 언제 또 요망한 짓을 할지 알 수 없는 일입지요. 일 없는 군졸 하나 둘 붙여주시면 제가 그년을 책임지겠사옵니다."

세자가 여전히 말없이 만상을 바라보고만 있었다. 숙였던 고개를 들어 올렸을 때, 만상의 가슴이 철렁했다. 태어나 그토록 두려운 눈빛을 본 적이 없었다. 세자의 눈빛이 만상의 온몸을 다 베어낼 듯했다. 만상이 자신도 모르는 사이에 바닥에 이마를 대고 엎드릴 뻔했다. 그러나 그보다 먼저 세자의 목소리가 울렸다. 알아서 하라 했다. 뜻밖에 낮고 고요한 음성이었다.


## 아들과 아들


강을 건너 국경을 넘고, 책문을 지나고, 성과 들판과 마을을 지나 세자가 혼하에 이른 것이 청의 땅으로 넘어와서도 여드레가 지나서였다. 혼하만 건너면 곧 성이었고, 성문을 지나면 관소였다. 전날 밤을 청인의 집에서 묵고, 그 청인의 집을 떠난 것이 미명이었다. 사하보 들판에서 중화참을 대어 먹은 후 성의 가까이에 이르렀을 때, 용골대가 미리 나와 있다가 세자를 마중했다.

"어서 오십시오, 세자 마마. 먼 길에 무사히 돌아오셨으니 이보다 더한 기쁨이 없습니다."

용골대가 말하고 역관이 옮겼다. 세자는 두 손을 마주하여 자신을 환대하는 용장에게 고개와 허리를 숙인 듯 구부려 인사했다.

마치 오랜 우정을 나눈 사이처럼 세자와 용골대가 말머리를 같이 했다. 황제가 사는 성으로 들어가기 위해서는 가마를 타서는 안 되는 빈궁도 말 등 위에 올랐다. 조선의 도성에서 길을 떠난 이래로 세자는 빈궁의 얼굴을 제대로 본 적이 없었다. 내리 들은 소식이라고는 빈궁의 병이 여차여차하니 여차여차한 약을 올리옵니다, 의관이 올리는 약방문뿐이었다. 말 등 위에 앉은 빈궁의 눈 밑이 검다. 다리 건너에서 어미를 기다리고 있는 원손을 빤히 보면서도 그러했다.

혼하교를 건너 깊이 읍을 하고 서 있는 아들을 만나자 세자는 감기는 다 나았느냐 먼저 물었다.

"보내주신 죽력을 복용하였더니 하룻밤에 다 나았사옵니다."

"그렇구나. 죽력이 과연 효험이 좋구나."

아비에게 고맙다 하는 원손의 말을 세자는 약재의 효험으로 돌렸다. 아비로서 가르친 것이 없으니 말을 돌려 하는 것이나 가르쳐야 할 것인가. 세자는 아들의 나이를 헤아렸다. 청의 황제는 여섯 살에 보위에 올랐으니 머지않아 열 살이 될 원손도 나이가 적다 할 수는 없을 것이다. 허면 자식은 이미 아비의 적이 될 나이에 이르렀음인가…….

원손과의 말이 끝나기를 기다렸다가 봉림이 나와 읍을 했다. 그리고 그 뒤에서, 역시 원손처럼 세자 대신 볼모 노릇을 하기 위해 심양에 머물고 있던 인평이 이어 읍을 했다. 봉림과 인평의 뒤에는 대신의 자식들로 인질이 된 질자들이 나란히 도열해 서 있었다. 석경은 보이지 않았다.

"전황이 다급하옵니다."

봉림이 말머리를 나란히 하게 되는 순간을 틈타 세자에게 말했다.

"청과 몽골 전역에서 군병들이 몰려오고 있습니다. 먼저 당도한 군병들이 북문 밖에 벌써 진을 쳤는데 그 끝이 보이질 않습니다."

"영원성이 떨어졌단 소리를 들었다."

"영원성이 문제가 아닌 듯합니다. 저들이 말이 밖으로 새는 것을 막고 있는지라 정황을 탐지하기가 쉽지는 않으나 아무래도 전에 없던 전투가 될 것 같습니다."

"종군을 하여야겠구나."

"그러라 하겠지요."

맵게 말을 끊었던 봉림이 간격을 두었다가 다시 말을 이었다.

"전에 없던 전투가 될 듯하니…… 위험이 전과 다를 것이옵니다. 무슨 수를 써서라도 이번 종군만은 피하셔야 합니다."

무슨 수가 있겠느냐, 세자는 묻지 않았다. 봉림이 말하는 뜻을 알고 있는 것이었다. 세자가 종군을 피하는 길은 봉림이 대신 가는 것뿐이었다. 저들이 세자도 가고 봉림도 가라 하면, 세자가 가지 않는 대신에 봉림과 인평이 간다고 할 터였다. 그도 안 되면 봉림도 가고, 인평도 가고, 어린 원손도 간다 할 것인가. 그러나 그런 일은 일어나지 않을 것이었다. 그런 수고를 할 필요가 없다는 말을 세자는 서둘러 하지 않았다. 적들의 전쟁이 곧 자신의 전쟁이 될 것이라는 말도 세자는 물론 하지 않았다.

“석경이 보이지 않더구나.”

세자가 말을 돌려 물었다. 봉림이 곧 대답을 하지 못했다.

“석경의 소식을 내가 들었다.”

“불미한 일이라 서둘러 아뢰지 않았습니다. 또 그자가 저하께만큼은 극구 말씀을 올리지 말아 달라 간청을 하기도 하였지요. 죽었으면 덜 된 놈의 간청이야 어떠했든 간에 아뢰었겠지만 그자가 거의 다 살아났습니다.”

“투전패에게 찔렸다 하였더냐.”

봉림이 또다시 대답을 바로 하지 못했다. 세자도 더는 묻지 않았다. 길을 가며 묻는 심상한 말 같았지만 그 물음이 심상한 것이 못 된다는 것을 봉림이 알 터였다. 세자가 더 묻지 않았는데, 봉림이 잠시 후 다시 말을 이었다.

“되지 못한 자가 세자 저하 돌아오실 날만 기다린다고 거듭 말하니 저도 그 속사정을 잘 알지 못하겠습니다.”

“관소에 꽃이 피었겠구나.”

세자가 다시 말을 돌려 봉림의 말을 끊었다. 떠날 때는 엄동이었으나 돌아올 때는 봄이어서 관소로 가는 길에 꽃 냄새가 풍기고, 말과 사람이 함께 길가에 싸지른 똥 덩어리들에서도 햇살에 익는 냄새가 풍겼다. 해가 바뀌었으니 세자가 관소에 사는 것도 어느새 8년이었다. 관소로 가는 길, 적의 성도의 곳곳이 오래 떨어져 있던 조선의 경도보다 오히려 낯익었다. 낯익은 것을 낯설게 바라보는 세자의 눈빛이 깊었다.

세자가 조선에 있는 동안, 적의 땅에서 있었던 피비린내 나는 소식들은 관소에 들어서야 들었다. 어제까지는 적의 모가지를 베던 장수들이 섭정왕에 의해 가차 없이 목이 떨어져 저잣거리에 매달렸다고 했다. 호구의 목숨 역시 풍전등화와 같다 했다. 살아 있으나 살아 있는 목숨이 아니었으니 그자의 세월이 칼날 위에 모가지를 걸어놓고 사는 것과 같다는 것이다. 짐작하지 못했던 소식은 아니었다. 오히려 뜻밖이라면 아직도 호구가 살아 있다는 것이 놀라웠을 뿐이었다. 그 모든 일이 자신이 조선에 있는 동안 끝나 있을 줄로 알았었다. 저들이 내부의 정적을 제거하는 동안 세자가 자신들의 곁에 있기를 원치 않았을 것이다. 한 손으로는 내부의 적을 치고, 또 한 손으로는 외부의 적을 치기 위해 칼을 가는 동안, 저들이 불필요한 적들을 모두 밖으로 내보냈던 것이다.

호구를 살린 것은 뜻밖에도 여섯 살 난 새 황제라고 했다. 호구를 죽이겠다는 섭정왕의 앞에서 울고불고 뒹굴며, 맏형을 살리라 졸랐다고 했다. 그 울음소리가 궐 담을 넘었다고도 했다. 울기는 어린 황제가 울었으나 울도록 시킨 것은 어미인 태후일 것이다. 그렇다면 태후가 이미 섭정왕을 견제하기 시작했다는 의미였다. 아직 적이라 말할 수는 없으나 언젠가는 적이 될 자…… 그러했을 것이다. 적과 적이 넘쳐나는 세상이었다.

아들과 손자의 역심을 고변하고 대신 일족을 구한 예열친왕은 여전히 건재하다고 했다. 자식의 목숨을 내어줌으로써 자신의 충의를 보였으니 그 충의가 과연 참혹했다. 어디에서나 아비가 아들을 내주었다. 과연, 그러했다.

"비파 쪽은 어떠하냐?"

세자가 대학사의 소식을 물었다. 입에 올린 것은 대학사의 이름이었으나 묻는 것은 흔에 관한 것이었다. 봉림도 모르지 않을 터였다.

"…… 내리 조용하였습니다."

세자가 고개를 끄덕였다. 석경이 칼에 맞은 후 문밖출입을 하지 않는다 했으니 흔과 오고 갈 자가 마땅치 않았을 것이다. 흔과 소식을 주고받자면 다른 자를 내세워야 했을 터인데, 봉림이 그런 일을 하지는 않았을 것이다. 봉림이 아직은 그의 적이 아닌 것이었다.

"흉흉한 소문이 많은데 그 진위를 다 알 수가 없사옵니다."

"말해보거라."

"출정을 서두르는 것이 저쪽의 내응이 있어서라는 소문이 있습니다."

세자가 말없이 눈빛으로만 다음 말을 물었다.

"믿을 수 없는 일이오나 산해관의 오삼계가 밀사를 보내와 청군을 불러들였다는 말이 돌고 있습니다."

"그것이 말이 되는 소리겠느냐?"

묻는 세자의 목소리에 긴장이 역력했다. 있을 수 없는 모든 일이 일어난다고 하더라도 그것만은 차마 믿기가 어려운 소리였다. 산해관은 중원의 관문이었다. 관문이 열리면 곧 중원인 것이다. 명이 아무리 허약해졌고 마침내 그 뿌리까지 흔들리는 와중이라고 하더라도 어찌 성문을 활짝 열어 적을 맞아들일 것인가. 더군다나 산해관을 지키는 장수가 오삼계였다. 그가 원숭환 이후로 청이 대적하기 가장 어려운 장수로 손꼽혔다. 내부에 비적이 아무리 들끓는다 한들 비적이 바로 그들의 백성이었다. 자신의 백성을 무찌르기 위해 외부의 적을 불러들인다는 것이 있을 수 있는 일이겠는가.

"있을 수 없는 일도 아니겠지요. 오삼계의 장인 된 자가 청에 투항한 지 오래지 않습니까."

"…… 믿을 수 없구나."

정작 말을 올린 봉림도 믿기 어려운 눈빛이기는 마찬가지였다. 그러니까 그들은 지금 산해관과 오삼계에 대해서가 아니라, 명의 모든 것, 말하자면 명의 최후에 대해서 말을 하고 있는 것이었다. 적의 땅에서는 명이라고 말을 하나 감히 그 이름을 입에 올릴 수 없어 조선에서는 천조天朝라고 했다. 하늘 아래 영원한 것이 없다는 것을 모르는 사람은 아무도 없었다. 오직 영원한 것은 뜻뿐이라고 했다. 그 뜻이 천조에 있으니 천조를 받든다 하였다. 그러나 천조가 무너지면 뜻도 무너지지 않을 것인가. 아니면 뜻이 무너져 천조가 무너지는 것일 것인가.

세자에게 출정 명령이 내려진 것이 관소에 들어와 사흘 만의 일이었다. 출정은 그 열흘 후에 있을 것이라 하였다. 세자는 말없이, 황제의 이름으로 내려온 칙서의 내용을 들었다.

세자가 심양에 들었을 때 날씨는 이미 초여름의 더위로 익어 있었다. 은근히 계절이 다가오고, 또 은근히 계절이 지나가는 조선과는 달라 북방은 모든 것이 급하고 뜨거웠다. 유목하며 살던 사람들은 무엇이든 머문 자리에서 기다리는 사람들이 아니었다. 그들이 계절을 쫓아 달리고, 계절을 피해 달렸다. 가다가 먼저 있는 자들이 있으면 치고, 그 자리를 차지했다. 그것이 그들의 피의 뜨거움이었다. 봄에 이르러 파종하고, 가을에 이르러 수확을 기다리는 조선 사람들의 일처럼 그들에겐 전쟁이 하늘의 뜻을 받아들이는 일이었다. 하늘이 그들을 그런 땅에 보내었던 것이다.

원손이 날이 새면 마장에 나가 말을 타고, 몸이 땀에 푹 젖어 돌아오곤 했다. 경진년에 적의 땅에 들 때에는 고작 네 살이었으나, 어느새 몸이 자라 말도 타고 활도 당겨볼 만한 힘이 생긴 모양이었다. 그래 봤자 열 살 미만의 것이라 온몸에 가득 찬 것이 호기심이었다. 나이 어려도 원손이었으니 아침마다 말 타고 활 쏘는 일이 원손으로서 할 일이 아니었다. 그러나 세자가 원손이 하는 일을 알면서도 가만 놔두었다. 조선에 돌아가면 아비도 어미도 없는 곳에서 홀로 원손의 노릇을 해야 할 터인데, 어린 원손이 할 일이라는 것이 고작 아비가 어찌 될 날의 대비일 터였다. 그러니 아비가 아들을 위해 할 수 있는 일이라는 것도 고작, 어찌 되지 않는 것뿐인가. 세자가 대신들과의 조회가 끝나면 원손을 불러들였다. 원손이 제 몸에는 높은 의자에 앉아, 흔들리는 다리를 감추지도 못한 채로 어제 읽었던 글들을 조심조심 외웠다. 아들이 아비를 서먹해하고 두려워하니, 무슨 말이든 다정한 말을 해주어야 할 터인데, 그럴수록 세자의 얼굴이 점점 엄해지기만 했다.

"책을 많이 읽었구나. 글 읽는 것을 게을리하지 않았으니 말은 언제 탔느냐?"

원손의 얼굴이 빨갛게 물들었다. 아비가 저의 말 타는 일을 책망한다고 여기는 것이다.

"네가 말을 곧잘 탄다 하니 돌아갈 때는 말 등 위에서 가겠구나."

"잘못하였습니다."

"어찌 잘못하였다고 하느냐. 내가 너를 탓하는 것이 아니거늘."

아이의 얼굴에 조심스레 화색이 돌았다. 그러나 여전히 머뭇거리며 아이가 아비에게 물었다.

"할바마마께서 아시면 꾸중하시겠지요?"

세자가 웃음이 터져 나오려고 했으나 그 웃음이 겉으로 나오지는 않았다.

"네가 그런 것을 안다면 하지 말아야 할 일을 한 것이 아니더냐?"

"…… 잘못하였습니다."

세자는 잠자코 어린 아들을 바라보았다. 잘못했다 말하지 말라 말하고 싶었다. 네가 언젠가 세자가 되고, 또 언젠가는 임금이 될 몸…… 잘못하였다는 말은 누구에게도 해서는 안 되는 말인 것이다. 잘못하였다는 말을 누구에게도 해서는 안 되니 잘못하는 일을 해서도 안 되는 것이다. 허나 내가 너와 함께 살지 못하니 그것을 어찌 한 마디로 가르칠 수 있으랴.

"네가 말을 타고 어디 어디를 가보았더냐?"

"말 타는 것이 흉내로만 하는 것이라…… 많이 가보지 못하였습니다."

"성 밖에를 나가보았느냐?"

"아바마마께서 밖에 계시니 제가 안을 지켜야 한다고 하였습니다. 나가지 않았습니다."

"누가 그리 말하더냐?"

"…… 제가 그리 알았습니다."

세자의 눈빛이 쓸쓸했다. 원손의 말에 거짓이 없었다. 누구도 원손에게 그런 말을 하지 않았을 것이나 원손이 스스로 그것을 알았을 것이다. 스스로 그것을 알았을 터인데도 누가 귀에 대고 꽝꽝 소리를 질러대는 것 같았을 것이다. 원손의 자리란 것이 그런 것이었다. 모든 일을 할 수 있는 자리에 올라 가장 먼저 배우는 일들이 해서는 안 되는 일들이었다. 해서는 안 되는 일들이 겹겹이 쌓여 마침내 남는 것이 없었다. 아비가 곁에 있었다면 달랐을 것이다. 세자가 그렇게 믿고 싶었다. 마침내 남는 것 단 한 가지를 위해 모든 것을 지우는 일, 그것이 높은 자리의 일임을 알려주었을 것이다. 너의 비통한 운명이 너를 위대하게 하리라고…… 어쩌면 잠든 원손의 머리를 쓸어주며, 한 번쯤은, 미안하다고 말해주었을지도 모른다. 내가 너의 아비여서 미안하다…… 너를 나의 자식으로 낳아 미안하다…….

용골대가 관소에 들었다고 내관이 말을 올렸다. 세자가 원손을 물러가라 한 후, 용골대를 만났다. 그가 가져온 것이 황제의 칙서였다. 우의정 이경여를 방면한다는 내용이 들어 있었다. 세자가 허리 굽혀 황제의 은혜에 감읍하는 뜻을 전했다. 그러는 동안 세자가 한 번도 표정을 드러내지 않았다.

세자의 환국에 임해 감사의 사절사로 왔던 우의정 이경여는 세자가 조선에 있는 동안 저들에게 잡아 갔혔다. 그가 명에 사대하고 내통하는 마음을 가진 것이 그 이유라고 했다. 저들 모르게 적는 문서마다 명 황제 숭정의 연호를 쓴 것이 그 증거로 잡혔다. 조선의 대신들이 사신으로 왔다가 청의 땅에 억류되거나 감금되는 일이 처음 있는 일이 아니었다. 툭하면 잡혔고, 툭하면 묶였다. 때로는 조선에 있던 대신들도 불려와 갔혔다. 세자가 그들을 변명하고, 또한 조선의 뜻이 다른 데에 있지 않음을 말하기 위해 날이면 날마다 입술에 침을 적셨다. 나중에는 말이 늘어 청산유수 같았다. 세자의 말이 능란한 것이 아니라 세자가 저들이 듣고자 하는 말을 알았기 때문이었다. 누군가는 풀려났으나 누군가는 여전히 갇혀 있었다. 저들이 듣고자 하는 말을 안다고 하더라도 그 모든 말을 다 할 수 있는 것은 아니었다. 해서는 안되는 말들이 해야 할 말과 뒤섞여 세자의 몸속에 체증이 되었다.

관소에 든 용골대가 세자는 물론이고 대군들까지 불러 좌정하라 한 뒤, 이경여를 뜰에 불러들여 무릎 꿇게 했다. 조선의 우의정이 청의 장수 앞에 무릎을 꿇어 황제의 은혜를 받들었다. 초여름이니 그 무릎이 시리지는 않을 것이다. 툭하면 거친 자리를 깔고 대죄를 청하는 조선의 대신들이니 그 무릎이 아프지도 않을 것이다. 그러나 세자의 마음이 참혹했다.

용골대가 가고 나서 세자가 다시 원손을 부르라 했다. 원손과 함께 말을 타고 나가겠노라고 했다. 그 말이 나지막하게 흘러나와 마치, 날이 좋으니 야유를 즐기자는 말처럼 들렸다. 원손이 어린 말의 등 위에 올랐고, 봉림과 인평이 그 뒤를 쫓았다. 세자가 성 밖, 농사짓는 곳에 이르기까지 말이 없었다. 조선인 포로들이 모여 농사지으며 살고 있는 곳에 이르러서야 세자가 말을 멈추었다. 노예시장에서 개나 돼지처럼 팔려나가던 조선인들을 세자가 그곳에 모아 농사짓게 만들었었다. 제 땅으로 돌아가지 못하는 자들이 그곳에서 대신 제 땅의 꿈을 키웠다.

봄이 이르게 오고 날이 빨리 뜨거워져 논밭이 온통 푸르렀다. 농사짓던 조선인들이 논둑과 밭둑 위로 올라와 일제히 엎드렸다. 걸음이 늦은 자는 논물 속에서도 몸을 엎드렸다. 그곳이 세자의 작은 나라였다. 작고도 작은 나라였다. 그러나 세자가 원손에게 보여주고자 하는 것이 그 작은 나라의 비루함이 아니었다. 비루함의 너머에 있는 것, 혹은 그 중심에 있는 것…… 그것이 바로 언젠가는 이루어져야만 할 꿈이었다.

‘내가 저들의 세자이다.’

말 등 위에서 세자가 속으로만 말했다.

'그리고 네가 저들의 원손이다.'

어린 원손이 고된 하루에 지쳐 말 등 위에서 *끄덕끄덕* 졸고 있었다. 졸고 있으니 세자의 마음속 말도 알아듣지 못할 터였다.

'보거라, 네가 비루하나 갸륵한 저들의 임금이다.'

세자가 졸고 있는 원손을 자신의 말에 옮겨 태우게 했다. 깜짝 놀라 깨어난 원손이 황급히 괜찮다 하는 것을 세자가 기어코 자신의 말에 같이 태우고 그 어린 품을 끌어안았다.

'반드시 돌아가리라. 저들과 함께.'

아비에게 그런 식으로 안겨본 적이 없어 원손이 큰 잘못을 한 듯 몸을 떨었다. 그 몸을 더 세게 끌어안지 못한 채 세자가 다시 속으로만 말했다.

'그리고 반드시 돌아오리라. 저들과 함께…… 모든 것을 갚아주리라…….'


## 역모


출정의 아침이 모래바람과 함께 밝았다. 밤새 내렸던 비 끝에 모진 모래바람이 이어지니 가만히 있어도 눈을 맑게 뜨고 있기가 어려운 아침이었다. 그 아침에 세자가 관소 앞에 의자를 내놓고 앉아 있었다. 봉림과 인평이 그 뒤를 지키고 있었고, 대신들과 질자들이 또 그 뒤로 도열해 서 있었다. 모래바람에 섞인 북소리가 사방에서 멀리, 또는 가까이에서 둥둥 울렸다. 궐에서 출발한 대왕들이 관소 앞에 이르기를 세자가 기다리고 있었다. 그때에 세자도 같이 말을 타고 출정을 하게 될 것이었다.

북문 밖에는 이미 만주와 몽골 전역에서 몰려든 이십오만 군병이 진을 치고 출정의 시각을 기다리고 있었다. 어린 황제에게 무릎을 꿇어 출정을 고한 것은 이미 전날의 일이었고, 대왕들과 함께 선대 황제의 능묘에도 참배하여 뜻을 밝혔다. 섭정왕이면서 대장군인 도르곤이 천단에서 하늘에 뜻을 고할 때, 세자 역시 대왕들의 바로 뒤에 서 있었다. 황금빛 보좌에 앉은 어린 황제가 세자에게 말 한 마리를 내려주었다.

멀리 달려 크게 싸우라는 뜻인가.

그 뜻을 더욱 궁금해할 것은 세자보다 조선의 임금이실 것이다. 세자가 출정하면 봉림과 인평이 환국을 하게 될 터였다. 적의 땅에서 급박하게 돌아갔던 모든 사정들이 봉림과 인평에 의해 임금에게 상세히 고해질 것인데, 너희가 어찌하여 세자 대신 종군하지 않았느냐, 임금이 묻지는 않으시겠으나, 묻지 않으시는 그 말이 송구하여 봉림과 인평의 어깨가 낮게 숙어질 것이다. 세자는 높은 의자에 꼿꼿이 앉아 앞만 바라보고 있었다. 소문으로만 무성한 전쟁이 어디까지 닿게 될지 세자는 알 수 없었다.

"저하……."

내관 언겸이 세자의 의자 뒤로 다가와 낮게 세자를 불렀다. 궐 쪽에서 말발굽 소리와 수레바퀴 소리가 들려오기 시작할 무렵이었다.

"무엇이냐?"

"의주에서 장달이 도착하였사온데, 급한 전갈인 듯하옵니다."

성문이 열리자마자 들어온 장달이라면, 밤새워 달려왔다는 소리였다. 밤새워 오지 않은 것도 서둘러 읽어야 할 것이나, 밤새워 달려온 것이면 더욱 급히 읽어야 할 터였다. 모래바람 속에서 장달을 펼친 세자의 얼굴이 갑자기 흙빛이었다. 자신도 모르는 사이에 높은 의자에서 일어서는데, 바람에 춤추던 옷깃처럼 몸이 출렁했다. 언겸이 놀라 세자를 부축하고, 봉림과 인평이 동시에 자리에서 일어섰다. 세자가 마치 무엇엔가 끌린 듯 몸을 돌려 서니, 그쪽이 임금이 계신 조선의 방향이었다.

출정의 아침, 세자에게 당도한 소식이 심기원의 역모 소식이었다.


청원 부원군靑原府院君 심기원沈器遠이 전 지사知事 이일원李一元, 광주 부윤廣州府尹 권억權澺 등과 모반하여 장차 회은군懷恩君 이덕인李德仁을 추대하려고 하였으니, 대신 및 비국·금부의 당상과 삼사의 장관을 명초命招하여 내병조內兵曹에다 추국청을 설치하고 범인들을 체포하여 안문按問하였다.


그로부터 20일 전, 사관이 그런 기록을 남기기 전날 밤, 훈련대장 구인후는 부사직 황익의 방문을 받았다. 구인후가 황익과 친한 적이 없었다. 황익이 훈련도감의 마병 별장이었을 때 저의 집을 지으면서 사사로이 군마를 부린 것이 적발된 적이 있었다. 구인후가 그의 벼슬을 떨어냈었다. 황익의 추문이 그에 그치지 않았다. 그가 부모에게 불효하고 형제에게 우애하지 않음이 악행에 이를 정도라는 소문이 공공연히 돌았다. 구인후가 그런 황익을 마뜩이 여기지 않고, 그의 방문을 달갑게 여기지 않았으나 황익이 안에 든 지 얼마 되지 않아 구인후의 얼굴이 하얗게 질리고 온몸이 벌벌 떨렸다.

구인후가 의장도 제대로 차리지 못한 모습으로 그 밤에 황익을 데리고 승평부원군 김류를 찾아갔다. 김류는 구인후처럼 벌벌 떨지는 않았다. 그가 황익을 노려보다가 서슬이 퍼렇게 소리를 질렀는데, 그때 그의 수염이 풀을 먹인 듯 낱낱이 꼿꼿했다.

"네가 모가지 떨어지는 것이 두렵지 않은 것이냐!"

"두렵다 한들 사실을 거짓으로 아뢰오리까."

"네 말이 정녕 거짓이 아니란 말이냐?"

"소인이 비록 무변에 지나지 않으나 옳은 것과 그른 것은 아옵니다. 감히 충의를 입에 올리지는 못한다고 하더라도 제가 임금의 백성인 것은 아닙니다."

황익이 엎드린 자리에 땀이 흥건했다. 서슬 퍼렇게 앉아 있는 김류의 자리도 젖어 있기는 마찬가지였다.

"네가 다시 말해야 할 것이다. 한마디도 빼놓지 않고 낱낱이 말해야 할 것이다. 너의 말이 너를 죽이거나 살리거나 할 것이다!"

"무엇을 다시 말해 올리리까. 심기원이 남한산성에 군사를 모아 역모를 꾀하였습니다. 지난 3일에 기원이 군관 70여 인을 자기 집 뒷산에 모아 활을 쏘고 술을 마시게 한 것을 대감께서 모르시옵니까? 그 자들이 전부 남한산성에서부터 기원을 따르던 자들이옵니다. 그 이튿날에 기원이 신을 불렀으니, 제가 비록 남한산성에서부터 기원을 쫓지는 않았으나 억울한 죄로 벼슬이 떨어진 바 있어 그 원한이 주상께 닿아 있으리라 기원이 짐작하고 저를 끌어들이고자 한 것이 아니겠습니까."

"너의 억울한 죄를 말하지 말고, 너의 짐작을 말하지 말라!"

"기원이 말하기를 주상께서 반정한 뒤로 잘못하는 일이 많다 하였습니다. 병자년 이후로 그가 천하에 죄를 지은 것을 항상 치욕으로 생각했다고도 하였습니다. 그가 재산을 털어 군관을 모집하고, 그들을 지성으로 대접한 것이 오로지 강상綱常을 부식扶植하자는 데에 있는 것이었노라 말했습니다."

"네놈의 찢어진 입을 아주 짜개어놓으리라!"

"그것이 저의 말이 아니라 기원의 말이오니, 짜개야 할 입이 저의 입은 아닐 것이나, 불충한 말을 옮기는 죄를 제가 달게 받겠사옵니다. 그가 말하기를 회은군 이덕인을 상으로 추대한다 하였고, 이달 22일에 서로 모여 술을 마시고 활쏘기를 하며 해가 넘어가기를 기다렸다가 거사하리라 하였습니다."

김류가 젖은 자리에 싸늘히 앉아 있었다. 수염에 덮인 입술이 씰룩였다. 서슬 퍼렇던 고함 소리 대신 김류가 낮게 물었다. 낮았으나 낮아서 오히려 서늘한 물음이었다.

"네가 더럽고 악행하는 짓으로 기원의 신임을 얻었거늘 어찌 그를 배반하고 고변을 하려 하느냐?"

"더럽고 악행한 바는 온전히 그러하다 말씀 올릴 수 없으나, 지은 죄가 있다 한들 어찌 더 큰 죄로 갚으오리까. 믿고 믿지 않고는 대감께서 하실 일이오나, 거사 날이 내일이오니 대감께서 믿지 못하시는 죄까지 제가 갖지는 않으오리다."

기원은 그 밤에 궐 안에 있다가 잡혔다. 그 밤에 임금은 잠들지 못했고, 밤이 늦어 추국청이 급히 열리지 않는 것에 성화를 받치다가 화를 내고, 화를 내다가는 이를 갈았다.

임금은 늘 전란 중에 있었다. 피와 군사의 목숨으로 보좌를 얻은 임금에게 세월은 피와 군사의 목숨으로 되갚았다. 광해를 몰아냈던 자들이 다시 광해를 세우겠다고도 했고, 적에게 무릎 꿇은 임금을 상으로서 받들 수 없다고도 했고, 적에게 당한 굴욕과 적을 향한 원한이 임금을 향한 굴욕과 원한이 되었다고도 했다. 임금 대신 새로이 보좌에 올릴 자들의 이름으로 폐주인 광해부터 시작하여 무수히 많은 종친들이 거론되었다. 역모의 고변이 올라왔을 때 임금이 가장 먼저 물은 것은 누구냐는 것이었다. 역모를 일으킨 자가 아니라 역모를 일으키려던 자들이 추대하려고 한 자의 이름이었다.

황익의 고변을 대신 올린 김류가 낮게 엎드린 등을 펴지 못했다. 회은군 이덕인이라 하더이다, 말을 올렸으나 임금이 다시 물었다. 누구냐, 누구라 하였느냐. 김류가 또 한 번 같은 대답을 올리자, 임금이 버럭 소리를 질렀다. 회은군 따위의 이름을 입에 올리지 말라. 내가 진실로 누구냐고 물었다!

국청이 열려 추국이 시작되었을 때, 기원은 모든 것을 부인했다.

"네가 역심을 갖고서 무사들을 모았느냐?"

"무고이오!"

"네가 사병으로 무변들을 모아 스스로를 청류라 일컫는 문관들을 싸그리 때려죽이려고 하지 않았느냐?"

"무고이오!"

"네가 임경업과 선이 닿는다 주장하고, 근래에 바다에서 포성이 울리는 것이 바로 경업과 내응하는 표시라고 말하지 않았느냐?"

"그리한 적이 없소!"

"상이 반정한 뒤로 잘못한 일이 많고, 치욕을 갚으려 하지 않는다고 감히 상을 욕되이 하는 말을 하지 않았느냐!"

"무고이오. 내게 미친 상의 은혜가 하늘 같은데, 내 감히 그런 말을 하지 않았소이다!"

"네가 감히 강상을 부식하고자 한다고, 세 치 혀를 놀렸느냐!"

"무고이오!"

모두가 맞다 하여도 결국 그리될 일이었으나, 그 어느 것 하나도 사실이라 하지 않았으므로 국문이 빠르게 모질어졌다. 형리들이 힘센 팔로 주리를 트니 정강이뼈가 곧 퉁겨 나갔다. 뼈를 바순다는 말이, 과연 그와 같았다. 고통을 참느라 묶인 몸을 버르적거리는데, 움직이는 것이 고개뿐이라 상투 틀었던 머리가 전부 쏟아져 내렸다. 뼈가 바숴지는 소리보다 견디지 못해 아드득 이를 가는 소리가 더 크게 들렸다. 무고이오, 한 마디마다 매우 치라는 말이 이어져 기원이 곧 정신을 잃었다.

말을 해야 할 자가 정신을 잃었어도, 국문은 계속 이어졌다.

"네가 회은군을 세우려 하였느냐?"

말을 해야 할 자가 정신을 잃었으니 무고이오,라는 말조차 답이 되어 나오지 않았다.

"네가 세자를 세우려 하였느냐?"

답이 없어도 물음은 이어졌고, 물음이 물음만으로도 목을 베는 칼날과 같았다.

"감히 주상 전하를 양위케 하고, 세자를 세우려 하였더냐! 그리하여 은화를 뿌려 장사들을 모집해온 것이 오래라 하였더냐!"

"……"

역모의 역풍이 몰아쳤다. 역괴의 도당으로 지목된 자들은 맞아 죽거나 스스로 자기 배를 찔러 죽거나 도망가거나 마침내 혀를 깨물어 죽거나 했다. 회은군도 잡혀 국청에 나왔다. 국청에 이를 때까지 자기의 죄목이 무엇인지도 알지 못했던, 술 좋아하고 놀기 좋아하고 허랑하기만 했던 이 늙은 왕족은 잡혀오는 동안에 쏟아낸 통곡만으로도 이미 진이 다 빠져 숨이 넘어가기 직전이었다. 국문이 되지를 않았다. 무엇을 물어도 회은군은 '전하…… 주상 전하……'만을 부르며 구슬피 울었다. 나중에는 그 말조차 울음에 섞여 들리지를 않았다. 국문을 하던 자는 저자가 뭐라 하는 것이냐 물어야 했고, 죄인의 말을 받아 올리던 자는 이자가 뭐라 하는지를 모르겠사옵니다, 대답했다. 울고 통곡하는 동안, 정신이 거지반 다 나가버린 회은군 이덕인이 주상 전하를 부르다 못해, 아버님을 부르고, 할아버님을 부르고, 딸의 이름을 부르고 하였던 것이다. 간신히 그 말을 알아들은 추국 대신이 역모를 다루는 국문장에서는 어울리지 않게도, 저자가 실성을 한 게 아니냐, 혀를 찼다.

기원을 고변한 황익의 공초에 회은군에 관련된 말이 있었다. "덕인을 추대한다는 것을 그가 알지 못하니, 그때에 임해서 만일 좇지 않으면 장차 어찌하시렵니까." 황익이 묻자 기원이 답하였다고 했다. "그 술꾼이 술을 차려놓고 부르면 오지 않을 리 없을 것이요, 만일 따르려 하지 않으면 때려죽이면 될 것이니 무엇이 어려우랴."

세자에 관한 말도 있었다. "주상을 상왕으로 추존하고 세자에게 전위하는 것이 오랫동안 추진해오신 계책이 아니십니까?" 국청에서 기원과 대질한 황익이 기원의 얼굴에 대고 물었을 때, 기원은 아니라고 했다. 오랜 국문에 곤죽이 되어 아니라고 대답하는 그의 말을 알아듣기가 어려웠다. 알아들을 수 있거나 알아들을 수 없거나, 그가 그렇다고 대답한 말은 한마디도 없었다. 죄인이 모질어, 그 죄가 더욱 모질었다.


## 그 여자의 이름


그날 아침, 흔은 불타는 냄새에 잠이 깼다. 강화섬을 떠나온 후부터 흔의 악몽 속에서는 늘 불이 탔다. 깊이 잠든 밤뿐만 아니라 밝은 대낮에도 문득 불의 꿈을 꾸곤 했다. 그럴 때 흔의 얼굴이 불구덩이에 뛰어든 듯 와락 붉어졌다가 잠시 후에는 한꺼번에 다 타버린 것처럼 삭은 얼굴이 되곤 했다. 그때마다 흔은 막금을 불러 손을 잡아달라 했다. 내가 뜨거워 못 살겠으니 네가 내 불을 꺼다오 말하면, 막금이 조선의 무가를 나지막이 불러주곤 했다. 흔이 조선에 살 때 어미와 할미가 굿을 좋아해 툭하면 무당들이 집에 드나들었다. 종친의 집 안에서 굿 소리가 그치지를 않아 밖으로 말이 나기도 했지만 아비의 사람됨이 워낙 좋아 말이 나도 큰 흠이 되지는 않았다. 사람 좋은 아비는 술과 노래에 묻혀 살았다. 강화가 불에 탈 때에도 아비는 아마 술에 취해 있었을 것이다. 아비가 두려움을 잊느라 때마다 마신 술에 정신이 오락가락하고, 타는 불에 또 정신이 황황하여 식솔이 찢어져 적에게 잡히는 것도 알지 못했다. 그래도 아비가 울며 자신을 찾아다녔다는 것을 흔은 들어 알고 있었다. 불탄 시체마다 끌어안고 네가 내 딸이냐, 울부짖었다는 것도 알고 있었다. 적에게 이끌려 바다를 건널 때, 바다에 가득 뜬 여인들의 옷가지들을 바라보며 또 넋을 놓고 울었다는 것도 알고 있었다. 곁에서 지키는 적의 군병들만 없었다면 아비는 너 죽는 길에 나도 같이 가자며 바다에 뛰어들었을 것이다. 아비가 딸을 그렇게 사랑했었다.

죽은 줄 알았던 딸이 적국에 잡혀 있다는 것을 알고 아비가 속환사가 되어 적의 땅에 왔을 때, 딸은 이미 조선의 이름을 버리고 살고 있었다. 흔이라 불리는 딸의 손을 잡고 아비가 또 울었다. 전 재산을 다

풀어서라도 너를 살 것이니 집으로 가자고 울며 말하였으나, 딸이 청의 주인에게서 얻은 진기한 물건들을 내놓자 눈물 젖은 아비의 눈이 반짝였다.

"이것이 뭐 하는 물건이냐, 이것은 어디에 쓰는 물건이냐?"

아비는 조선으로 돌아갈 때, 딸을 데려가는 대신에 딸이 준 청나라의 모자를 쓰고 갔다. 물건이 진기해서였으랴. 적에게 팔린 딸이 준 것이라 그 마음이 안타까워 경도에 들 때까지도 그 모자를 벗지 않았을 것이다. 그러나 왕족의 체통이 문제가 되어 그 말이 임금에게까지 올라갔다고 했다.

아비의 역모 소식을 전해준 것은 그녀의 주인인 대학사였다. 무어라 하시었습니까? 흔이 대학사의 말을 알아듣지 못하고 물었다. 아비에게 역모의 죄라니, 당치도 않았다. 그러나 농이라 여기기에는 대학사의 얼굴이 너무 차가웠다. 몇 달 동안 대학사의 얼굴이 늘 그러했었다. 그 몇 달간 차가운 말들 이외에는 둘이 말을 섞어본 적이 별로 없었다. 석경의 일이 일어난 후부터였었다.

"살기를 바라느냐?"

무어라 하시었느냐고 묻는 흔의 물음에 대한 대학사의 대답이 그러했다. 아비의 역모라는 이해할 수 없는 말보다 대학사의 냉엄한 말이 먼저 와 닿아 흔의 얼굴이 순식간에 불타듯 붉어졌다. 흔이 휘청하며 일어섰던 자리에서 그대로 주저앉았다.

"역모라 하시었습니까?"

주저앉은 자리에서 손으로 땅을 짚고 대학사를 올려다보며 흔이 다시 물었다.

"살기를 바라느냐 물었다."

대학사 비파의 목소리가 여전히 차가웠다. 그리고 흔은 여전히 대학사의 말을 이해하지 못했다. 아비가 역모에 올랐다면 죄인의 딸은 마땅히 죽음이었다. 죽지 않으면 노비로 팔려 구차한 목숨이나마 구할 것인가. 대학사가 지금 그것을 말하는가.

"역모라…… 하시었습니까?"

흔이 또 한 번 물었다. 그 대답을 다시 한 번 밝히 듣기 위해서가 아니라 그 말의 두려움이 정신을 혼미하게 만든 것이다. 주저앉은 흔의 몸이 와들와들 떨렸다. 고개를 숙이니 서 있는 대학사의 신발이 보였다. 안에서도 신을 신으니, 그렇구나, 여기가 바로 청국이구나. 그 와중에 흔이 밑도 끝도 없는 생각을 하고, 저도 모르게 머리를 흔들었다. 대학사가 그녀에게 살고자 하는가를 묻고 있었다. 그럴 길이 있을 것인가? 그녀가 아비의 딸이 아니고 조선의 여인이 아니라고 말한다면, 그녀에겐 살 길이 열릴 것인가. 아비와 어미와 동생들이 모두 죽어도 그녀가 그렇게 살 수는 있을 것인가.

대학사가 탄식같이 깊은 숨을 내쉬었다. 그가 묻고 싶은 것이 많은 얼굴이었다. 그러나 그는 다시 입을 열지 않았고, 흔도 그에게 다시 묻지 않았다. 대학사가 몸을 돌려 방을 나가자마자 닫힌 문에서 철컥하고 쇳소리가 났다. 문을 쇠로 걸어 잠근 모양이었다. 흔이 사태를 분간하기도 전에 이미 갇힌 몸이었던 것이다. 쇳소리가 목을 거는 오랏줄 소리처럼 다시 그녀의 숨을 악착같이 조였다.

그런데 정녕, 역모라 하였던가…….

어떻게 해도, 믿어지지가 않는 말이었다. 아비가 임금이 되려 했고 임금이 된 후에는 청을 치려고 했다니 그 역모의 내용이 더욱 믿어지지 않았다. 술 좋아하고 노래 좋아해 허랑한 사람이라는 평판을 달고 살았던 아비가 술과 노래 속에 무언가를 감추고 있었다고는 생각할 수 없었다. 만에 하나, 감춘 것이 있었더라도 그것이 슬픔이었을 것이다. 그래서 딸과 아비는 닿을 수 없는 곳에 있는 듯했다. 그것이 청국과 조선의 거리가 아니라 슬픔과 분노의 거리였다. 혹은 환멸과 욕망의 거리이기도 했다. 아비가 그런 딸을 맨 정신으로는 바라볼 수 없어 늘 만취한 얼굴이 되어서야 나타나곤 했었다.

"여인의 몸으로 나라를 구하는 일이 바로 절개일 것이나, 절개가 어디 목숨을 끊는 일뿐이겠느냐. 나는 그리 생각 안 한다. 죽는 일보다 더 어려운 일이 살아 있는 일이니 고서에도 그러한 여인들의 이야기가 많지 않더냐."

그것이 딸에게 하는 말이 아니라 아비가 자신 스스로에게 하는 말이었다. 아비가 만취한 목소리로 시를 읊기도 했었다.

"청석령 지나거냐, 초하구 어디메오. 호풍도 차도 찰샤, 궂은비는 무슨 일고. 뉘라서 내 행색 그려내어, 님 계신 데 드릴고."

아비는 시를 읊고, 딸에게 물었다.

"네가 이 시를 아느냐?"

어찌 모르겠는가. 그것은 봉림 대군이 적국으로 끌려오던 길에 지은 시로 알려져 있었다. 그러나 흔이 대답하지 않았다. 아비의 꿈과 자신의 꿈이 이미 다르다는 것을 흔이 말할 수가 없었던 것이다. 여인의 몸으로 나라를 구하는 일이 바로 절개일 것이니 그 절개를 지킬 수 없던 순간에 이미 흔이 자신의 존재를 잃었다. 뉘라서 내 행색 그려내어, 님 계신 데 드릴고. 봉림 대군처럼 시를 읊을 수는 있겠으나 그녀의 님이 이미 전과 달랐다.

"네가 혼자가 아니다. 그렇지 않으냐?"

아비가 말했으나 흔이 여전히 대꾸하지 않았다. 아비의 꿈과 자신의 꿈이 달랐을 뿐만 아니라 그녀의 환멸이 이미 아비의 환멸과 달랐던 것이다.

죽지 못했던 세월이 눈앞으로 흘러갔다. 적의 땅으로 끌려오는 동안에는 목을 매달려고 했었고, 황궁에 들어가던 날에는 칼을 구해 가슴을 찌르려고도 했었고, 대학사에게로 오던 날의 첫날밤에는 혀를 깨물려고도 했었다. 목을 매달자니 목 부러지는 것이 두려웠고, 칼로 찌르자니 피 흘리는 게 두려웠고, 혀를 깨물자 하면 입 밖으로 비어져 나올 제 혓바닥을 보는 것이 두려웠다. 똥구덩이에 파묻힌 것보다도 더 더러운 삶이었으나, 죽는 것이 사는 것보다 더 두려웠으니 살지 않을 수가 없었다.

헌데 아비가 역모에 이름을 올렸다 했다. 게다가 그 자리가 바로 역괴의 자리라고 했다. 어찌 그리되었는가를 생각하는 것은 무의미했다. 역모가 사람의 뜻과 마음으로 일어나는 일이 아니라는 것을 흔이 알았다. 적의 땅에서 사는 동안 수도 없이 본 것이 바로 역모였다. 역모가 역심을 가진 자들에게서 일어나지 않고 역모를 필요로 하는 시절에 의해 일어났던 것이다. 필요치 않은 모가지들이 역모에 의해 남김없이 잘려나갔다.

아비도 그렇게 죽을 것이다. 죽거나 살거나, 남은 것이 이제 그녀의 목숨뿐이었다. 그러나 살 길이 있을 것인가? 그렇다 한들, 살고자 해야 할 것인가? 흔이 자신도 모르는 사이에 입술을 깨무는데 모질게 깨물린 입술에서 스며 나온 피가 턱까지 흘렀다.

조선에서 일어난 역모의 소식을 비파는 용골대에게서 들었다. 출정의 아침, 성도가 온통 뒤집어놓은 듯 들썩이는 와중이었다.

"어찌 처리를 하셔야겠지요. 어쨌거나 역도의 딸이니 조선에서 말이 있을 것입니다."

용골대의 말에 비파의 미간이 좁아졌다. 출정의 아침, 조선에서 온 한낱 쓸모없는 소식으로 마음을 어지럽히고 싶지는 않았다. 역모라고 하더라도 성공하지 못한 역모라면 정변에 불과한 것이었다. 그러나 그것이 흔의 아비의 일이었다. 흔의 아비의 일일 뿐만 아니라 석경이란 자의 아비의 일이기도 했다. 흔이란 계집이 그 일에 어떻게 연루되어 있는지를 비파가 쉽게 짐작할 수가 없었다.

"성가신 계집을 얻었던 게로군."

비파가 표정을 꼿꼿하게 한 채로 말했다. 용골대가 더 말을 하지 못하도록 그가 서둘러 말을 탔다. 출정하는 대왕들의 뒤를 그도 말을 달려 쫓았다. 관소 앞에 이르자 대문 앞에 나와 있던 세자가 대왕들을 허리 숙여 맞이하고, 곧 말 위에 올라탔다. 세자와 비파의 말머리가 잠시 같이하게 되었을 때, 세자는 비파 쪽으로는 시선도 돌리지 않았다. 비파도 마찬가지였다.

역모에 세자의 이름이 오르내렸다고 했다. 그 진위가 어떠하든 간에 조선의 임금이 자신의 아들을 적으로 보고 있다는 것만큼은 분명했다. 어느 임금에게 적이 아닌 자식이 있을 수 있을 것인가. 그러나 그 수위가 역모에 이를 정도로 높아졌으니, 세자의 입지가 더할 수 없이 위험한 정도에 이르렀음은 분명한 일이었다.

큰 출정을 앞에 두고 있으나, 전쟁의 결과는 아직 누구도 알 수 없었다. 조선이 뒤쪽의 위협이 되지 않게 하는 일이 그가 해야 할 일이었다. 틈은 어디에서나 벌어진다. 손톱 밑에 찔린 가시 하나 때문에 온몸이 썩을 수도 있는 일인 것이다. 세자는 믿을 만한 자였다. 청에 굴복하는 마음이 아름다워서가 아니라 기다림을 아는 자였기 때문이었다. 믿을 만하나 그래서 두려운 자였다.

세자가 환국하기 전날, 비파가 세자에게 석경의 서찰을 가로채어 건넸었다. 석경에 대한 의심이 이미 오래전부터였다. 세자가 석경이란 자를 지나치게 은밀한 자리에 두고 쓰고 있으니 언젠가는 그자가 탈이 되리라 여겼었다. 그러나 서찰을 가로챌 때만 하더라도 그의 의심은 석경과 흔의 관계에 있었다. 그러니까 그 서찰이 흔에게로 가는 연서라 여겼던 것이다.

그러나 서찰은 석경의 아비에게로 가는 것이었다. 처음 몇 줄을 읽고 공연한 짓을 하였다 여기던 그의 표정이 금세 꼿꼿해졌다. 서찰에는 청의 내부와 세자의 동태에 관한 것들이 적혀 있었다. 비파의 입장에서는, 밖으로 나갔다가는 큰일이 날 만큼 대단한 내용들이 아니었다. 그러나 세자는 어떠할 것인가.

— 저하께서 적들과 오고 감이 때로 우의를 나누는 벗들과 같으니 그 마음이 전부는 아니겠으나 따로 획책하시는 바가 무엇인지는 알 수 없습니다. 구왕이 정권을 잡은 이래로 저하를 대함이 더욱 은근하다 합니다. 저하의 깊으신 뜻을 소자의 좁은 소견으로 어찌 알 수 있으오리까. 저하의 높으신 뜻도, 아버님의 깊으신 뜻도 만분지일이나마 헤아릴 수 없어 소자 다만 감당하기 어렵게 괴로운 마음일 따름입니다.

석경이란 자가 서찰을 적으면서도 머뭇거리는 흔적이 뚜렷해 보였다. 그것이 아비에 대한 마음과 세자에 대한 충의 사이에서의 망설임이 분명했다. 그렇더라도 세자는 무엇을 취할 것인가.

석경을 살려두지 않을 마음은 서찰을 가로채기 전부터였다. 그러나 그가 서찰을 손에 넣은 후, 자신의 손에 직접 피를 묻히지 않고도 그 일을 처리할 수 있으리라 여겼다. 조선인의 피를 조선인의 손에 묻히게 하리라.

그러나 계집은 어찌할 것인가. 황제에게 여인을 하사받아 그 여인을 귀히 여겼으나, 여인은 어디에나 있었다. 조선의 여인을 품는 것이 가진 자들의 각별한 기쁨이기는 했다. 초원에서 말달리며 거칠게 자라난 여인들과는 달리 조선의 조용한 여인들은 새로운 즐거움이었다. 그에게도 흔은 그런 계집이었다. 버리고 나면 다시 또 어디에서 구할 것이다.

그런데도 흔들리는 마음을 어찌할 수는 없었다. 그동안 여인이 해

왔던 일이 아쉬운 것인가. 아니면 여인과의 잠자리가 여전히 아쉬운 것인가. 조용하고 뜨거운 여자였다. 조선의 여인은 잠자리 내내 숨소리조차 내지 않았으나, 고요한 와중에 빨아들이는 힘이 놀라웠다. 그 여인이 관소와의 일을 또한 그렇게 했다. 새 황제가 난 후에는 태후가 된 장비와도 각별히 오고 가고 있었다. 석경이란 자를 없앨 수밖에 없었던 이유가 거기에 있었다. 계집은 어디에서나 구할 수 있으나, 흔과 같은 계집은 어디에서도 구할 수가 없었다.

그러나, 그렇더라도 한낱 계집일 뿐이었다. 이제 와서는 더 이상 그 속을 읽을 수도 없게 된 계집이기도 했다. 계집에게 살겠느냐 물었으나 살겠다고 하는 말만으로는 살 수 없을 것이다. 여인이 스스로 살 수 있는 길을 찾아야 할 터였다. 그러나 그리된다면, 그 여인이 더욱 두렵지 않으랴.

역모의 소식을 들은 출정의 아침, 말을 타고 달리는 동안에도 비파의 얼굴이 내리 차가웠다. 북문을 나가자 대왕들을 맞이하는 뿔피리 소리와 25만 군병의 함성 소리가 천지에 진동했다. 세자가 탄 말이 그 함성 소리를 이기지 못하고 앞발을 높이 들어 올리는 것이 보였다.


## 그 밤에 연잎이 지는데


흔이 어려서 살던 북촌의 집에는 연못이 있었다. 흔이 태어나던 해에 전에 살던 집에 큰 화재가 일어나 아비가 화기 없는 자리를 찾아 다시 집을 짓고, 마당에 연못을 크게 팠다. 집에 비해 연못이 너무 크다고 보는 사람마다 말했으나, 아비가 가장 큰 공을 그 연못에 들였다. 이사를 한 집에서 태어난 딸아이를 아버지는 연이라 불렀다. 새로 이사한 집의 화기를 잠재울 어여쁜 딸이라고 보는 사람마다에게 자랑했다. 아이의 붉은 뺨에서는 물 냄새가 풍겼다. 아이가 마당을 뛰어다닐 때면 어디선가 출렁이는 물소리가 들리는 듯도 했다.

아이는 그 연못가에서 석경을 처음 만났다. 대여섯 살 무렵이었을 것이다. 저보다 두 살이 어렸던 석경은 겨우 뒤뚱거리는 걸음이나 걸을 정도여서 놀이에 재미가 들린 아이의 눈에 들지 않았다. 게다가 아주 못생긴 얼굴이었다. 머리가 유난히 커서 한 걸음을 옮길 때마다 그 큰 머리가 호박 덩어리처럼 땅에 떨어질 듯했다. 흔은 그 못생기고 우스꽝스럽게 생긴 꼬마 아이를 기억에 담아두지 않았다.

흔을 기억한 것은 오히려 석경이었다. 흔을 만난 것이 고작 서너 살 무렵의 일이었으나 기억이 깊숙이 박혀 몸과 함께 자랐다. 아마도 그 집에서 돌아 나올 때 아비가 했던 말 때문이었을 것이다.

"종친의 여식이 몸에서 물소리를 내니, 불길한 아이로다."

석경 역시 아이에게서 출렁이는 물소리를 들었다고 생각했다. 그 아이가 태어나기 전 화재가 일어났을 때, 남은 것이 없을 정도로 큰 불이 붙었는데도 아이의 어미가 있는 내당에만은 그 불이 범접하지 못하더라고 했다. 그때 어미의 뱃속에 아이가 있었다.

강화가 불바다가 되었을 때에도 그 여인은 죽지 않고 살았다. 죽지

않고 살았으나 살아서는 적에게 끌려갔고, 적의 땅에 가서는 적의 여
인이 되었다고 했다. 석경이 질자로 떠나기 전에 이미 그 여인의 존재
를 알았다. 조선에서도 그 여인의 소문이 분분했던 것이다. 여인의 아
비가 적국에 다녀온 이후로 부끄러운 딸의 존재를 감추지 않았고, 오
히려 그 여인의 세도를 자랑했기 때문이었다. 듣는 사람마다 눈살을
찌푸리고, 누군가는 들을 소리가 못 된다 하여 자리를 떨쳐 일어서기
까지 했으나, 회은군이 딸 이야기를 멈추지 않았다. 한 번 죽었다고
생각한 딸이었다. 그가 그 딸을 두 번 죽이려고는 하지 않았다.

회은군의 주위로 사람들이 몰려들기 시작한 것은 그리 오랜 시간
이 지나지 않아서였다. 여인의 세도와 수완이 놀랍다는 소문이 빠르
게 퍼졌고, 회은군에게 줄을 대고자 하는 자들도 빠르게 늘었다. 툭하
면 적국에 끌려가는 대신들의 집안에서 그러했고, 자식들을 질자로
보낼 수밖에 없는 정승 영감들도 그러했다. 회은군이 몰려드는 사람
들로 인해 더욱 술꾼이 되어 만취하지 않는 날들이 없었다.

적국에 온 후, 석경이 흔에게로 가라는 세자의 명을 받았다. 그날
석경이 세자 앞에서 숙인 어깨를 오래 들어 올리지 않았다. 아무리 세
자의 명이어도 모멸을 견디지 못하는 어린 소년의 결기가 숙인 어깨
위에 고스란히 드러났다. 세자가 노여운 표정 대신 알 수 없는 미소를
띤 얼굴로 그런 석경을 내려다보았다. 석경이 마침내 세자의 명을 받
들기 위해 일어서지 않을 수 없었을 때, 세자가 다만 한마디를 덧붙였
을 뿐이었다.

"너의 그 마음을 잊지 말라."

세자가 자신의 마음을 잊지 말라 하였으나 석경이 그때 생각한 것은 세자의 마음이었다. 저하께서 자신을 결코 가벼운 데 쓰지는 않으시리라. 반드시 필요한 데 쓰시리라. 허니 세자 저하의 영광만을 생각해야 하리라…… 감당할 수 없는 모멸 때문에 소년의 충의가 더욱 뜨거웠다.

그날 석경은 흔의 얼굴을 보지 못했다. 석경이 흔의 처소 마당에 들었을 때, 무녀로 소문난 몸종이 흔의 서찰을 건네주었을 뿐이었다. 여인의 그림자조차 보지 못했지만, 석경이 그날 물소리를 들었다. 처소의 반쯤 열린 문 사이로 스며 나오는 물소리가 점점 커져 나중에는 석경의 온몸이 물에 잠길 듯했다.

"에그머니나. 땀을 어찌 이리 흘리시옵니까."

막금이 낮게 소리를 지를 때까지도 석경은 자신이 땀을 흘리고 있다는 것조차 알지 못했다. 그것은 알고 나서도 마찬가지였다. 몸에 흐르는 것이 땀이 아니라 물이라 여겨졌다. 흔에게서 받은 서찰을 세자에게 전하면서 석경이 다시 숙인 어깨를 오래 들어 올리지 않았다. 그때는 모멸이 아니라 두려움 때문이었다. 세자는 아는 체하지 않았다. 다만, 나가보라 말했을 뿐이었다.

자신이 어쩌다가 흔이라는 여인에게 마음을 주었던 것인지 석경은 아무래도 그것을 알 수가 없었다. 그가 물에 빠지듯 흔이라는 여인에게 빠졌을 때, 모든 것은 이미 돌이킬 수 없는 지경이었다. 그러나 그 마음을 아름다운 연정이라 생각해본 적이 없었다. 그가 자신도 모르는 사이에 깊은 저수지에 빠지듯 여인의 물에 빠져들었고, 그리고 다시는 헤어날 수가 없었던 것이다. 그래서 그는 자신의 마음이 괴로웠고, 부끄러웠고, 죄스러웠다. 누군가 자신을 죽이려 하지 않았다면 마침내 스스로 자신의 목을 매었을지도 모를 일이었다. 그러니 죽음이 안타깝지는 않았다. 오히려 살아 있음이 더욱 부끄럽고 죄스러울 따름이었다.

흔에게 오고 간 지 얼마 되지 않아 세자를 쫓아 구왕의 연회에 갔다가 그녀를 만난 적이 있었다. 적국의 왕들은 전쟁에서 돌아오면 늘 연회를 베풀었고 전쟁에 나설 때에도 마찬가지였다. 전쟁이 잦았으니 연회도 잦았다. 적의 풍습이 조선과 달라 연회에는 여인들이 같이 자리에 앉아 술을 따르거나 교태를 부렸다. 흔이 그때 석경의 술잔에 술을 따라주었다. 연회에 참석했다고는 해도 한낱 질자에 불과하니 석경이 대학사의 아내에게서 술잔을 받을 만한 위치에 있지 않았다. 그러나 취한 대왕들이 술에 젖어 그 장면을 눈여겨보지 않았고, 눈여겨보았다 해도 웃음을 멈추지 않았다. 대학사의 아내라고는 하더라도 그 여인의 위치가 비천함을 석경이 그때에 알았다.

"이 술이 독주입니다. 내가 이 술잔에 남몰래 독을 탔습니다."

흔이 석경의 술잔을 채우며 남들은 알아듣지 못할 낮은 목소리로 속삭였다. 석경이 얼굴이 벌겋게 달아올라 술잔을 잡은 손을 떨었다. 여인 역시 술에 취한 것처럼 뺨이 붉었다. 그리고 또 그때 물소리가 들렸다. 출렁이는 물소리가 아니라 은밀히 흔들려 한곳으로 흘러드는 물소리였다.

"두려우시면, 제가 먼저 마실 것입니다."

석경이 그 술잔을 한입에 털어 넣었다. 과연 진정으로 독을 탔음인가. 술이 목구멍으로 넘어가는 순간 머리 꼭대기가 뻥 뚫리는 기분이 들더니 온몸이 불에 타듯 뜨거워졌다. 석경이 술 때문인지, 아니면 그 술에 탔다는 독 때문인지 알 수 없는 이유로 비틀했고, 누군가가 큰 소리로 웃음을 터뜨렸다. 석경이 간신히 탁자를 붙잡고 몸을 가누었을 때, 여인은 이미 다른 자리로 몸을 옮긴 후였다. 그가 그 한 잔 술에 취해 대학사가 그를 쳐다보고, 또 세자가 그를 바라보고 있다는 것을 눈치채지 못했다.

혼미한 열정이 그 밤부터 석경의 온몸을 불에 태웠다. 부끄럽고 참담하고 죄스러웠으나, 뜨거운 마음이 그 모든 것을 합친 것보다 더 크고 더 뜨거웠다. 마침내 석경이 세자의 명도 받들지 않은 채 흔의 처소를 찾았던 날, 흔은 어찌 오셨느냐 묻지도 않고 석경을 바라보며 눈물을 흘렸다.

"어찌하여 우시오."

"어찌하여 우는지 저보다 더 잘 아시겠지요."

"…… 미안하오."

"…… 미안합니다."

여인은 가련하고 냉혹했다. 여인의 몸속에서 물만 흐르는 것이 아니라 불이 함께 탔다. 물이 불을 끄고, 불이 물을 말렸다. 강화에서 적에게 잡힌 이후로 단 하루도 깊은 잠을 이룬 적이 없었노라고 여인이 말했다. 더러운 몸을 남김없이 쓰고자 살아 있으니, 그것이 세자의 영광을 위해서라고도 했다. 흔이 말할 때 조선의 영광이라 하지 않고 세자의 영광이라 말하는 것을 석경이 묻지 않고 이해했다. 조선은 멀었고, 임금은 적에게 굴복한 패국의 왕이었다. 그들이 바라고 기다리는 것이 오직 세자가 일어서는 날이었다. 적의 땅에서 살았던 그들의 세월을 이해해줄 사람이 조선에 있는 임금이 아니라 적국에 잡혀 있는 세자일 것이므로 더욱 그러했다.

석경이 흔의 가련한 마음을 모두 믿은 것은 아니었다. 흔이 눈을 가늘게 내려뜨고 서찰을 적는 것을 볼 때마다, 석경이 흔의 마음을 믿지 못했을 뿐만 아니라 심히 의심하기까지 했다. 흔이 바라는 것이 세자의 영광이 아니고 조선의 영광이 아니었다. 그녀가 다만 자신의 불타는 마음으로만 살고 있었다. 여인이 위하는 것이 오직 그녀 자신뿐일지도 모른다는 생각이 불길하게 다가왔다. 그러나 그 불길한 마음이 그를 열정으로부터 구해내지는 못했다.

어느 날부터 흔이 세자에게 은밀한 전갈을 보낼 때, 때때로 그 서찰을 봉하지 않은 채 석경에게 주었다. 세자가 그것을 눈치 못 챌 리가 없었다.

"여인이 황급하여 서찰을 봉하는 것조차 잊었구나."

세자가 생각을 겉으로 드러내지 않았다. 그러나 심상한 듯 내뱉는 그 말이 오히려 두려웠다.

석경이 비록 흔과 불미한 관계에 빠져들었다고는 하더라도 세자에 대한 충의를 잊어본 적은 없었다. 자신의 처신이 더럽다 여기면 여길수록 그 더러움을 만분의 일이라도 씻으려는 듯 충의가 더욱 뜨거웠다. 그러니, 석경이 감히 세자 몰래 서찰을 읽은 적이 없었다. 그럴 마음을 먹어본 적조차 있지 않았다.

그러나 서찰이 봉해지지 않았을 때, 봉해지지 않은 것이 서찰의 내용만은 아니었다. 흔이 봉하지 않은 서찰로 더 많은 것을 말하고자 하고 있었다. 세자와 흔 사이의 비밀을 이제 석경이 알고 있다는 것을 말함이었고, 그것은 석경 이외에 누구도 알 수 있다는 경고이기도 했다. 흔이 무서운 여인이었다. 봉하지 않은 서찰로 말하고자 한 것 중에 가장 큰 것이, 자신을 함부로 보지 말라는 말이었다.

배신은 정해진 일이었다. 다만 그것이 누구에게서부터 시작될 것인지 알 수 없을 뿐이었다.

석경이 출정의 아침에 새벽부터 문밖에 나와 해가 높이 솟도록까지 햇살이 쏟아지는 자리에 서 있었다. 출정하는 세자를 배웅하는 것을 허락받지 못했으나, 그렇다고 한들 집 안에 머물러 있을 수는 없었다. 세자가 조선에 머무는 동안, 그가 세자 저하 돌아오시기만을 간절히 기다렸다. 죽어야 했으나 죽지 못한 목숨의 죄스러움을 누구에게 말할 수 있을 것인가. 그는 아무도 만나지 않았고 누구에게도 더 이상은 서찰을 적지 않았다. 시간이 느리게 흘러갔다. 세자가 돌아오기까지의 시간이 그러했고, 돌아온 후의 시간도 그러했다. 죽어야 했으나 죽지 못한 자의 시간은 더 이상 어디에도 속한 시간이 아니었다.

출정의 아침, 문밖으로 군마들이 어지럽게 달려 지나가 그가 곧 햇살에 익고, 모진 모래바람에 휩싸였다 사방이 북소리와 뿔피리 소리로 요란해 그 소리가 모두 몸속으로 들어오니 뚫린 구멍마다 먹먹했다. 그중에서도 칼에 찔린 구멍이 가장 먹먹하고 저렸다. 그는 누가 자기를 죽이려고 했는지, 또 누가 자기를 살렸는지 알지 못했다. 칼에 찔렸던 밤에 그가 깨어난 곳이 낯선 의원의 집이었다. 칼로 찌른 자는 알았으되 그 칼이 어디에서 온 것인지는 알지 못했고, 그가 의원의 급한 치료를 받아 목숨을 구한 것은 알았으되 자신을 그 의원의 집에 데려간 자가 누구인지는 알지 못했다.

혹시라도 저하께서는 아실 것인가…… 혹시라도 아신다면 죽으라 하실 것인가, 아니면 살라 하실 것인가……

출정하는 청의 군병들을 거슬러 한 무리의 조선인 군관들이 달려오는 것이 보였다. 그 혼란스러운 와중에도 석경이 복색 다른 조선인 군관들을 뚜렷이 알아보았다. 석경의 얼굴이 와락 떨렸다. 세자께서 출정 전에 잠시라도 배알을 허하심인가. 그 소식을 알리러 오는 군관들인가.

석경이 그때까지도 아비의 역모를 알지 못했고, 세자가 출정을 나서기 전에 마지막으로 내린 명이 자신을 잡아 가두란 것이었음을 알지 못했다. 그 명을 내리면서 세자가 했던 말을 또한 석경이 알지 못했다.

"역도의 아들을 당장 쳐죽여야 마땅할 것이나 조선에서 압송하러 오는 자들이 올 것이니, 그자를 그때까지 모질게 잡아 가두어두라. 역도의 아들에게 인정을 베푸는 자가 있으면 그자가 곧 역도일 것이다!"

명을 내리면서 세자는 석경의 이름을 입에 올리지 않고, 다만 역도의 아들이라고만 불렀다.

만상은 청의 성도에 든 후부터 이생의 주루에만 틀어박혀 살았다. 처음에는 어디서 바람 소리만 들려도 저를 잡으러 오는 소리인가 가슴이 내려앉아 빛 밝은 곳에는 앉아 있지도 못했었다. 그러나 시간이 흘러도 그를 잡으러 오는 사람은커녕 찾는 사람조차 없었다. 세자의 행차가 도성에 들었을 때 이미 도성 전체가 전쟁의 기운으로 뜨거웠다. 전쟁터로 끌고 나가는 자와 끌려 나가는 자들의 정신이 모두 이미 전쟁터에 나가 있는 듯했다. 그 번잡함과 뜨거움, 혹은 아슬아슬함에 파묻혀 만상의 존재가 어디에 있으나 보여도 보이지 않는 것이나 마찬가지였다.

만상이 시간이 흐르면서부터는 어두운 틈을 타 밖으로 나갔고, 이런저런 동정들을 탐지했다. 석경이 살았다는 것은 다시 확인할 필요도 없었으나, 살아서 여전히 지껄일 수 있게 된 입이 무슨 말을 내뱉었는지는 알아야 했던 것이다. 생각 밖으로 석경의 입에서 나온 말은 한마디도 들을 수가 없었다. 그를 둘러싼 소문은 많았으되 그 소문에 토를 단 석경의 말은 없었다. 그가 칼에 찔린 후부터 꿀 먹은 벙어리처럼 입을 다물고만 있다고 했다.

그러나 찌른 자를 보았다는 소문이 떠돌았다는 것을 그가 놓치지 않고 들었다. 그것이 석경의 입에서 나온 말이 아니라 우연히 현장을 목격한 투전패에게서 흘러나온 말인 모양이었다. 만상이 석경의 시체가 발각되면 투전패의 소행으로 몰아붙일 양으로 그런 자들이 번다히 오가는 곳에 살인할 자리를 잡았더니, 결국 그게 동티가 된 셈이었다. 현장을 목격한 투전패는 살인하려던 자가 조선말 하는 역관인 것을 알았고, 이생의 주루에 밤낮없이 드나드는 자인 것도 알아보았다고 했다. 아는 것은 많았으되 사람 살릴 마음은 적어 죽어가는 자를 살리지도 않고 도망쳤다고 했다. 만상이 알 수 없는 것이 바로 그 부분이었다. 허면, 누가 석경을 살렸단 말인가. 그 밤에 석경을 죽이려던 손이 있었던 것처럼 살리려던 손이 또 따로 있었다는 소리인가. 그렇다면 그 손은 누구의 것일 것인가.

"운명이라 받아들이라, 하라."

만상이 조선에서 만났던 석경의 아비를 떠올렸다. 아비란 자가 하는 말이 살인하려던 자를 죽이는 대신에 그 말을 전하는 데에 쓰리라는 것이었다. 그 말이 다른 말이 아니라, 죽을 것이 운명이니 잠자코 죽으라는 소리였다. 아비란 자의 말이 놀랍고 역겨워 만상이 그때 두려운 마음까지 잊어버렸었다.

조선에서 역모가 일어났다는 소식을 만상도 늦지 않게 들었다. 그것이 석경의 아비가 한 짓이라는 걸 알고서야 만상이 그자가 내뱉었던 운명이라는 말을 알아들었다. 아비가 조선에서 역모를 일으키면 적국에 잡혀 있는 아들은 그것이 성공을 해도 죽음이고 실패를 해도 죽음인 것이다. 역모가 조선의 임금만을 반한 것이 아니라 청을 반하여서도 일어난 것이라니 의심할 여지도 없는 일이었다. 아비가 아들을 이미 오래전에 버렸던 것이다. 조선의 양반들이란 것들이 과연 지독했다.

역모의 소식을 듣던 날, 만상이 비로소 석경을 찾아가볼 마음을 먹었다. 석경이 마침내 죽게 되었다는 사실이 그에게 새삼스러운 동정을 불러일으켜서가 아니라, 마침내 죽게 된 자의 입이 두려웠던 것이다. 만상이 먼발치에서라도 석경을 한번 봐야 자신의 앞길을 가늠할 수 있을 듯했다.

만상이 이생의 주루에서 나설 때, 한쪽 구석에 서 있는 막금이 보였다. 막금이 만상을 보고는 웃는 듯 마는 듯한 얼굴을 해 보이는데, 만상의 입에서 버릇처럼 쯧쯧 혀 차는 소리가 흘러나왔다. 청의 성도에 든 후 막금 역시 이생의 주루에서 붙어먹고 있었다. 갈 곳 없게 된 처지가 만상과 다를 바가 없어서 만상이 나가면 쳐다보고, 들어오면 또 쳐다보고 했다. 그 웃는 듯 마는 듯한 얼굴이 꼭 제 서방 쳐다보는 듯했다. 드문드문 계집을 얻어서 살아본 적이 없는 것은 아니니 만상이 저 바라보는 계집을 겪어본 적이 없는 것은 아니었다. 그런데도 전에 없이 마음이 은근하여지는 것이 아무래도 자신의 신세가 한심해진 탓이 아닐 것인가.

막금은 만상보다도 더 안에 틀어박혀 밖으로는 나갈 생각도 하지 않았다. 조선에 있을 때보다는 그래도 먹을 것이 풍족해 얼굴이 봐줄 만은 하게 되었으나 마치 어디에다 혼을 내버리고 온 것처럼 계집이 넋을 놓고 있을 때가 많았다. 대학사 댁에 데려다 달라는 말도 하지 않았고 혼의 이름을 거론하는 적도 없었으나 넋을 놓고 서 있거나 앉아 있을 때는 그 방향이 꼭 대학사의 집이 있는 쪽이었다. 주루와 기루가 모두 조용해진 새벽녘쯤에는 종년들이 머무는 곳에서 나지막이 무가 소리가 울려 나왔다. 조선에서 팔려온 기녀들이 잠에서 깨어 날이 밝도록까지 눈물을 흘리니, 기루의 기녀들이 눈이 퉁퉁 붓지 않는 날이 없었다.

만상이 석경이 갇힌 옥을 찾았을 때, 다행히도 옥졸들이 모두 그가 관소에 드나들며 안면을 익혀두었던 자들이었다. 만상이 신세는 처량해도 조선에서 모아온 재물이 제법 있어 옥졸을 사는 것에 문제가 없었다. 만상이 옥문 앞에 이르러 칼 쓰고 머리 풀어헤치고 벽에 기대어 잠든 석경을 바라보았다.

'나는 등 붙일 데를 잃어 누워도 등이 배겨 잠을 못 자는데, 당신은 칼을 쓰고도 잘도 자는구려.'

만상이 혼자 혀를 쯧쯧 찼다.

'양반으로 태어나 좋을 것이 하나도 없소이다. 작은 칼을 피했더니 이제는 큰칼이오. 당신 팔자가 참으로 기가 막히구려.'

막상 석경을 바라보고 있자니 측은해지는 마음을 어쩔 수가 없었다. 측은하나 두렵고, 두려우나 또 아린 마음이었다. 그가 차마 소리를 내 석경을 깨울 엄두는 내지 못해 속으로만 석경을 불렀다.

'이보오.'

소리 내어 부르지 않으니 잠든 석경이 깨어날 리가 없었다. 그런데도 만상이 저 할 말을 속으로만 지껄였다.

'이보오, 당신 죽이려던 자가 여기 있으니 잠 좀 깨보시오. 죽으면 평생 잘 잠이 뭣이 그리 깊소?'

‘……’

‘내가 무슨 말을 하러 예까지 왔는지는 모르겠소. 내가 당신 죽이려는 마음이 조금도 없었소. 그걸 알고 가라고 내가 부러 걸음을 했소.’

‘……’

‘허니, 한 가지만 알려주시오. 당신 죽이려던 손은 내 손이었으되, 그 칼이 어디서 왔는지를 내가 알지 못하겠소. 찌른 자는 알지 못해도 찔린 자는 알 게 아니오. 당신이야 어차피 죽을 목숨이더라도 산 사람은 삽시다. 내가 마음이 불안하여 견딜 수가 없으니, 대체 그 밤에 왔던 칼이 대학사에게서 온 것이기는 했던가 엉뚱한 의심이 다 든단 말이오. 그 칼을 왜 그 자리에서 안 주고 나중에야 전해주었는지 그것도 이상한 일이 아니오. 게다가 당신을 살리려던 손은 또 어디서 온 것이오? 내가 당신 죽일 줄은 어찌 알고, 또 살리려는 자가 나타났더란 말이오? 이보오. 내가 참 뻔뻔하기는 하나 뻔뻔하더라도 살기는 해야겠으니, 당신이 입을 좀 열어주면 안 되겠소?’

석경을 칼로 찌르던 밤, 만상이 저가 죽여야 할 자의 이름을 대학사에게서 듣지 않았었다. 그가 물었으나 대학사의 대답이 “네가 곧 알게 될 것이다”라는 것뿐이었다. 대답은 나중에 왔다. 만상이 이생의 주루에서 두려운 마음을 달래고 있을 때, 종놈이 다가와 그에게 뭉치 하나를 내밀었다.

“웬 사람이 나으리께 이걸 전하라 합니다.”

종놈이 뭉치를 내밀며 말했다. 웬 사람이더냐 묻고 싶었으나 물어도 알 것 같지 않은 얼굴이었다.

뭉치 속에는 칼 한 자루가 들어 있었다. 그리고 그 칼이 피의 맛을 보게 될 이름도. 그런데 그 서체가 누구의 것이었던가. 죽어도 잊을 수 없을 것 같던 그 서체가 대체 누구의 것이었던가. 당장에는 놀란 마음에 깨닫지 못하였으나, 꿈마다 보이는 그 서체가 대학사의 것이 아닌 것은 분명했다. 자신이 미친 것인지 꿈이 미쳐 돌아가는 것인지 는 알 수 없었다. 만상이 불안을 견딜 수가 없었다.

만상 역시 흔과 석경 사이에 떠도는 소문을 일찍이 알고 있었다. 그 런 소문에 관해서라면 만상이 누구보다 빨리 알았다. 그래서 석경을 바라볼 때마다 만상의 눈빛이 남몰래 측은해지기도 했었다. 그 위험 한 연정이 안쓰러워서가 아니라 석경이 곧 당하게 될 일이 딱해서였 다. 이자가 섶을 지고 불구덩이를 왔다 갔다 하니 목숨이 아깝지 않은 게로다. 만상이 혼자 혀를 쯧쯧 차기도 했었다. 그러나 그자의 목숨을 자신의 손으로 거두게 되리라고야 꿈에도 생각 못해본 일이었다.

사실을 말하자면 석경과 흔에 관한 소문을 관소 쪽에 은밀히 퍼뜨 린 것이 바로 만상이었다. 아직 빠져나올 수 있을 때 석경이 자신의 위험을 알게 되기를 바랐기 때문이었다. 만상 같은 자에게도 남 좋은 일을 하고 싶어질 때가 있어서가 아니었다. 그 역시 대학사와 관소 사 이를 오고 가는 처지였고 흔의 부림을 받는 처지였다. 석경의 어리석 은 행동으로 인해 대학사와 관소의 사이가 틀어지는 것이 그에게 좋 은 일이 아니었다. 그가 대학사와 관소 사이를 오가며 취하는 것이 적 지 않았기 때문이었다.

아무려나, 상황이 그러했으므로 대학사가 석경을 죽이려는 마음을 이해 못할 바가 없었다. 더군다나 살인하는 값이라고 은자를 내려주기까지 하였으니 그 칼이 대학사에게서 온 것이라고 믿지 않을 수가 있었겠는가. 석경이란 자가 무슨 짓을 하였으면 한밤에 저를 죽일 칼을 한 군데도 아니고 두 군데에서나 받는다는 말인가.

그러나 이제 와서는 아무것도 믿을 수가 없었다. 혹시 세자였을까? 대학사에게서 관소로 들라는 명을 받고 대기하고 있을 때 세자가 자신을 바라보던 눈길을 잊을 수가 없었다. 막금이 년을 다시 청으로 데려갈깝쇼, 여쭐 때 또한 자신을 쏘아보던 얼음장 같은 눈길을 잊을 수 없었다. 태어나 그토록 무서운 눈빛은 처음이었으니 그것이 살인하려던 자를 쳐다보는 눈빛이었던 것이다. 그렇다면 그 서찰이 세자에게서 온 것이었던가. 그가 세자의 필체를 알지 못하니, 꿈에라도 알지 못할 일이었다.

"이보오."

만상이 마침내 입을 열어 석경을 부르며 옥문 앞으로 한 걸음을 다가섰다. 저도 모르는 사이에 발소리를 죽였으나 석경이 그 기척을 느꼈는지 고개를 들어 올리는 것처럼 보였다. 만상이 그 자리에서 멈칫했다. 석경의 고개가 다시 아래로 떨어졌다.

"이보오."

만상이 다시 한 번 석경을 불렀다. 그러나 그 소리가 너무 작아 자신의 귀에도 들리지 않았다. 만상이 또 한 발자국을 앞으로 다가서다가 또 한 번 멈칫했다. 갑자기 어깨가 뒤로 젖혀졌기 때문이었다. 어느 틈에 다가온 옥졸이 만상의 어깨를 잡고 있었다.

“윗전이 오신다오. 얼른 나가시오.”

이놈의 자식이 재물 값으로 봐주는 시간이 고작 이 정도란 말인가. 만상이 옥졸의 말을 믿지 않았다. 그가 다시 몇 푼의 돈을 더 꺼내 들었다.

“좀더 봐주시구랴. 아직 내 할 말도 하지 못하였으니.”

옥졸이 냉큼 만상의 손에서 돈을 채어갔다. 돈은 채어가면서도 어깨를 잡았던 손은 놓지 않고 말하는데, 또다시 얼른 꺼지라는 소리였다. 옥졸이 쩔쩔매는 모양새가 비로소 눈에 들어왔다. 윗전이 납시기는 납시는 모양이나, 그렇더라도 이미 내준 돈이 적지 않아 부아가 끓어오르지 않을 수 없었다.

“망할 놈의 자식아. 그럼 지금 가져간 돈은 무엇이냐?”

“내가 가졌소? 당신이 주었지.”

“이리 내놓지 못하겠느냐.”

“어디 한번 가져가보시구랴.”

만상이 이를 으드득 갈면서도 차마 옥졸과 드잡이를 하지는 못했다. 예전이라면 모르겠거니와 지금은 자신의 신세가 그럴 만하지 못한 것을 알고 있는 것이었다. 만상이 부아를 다스리고, 또 마음을 눅이느라 그 소란에 잠에서 깬 석경이 자신을 쳐다보고 있다는 것은 알지 못했다. 만일에 고개를 돌려 잠이 깬 석경과 눈이 마주쳤다면, 석경이 물을 질문이 또 자신과 같은 것이라는 것도 물론 알지 못했다.

만상이 옥에서 나와 몇 걸음을 옮기기도 전에 과연 윗전의 행차가 보였다. 대군의 행차였다. 만상이 봉림과 친한 적이 없었고, 또 이때에 옥에서 나오다가 마주치는 일이 좋지 않을 것을 알아 얼른 길을 피했다. 두번째 길로 접어들 때에 이번에는 머리 땋아 내린 군병들이 만상의 앞을 가로막았다. 도망한 자를 잡으려는 군병들일 터였고, 도망한 자를 잡는다는 구실로 재물을 뜯어내려는 자들일 터인데, 만상이 소집된 자가 아니어서 크게 겁을 먹지는 않았다. 무엇보다도 아직 주머니 속에 풀 수 있는 재물이 남아 있었던 것이다. 두려운 것은 돈으로도 구할 수 없고 면할 수 없는 일들이었다.

"고생들 많으시오."

만상이 공손히 허리를 숙이며 부러 품속의 주머니를 철렁거렸다. 역시나 잠시 말이 없는데, 만상의 손이 허리춤에 닿으려는 순간, 긴 칼이 먼저 만상의 가슴을 쿡쿡 찔렀다.

"네가 만상이란 놈이렷다?"

만상이 비로소 흠칫 놀라 숙인 허리인 채 눈만 들어 칼 든 자를 올려다보았다. 칼 든 자보다 칼 든 자의 등 뒤로 말 탄 사람이 먼저 보였다. 만상이 다리 힘이 풀려 그 자리에서 털썩 주저앉았다. 말 탄 사람이 바로 대학사 비파였다.


## 죽음, 다리


만상이 이생의 주루로 돌아온 것이 그로부터 두어 시각 정도가 흘러서였다. 어디가 깨지지도 않고 터진 데도 없이 멀쩡한 얼굴이었다. 만상이 들어서자마자 다짜고짜로 막금이 어디에 있는가를 물었다. 이생이 잔뜩 째진 눈으로 흘겨보듯 만상을 바라보다가 고개를 외로 틀었다. 근래에 들어 만상이 이생에게도 결코 달가운 존재가 못 되었던 것이다. 만상이 스스로 있을 만한 곳을 찾아다녔으나, 막금은 어디에도 보이지 않았다. 지나가던 종년이 만상을 보고는 입을 가리고 웃었다. 만상이 비로소 이상한 낌새를 차리고 종년을 가로막아 묻자 종년이 가리키는 곳이 기루 쪽의 방향이었다.

만상이 기루로 들어서기도 전에 이미 얼굴이 벌겋게 달아올랐다. 만상이 기녀들의 처소 방문을 와락 열어젖히자 과연 허옇게 분칠을 하고 앉아 있는 막금이 보였다. 만상의 달아오른 얼굴이 아예 터질 듯했다.

"나서거라."

터져 나오려는 고함을 눌러 참고, 만상이 막금에게 긴말 없이 말했다. 막금이 분을 칠해 더욱 요망해진 얼굴로 만상을 쳐다보기만 했다.

"나서라 하지 않느냐!"

"어디를 갑니까?"

"죽이러 가지 않는다. 그러니 그 요망한 몰골부터 지우거라!"

막금에게 분단장을 지우라 시킨 뒤, 만상이 이생에게로 달리듯 다가갔다. 만상이 올 것을 알고, 할 말을 알고 있었다는 듯 이생이 외로 튼 얼굴을 돌리지도 않은 채로 말했다.

"그년이 하겠다고 한 일이지 내가 시킨 것이 아닙니다."

"그년이 그럼 제 입으로 기생질을 하겠다고 했단 말이냐?"

만상이 이생의 말을 믿지 않았다. 막금이 주루에 붙어먹고 사는 시간이 길어지면서 이생이 막금을 기루로 넘기고 싶은 눈치를 수시로 보여왔었다. 만상의 기세가 등등했을 때에도 툭하면 입맛을 짯짯거리며 막금의 매초롬한 얼굴을 바라보곤 하던 이생이었다.

"오늘 밤 신령을 만날 터이니 단장을 해야겠다고 지년 입으로 지껄이던걸입쇼. 신령이 기루 쪽에서 오면 그것이 기생질일 터이나, 신령이 누군 줄이야 내가 어찌 알겠습니까?"

패주고 싶은 마음이 들어도 그럴 수 없을 것이나, 만상이 이생을 패줄 마음조차 들지 않았다. 오늘 밤 신령을 만날 것이라고 했다니 막금이 그년이 저의 운명을 알고 있었다는 소리인가. 등줄기에서 와락 소름이 돋아 오르는데 그 등을 건드리는 손길이 느껴졌다. 그 손이 막금의 것임을 확인하고, 만상이 더는 입을 놀리지 않은 채 주루의 문을 나섰다.

"아씨 마님께로 갑니까?"

막금이 만상의 뒤를 쫓아 걸으며 물었다. 어디로 간다는 말 한마디를 입에 올리지 않았건만 요망한 계집이 저 가는 곳을 벌써 알고 있었다.

"네 신령이 말해주더냐?"

"드는 생각이 그랬습니다."

"허면, 네 아씨 마님이 지금 죽을고에 빠진 것도 알고 있느냐?"

막금에게서 말이 없었다. 만상이 다시 걸음을 재촉하며 흔이 처한 처지를 알려주었다. 계집의 신령이 벌써 다 말을 해주었던 것인지 어쩐 것인지, 뒤를 쫓아오는 막금에게서는 놀라는 기척도 느껴지지 않았다. 그 느낌이 외려 더 섬찟하여 얼핏 뒤를 돌아보니, 막금의 눈물 그렁그렁한 눈이 보였다.

만상은 대학사의 집 정문으로 가지 않았고, 평소 흔의 처소로 드나들던 곁문으로도 가지 않았다. 그가 걷는 곳이 담장 옆의 좁은 길이었다.

"어디로 갑니까?"

막금이 비로소 뒤에서 물었다.

"다 왔다."

흔이 자기 처소에서 쫓겨나와 다 무너져가는 별채에 갇혔다는 말을 만상이 굳이 입에 올리지는 않았다. 별채의 쪽문은 담장을 길게 돌아 잡초가 우거진 곳에 있었다. 만상이 손을 얹자 평소에는 드나드는 사람이 없어 굳게 닫혀 있던 문이 뼈가 갈라지는 소리를 내며 열렸다. 만상이 막금을 들어가라 이르고, 자신은 그 쪽문 앞에 섰다. 평상시에도 지나는 사람이 거의 없는 대학사 댁의 담장길은 전시에 어두운 저녁이라 더욱 괴괴하여 사람의 기척은 물론이거니와 날것과 기어가는 것의 기척도 없었다. 바람에 흔들리는 풀잎 소리만 들렸다. 그 정적이 너무 깊어, 그것이 마치 죽음 같았다.

막금이 별채 안으로 들어섰을 때, 흔은 집이라고도 옥이라고도 말할 수 없는 곳의 어둠 속에 있었다. 그래도 막금이 곧 흔을 알아보았다. 둑이 터지듯 막금의 온몸에서 울음이 쏟아져 나왔다. 눈에서도 나오고 코에서도 나오고 숨구멍에서도 나왔다. 막금이 안으로 달려 들어가 흔의 발 앞에 엎어졌다.

"아씨!"

"…… 네가 막금인 게냐?"

"막금이옵니다, 아씨."

"네가 내 눈에 보이니……."

흔의 입에서 꿈을 꾸는 듯한 목소리가 흘러나왔다.

"…… 꿈인가 하였구나."

"꿈인 듯하옵니다."

"조선말이 들리니 꿈이어도 좋지 않으냐. 울지만 말고 무엇이든 말을 해보거라. 내가 조선의 말을 들어본 것이 언제 적 일인지 모르겠구나."

"제가 아씨 마님과 함께 저승길을 갈 것입니다."

"…… 내가 죽느냐?"

"아씨 마님 혼자 다리를 건너지는 않으실 것이니, 저 같은 것도 소용에 닿는다면 덜 외로우실 것입니다."

"…… 내가 죽는 게로구나."

흔의 목소리가 깊은 곳에서부터 떨렸다. 그리고 흔이 저승길을 바라보듯 허공의 어둠을 물끄러미 바라보았다. 내가 죽는 게로구나…… 흔이 속으로만 다시 한 번 중얼거렸다.

흔이 잡혀오는 동안에는 자진을 하는 것이 무서워 살았고, 황궁에서는 죽는 것이 무서운 데다 감시가 심해 살았으나, 대학사에게로 와

서는 막금이 주는 위로로 살았었다. 크고 넓은 저택에 대학사의 부인
이 몇 명인 줄을 알 수가 없고, 그 자식들이 또 십수 명이고, 그 아래
로는 종놈들이 헤아릴 수 없이 많았으나 그중에 조선말이 통하는 사
람은 막금이 유일했다. 막금이 말만 통하는 것이 아니라, 입에 든 혀
보다 더 그녀의 마음을 깊게 헤아렸다.

하찮은 종년에게 마음을 주어 그것이 늘 분란거리였다는 것을 흔
도 모르지 않았다. 조선에서 왔던 아비도 막금이 길하지 못하다며 내
다 버리라 했었다. 그러나 흔이 막금을 내다 버릴 수가 없었다. 막금
의 신기가 용해서가 아니고, 같이 흘려주는 그 눈물이 안타까워서가
아니었다. 버려진 곳에서 또 버려지는 것을 용납할 수가 없었던 것이
다. 그것이 바로 자신의 신세이기도 했기 때문이었다.

흔이 높은 댁 마나님답지 않게 아무것도 버리지를 못했다. 먹다 남
은 찬도, 마시다 남은 물도 버릴 수가 없었다. 좋은 집안에서 태어나
서 곱게 자랄 때는 알지 못하였으나, 태어난다는 것이 바로 세상에 버
려지는 일이었다. 적국에서 사는 세월이 오래될수록 그녀가 그런 생
각을 더욱 뼈가 저리게 했다. 버려졌으니 똥이나 오줌만큼이라도, 썩
은 거름만큼이라도 살다가 가야 할 일이었다. 그녀가 그렇게 이를 앙
다물곤 했었다.

“…… 살 길이 무엇이겠느냐?”

“꿈마다 제가 죽은 자들을 봅니다.”

“…… 거기에 내가 있더냐?”

“피를 흘리고 몸이 찢기고 능욕을 당하고 불에 그슬린 시체들이 꿈

마다 저를 쫓아다닙니다."

"…… 나도 그러하더냐?"

"몸을 피하셔요, 아씨. 대학사 나으리께서 문을 열어주신 게 아닙니까? 아씨께서 몸을 피해 계시면 조선에서도 아씨를 찾아내라 하지는 못할 것입니다."

"그것이 나으리의 말씀이시냐?"

"제가 나으리를 뵙지 못하였으니 그 말씀을 듣지는 못하였으나 문을 열어놓으신 것은 바로 나으리가 아니시겠습니까."

"…… 또 어디로 가라 하느냐."

"……."

"너처럼 굿을 배우랴."

막금이 다시 소리 내 울기 시작했다. 흔이 제 눈물을 쳐다보듯 막금이 우는 것을 바라보았다.

문을 열어준 것이 대학사라 했다. 신기 있는 막금이 한 말이니, 그 말이 틀린 말이 아닐 터였다. 신기 없는 누군가가 말했다 하더라도 그 말이 도리에 닿는 것을 흔이 모르지 않았을 것이다. 대학사가 살기를 바라느냐 물었었다. 흔은 대답하지 않았고, 대답할 수 없었고, 대학사도 더는 묻지 않았다.

헌데 대학사가 어찌하여 막금을 불러들였는가.

흔이 입을 닫아버릴 때마다 대학사가 막금을 사이에 두고 흔의 마음을 달래려고 애쓰곤 했었다. 그러나 그것이 이미 오래전의 일이었다. 석경의 일이 벌어졌을 때, 대학사가 석경과 동시에 막금마저 치워

버렸었던 것이다. 타협의 여지가 없다는 뜻이었다. 변명도, 풀어야 할 오해도 없다는 뜻이기도 했다.

석경의 일을 알려준 것은 대학사 본인이었다. 일이 벌어지고 며칠이 지나 대학사가 마치 심상한 소식을 전하는 듯 말을 꺼냈었다. 밥상머리에서 흔이 집어주는 찬을 받아먹고, 흔이 따라주는 차로 입을 가신 후였다. 관소의 질자 하나가 투전방에 드나들다 투전패의 칼에 찔렸다 하더라, 그가 말했다. 흔의 낯빛이 창백해지는 것을 대학사가 바라보지 않았다. 헌데 그자가 살아났다 하더라고 대학사가 말을 이었다.

흔이 그때 어금니를 깨물지 않았다면, 어찌 그런 일을 하시었습니까,라는 말이 기어코 입 밖으로 튀어나왔을 것이다. 흔은 아무 말도 하지 않았다. 그 질자의 이름이 무엇이냐 묻는 어리석은 수고도 하지 않았고, 죽이는 것이 뜻이었습니까, 아니면 살리는 것이 뜻이었습니까 묻지도 않았다. 대학사로서는 어느 쪽이나 마찬가지였을 것이다. 반드시 죽이려면 실수 없는 자객을 썼겠으나, 허술한 자객을 썼다 하더라도 그자가 실수하기를 바라는 마음이 있어서는 아니었을 것이다. 석경이 죽어도, 살아도 징벌은 이루어진 것이다. 그것이 석경에 대한 징벌이 아니라 흔에 대한 징벌이었다.

아무튼, 살아났다 했다. 그 말을 들을 때 흔의 마음이 툭하고 놓였다가 다시 바늘처럼 일어섰다. 그것이 대학사에 대한 것이 아니라 세자를 향한 노여움이었다.

…… 어찌 그러실 수가 있는가.

세자가 이 일을 모르지 않았을 것이다. 아무리 대학사라고는 하더라도 정승의 아들로서 질자가 되어온 자를 함부로 죽일 수는 없는 일이었다. 대학사가 석경을 반드시 죽이겠다 마음먹었더라도 세자가 그 일을 막을 수 있었을 것이다. 그 일을 막지 않으면 석경이 죽어도 죽은 목숨이고 살아도 죽은 목숨이 될 것을 세자가 모르지 않았을 것이다. 허니 석경을 죽이려던 것이 대학사인가, 아니면 세자인가…….

"저하께서는 출정하셨느냐?"

한참 동안의 침묵 후, 흔이 또 물었다. 막금이 따위에게 물을 말이 아니었으나 막금 말고는 물을 사람이 없어 나온 말이었으니 혼잣말이나 다름이 없었다.

"그렇다 들었습니다."

"그러나 돌아오지 않으시겠느냐."

"……."

"네 신령이 대답을 아니 하여주느냐?"

막금은 대답하지 못했고, 느닷없이 흔의 입에서 웃음소리가 터져 나왔다. 자신의 물음이 속절없고, 기다리는 대답이 또한 속절없음을 알기 때문이었다. 그러나 그러는 저가 우스워 웃음을 터뜨릴 때, 흔의 얼굴에서 처음으로 처연한 빛이 사라지고, 아드득 이를 갈 때 그런 것처럼 눈매가 맵게 꼿꼿해졌다.

권세의 자리가 더러웠다. 적국에서 세자의 신세가 얼마나 초라한 것인지를 누구보다 흔이 잘 알았다. 조선에서 세자가 받는 대접이 어떤 것인지를 또한 흔이 알고 있었다. 세자의 그 곤궁한 처지가 흔의 마음을 움직였었다. 세자를 위해 자신이 무언가를 할 수 있다는 것을 알게 되었을 때, 흔에게 비로소 살아갈 힘이 생기기도 했었다. 적어도 똥이나 오줌만큼이라도, 썩은 거름만큼이라도 살 의미가 있다고 믿게 되었던 것이다. 자신의 마음을 아무도 믿지 않는다는 것을 흔이 알았다. 대학사도 믿지 않았고, 세자도 믿지 않았고, 심지어는 석경도 믿지 않았다. 그러나 흔에게는 그것이 모든 것이었다. 흔이 자신이나 아비의 영광보다도 더 세자의 영광을 꿈꾸었다. 비루한 세월을 견디는 힘이 모두 거기에 있었기 때문이고, 또한 견딘 후에 다가오리라 바랄 수 있는 것이 모두 거기에 있었기 때문이었다. 헌데 이것이 세자의 보상이란 말인가. 이것이 자신이 태어난 나라가 그 나라의 백성에게 주는 보상이란 말인가.

석경은 죽을 것이다. 그에게 이제 살 수 있는 길이 없는 것은 분명했다. 누구도 그를 살리지 못할 것이니, 이제 와서는 조선의 임금조차도 그를 살리지는 못할 것이다. 막금이 그랬던 것처럼 흔의 온몸에도 울음이 차 있었다. 다만 흔이 그것을 흘러내리게 하지 않을 뿐이었다.

석경이 칼에 찔렸다가 살아났다는 사실을 알게 된 후, 흔이 그를 한 번이라도 다시 보고 싶은 마음을 무한한 의지로 눌러 참아야만 했었다. 그때에도 자신에게 그를 구할 힘이 없었기 때문이었다. 석경에게 닥쳐올 어느 날의 일을 흔이 몰랐다고는 할 수 없다. 그가 세자의 명도 없이 자신을 찾아왔던 날, 흔이 저도 모르게 눈물을 흘렸던 이유는 어쩌면 그래서였을 것이다. 독주를 마시고 독주의 힘에 이끌려 자신에게로 왔으니 그 길이 죽음과 가까운 길이 될 터였다. 그래서 미안하다고 했었다. 당신을 밀어낼 수 없어 미안하다고…… 미안하나, 그렇게 하지 않겠노라고.

흔이 어느 날 세자에게 전하는 서찰의 봉투를 봉하지 않았었다. 석경은 알았을지 모르지만 세자는 그 의미를 알았을 것이다. 석경을 보호해달라는 뜻이었다. 석경이 어떤 위험에 처하더라도 세자가 그를 보호해줘야 한다는 뜻이었다. 석경이 세자를 배반할 사람이 아니니 그의 충의를 믿으라 하는 뜻이었다. 세자가 흔의 그 뜻을 알아차리지 못할 리 없었다. 그러나 석경은 어떠했을 것인가.

"원숭환이라는 자를 아십니까?"

그날 흔이 석경에게 말했었다.

"남조의 장수를 말함이 아니오?"

석경의 대답을 들으며 흔이 석경을 바라보지 않았다. 명을 명이라 부르지 못하고 기어이 남조라 칭하는 석경이 안타까워서였다. 석경은 무엇을 배반할 마음도 의지도 없는 사람이었다. 그러나 세월이 그를 순하게 놔두지는 않으리라.

"그자가 어떻게 죽었는지도 아시는지요?"

"선대 황제의 반간계에 얽혀 죽었다 들었소."

그랬다. 명의 위대한 장수 원숭환은 청의 반간계에 얽혀 죽었다. 선대 황제 홍타이지가 명의 성도까지 쳐들어갔을 때, 명의 황제 숭정은 자신을 구하러 온 원숭환을 믿지 않았다. 원숭환이 청군과 내통하고 있다는 거짓 정보를 흘린 후 홍타이지가 철군을 해버리자 황제는 적군을 쫓으라 명하는 대신 원숭환을 죽이라 명했다. 명의 위대한 장수,

어쩌면 최후의 장수가 저잣거리에서 산 채로 살점이 저며졌다. 솜씨 좋은 칼잡이가 회를 떴으니, 그 칼질이 3600번이라고 했고, 7200번이라고도 했다.

원숭환이 어떻게 죽었는지 석경은 알고 있었다. 그러나 무엇이 그를 죽였는지에 대해서도 알 것인가. 원숭환을 죽인 것은 홍타이지의 치밀한 반간계도 아니고 명 황제 숭정의 저주받을 의심도 아니었다. 그것은 바로 자신에게 닥칠 모든 위험을 알고서도 멈출 수 없었던 원숭환 자신의 충의였다. 원숭환은 늘 빛나는 전공을 세웠지만, 바로 그 때문에 시기와 모함에서 벗어나지 못했다. 그는 수시로 벼슬이 떨어졌고, 수시로 모든 것을 빼앗겼다. 그러나 전황이 다급해지면 황제는 다시 그를 불러들여 눈물로 호소했다. 의심 많고 나약한 황제의 눈물이 그의 마음을 적셨던 것은 아니다. 그는 황제가 언젠가 자신에게 준 약속을 또 한 번, 그리고 마침내는 결정적으로 배반하리라는 것을 알았다. 그럼에도 그는 멈추지 못한 것이다. 스스로 멈추는 것은 그에게 주어진 숙명이 아니었다. 죽음은 누구에게나 예정된 것이었다. 그러니, 바라건대 적에게 죽을 수 있기를…… 목이 떨어져야 한다면, 그렇게 되기를……. 원숭환이 죽었을 때 눈물을 흘린 것은 명의 황제가 아니라 그를 반간계로 죽음에 몰아넣은 홍타이지였다. 홍타이지에게도 죽음은 예정된 것이었고, 슬픔도 예정된 것이었다. 멈추지 못하는 자의 숙명을 그가 알고 있었다.

적국의 세월이 오래되어갈수록 석경의 눈빛도 깊어졌다. 그러나 여전히 석경은 미숙했다. 그의 다정함을, 망설임을, 떨림을, 두려움을…… 그리하여 마침내 고독함을 흔이 자신의 몸속에 든 감정처럼 잘 알았다. 그는 강해서 죽는 것이 아니라 약해서 죽을 것이다. 그리하여 역사는 그를 기억조차 하지 않게 될 것이다.

"충의는 아름다우나 위험한 것이기도 하지요. 아무도 너무 끝까지 믿지는 마소서."

석경은 한동안 말이 없었다. 그리고 마침내 물었다.

"…… 당신조차 그러하오?"

그렇습니다,라고 대답해야 했으나 흔이 그렇게 하지 않았다. 석경의 연약함이 흔의 몸속에 들어와 뼈가 저리듯 아팠다. 그렇습니다,라고 말한 후에는 아비도 믿지 마소서,라고 해야 할 것인가. 말할 수는 있으나 그 말이 무슨 소용에 닿을 것인가.

"세자 저하께서 등극하시는 날이 올 것입니다. 전쟁이 끝나면 그렇게 될 것입니다."

어찌 그런 무서운 말을 하느냐는 듯이 석경의 눈빛이 다시 깊어졌다. 세자가 등극하는 것은 임금이 승하했을 때이지 적의 전쟁이 끝날 때가 아닌 것이다.

흔이 문득 석경의 손등 위에 손을 올려놓았다. 또다시 물소리가 들리는가 했는데, 물처럼 출렁이는 것이 아니라 불처럼 뜨거운 것이 손등으로부터 전해져왔다. 석경이 흔의 눈을 들여다보았다. 물인지 불인지 알 수 없는 것이 흔의 눈 속에 있었다. 그것이 바로 석경 자신의 얼굴이었다.

막금이 별채에서 나오기까지는 까마득한 시간이 흘렀다. 적어도 만상의 생각은 그러했다. 만상이 쭈그려 앉았다 일어서기를 반복하며 내리 쪽문 앞에서 막금을 기다렸다. 그러는 동안 한 번도 보이지 않던 날것이 거짓말처럼 만상의 눈앞을 홱 지나가는데, 그것이 매 같았다. 매 한 마리가 한밤중에 저자에 날아들 리 없으니 보이는 것이 헛것이었을 터인데도, 만상이 머리를 어깨에 바싹 갖다 붙이며 몸을 피했다. 막금이 그때 쪽문을 열고 바깥으로 나왔다. 짐작대로 막금은 혼자였는데 울어서 퉁퉁 부은 얼굴이 아예 딴사람 같았다.

"아씨 마님은 아니 나오시느냐?"

물을 필요도 없는 말을 묻고, 잠시 있다가 만상이 손을 내밀었다.

"네가 가진 것이 있을 것이다. 이리 내거라."

막금이 멍한 얼굴로 만상을 쳐다보았다.

"없으면 다행이겠으나, 뒤져서 나오면 그것이 네게도 못 당할 꼴일 게다. 허니, 순순히 내놓도록 하거라."

그때 어디선가 매 우는 소리가 들리는 듯했다. 놀라 머리 위를 쳐다보았으나 보이는 것이 아무것도 없었다. 그 소리는 뜻밖에도 막금에게서 울렸다. 멀쩡할 때는 순하디순한 것이었으나, 신기 있을 때는 무슨 소리는 내지 못하랴. 그래도 만상에게 지금 두려운 것이 막금의 신령이 아니라 당장 눈앞에 있는 대학사였다. 만상 역시 지금 죽고 사는 문제가 발등에 떨어진 불이었다. 만상이 한 손으로 막금의 머리채를 휘어잡고 한 손으로는 가슴속을 뒤졌다. 과연, 집히는 것이 있었다. 서찰이었다.

"이생에게 가서 박혀 있거라. 내가 곧 뒤따라갈 것이다."

만상이 막금을 길에 그대로 둔 채로 걸음을 옮겼다. 매 울음소리가 그치지를 않고, 귀청을 후벼 파듯이 들렸다. 만상이 걸음을 멈추고 뒤를 돌아보았다.

"기방 쪽에는 얼씬도 하지 말 일이다. 이생에게 내가 그리 말하였다고 이르거라."

막금은 꼼짝도 안 하고 서 있었다. 그 서찰을 도로 내놓으라고 악을 쓰지도, 악다구니를 쓰지도 않았다. 마치 내줄 것을 내준 계집처럼 가만히 서 있기만 하는데, 날것 하나 날지 않던 정적처럼 그 모습이 더 불길했다. 만상이 다시 돌아서는 순간, 막금의 낮은 음성이 울렸다.

"나으리는 죽지 않으실 것입니다."

"이년, 고맙구나. 내가 듣고 싶은 말이 바로 그것인 줄 네가 이제 알았던 게로구나."

만상이 말은 그렇게 하였으나, 죽지 않는다는 말이 죽는다는 말보다도 더 섬뜩하게 들리기는 처음인 일이었다. 그러나 이리 가도 죽고 저리 가도 죽을 길이라면, 우선의 목숨을 구하고 볼 일이었다. 만상이 흔의 서찰을 손에 움켜쥐고 대학사 저택의 정문으로 걸어갔다.

서른몇 해 생을 살아오면서 만상이 안 해본 일이 없었다. 오죽하면 사람도 죽이려고 하지 않았던가. 그러니 종년에게서 서찰 하나 뺏어오는 것이 무슨 큰일일 것인가. 대학사가 만상에게 일렀었다. 흔이 막금을 쫓아 나오면 살 길을 찾아줄 것이고, 그렇지 않으면 막금의 몸을 뒤져보라 했다. 대학사가 흔의 머리 꼭대기에 앉아 있는 것처럼 흔이 할 일을 다 알고 있는 것 같았다. 흔에게 살 길을 찾아주라 하면서도 흔이 가 있을 곳을 말해주지 않은 것은 만상을 믿어서가 아니라 흔이 그리하지 않을 것을 알았기 때문이었을 것이다.

만상이 움켜쥔 서찰을 잠시 내려다보았다. 만상이 눈치로만 살아온 자였으니, 그 서찰이 석경에게 가는 것임을 모르지 않았다. 연서일 것인가. 죽기 전의 여인이 죽기 전의 연인에게 보내는 이별의 말일 것인가. 어찌 되었든 간에 서찰이 결국 흔을 죽게 할 것임은 분명했다. 그러나 막금의 몸을 뒤졌으나 찾은 것이 아무것도 없다고 하면 흔이 살아날 것인가. 만상은 생각하지 않았다. 그런 생각은 자신의 주제에 어울리지 않는 것이었다. 만상이 대학사 댁의 문을 옷깃 펄럭이며 들어서기 전에 코에 맹맹하게 들어차 있던 된 코를 풀어냈다. 신기 있는 년이 그에게 죽지 않을 것이라 하였으니, 오래 살면 그만이었다. 더 무엇을 바라겠는가.

대학사는 처소에서 만상을 기다리고 있었다. 서찰을 읽는 대학사의 얼굴에서 표정을 읽을 수가 없었다. 만상이 흘깃흘깃 눈치를 살피다가 그 무표정한 얼굴이 더욱 두려워 끝내 고개를 푹 숙였다. 아무 소리도 들리지 않았다. 바스락거리며 종이가 움직이는 소리도, 대학사의 숨소리도 들리지 않았다. 마침내 대학사의 입에서 긴 숨이 토해져 나오는가 싶더니 느닷없이 터져 나오는 것이 웃음소리였다. 만상이 눈만 들어 쳐다보았을 때, 대학사의 얼굴이 붉게 달아올라 있었다. 그가 탁자 위에 내려놓았던 서찰을 손바닥으로 내리치며 웃음을 딱 멈춘 채 문득 소리를 지르는데, 그 소리가 벽력같았다.

"아깝구나! 누가 이 여인을 죽이랴!"

만상이 멍하니 그런 대학사를 쳐다만 보았다.

"조선의 운명이 한낱 계집의 손에 좌지우지되지 않겠느냐! 허니, 이 계집을 살릴 것이냐, 죽일 것이냐!"

만상 따위에게 하는 말이 아닐 터였다. 그래도 그 말이 두려워 만상이 오금이 저렸다. 세상이 제 뜻으로 살아지는 것은 아니라는 것을 알 만큼은 아는 만상이었으니, 아마도 그래서 더욱 그 불길함이 두려운 것일 터였다.

"앞장서라. 내 그 여인을 볼 것이다."

대학사가 자리에서 일어서 거침없이 문을 나섰다. 만상이 눈을 질끈 감았다가 떴다. 자리에서 일어서는 대학사가 칼을 챙겼던 것이다. 앞장서라 했으나 앞장서지 못하고 뒤를 쫓으며, 만상이 대학사의 허리에서 흔들리는 긴 칼을 내리 바라보았다. 찌르는 짧은 칼이 아니라 베는 긴 칼이었으니, 여인의 가녀린 목이 이제 황천 건너로 떨어지게 될 것인가. 그 모가지를 수습하여야 할 것이 또 바로 자신일 것인가.

흔은 쓰러져가는 별채 안에서 단정히 앉아 있었다. 대학사가 칼을 뽑아들고 흔에게로 다가갔다. 칼이 달빛에 서늘하게 빛났다. 흔이 자리에서 일어서 대학사가 다가오는 쪽을 향해 무릎 꿇었다. 고요히 칼을 받으려는 자세였다. 대학사가 바로 무릎 앞까지 왔을 때, 흔의 입이 비로소 열렸다.

"살겠습니다."

대학사가 멈칫했다.

"살겠습니다. 살게 하여주십시오."

여인이 고개를 들어 올렸다. 눈빛이 달빛에 어우러져 서늘하다 못해 뼈가 저리게 시렸다. 잠시 후 대학사의 입에서 다시 웃음소리가 터져 나왔다. 서찰을 읽고 터뜨렸던 웃음처럼 크고 호탕한 웃음소리였다. 그는 오래 웃었다. 그가 그런 식의 웃음으로 자신도 알 수 없게 스며드는 두려움과 불길함을 감추려고 한다는 것을 이 여인은 알고 있을 것인가. 그가 웃음을 딱 멈추며 흔을 내려다보았을 때, 여인은 다시 고개를 숙이고, 죽어야 한다면 죽겠다는 듯이 흰 모가지를 늘어뜨리고 있었다.

쪽문 앞에 서서 대기하고 있던 만상은 대학사가 다시 밖으로 나오자마자 칼을 먼저 보았다. 칼은 칼집에 들어 있었다. 칼집 속에 아직도 온기를 잃지 않은 피가 고여 있을지 만상은 알 수 없었다. 대학사가 만상에게 서찰을 내밀었다.

"가려던 곳으로 가게 하라."

흔이 적었고, 만상이 막금에게서 뺏은 서찰이었다. 움켜쥐었던 자신의 손자국이 그 서찰 위에 그대로 남아 있었다. 만상이 선뜻 서찰을 받지 못한 채 비로소 대학사의 얼굴을 바라보았다. 대학사의 얼굴이 뜻밖에 창백했다.

# 3장

# 나는 조선의 세자, 임금의 아들이다

부국하고, 강병하리라. 조선이 그리하리라. 그리되기를 위하여 내가 기다리고 또 기다리리라.

절대로 그 기다림을 멈추지 않으리라. 그리하여 나의 모든 죄가 백성의 이름으로 사하여지리라.

아무것도, 결코 아무것도 잊지 않으리라.

## 산해관 전투

　말들이 깊은 늪지에 발이 푹푹 빠지고 무릎이 엉켜 속절없이 나자빠졌다. 앞의 말이 넘어지자 뒤를 쫓던 말이 넘어진 말 위로 다시 엎어졌다. 말과 함께 늪에 빠진 군병들이 간신히 고삐를 움켜쥐었으나, 늪에 빠져 허우적거리는 말을 세우는 것이 늪 전체를 끌어올리는 것처럼 무거웠다. 그 와중에도 뒤쫓던 말들이 계속하여 늪에 자빠졌다. 뒷길에 있던 세자가 늪가로 달려가 소리를 질렀다.
　"말의 짐을 풀라! 고삐를 단단히 잡으라!"
　행군이 중지되고, 아직 늪으로 들지 않았던 자들이 서둘러 말을 세웠다. 늪에 빠진 말들과 아직 빠지지 않은 말들의 울음소리가 요란했다. 군병들이 모두 늪으로 달려 들어가 여전히 허우적거리는 말의 등에서 짐을 끌어내자, 비로소 몸이 가벼워진 말들이 간신히 무릎을 폈다. 세자가 곁에서 지켜보고 있었음에도 여기저기서 욕설과 고함이 난무했다. 말이 늪 밖으로 끌려 나오다가 힘 빠진 무릎이 다시 꺾여, 그 말을 끌던 군병의 몸을 깔고 자빠졌다. 군병들이 다시 우르르 달려들어 말에 깔린 자를 구해내느라 또 욕설과 고함 소리가 높아졌다.

미명에 서둘러 길을 떠나 어느새 낮이 기울고 있었으나, 잠시도 길을 멈출 수가 없었던 터라 모두들 배가 텅 비어 있었다. 세자도 내관들이 올린 미숫가루를 몇 모금 마셨을 뿐, 말을 내려 익은 밥을 먹을 짬이 없었다. 미숫가루에서는 흙냄새가 역하게 풍겨 세자의 입에서 구역질이 솟았다. 구역질과 함께 내뱉어진 물과 침에 흙이 섞여 나왔다. 맑은 물을 구하지 못한 것이 벌써 여러 날째였다. 종군 때마다 구하기 어려운 것이 맑은 물이라 노새 하나에 물을 가득 실어서 떠났으나 노새가 먼저 갈증에 쓰러졌다. 노새가 제 등의 물을 사람보다 먼저 마셔 간신히 걸을 힘을 얻었다.

험한 길에 진군이 날마다 급해 쳐야 할 적은 하나도 보지 못한 채로 벌써 군병들이 모두 행역에 지쳐 있었다. 서 있거나 쓰러졌거나, 하나같이 귀신의 형상들이었다. 피골이 상접한 노새와 당나귀들이 무거운 짐 위에 병든 군역들을 다시 실었다. 걷지 못하는 말들은 벌판에 버리고 달렸다. 먹을 것이 귀했으나 말의 껍질을 벗겨 고기를 익힐 짬도 낼 수가 없었다. 날이 새면 달리고 또 달려, 하루에도 달리는 길이 수십 리에 수십 리를 더했던 것이다. 그 먼 길을 달려오는 동안 눈에 들어오는 것이라고는 잦은 전쟁에 불탔다가 다시 불탄 마을들의 흔적뿐이었다. 밤이 되면 비로소 진군이 멈췄으나 온전한 마을을 발견할 수 없었고, 어쩌다 마을을 발견해도 온전히 지붕을 남긴 집을 발견할 수 없었다. 세자는 막차에 들었으나 군병들은 벌판에서 쓰러져 잠들었다. 날마다 모래바람이 불어 아침이면 벌판에 쓰러져 잠든 군병들이 모래 더미 속에 파묻혀 있었다. 그 모래 더미를 헤집고 나올 때, 밤에는 발견하지 못했던 해골들이 같이 뒹굴어 나오기도 했다. 굶주려 죽은 개들이 가죽이 바짝 마른 채로 모래 더미 속에서 발견되었다.

어쩌다 살아 있는 사람들이 보이기도 했다. 풀과 물을 찾아 유목하는 사람들이었다. 유목하는 사람들에게는 떠도는 일이 살아가는 일이라, 군대가 지나는 길에도 천막을 치고 가축을 풀었다. 적의 사람들이 아니라서 노획이 금지되었다. 그들이 공손히 내미는 물잔 속의 물도 흙빛이었다. 세자는 흙길에도 앉아 쉬고, 무너진 성벽의 담장에도 기대 쉬었다. 호종하는 자들이 없고 복색이 다르지 않았다면 누구도 그를 세자라 알아보지 못했을 것이다. 모래바람에 흩날리는 수염이 회색빛이었다. 입술은 어느새 검붉게 마르고 갈라 터져서 살기를 험하게 살아온 군졸들보다 오히려 그 기색이 더 참혹했다.

앞의 전황과 명의 소식이 속속 도착하는 듯했으나, 저들의 진영 바깥으로 흘러나오는 말이 없었다. 저들에게 불리하거나 불리하지 않거나 모든 소식이 그러했다. 저들의 진영으로부터 나오는 말이라고는 오직, 서쪽을 향해 급히 달리라는 군령뿐이었다. 어디까지 가겠다는 말도 없었고, 어디를 치겠다는 말도 없었다. 세자의 진영은 항상 대장군의 진영 가장 가까운 곳에 있었으나, 가까운 것은 막차와 막차 사이의 거리뿐이었다. 세자에게 두려운 것은 고된 행역과 감당할 수 없게 빠른 진군이 아니라, 저들의 침묵이었다.

마침내 저들이 무엇을 말하고자 함인가.

정황을 탐문하러 나갔던 역관이 넘어지고 자빠지며 세자의 막차에 든 것이 종군을 시작한 지 엿새가 지났을 때였다. 묘시 무렵에 행군이 멈춰 더 나아가지를 않으니 전에 없던 일이었다. 역관들이 선 닿는 사람마다 찾아다니며 그 이유를 탐지했는데, 가장 먼저 달려온 자가 서상현이라는 자였다. 자빠질 듯 막차 안으로 들어서는 그자의 몸 뒤로 바람이 거세 막차의 문이 출렁했다. 세자가 그자의 말보다 먼저 바람 소리를 들었다.

"저하!"

그자가 무릎을 먼저 꿇었다. 세자도 거친 바닥에 비스듬히 뉘었던 몸을 일으켰다. 그사이에도 바람 소리가 더욱 거셌다.

"황제 폐하께옵서……."

"말하라."

더듬는 상현의 말을 세자가 재촉했다.

"황제 폐하께옵서…… 승하하셨다 하옵니다!"

세자의 몸이 와락 앞으로 당겨졌다. 이자가 지금 무슨 말을 하고 있는 것인가!

"황제께옵서…… 스스로 목을 매고 자진하셨다 하옵니다!"

"……."

세자가 침묵으로 상현의 말을 들었다. 그 말이 한마디도 분간이 되지 않았던 것이다.

"…… 황제라 하였느냐?"

"남조의 황제이옵니다!"

"똑바로 말하지 못하겠느냐!"

엎드리지 않고는 감히 입 밖에 낼 수 없는 상현의 말이 엎드려서도 덜덜 떨려 나오다가 마침내 울음 같았다.

"명나라 황제께서 목을 매달았다 하옵니다!"

움켜쥐고 있던 세자의 주먹이 자신도 모르는 사이에 풀렸다. 앞으로 당겨졌던 몸이 휘청하여 그 몸이 가눠지지 않았다. 꿈을 꾸는 듯했다. 아니, 그것이 바로 꿈이었다. 세자가 자신의 귀로 들은 소식을 꿈이라고 여겼다.


— 우리나라가 천조를 섬겨온 것이 200여 년이라, 의리로는 곧 군신이며 은혜로는 아비와 아들과 같음이다.

임금이 반정에 성공하여 광해를 몰아낸 이튿날, 갇혀 있던 경운궁에서 다시 위엄을 되찾은 인목대비가 교서를 내렸었다. 광해의 악정과 포악함을 낱낱이 밝혀 그가 폐군이 되지 않을 수 없던 이유를 말하고, 또한 반정의 대의를 선포하는 교서가 600자에 이르렀다. 그중의 150자 가까이가 천조, 즉 명에 대한 조선의 의리에 관한 것이었다.

— 임진년에 천조가 우리나라를 재조再造해준 그 은혜는 만세토록 잊을 수 없는 것이다. 선왕께서 40년 동안 재위하시면서 지성으로 섬

기었으니 평생에 서쪽을 등지고 앉지도 않으셨다. 광해는 배은망덕하여 천명을 두려워하지 않고 속으로 다른 뜻을 품고 오랑캐에게 성의를 베풀었다. …… 그리하여 예의의 나라인 삼한三韓으로 하여금 오랑캐와 더불어 금수가 됨을 면치 못하게 하였으니, 그 통분함을 어찌일일이 다 말할 수 있겠는가.

인목대비가 교서에 덧붙였다.

— 광해가 하늘의 뜻을 거역하고 인륜을 무너뜨려 위로는 종묘사직에 득죄하고 아래로는 만백성에게 원한을 맺었다!

그러니까 하늘의 뜻…… 임금이 그 뜻을 받들어 상의 자리에 올랐던 것이다. 헌데 그 하늘의 뜻이 다하였으니, 명 황제 숭정이 죽은 것이 숭정 17년 3월의 일이었다.

명의 곳곳에 비적이 들끓어, 비적 중에서도 서쪽에서 일어선 이자성이 스스로를 황제라 참칭하고 중원을 공격한 것이 이미 오래전부터의 일이라는 것을 세자도 알고 있었다. 하늘의 뜻이 대체 어디에 있음인가. 비적들이 마침내 황성을 깼고, 황제는 비적을 피해 성을 버리고 도망하려 하였다는 것이다. 그랬다고 들었다. 비적이 가로막아 도망갈 길을 찾지 못하자 궐문까지 나갔던 황제가 다시 대전으로 들었으나 그때에 황제를 보필하는 신하가 아무도 없었다고 했다. 황제에게 길이 죽는 길밖에 없었을 것이다. 황제는 황후와 공주들에게 자진을 명하고, 자진하지 못한 후궁과 공주에게는 손수 칼을 휘둘렀다고했다. 후궁이 죽고 공주는 팔이 잘려나갔다. 황제가 피 묻은 칼을 움켜쥔 채로 황궁의 뒷문을 빠져나가 산으로 올라갔다. 황제는 고결한 몸을 칼로 찔러 피를 묻히는 대신 나무에 목을 매달아 죽었다.

천조의 황제…… 숭정의 죽음이 그러했다.

섭정왕이 세자를 자신의 막차로 청했다. 출정 중에 청의 군병들이 산짐승만 나타나면 비 오듯 살을 쏘아 잡아, 막차 안의 탁자에는 갓 잡아 잘 익힌 고기들이 가득했다. 잘 익었어도 접시에는 핏물이 흥건했다. 세자가 탁자에 앉아 더운 술잔을 받은 채로 그 핏물을 내려다보는데 생전 처음 핏물을 보는 것처럼 구역질이 솟아올랐다.

"세자가 전투에 나가실 것입니다."

섭정왕의 말이 간결했다. 세자에게 명의 소식을 아느냐 묻지 않았고, 묻지 않았으니 세자가 안다고 말하지 않았다. 숭정의 사망 소식이 세자에게 전해진 것이 4월 보름의 일이었다. 숭정이 죽은 것이 3월 열아흐렛날의 일이라고 했으니 세자가 거의 한 달 만에 그 사실을 안 것이다. 전쟁으로 가로막힌 시대에 더딘 것이 사람과 말의 오고 감이었다. 그러나 또한 가장 빠른 것이 그것이기도 했다. 청은 일찌감치 알았을 것이다. 바로 그날에 알지는 못했을 것이나 적어도 그 사실을 알지 못한 채 출정의 날을 잡지는 않았을 것이다.

"산해관에 들게 될 것입니다."

도르곤이 간결하게, 그러나 힘을 주어가며 말했다.

"세자 또한 전투에 나서실 것이니 싸워야 할 적이 누구인지 아셔야 하실 것입니다. 세자께서 그것을 아십니까?"

세자가 입술을 침으로 적셨다. 혀끝에 묻는 것이 굵은 모래였다. 세자가 대답 대신 입술의 모래를 닦아냈다. 종군과 전투는 다른 것이었다. 종군은 볼모로서 하는 것이지만, 전투는 그들의 편이 되어 하는 것이다. 사람이 부족해 세자를 전투에 내세우는 것이 아니었다. 대장군의 말이 결국 결전을 말하고 있음이었다. 결전에 이르러, 도르곤이 비로소 세자의 진영에까지 숭정의 죽음을 알게 했을 것이다. 이제 세자에게 달리 갈 곳이 없으니 죽음과 삶이 그들과 함께인 것이다. 세자에게도 이제 전쟁은 모든 것이었다. 모든 것의 끝과 모든 것의 시작이었다.

"우리가 비적들을 쳐서 중원을 구하게 될 것입니다."

무슨 말이든 해야 했으나 세자가 입을 열지 못했다. 굳게 닫힌 입술이 떨렸다.

"산해관이 문을 열어줄 것입니다. 우리가 산해관으로 들어가 명의 군대와 손을 잡고 비적을 칠 것입니다."

세자의 몸이 자신도 모르는 사이에 휘청했다. 도르곤의 목소리가 문득 낮아졌다.

"두려워 마십시오. 나도 두렵습니다. 그러나 하늘의 뜻이 우리에게 있을 것입니다."

도르곤의 말 뒤를 십왕이 이었다.

"산해관의 오삼계가 우리에게 지원을 요청했습니다. 그가 우리에게 충성을 맹세하고 그의 황제의 원수를 갚아달라 하였으니 우리가 이제 그 뜻을 받아들이고자 함입니다."

표정 없는 얼굴로 표정 없이 말하며 십왕이 세자를 바라보았다. 십왕이 표정만 없을 뿐이지 생각이 없는 자가 아니었다. 그 말의 두려움이 세자에게 어떻게 다가갈 것인지를 그가 알고 있는 것이었다. 그러니까 그것은…… 황제의 죽음 그 이상의 것이었다. 천조의 멸망, 명의 완전한 끝장…… 세계의 전복이었다. 세자를 바라보는 도르곤의 눈빛이 싸늘했다. 그때 세자의 눈이 붉었는데, 참지 못한 울음이 솟구치려 했던 것이다.

"출정에 미흡한 것이 많을 터이니 챙겨야 하실 것도 많을 것입니다."

울음을 보이기 전에 물러가라는 뜻이었을 터이다. 세자가 몸을 일으켰다. 그 몸이 다시 휘청했다.

막차 밖으로 나서는 순간부터 눈물이 흘러내리기 시작했다. 횃불이 밝아도 밤이 그보다 더 어두워 다행이었다. 줄줄 흘러내리는 눈물을 누구에게도 들키지 않기 위해 세자가 걸음을 빨리했다. 세자가 고르지 못한 땅에 발을 헛디뎠다. 내관이 다가와 부축하려는 것을 세자가 거칠게 손을 내저어 떼어냈다.

그때 세자에게 가장 간절히 그리운 사람이 봉림이었다.

천조의 황제가 자기 목을 매달았다……. 허니, 그자가 천조의 황제였겠느냐.

봉림이 곁에 있다고 해도 세자가 그와 같은 말을 입 밖에 내지는 못할 것이다. 그러나 봉림이 아니라면 또 누구에게 그런 말을 할 수 있을 것인가. 또 누구에게 자신의 눈물을 보여줄 수 있을 것인가. 세자가 울며 통곡하는 모습을 보여도, 혹은 남몰래 숨죽여 우는 모습을 보여도 봉림은 세자의 곁에 있을 것이다. 설사 세자가 봉림에게 등을 보여도 봉림이 세자를 적으로 생각하지 않을 것이다. 봉림의 마음이 그러할 것이다.

허나, 하늘의 뜻이 무너진 후에는 어찌 되는가. 하늘이 무너진 후에도 살아남아야 할 백성들이 있을 때에는 어찌 될 것인가. 도르곤의 막차에서 나와 자신의 막차로 돌아가는 길, 그 길이 땅 끝에서 땅 끝까지처럼 멀었다.

세자가 그날 밤, 봉림과 함께했던 어느 날의 꿈을 꾸었다. 저들이 들판에 나가 놀다 오라고 명하고, 물고기도 잡고 산짐승도 잡고 놀면서 그 즐거움을 누리라고 명하니, 명한 것을 받들지 않을 수 없어 세자와 봉림이 낚시를 나갔었다. 군병들이 띄운 배에 올라 군병들이 물고기를 잡는 것을 구경하며, 세자와 봉림이 작은 배 위에 나란히 앉아 한가한 봄날의 햇살 아래에서 흔들렸다. 물결이 부드럽고 바람이 따듯하여 밝은 낮이 꿈같았다. 함께 잡혀와 함께 있는 봉림이 있어 세자의 마음이 외롭지 않았다. 버릴 수 있는 것이 있거나 버려도 좋을 것이 있다면, 세자에게 그런 것이 있다면, 그 모든 것을 버리고 다만 그와 같은 한낮의 마음으로만 살고 싶었다. 봉림이 봄볕에 세자의 살이 익을까 봐 세자 쪽으로 일산을 기울여주었다. 그때 봉림의 미소가 사저에서의 어린 날처럼 맑고 투명했다. 세자가 배 위에 세운 일산 아래에서 물결에 흔들리며 졸기 시작했는데, 깨어보니 들판의 막차 안이었다. 깨어나자마자 가슴이 먹먹하여 이것이 무엇인가 했더니, 그것이 미처 다 쏟아내지 못한 울음이었다. 그 밤, 세자가 막차 안에서 다시 울음을 터뜨렸다.

최후의 전쟁

세자가 갑옷을 입고 투구를 쓰고 말을 탔다. 호위하는 군관들이 세자의 곁을 둘러쌌으나 갑옷이 부족해 군장을 다 갖춘 자가 손가락으로 셀 정도였다. 포탄이 날아오면 그들이 몸으로 세자를 덮어 살릴 것이나 포탄이 그들의 갑옷을 뚫는다면 그 파편이 세자의 몸을 다치게 할 것이다. 대장군이 세자를 가까이에 있게 했다. 높은 곳에서 내려다보는 성곽에서 포가 날아가고 다시 날아들어 그때마다 흙바람이 몰아치는데 흙바람에 뒤섞인 것이 돌과 모래뿐만 아니라 어육이 된 시체의 조각들도 함께였다.

귓가에서 들리는 소리가 하나도 없었다. 포가 터지는 소리에 귀가 먹먹해진 탓이 아니었다. 죽음이 무더기가 져서 나뒹구니 살아 있는 것의 모든 소리가 그 죽음에 파묻혔다. 전쟁은 장엄한 풍경이었다. 적과 적의 사이에서, 혹은 적이 아닌 것과 적을 알 수 없는 것 사이에서 세자가 그런 생각을 했다. 끝을 알 수 없는 참혹함은 장엄함에 닿아 있었다. 그곳에서 삶과 죽음이 무의미했다.

25만의 군병이 그 장엄한 풍경 속에 멈춰 서 있었다. 누구도 움직이는 것을 허락받지 못해 펄럭이는 것이 깃발뿐이었다. 마치 꿈에서 보는 아비규환처럼 전쟁이 아직 들판 아래의 풍경이었다. 청군은 멈춰 서 있었고, 진군 명령은 내려지지 않았다. 그러나 곧 최후의 결전이 시작될 것임을 누구나 알고 있었다. 그리운 사람을 떠올리는 것도 이미 지나간 일이었다. 아직은 살아 숨 쉬고 있었으나, 그들 모두가 이미 그리운 것이 있는 세상을 떠나 있었다.

산해관이었다. 장성이 시작되는 곳이었고 중원이 시작되는 곳이었으며 죽음이 시작되는 곳이었다. 누르하치부터 시작하여 도르곤에 이르기까지 저들이 이곳에 이르기 위해 수십 년 동안의 전투를 멈추지 않았다. 죽어나가는 자들이 들판의 거름이 되고, 산 자들이 다시 전쟁의 머릿수를 채우기 위해 여자의 배를 부르게 했다. 아들은 다시 전쟁에 나가고, 딸은 전쟁에 나갈 아들을 낳기 위해 남자에게 몸을 허락하는 법을 일찌감치 배웠다.

가장 큰 것을 원하는 모든 이들의 꿈이 중원에 있었다. 비적은 황성을 점령한 후 북쪽을 치기 위해 산해관까지 몰려왔다. 남에서부터 북까지 파죽지세로 올라온 비적들의 기세가 한꺼번에 타오르는 불길 같았다. 비적들이 닿는 곳마다 약탈과 살육을 멈추지 않아 그들이 지나온 자리에 남은 것이 없었다. 황성도 모두 불탔다고 했다. 황제도 죽었다. 남은 것이 이제 산해관뿐이었다.

청군이 산해관 앞으로 한 발자국 다가설 때마다 산해관의 참혹한 정황이 전해졌다.

"산해관이 곧 떨어질 듯하옵니다!"

먼저 달려나갔던 군령들이 되돌아오며 외치는 소리마다 다급함이 목젖에 닿아 있었다.

"성문이 거의 다 깨졌습니다!"

눈으로 확인하지 않고는 믿을 수 없는 말들이었으나, 군령들은 악을 써 자신이 본 것을 외쳤다.

"명나라의 것들 가운데에 살아 있는 것들이 보이지 않습니다!"

그때마다 도르곤의 눈이 점점 가늘어져, 나중에는 그 눈이 아예 감은 듯했다.

"진군을 명하소서!"

팔왕 아지거가 외치고, 여기저기서 대왕들의 외침이 이어졌다. 도르곤의 입이 천천히 열렸다. 팔기의 깃발이 순간 펄럭임을 멈추는 듯했다.

"멈추라!"

그러나 도르곤이 명한 것이 진군이 아니라 멈춤이었다.

그는 기다리고 있었다. 그것이 죽음보다 더한 기다림이었다. 기다리지 못하는 자는 이길 수 없으니, 칼끝이 살에 닿을 때까지도 기다려야 하는 순간이 있었다. 때로는 칼날에 제 모가지가 베어져나가는 것을 보면서까지도 기다려야 할 때가 있으리라. 죽음보다 더한 것이 승리의 염원이라면, 그러하리라. 그러니 지금 도르곤이 기다리는 것이 그 자신의 삶과 죽음보다도 더한 것이리라.

"산해관에서의 전갈이옵니다!"

군령이 달려와 무릎을 꿇었다. 도르곤은 움직이지 않았다.

"오삼계가 간신히 성을 빠져나와 진영으로 오고 있다 하옵니다! 그가 투항을 원합니다!"

도르곤은 움직이지 않았으나 주인의 흔들림을 말이 먼저 알아차렸다. 말이 앞발을 들어 올리며 긴 울음소리를 내자 세자의 말이 같이 울음소리를 냈다.

　더는 누구도 움직이지 않았다. 진군을 재촉하던 장수들도 굳은 듯이 멈춰서 앞을 바라보고만 있을 뿐이었다. 지친 말이 달려오는 것이 보였다. 그리고 피와 먼지에 찌든 백기가 보였다. 먼지로 뒤덮여 젊었는지 늙었는지 알 수 없는 장수가 말을 내려 투구를 손에 들었다. 먼지 묻은 눈썹과 수염은 희었으나, 투구 안에서 드러난 머리는 말총처럼 억셌다. 그것이 젊은 장수의 억센 머리카락이었다. 그러나 오랜 전쟁에 지치고 오랜 패배에 몰린 장수는 늠름하지도 아름답지도 않았다. 그가 도르곤의 앞에서 한쪽 무릎을 구부려 칼을 땅에 닿게 했으니, 바로 투항이었다.

　"드디어 구하러 와주시었으니, 감읍할 따름이옵니다."

　도르곤은 일어나라 말하지 않았다. 아무도 말하지 않았다. 누군가의 침을 삼키는 소리만이 들리는 듯했다. 그렇게 시간이 흘렀으나, 도르곤은 여전히 입을 닫고 있었다. 명의 최후의 장수의 무릎이 저릴 때까지, 땅에 닿은 긴 칼이 점점 아래로 내려가 완전히 땅바닥에 누울 때까지, 도르곤은 입을 열지 않았다. 오삼계의 어깨 대신 세자의 어깨가 흔들렸다. 수백 년의 시간이 흔들리는 세자의 어깨 위에서 같이 흔들렸다. 태조가 문을 열어 숭정이 문을 닫을 때까지 조선을 송두리째 끌고 갔던 시간이었다. 이뿌리에서는 자꾸 신 침이 고여 세자가 더는 그것을 삼킬 수도 없었다. 그러나 고이는 것이 이제 눈물이 아니라 환멸이었다. 그때 세자가 도르곤의 외침을 들었다.

　진군의 명령이었다.

청군은 비적의 뒤를 쳤다. 비적의 뒤가 무너지는 것과 동시에 다시 옆구리가 끊겼다. 성으로 퇴각했던 명군이 일제히 성문을 열고 다시 달려나왔다. 포를 장전할 시간이 없어 칼과 창과 살이 서로 뒤엉켰다. 포가 터지는 소리가 묻어주던 죽음의 소리들이 낱낱이 살아났다. 베이고 찔리고 죽어가는 소리들이다. 군병들은 이미 죽거나 살거나였다. 뒤를 생각할 여유는 아무에게도 없었다. 앞으로 나가도 죽음이었으나, 뒤로 돌아서면 반드시 죽음이었다. 보이는 것마다 찌르고 베고 들어가, 그것이 산 것의 몸인지 죽은 것의 살덩어리인지도 알 수 없었다. 적의 몸인지 자신의 몸인지도 알 수 없었다. 세자도 말을 달렸다. 말을 타고 싸우는 것은 세자가 할 일이 아니었으나 전쟁이 세자의 할 일을 알려주지 않았다. 조선의 군병들이 세자의 앞을 가로막아 사지로 들어가는 것을 막아도 쏟아져오는 살까지 막을 수는 없었다. 세자는 쓰러진 곳에서 업혀 나왔고, 자빠진 곳에서 또 업혀 나왔다. 자빠져 누워 있으면 그곳이 시체 사이이거나, 포탄 구멍이 뚫린 벌판 한가운데였다.

"말하라. 내가 지금 누구를 치고 있느냐."

숨을 헐떡이는 군관들에게 세자가 물었다.

"말하라. 내가 지금 누구를 피해 달리고 있느냐."

군관들에게 세자의 목소리가 들리지 않았다. 자신의 목소리가 자신의 귀에도 들리지 않았으니 세자의 말이 어딘가로 완전히 사라져버린 것이나 마찬가지였다. 최래가 그 전투에서 목숨을 잃었다. 여러 대의 살을 맞고 화살 과녁이 된 최래를 바라보면서 세자가 마음이 아픈 줄도 몰랐다.

"일어나라. 네가 나를 업고 달려야 할 것이다."

입 밖으로 달아난 말인가, 입속으로 사라진 말인가, 알 수 없는 말로 세자가 중얼거렸다.

"저하, 제가 심석경이라는 자를 그 밤에 살렸습니다……. 무엇이든 살리는 것이 언제나 저하의 뜻이셨습니다. 제가 저하의 뜻을 받들어 모셨습니다. 이놈이 죽어도 여한이 없사옵니다."

최래가 남긴 마지막 말이었다. 그 말을 들으면서도 세자가 그저 일어나라, 일어나라만 반복해 말했다.

산해관 앞 벌판 전체가 시체였다. 시체가 시체 위에 쌓이고, 시체가 시체 아래로 깔려 흙이 보이지 않았다. 그래도 드문드문 서 있는 것이 머리 땋아 내린 자들이니, 그들이 청군이었다. 세자가 귀한 몸인 것도 잊고, 그곳이 전쟁터인 것도 잊은 채 바닥에 주저앉아 다리를 뻗었다.

"내가 쉬어야겠다…… 내가 이제 쉬어야 할 것이다……."

여전히 누구도 세자의 그 말을 알아듣지 못했다.


## 적, 멸


봉림의 환국은 조용히 이뤄졌다. 전장에 나간 세자를 두고 화려하게 차릴 만한 행차가 못 되었다. 세자가 앞으로 갈 때마다 그 소식이 뒤로 전해졌다. 저들이 먼저 뜯어본 후에야 관소에 전해지는 소식은 늘 간결하기만 했다. 관소로 온 소식은 다시 급히 달려 환국 길의 봉림에게도 전해졌다. 오는 서찰마다 세자가 무사하다는 소식이 적혀 있어 봉림의 입에서도 긴 안도의 숨이 내쉬어졌다. 봉림은 서찰을 읽고 또 읽었다. 서찰을 가져온 자에게 더 들은 말이 있는가 묻는 것을 또한 잊지 않았다.

고단하고 괴로운 행역의 정경과 행역에 지친 세자의 참혹한 모습은 서찰의 내용이 아니라 그 서찰을 가져온 군령의 입으로부터 나왔다. 저들이 멈추지 않고 빨리 달린다고 했다. 수십만 대군이 마침내 멈춰 결전을 벌일 곳이 어딘지는 서찰이 말해주지 않았고 군령 따위도 알 리 없었다. 그러나 그곳이 산해관이 될 것을 봉림이 모르지 않았다. 어쩌면 마지막 서찰이 닿았을 즈음에는 이미 산해관의 전투가 끝났을지도 모른다. 그래서 봉림이 서찰을 받을 때마다 서쪽의 하늘을 바라보곤 했다.

저들이 기밀을 지키기를 철통같이 했으나 새지 않는 말이라는 것이 없는 법이다. 기밀은 전방보다 후방에서 더 빨리 퍼져나갔다. 봉림이 저들을 쫓아 출정하지는 않았으나 저들을 쫓아 말 등 위에 올라타 있는 것처럼 매일 몸이 뜨거웠다. 마음으로는 되지 않는 일이 있으니 저들은 이길 것이고, 명은 끝내 버텨내지 못할 것이다. 그리하여 마침내 무너지지 않는 것이 없을 것이다. 그러나 무너지지 않는 것이 없다면 그때에 일어서는 것도 있지 않겠는가. 기다림은 저들의 것만이 아니었다. 적국에서 버틴 세월이 봉림에게도 기다림을 알게 했다.

봉림에게 두려운 것은 서쪽으로 달려나간 적들의 소식이 아니라 오히려 임금이 계신 남쪽의 소식이었다. 임금이 세자와 자신에게 기다릴 만한 시간을 주실 것인가……. 역모의 소식을 안고 출정하던 세자의 뒷모습이 눈앞에서 사라지지 않았다. 기원이란 자가 세자의 이름을 어디까지 물고 들어갔는지 봉림은 자세히 알지 못했다. 세자가 환국했을 때 기원이 세자의 마음을 떠보았었다고 했다. 그때 세자에게 청을 반하는 마음이 없음을 알고 세자를 옹립하려던 계획을 바꾸었다는 것이다. 그 말이 어디까지가 사실인지는 알 수 없으나 그 말의 위험함이 어디에 닿아 있는지 봉림이 짐작 못하지 않았다. 세자가 역모에 올랐어도, 오르지 않았어도 이미 임금의 적인 것이다.

환국하기 전날 밤, 봉림이 석경이 갇혀 있는 옥을 찾았었다. 석경이 곧 조선으로 압송될 터이니, 그전에 들어둬야 할 말이거나 해둬야 할 말이 있다고 여겼기 때문이었다.

옥에서는 썩은 내가 풍기고 있었다. 갇히기는 했어도 적의 땅에서 행해진 추국이 없었으니, 그 썩은 내가 풍기는 곳이 형장에 맞아 터진 상처에서가 아니라 칼에 찔렸다가 다 낫지 못한 곳에서일 터였다. 석경이 칼에 모질게 찔리고도 의원의 치료를 변변히 받지 않아 아물지 못한 상처에서 피고름이 그치지 않는다고 했었다. 저의 더러운 냄새를 맡으며 더러운 것을 어찌 씻어야 할지 매일같이 생각하였을 터이니 치료하지 않음이 오히려 기특하다 할 만했다.

그러나 그 기특함의 끝이 더욱 모진 죽음일 것인가. 역모가 죽음보다 더한 일이었다. 압송되어 가면 역모의 뜻이 모질게 밝혀질 터이다. 적의 땅에 있었던 자라고 해서 역괴의 아들에게 그 추국이 면해지지는 않을 것이다. 네가 적의 땅에서 아비의 뜻을 받아 무엇을 하였느냐, 그 물음이 더 가혹할 것이다. 추국이 그자의 아비의 일을 물을 것이나 결국에는 세자의 일을 묻는 것이 될 터이다.

"네가 아직 살아 있느냐."

큰칼을 쓰고 있어 일어서 절할 수 없는 석경이 칼 위에 걸린 머리를 떨구기만 했다.

"제가 아직 죽지 못하였습니다."

어찌 죽지 않았느냐 묻고 싶었으나 봉림이 말을 아꼈다. 석경이 봉림이 아끼는 말을 알아들을 터였다.

"내가 너를 조선에서 보게 될 것이다."

"환국하시옵니까."

"너를 볼 것이나 너의 말을 듣지는 못할 것이니 내가 볼 것이 너의 모가지뿐이 아니겠느냐."

칼에 가려진 어깨가 떨려 석경의 머리가 흔들렸다.

"죽을 것을 알고 있사옵니다. 아비의 죄를 대신하지 못하고 고작 죽음뿐일 터이니 그것이 한스러울 따름입니다."

"추국을 받으면 아비의 말을 묻게 될 것이다."

"아비가 제게 무슨 말이든 한 적이 없사옵니다."

"네가 그리 말하여야 할 것이나 그 말이 받아들여지지 않을 것이다."

"없는 말을 지어내겠습니까. 죽음으로 말할 뿐이나 제가 제 목숨을 스스로 끊으면 그것도 불충이 아니겠사옵니까? 멸문을 당할 터이니 불충을 기억할 사람도 없겠으나, 제가 어찌 그리하겠습니까?"

"역도의 아들로서 충의를 말하지 말라."

"…… 아무 말도 하지 않을 것이니 할 수 있는 말이 없음입니다."

세자 저하에 관한 아무 말도 하지 말라. 흔에 대해서도 말하지 말라. 그럴수록 너의 죄가 깊어질 것이니…… 봉림이 하고자 했던 말을 입 밖에 내지 않았다. 석경이 입 밖에 내지 않은 봉림의 말을 알아들으리라 믿었다.

"소원이 있사옵니다."

"역모로 죽는 자에게 소원이 가당하냐?"

봉림이 차갑게 말했다. 그랬음에도 석경의 말이 이어졌다.

"들어주소서. 이 말을 하고서야 제가 죽겠습니다."

"…… 말하라."

"제가 투전방에를 드나들었습니다. 그 일이 오래되었습니다. 저하께 용서를 빌어주소서."

봉림의 미간이 좁아졌다. 봉림으로서도 미처 짐작 못한 뜻밖의 말인 것이다.

"제가 투전패의 칼에 맞았습니다. 죽을 때가 되지 않아 용케 발견되어 살아났으나, 투전패가 찌른 칼의 자국이 제 몸에 남았으니 그 사실이 변하지 않을 것입니다. 저하께 용서를 빌어주소서."

"계속하라."

"제가 감히 마음에 품지 말아야 할 여인을 마음에 두었습니다. 밤마다 그 댁의 담장 밑을 서성이고 때마다 그 댁의 문을 넘나들었으니, 그것이 또한 죽을죄입니다. 저하께 용서를 빌어주소서."

석경이 낮게 흐느끼기 시작했다. 봉림이 그런 그자를 계속 바라보지 못하고 눈길을 돌렸다. 내가 너의 충의를 알겠다, 말해주고 싶었다. 석경이 국문장에 이르러서도 세자를 그렇게 보호하겠노라 말하고 있음을 봉림이 알아들었다. 그러나 마지막 말만큼은 아마도 진심이었으리라. 이자가 흔이라는 여인을 진심으로 마음에 두었으리라. 그 마음이 괴로워 죽기 전에라도 세자에게 용서를 구하고 싶었으리라.

"네 소원을 내가 들어줄 것이다."

봉림이 마지막 말을 남기고 옥에서 나왔다. 석경의 흐느끼는 소리가 등 뒤로 오래 남았다. 석경이 죽음에 이르러 괴로운 것이 여인에 대한 것이 아니라 충의에 대해서라면 그가 죽어서라도 역모에 연루된 불충을 위로받게 될 것이다.

그럴 생각도 없었고, 그럴 생각이 있었더라도 그러지 않았겠으나, 봉림은 석경을 찌른 칼이 자신으로부터 나온 것이라는 말을 석경에게 하지 않았다. 석경이 죽거나 죽지 않거나 하지 않았을 말이었다. 너를 살린 것이 세자 저하시다,라는 말도 물론 할 생각이 없었다. 그자가 죽기 전에 그것을 알아야 할 필요가 없었다. 봉림이 그를 죽이라 하지 않았으면 세자가 결국 그를 죽였을 것이기 때문이었다. 봉림은 세자에게 그런 더러운 피를 묻히게 하고 싶지 않았을 뿐이었다.

세자의 환국 전날, 봉림이 관소에 들러 대학사가 도중에서 가로채었다는 석경의 서찰을 보았었다. 위험한 서찰이었다. 봉림이 심기원이라는 자를 잘 알았다. 그가 청의 내부 사정이나 세자의 동정을 알기 위해 아들의 서찰만을 기다리지는 않았을 것이다. 그가 재물을 풀어 환관들을 샀을 것이고, 미천한 군관들을 샀을 것이고, 적에게 붙어먹는 역관들도 샀을 것이다. 그에게 팔린 환관들과 군관들과 역관들은 또 다른 정승과 또 다른 불충한 자들에게도 팔렸을 것이고, 그들이 또 서로를 팔고 팔았을 것이다. 임금은 그중의 숱한 이야기들을 들었을 것이고, 그중에서도 가장 의심스러운 이야기들만을 믿었을 것이다. 그러한 세월이었다. 무엇도 믿을 수가 없는 세월이었던 것이다.

그렇더라도, 석경의 서찰은 그중에서도 가장 위험했다. 석경이란 자가 망설이며 길게 늘어놓은 말들이 밖으로는 알려져서는 안 될 만큼 중요한 기밀들이어서가 아니었다. 서찰에 중요한 기밀이라 할 만한 것은 없었다. 그러나, 그자가 죽어도 해서는 안 될 말을 서찰에 적었으니, 그 말이 바로 이것이었다.

— 저하께서 적들과 오고 감이 때로 우의를 나누는 벗들과 같으니 그 마음이 전부는 아니겠으나 따로 획책하시는 바가 무엇인지는 알 수 없습니다. 구왕이 정권을 잡은 이래로 저하를 대함이 더욱 은근하다 합니다.

그것은 누구나 알고 있어도, 누구라도 입에 올려서는 안 될 말이었으니, 그것이 바로 세자가 임금에게 적이 되게 하는 말이었던 것이다. 청이 아니라 명을 받드는 조선의 모든 사대부들에게 적이 되게 하는 말이었던 것이다.

　그러나 봉림이 석경을 죽이라 한 것은 석경의 서찰 때문이기도 했거니와 또한 대학사 때문이기도 했다. 그 서찰이 조선에 닿을 때 세자에게 미칠 위험을 대학사가 알고 있는 것이 분명했다. 그러니, 화근을 제거하여 청에 대한 충의를 명백히 하란 뜻이었다. 또한 자신의 여인과 간통한 자를 죽여 없애라는 뜻이기도 했다. 만일 세자가 하지 않으면 자신이 하겠노라고, 대학사가 자객으로 쓸 만상이란 놈을 문밖에 대기시켜놓기까지 했었다. 어리둥절한 모습으로 밖에 서 있는 만상을 봉림이 눈살을 깊이 찌푸린 채 바라보았다. 하는 짓마다 더럽지 않은 것이 없는 자였으나 자객으로서는 허술한 자였다. 그래서 대학사가 입 밖으로 내지 않는 뜻이 더욱 교활했다. 저 허술한 자가 석경을 죽이면 기껏해야 간통한 자가 하나 세상을 뜰 뿐일 터이나, 세자가 죽이면 배반한 자가 죽음을 맞는 것일 터이니 이 일을 누가 할 것이요. 대학사가 그런 저의 속뜻을 입 밖에 내어 말하는 대신 세자에게 만상을 조선으로 데려가라 청했다. 살인이 그 밤에 이뤄져야 한다는 뜻이었다.

　봉림이 세자 앞에서는 제가 그 지저분한 일을 대신하겠습니다, 말하지 않았다. 물론 만상이란 놈을 쓸 것이란 말도 하지 않았다. 대학사가 원하는 대로 해주겠으나, 그자가 대학사의 우환이 될 수도 있을 것이었다. 세자에게는 그 어떤 말도 할 필요가 없었다. 세자가 자신을 믿으면 그 밤을 고요히 보낼 것이다. 믿지 못하면 또 다른 칼을 보낼 것이니, 만상이란 자가 다만 누구의 것인지도 알 수 없는 여러 자루의 칼을 휘두르게 될 것이고 석경이란 자가 또한 여러 자루의 칼에 찔릴

것이다. 어찌 되었든 간에 세자가 조선의 적이 되는 것만큼은 막아야
했다. 그뿐이었다.

봉림의 환국 행차가 청나라 땅의 봉황성쯤에 이르렀을 때, 봉황성
의 성문을 나와 심양으로 향하는 조선의 금졸禁卒들이 보였다. 죄인을
압송하기 위해 심양으로 들어가는 자들이라고 했다. 죄인이라 함은
석경을 말할 터였다. 혹시 흔이라는 여인도 거기에 있더냐, 묻고 싶은
것을 봉림이 입 밖에 내지 않았다. 물을 필요가 없는 말이었다. 흔이
비록 역도의 딸이라고는 하더라도 대학사의 여인이었으니 조선의 뜻
대로 여인을 처리할 수는 없는 일이었다. 금졸들에게 배짱이 있더라
도 기껏해야 대학사의 집 문 앞을 서성거려보는 것이 전부일 것이다.
임금의 뜻을 대신 전할 수 있는 세자가 관소에 없고, 또 봉림이 관소
에 없으니 그자들이 두어 번 서성거린 끝에는 더 할 일을 찾을 수도
없을 것이다.

문안을 올리는 금졸들에게 갈 길을 가라 이른 뒤, 봉림이 막차 안
에서 서찰 하나를 불에 태웠다. 흔의 서찰이었다. 흔에게서 나와 대학
사에게로 갔다가 만상에게 전해졌으며 만상이 다시 그것을 석경에게
전하려 했다고 했다. 석경을 옥으로 찾아갔던 날, 봉림이 옥문 앞에서
서성이는 만상을 잡았었다. 봉림이 묻지도 않았는데 그자가 제 풀에
넙죽 엎드리며 제 손에 쥐고 있던 서찰을 꺼내놓았다.

"네가 무엇을 보았더냐."

봉림이 서찰을 펼쳐본 후, 만상에게 물었다.

"보이는 것이 없으니, 본 것이 없사옵니다."

그자가 덜덜 떨면서도 제 할 말을 다 했다. 그자가 서찰을 본 것이 틀림없었고, 그 서찰이 자신에게 언제가 쓰임이 있을 거라고 여긴 것이 틀림없었다. 어쩌면 일부러 서성거려 봉림에게 들키고자 했던 것인지도 모른다. 서찰 값을 받으려고 든 것이 아니라면, 그자가 이제 와서야 저가 조선의 편임을 말하고자 한 것이었을 터이니, 그자의 두 길 보기가 과연 가소롭다 하지 않을 수 없었다. 허니, 그때 그놈을 죽였어야 하지 않았을 것인가. 버러지만도 못한 놈, 한 칼에 베어버린다고 하더라도 무엇이 문제가 되었을 것인가. 그러나 봉림이 만상을 베지 않았다. 흔에게서 온 서찰에 더러운 피가 묻으면 그것이 더욱 위험해질 것이기 때문이었다.

"물러가거라. 서찰은 내가 대신 전할 것이다."

만상에게는 그리 말하였으나, 물론 봉림은 그 서찰을 석경에게 전하지 않았다. 곧 죽을 자가 봐서 좋을 것이 아니었다. 봉림이 그날 밤으로 그 서찰을 없애야 했으나 그렇게 하지 못한 채 환국 길의 행차를 나서면서까지 그 서찰을 품에 품었다.

서찰이 흔에게서 왔다고 했다. 독한 계집이었다. 흔의 앞날이 어떻게 될지를 확인할 때까지는 그 서찰을 지니고 있을 작정이었다. 그러나 석경을 잡으러 가는 금졸들을 본 뒤, 봉림이 마음을 바꾸었다. 흔이란 계집이 어떤 계략과 지모로 살아남든 간에, 봉림이 그것을 상관하지 않을 것이다. 자신이 세자의 손에 묻을 더러운 피를 대신했다는 것을 그가 후회할 일은 없었다. 그가 온 마음과 온 힘을 다하여 조선이 일어설 날을 기다리니, 그것이 새로운 시대를 기다림이었다. 세자의 뜻과 자신의 뜻이 완전히 같지 않음을 모르는 것은 아니었다. 그러나 어차피 새로운 시대는 세자와 함께 열릴 것이다. 봉림이 다만 그날을 기다렸다.

그날, 막차를 걷고 다시 길을 떠날 때 산해관의 전투 소식이 뒤로부터 왔다. 산해관은 떨어졌고, 세자는 무사하다는 소식이었다. 봉림이 문득 자신의 손을 내려다보았다. 더러운 것을 묻혔던 손이 여전히 정결하게 느껴지지 않았다. 그러나 그가 더는 그 손을 내려다보지 않을 것이다. 장작더미에 누워 자고, 깨어나는 아침마다 쓸개를 핥아 먹어야 할 세월이 더욱 길어질 것임을 그가 느꼈던 것이다. 그 세월이 그가 적을 잊지 않고 견뎌야 할 세월임은 분명했다.


## 그들이 태산에 이르러


"서찰은…… 갈 곳으로 가게 될 것이다."

막금이 흔을 만났던 날, 흔이 서찰을 내밀며 막금에게 했던 말이었다.

"그럴 것이다. 그것을 내가 안다. 허니, 그분께는 네가 직접 내 말을 전해야 할 것이다. 할 수 있겠느냐?

막금이 흔의 말을 나중에야 알아들었다. 흔이 그 서찰을 누군가가 빼앗아갈 것이라는 걸 알고 있었고, 그 서찰이 대학사에게로 전해질 것이라는 것도 미리 알고 있었던 것이다.

"나는 살겠다 말하거라. 혹시 죽게 되어도 그것이 내 뜻이 아니라 말하거라. 허니 편안하게 가시라 말씀드려라. 내게 그분을 살릴 힘이 없으니 그것이 한이다 말씀드려라. 그러나 내가 이제 세상을 알았다 또한 말씀드려라. 저들이 저들의 죄로 살고 죽는 것을 내가 두 눈 뜨고 다 보리라 말씀드려라.

"저들이 누구이옵니까?"

"그렇구나. 저들이 또한 나이기도 하구나. 내 아비기도 하구나. 울지 말거라. 너는 죽는다 하였으니…… 너만은 구원받지 않았느냐."

눈물을 그치지 않는 막금의 손을 흔이 한 번 더 잡았다.

"내가 너를 모질게 때렸던 것을 용서해라."

막금의 울음소리가 더욱 깊어졌다.

"내가 너를 굶겼던 것도 용서하고, 가두고 욕했던 것도 용서해라."

"어찌 그런 말씀을……."

"울지 말거라. 울지 말고 내 말을 다시 들어라. 서찰에 적지 못한 말을 네가 네 입으로 전해야 할 것이다."

"말씀하셔요."

"그리되기 어려울 것이나 혹시 그럴 길이 있다면…… 무엇을 팔아서라도 목숨을 구하시라 전하거라. 그것이 내가 서찰에 쓰고자 했던 말이었음을…… 네가 전해야 할 것이다."

"전할 것입니다."

"그리고 잊지 말거라. 그러나 모든 것이 헛되고 헛되니…… 내가 하고 싶은 말이 오직 한마디뿐이다."

"말씀하셔요."

"좋은 세상에서 만났다면, 나 또한 이런 모습은 아니었으리라……
내가 그저 물 흐르는 마음으로만 살았으리라……."

하고 싶은 말은 오직 한마디뿐이라고 하면서도 흔이 차마 그 한마
디 말을 입 밖에 내지 못하고 있었다. 그러나 막금이 흔의 속에 든 것
처럼 그 말을 알아들었다. 좋은 세상에서 만나 물 흐르듯이 그와 함께
살고 싶었으리라…… 그것이 무엇보다도 큰 소망이었으리라. 흔이
말하지 않는다고 한들 막금이 어찌 그것을 모를 것인가.

석경이 남몰래 흔의 처소에 들던 밤마다 막금이 그 방문 앞을 지키
지 않은 적이 없었다. 흔이 기쁨과 슬픔으로 부풀어 오를 때 막금이
같이 부풀어 올랐고, 흔이 숨죽여 흐느낄 때 막금이 방문 밖에서 같이
눈물을 닦았었다. 그리하여 어쩌면 막금 역시도 석경을 사랑했을 것
이다. 주인의 몸을 빌려 꿈으로만 달아올랐던 사랑이 그래서 더욱 애
달팠으리라.

"가거라. 내가 너를 다시는 보지 못할 것이다."

흔은 끝내 울지 않았다. 울지 않는 흔의 얼굴이 마치 귀신 같았다.
살 것이다 말하였으나 흔은 죽을 것이다. 막금이 그렇게 믿었다. 그러
나 아무래도 저가 먼저 죽을 터이니 흔이 살고 죽는 것을 제 눈으로
보지는 못할 터이다.

막금이 흔의 전갈을 전하기 위해 그 밤에 석경이 갇힌 옥을 찾아갔
다. 그러나 옥졸들이 사나울 터이니 어찌 석경을 만날 수 있겠는가.

막금이 머뭇거리는 사이 어디선가 무슨 소리가 들리는 듯했다. 그것이 처음에는 휘익 휘익 우는 새소리 같았으나, 점차로 분간이 되게 들리는데 저가 미친 것이 아니라면 그것이 바로 신령의 소리였다.

'이승에서의 너의 주인을 생각하지 말라. 그 여인이 이제 무간지옥에서 살리라.'

막금이 혼비백산하여 자리에 주저앉으려고 할 때, 무엇인가가 어깻죽지를 와락 잡아당기는 힘이 느껴졌다. 막금이 비명을 지르며 돌아보았다.

"주루로 가 처박혀 있으라 하지 않았더냐."

만상이었다.

"내 말을 듣지 않고 네가 여기 있을 줄 알았다."

"……"

아시는 것이 많기도 하십니다. 뭐라고 한마디라도 입 밖에 내어 쏘아주고 싶은데, 입이 막힌 듯 열리지를 않았다. 만상이 그런 막금을 신경 쓰지 않았다. 그가 잠깐 사이에 입술이 모두 허옇게 갈라져 초조한 기색이 역력했다.

"소란 일기 전에 물러가거라. 내가 네 할 일을 대신하러 왔다."

과연 만상의 손에 들린 것이 흔이 막금에게 주었던 서찰이었다. 그렇다고는 해도 막금이 만상을 믿을 수가 없었다.

가지 않을 것입니다! 막금이 야무지게 소리를 지르려고 했다. 그러나 제 입 밖으로 나온 소리에 제가 더 놀라 벌린 입을 다물지 못했다. 입 바깥으로 나온 소리가 저의 목소리가 아니었던 것이다. 알아들을

수도 없게 입 밖으로 터져 나오는 목소리가 천둥 같고 저승사자 같았
으니 그것이 또 신령의 소리일 터였다. 만상이 기절을 할 듯 놀라 한
걸음을 뒤로 물러섰다. 옥졸들이 달려오는 소리가 들렸다. 막금이 제
입을 틀어막다 말고 그 자리에서 쓰러졌다.

그날 밤부터, 막금의 눈에 보이지 말아야 할 것들이 보이기 시작했
다. 살인한 자, 도적질한 자, 간음한 자, 저 혼자 배 터지게 먹은 자,
그들이 모두 불덩어리 귀신들의 형상으로 막금에게 달려드는데, 그
것들이야 노상 보던 것들이니 새삼스러울 것도 없었다. 오히려 새삼
스러운 것은 그리운 것들이었다. 잠을 자거나 잠을 자지 않거나 그리
운 것들이 시시때때로 나타나 막금의 눈앞에서 미소를 짓는 것이었
다. 그리울 리 없는 기억들, 배고프고 주리고 매 맞던 정경들도 눈앞
에 보였는데 그것이 더는 참혹하지 않았다. 이상한 일이었다. 매일같
이 머리를 꺼들고 손에서 매를 놓지 않던 신어미가 신칼을 휘두르며
눈앞에서 막금을 부르는데 그 소리가 또한 정겨웠다. 한 번도 환히 보
지 못하였던 신령의 얼굴도 보였다. 신령이 이제 보니 귀신의 모습이
아니라 어디서나 보았던 할아비의 모습이었다. 머리가 하얗게 세고
이가 송송 빠진 몸체 작은 할아비가 막금을 보며 합죽 웃었다. 그 할
아비가 막금에게 손을 내미는데 할아비의 등 뒤에서 밥을 짓는 친어
미도 보였다. 밥 냄새가 구수해 막금의 가슴이 또 따뜻해졌다.

이것이 아마 죽는 길인 모양이었다. 더는 오지 말라 손을 내저어
막는 귀신들도 없었으니, 막금이 이제 가만히 눈만 감으면 될 모양이
었다. 그런데도 눈을 감으면 다시 떠지고 다시 뜨면 살아 있는 생의

한낮이었다. 그때마다 만상의 눈길이 얼굴 가까이에 있었다. 그가 무슨 까닭으로 자신의 곁을 떠나지 않고 눈을 뜰 때마다 곁에 있는지 알수 없는 일이었다. 독하고 모진 사람이니 그 눈길이 싫어 다시 눈을 감아야 할 터인데, 또 무슨 까닭으로 자신이 그 눈길을 가만히 올려다보기만 하는지도 알 수 없었다.

"일어나거라."

만상의 말이 꿈결처럼 들렸다.

"내가 너한테 베푼 일이 많은 터에 이제 송장까지 거두기는 싫다. 허니, 일어나거라."

일어나라 이르면 단박에 일어날 어린아이를 어르듯 만상이 말했다. 그러나 막금이 일어날 수가 없었다. 일어나기 싫어 일어서지지 않았고, 일어서지 않으니 일어나지지 않았다.

"혹시 싫어 하는 말이다만 내 원망은 하지 말 일이다. 내게 무슨 힘이 있겠느냐. 내가 가진 것이라고는 말재간뿐인 터에, 그것도 소용에 닿지 않으면 그게 바로 죽는 길인 게다. 어떤 얼뜬 놈이 저 죽자고 남의 목숨을 먼저 살리겠느냐. 제 애비 에미도 죽을고에 빠지면 제 새끼 밀어내고 저가 먼저 빠져나오는 게 인간사인 게다. 네가 내 말을 거짓으로 여기지 말거라. 내 아비도 저 살자고 혼자 내빼버렸던 인간이다. 네 에미 애비도 너를 신어미한테 팔아넘겼다 하지 않았더냐. 양반이라고 다를 것은 뭐라더냐. 다들 제 살길에만 바쁘지 않더냐."

만상이 주절거리는 말을 막금이 막지도 않고 들었다. 그것이 신령의 소리인지는 모르겠으나 귓속에서 들리는 어떤 말이 다 들어주라 했다. 누가 무슨 말을 하든 다 들어주면 네 몸이 가벼워지리라 했다. 신을 받은 몸이 할 일이라는 게 그런 것이 아니겠는가. 찢겨 죽을죄를 지었어도, 그 말을 신령 앞에서 풀어내면 그 죄가 가벼워지는 것이다. 죄가 인간의 세상에 있으니 인간의 세상에 다 떨어내면 저승 가는 길은 수월할 것이다. 만상이 누구에게 배우지 않았어도 그걸 알아서 저리 주절거리는 모양이다.

"내가 하늘을 무서워하지 않고 말할 수 있음이다. 내가 지은 죄가 없다. 내가 아무리 되새겨 생각해봐도 지은 죄가 꼬물도 없다. 어찌 그런 줄을 아느냐? 내가 태어나 이때까지 누굴 미워해본 적도 없고, 누굴 원수 삼은 적도 없으니 지을 죄가 어디에 있겠느냐. 나라는 주제가 그러하지 않겠느냐. 너나 나 같은 몸으로 태어나 죄 지을 주제나 되었겠느냐."

막금이 기운이 있으면 나으리는 죽지 않을 것이니 걱정하지 마시오, 다시 한 번 말해주었을 것이다. 영원히 죽지 않는 사람이 어디 있겠으나 죽는 것도 때가 있는 법인데, 나으리가 아직 그때에 이르지 않으셨소, 말해주었을 것이다.

어찌 그러하느냐, 만상이 물어보면 막금에게 대답할 말이 있지는 않았다. 대답할 말이 없는데도 기어코 대답을 찾아야 한다면 오히려 그것이 저주가 될 것이었다. 나으리는 아주 오래 살아 이 더럽고 추잡하고 간악한 세상의 모진 맛을 다 보게 될 것이오. 여럿 죽이고 여럿에게 죽임을 당할 터이니, 나으리가 어육이 될 때까지 살아남을 터이오. 만상에게 미운 마음이 없지 않으나 저주를 퍼부을 만큼 그에게

맺힌 한이 없었다. 그래서 막금이 입을 다물고 만상의 말을 듣기만 했다.

"내 말하지 않느냐. 너나 나나 죄 지을 주제도 되지 못하니 일어나 살고 볼 일이다. 보란 듯이는 못 산다고 해도 저승보다야 못할 것이냐? 개똥밭에 굴러도 이승이 좋다는 말이 왜 있겠느냐. 옛말에 그른 것이 하나도 없다. 삼천갑자 동방삭이가 이승이 좋아서만 그리 오래 살았겠느냐. 저승보다는 나으니 안 잡혀가려고 그리 애를 썼던 게지. 너나 나나 삼천갑자야 살지 못하겠으나, 아무튼지 오래 살고 볼 일이다. 아니 그러하냐?"

막금이 끝내 말이 없으면 만상이 막금의 어깨를 잡고 흔들었다.

"이년아, 네년이 고약하기가 이를 데 없구나. 내가 지금 죽을고에 빠져 헤어나지를 못하겠거늘 네년은 퍼질러 누워만 있으면 그것이 의리란 말이냐!"

나으리가 우시오…… 막금이 이번만큼은 입 밖에 내어 말을 하고 싶었으나 그 말이 소리가 되어 나오지 않았다. 그러고 보면 막금이 어느새 반은 너머 저승에 들어 있는지도 몰랐다. 그런데 어째서 이런 일이 일어났을까. 죽으려면 적에게 잡히던 그때에 죽었어야 했고, 또 죽으려면 조선에 돌아가 그 모진 날들을 견디던 때에 죽었어야 했을 것이다. 막금이 열다섯에 적에게 잡혀오면서 이미 적들에게 흉한 꼴을 당할 만큼 당했다. 한밤에 제 몸을 타고 제 몸을 갈아 마시려고 한 놈이 몇 놈인지도 몰랐다. 죽을 맘을 먹어도 죽을 기회가 없었으니 계집을 원하는 놈들이 줄을 서 있었기 때문이었다. 한밤의 굴욕은 낮의 추위와 헐벗음으로 이어져 여기저기에 굶어 죽은 시체는 물론이거니와 동상에 잘려나간 손가락 발가락이 툭툭 발에 채였다. 제 집이라고 찾아갔던 조선에서도 사정은 다르지 않았다. 밤마다 얼굴 모르는 남정네들이 움막 같은 굿당으로 찾아와 막금을 타고 눌렀다가 사라졌다. 그러고는 남기고 가는 것들이 쉰 감자나 조밥 덩어리였다. 막금이 그것들을 개처럼 손으로 까먹고 퍼먹으면서도 살았다. 살아 견뎌야 할 이유가 있어서가 아니라 죽어 가야 할 곳을 알지 못했기 때문이었다. 밤마다 나타나는 혼령과 귓속에서 시도 때도 없이 들려오는 신령의 목소리가 저를 타고 누르는 남정네나 배고픔보다 더욱 두려웠다.

저를 아껴주었던 사람 앞에서 세상의 울음을 다 쏟아내고 오라고 신령이 그때에 저 죽을 길을 보여주지 않았던 것일까. 흔의 앞에서 울음을 다 쏟아낸 뒤에 막금의 몸이 구멍 숭숭 뚫린 대소쿠리처럼 허랑해졌다. 발로 땅을 딛고 있어도 몸이 둥둥 떠 있는 듯했고, 누워 있어도 등이 바닥에 있는 것 같지 않았다. 저승에 짊어지고 가지 못할 것 중에 가장 중한 것이 울음이었던가. 저 살아온 생의 고됨과 저 사는 것만도 못한 남들의 고됨을 더는 아파하지 말고 오라는 것이 신을 받은 계집의 죽음인가.

자신이 떠나야 할 시간이 가까워오고 있다는 것을 막금이 분명히 알 수 있었다. 막금이 만상의 손을 가만히 잡았다. 이제 그만 성화를 받치시오. 아무리 일어나라 하시어도 내가 일어나지를 못할 터이니…… 만상이 제 손을 잡은 막금의 손등을 멍하니 내려다보다가 난데없이도 와락 눈이 붉어졌다. 만상이 스스로 생각해도 제 모습이 꼴

같지 않아 얼른 그 손을 팽개치고 제 눈을 비볐다.

만상이 그즈음 들어 툭하면 마음이 약해졌다. 그러나 그것이 설마 막금이란 년 때문일 것인가. 실은 빼앗긴 서찰 때문일 터였고, 그 서찰의 요망한 내용 때문일 터였다. 만상이 옥으로 가는 길에 그 서찰을 펼쳐보지 않을 수가 없었다. 가려던 곳으로 가게 하라고 대학사가 말했으나 가려던 곳이 어딘지는 말해주지 않았었다. 물론 그런 핑계가 없었더라도 기어코는 펼쳐보았을 것이다. 어떤 얼뜬 놈이 한번 뜯어 다시 봉해지지 않은 서찰을 읽어보지 않을 것이란 말인가. 그러지 않으려면 글자를 배운 것이 다 무슨 소용이란 말인가.

"나으리가 계집 구완을 하다가 아예 혼이 나가셨습니다그려."

넋 나간 듯 주루에 앉아 있는 만상을 쳐다보며 이생이 이죽거렸다. 사람이 한번 신세가 글러지면 지나가던 개도 다리를 들어 올려 오줌을 갈기는 법이었다. 이생의 태도가 딱 그러했다.

"중원엘 가보았는가?"

만상이 한숨을 내쉬듯 이생에게 물었다.

"가보았습지요. 안 가본 곳이 있겠습니까. 여기가 연경에 비하면 시골 촌구석만도 못하다 할 것입니다."

"허면, 중원으로 가야겠군."

이생이 슬렁슬렁 대답하던 자세를 바꿔 만상의 술상 앞으로 바투 다가앉았다.

"연경이 떨어졌다 합니까?"

"그걸 내가 알겠는가."

"모르시는 것도 있습니다그려."

"떨어지지 않겠는가. 저들이 떨어뜨리지 못하는 것이 있겠는가."

이생이 흥미가 떨어진 듯 얼굴을 외로 꼬았다. 그러면서 툭 던지는 말이 만상의 비위를 긁었다.

"가더라도 저년은 데리고 갑시오. 여기가 송장 치를 곳이 아닙니다."

저놈의 변발을 한 손에 거머쥐어 다시는 변발도 못 내리고 상투도 못 틀게 맨머리를 만들어줘야 할 것이 아닌가. 만상이 주먹을 부르쥐다가 곧 풀어서는 술잔을 들어 올렸다. 저놈은 늙었으니 곧 죽을 터이고 자신은 젊었으니 오래 살 터이다. 만상이 속으로만 이를 갈면서 그런 생각을 했다.

"내 공자님 말씀을 한마디 하겠네."

"오래 살고 볼 일입니다요. 나으리 입에서 공맹 소리를 다 듣다니."

만상이 이생의 빈정거림을 무시한 채 말을 이었다.

"공자께서 제자들과 함께 태산의 산길을 가고 있었네. 길가의 무덤 앞에서 한 여인이 매우 슬피 우는 것을 발견하고는 제자에게 그 까닭을 물어보게 했지. 자로라는 자가 공자 명을 받들어 여인에게 왜 그리 슬피 우느냐를 물었다네. 그때 여인이 하는 말이었네. 거기서 저의 시아버지가 호랑이한테 물려 죽었는데 얼마 전에는 서방이 물려 죽고 이번에는 자식까지 물려 죽었다는 것이야. 과연 기가 막힌 일이 아니겠는가. 하여 자로가 물었지. 그러면 왜 여기를 떠나지 않습니까? 이때 여인의 대답이 더욱 기가 막히네. 이곳에는 못된 벼슬아치가 없기 때문입니다."

"끝입니까?"

"끝일 리가 있나. 공자 나으리의 말씀이 있어야지 않겠나. 그 말을 전해 들은 공자 왈, 제자들아 명심해라. 가혹한 정치는 호랑이보다 더 무섭다는 것을!"

"헌데 어째 제가 생각하기로는 나으리가 외려 호랑이보다 더 무서운 쪽인 듯합니다그려."

만상이 이생을 노려보다가 이를 지그시 눌러 참고 다시 말을 이었다.

"그래 내가 어차피 저잣거리에서 살아갈 양이면 호랑이 소굴로 들어갈 참이네."

"중원으로 가실 양이면 노자는 좀 보탭지요."

"연경이 떨어지지 않고 버텨내지는 못할 것이네. 허면 청국 말이 또 금값이 되겠지. 청국 말을 중원 말로 누가 옮기겠는가."

"호랑이 말을 호랑이가 옮기겠지요."

"자네가 곧 내 앞에서 오늘의 버릇없는 말을 용서해달라고 빌게 될 걸세."

"그렇게 되거들랑 전날의 버릇없지 않았던 일들을 더 많이 기억해주십시오."

"아랫도리가 튼실한 년한테 술이나 받쳐 내오게. 나를 쫓아내지 않음이 무던하이."

말은 그렇게 하면서도 만상이 또다시 속으로 이를 갈았다. 이생이 저를 쫓아내지 않는 것은 무던해서가 아니라 앞날을 기약할 수 없어서일 뿐이었다. 만상이 흥하면 혼자 흥하겠으나, 망하면 혼자 망할 인간이 아니라는 것을 이생이 알고 있는 것이었다. 이제 중원으로 가겠다는 뜻을 비치니, 그리만 된다면 이생이 큰 짐을 덜게 될 터였다. 이생이 계집을 부르기 위해 자리에서 일어서며 자신도 모르는 사이에 해 기우는 방향인 서쪽을 바라봤다. 믿어도 좋은 말일지 알 수 없으나 산해관이 이미 떨어졌다는 소리가 들려오고 있었다. 중원이 청군의 차지가 되기만 한다면 이생 역시 중원으로 가야 할 것이다. 누가 지고 누가 이기는지는 아무 상관도 없었다. 다만 재화가 거기 있으니 그의 마음도 중원을 향할 뿐이었다.

이생이 자리를 뜨고 나서 만상도 이생이 바라봤던 쪽을 향해 고개를 돌렸다. 중원으로 간다 해도 좋은 시기는 아니었다. 전쟁이 아직 끝나지 않았으니 어디서 아까운 목숨을 잃을지 알 수 없는 일이었다. 그러나 머물러 있어도 죽음이고 떠나도 죽음이라면, 어차피 가야 할 길 한시라도 빨리 떠나는 게 수일 것이다. 위험을 무릅쓰고 남보다 빨리 가면 남보다 얻는 것도 많지 않겠는가.

좋은 쪽으로 생각하니 나쁠 것도 없을 것처럼 여겨졌다. 중원에 들어 당분간은 고생스러울지 모르나, 막금이 년의 시중이나 받으면서 당분간 지내다 보면 곧 또 무슨 수가 생길 터. 어떻든 미운 정도 정인데, 그년을 한번 데리고 살아볼 만하지 않겠는가. 아침저녁으로 신점이나 치면서 입에서 군내가 날 때마다 계집이랑 조선말로 농지거리도 좀 해대고, 그러다가 새끼가 생기면 그것도 몇 놈 싸질러보고……

헌데, 그년이 어쩌자고 일어나지를 않는단 말인가. 머리채를 휘어잡아서라도 데리고 가야 할 터인데.

종년 하나가 술병을 받쳐 들고 다가오는 것이 보였다. 만상이 입맛을 다시다가 문득 멈추고 귀를 기울였다. 안쪽에서 비명 소리가 들리는 듯했다. 막금이 누워 있는 종년들의 처소 쪽인 것이 분명했다. 만상이 벌떡 일어서 다급히 달려 들어가기도 전에 다시 외치는 소리가 들렸다. 어이구, 이년이 죽은 게 아니오! 만상의 얼굴이 삽시간에 시뻘게졌다. 만상이 달려가며 술병 받쳐 든 계집을 밀쳐 술병이 주루 바닥에 나동그라졌다. 방 안으로 뛰어 들어갔을 때, 만상의 핏발 선 눈알이 이번에는 아예 빠져나올 듯했다. 숨넘어갔다던 막금이 일어나 앉아 있는데, 게거품을 물고 있는 그 얼굴이 귀신 같았던 것이다.

"이, 이년이 뭐라 합니까요, 나으리!"

막금이 죽었다고 소리 질렀던 계집이 파랗게 질려 청국 말로 만상에게 물었다.

"방금 숨넘어갔던 년이 벌떡 일어나 알아들을 수 없는 말을 지껄이니 저년이 산 것이오, 죽은 것이오?"

만상이 넋이 나가 막금을 바라보기만 했다. 막금이 뜻밖에 맑은 눈으로 만상을 쳐다보았다.

"세상이 바뀌었습니다, 나으리."

겁이 더럭 난 만상이 뒷걸음질을 쳤다.

"나으리, 어디를 가시려 합니까? 세상이 천 번을 바뀌어도, 이승이 모두 무간지옥인데."

만상이 기가 질려 아무 대꾸도 할 수가 없었다. 다만 그 와중에도 떠오르는 생각이 저 요망한 계집을 내가 어찌하여 마음에 품었단 말인가 하는 탄식이었다. 막금이 살아 있음이 그 와중에도 고마웠기 때문이었다.


## 천상천하


숭정 17년 5월 2일, 도르곤의 군대가 북경의 성문 앞에 이르렀다. 통주에서 성문 앞에 이르기까지 40여 리를 오는 동안, 저항은 어디에서도 없었다. 비적은 산해관에서 패한 뒤 서쪽을 향해 달아났고, 북경에 남아 있던 비적들은 산해관의 패배를 전해 들은 뒤 그날로 성을 불태우고 모두 달아났다 했다. 성도에 이르기까지 비적들의 잔당은 어디에도 보이지 않았다. 비적들이 이미 모두 찌르고 베어 죽여, 살아남아 있는 명의 군대도 볼 수 없었다. 대신 명의 백성들이 두려움에 가득 찬 눈으로 그들을 멀리 바라보다가 황급히 바닥에 엎드리거나 몸을 숨기곤 했다. 성 가까이에 이르면서는 간혹 환호가 들렸고, 창문 밖으로 꽃을 내건 집들이 보였고, 향을 사르며 그들을 향해 합장하는 자들이 보였다. 그 뜻밖의 반응에 도르곤의 군대가 죽고 죽이는 전장에 있을 때보다 더욱 바짝 얼어, 어린 소년병의 떨리는 숨소리조차 들리지 않았다.

대장들이 탄 말발굽 소리만이 간격을 맞추어 따각따각 들리고, 여
덟 개의 깃발이 바람에 흔들리는 소리가 휘익 휘익 들렸다. 그리고 말
위에 앉은 도르곤이 깃발처럼 흔들렸다. 말이 주인의 흔들림을 알아
채고 불안을 감추지 못했다. 주인을 등 위에 앉히기 시작한 이후로 말
은 주인이 그와 같이 심하게 흔들리는 것을 겪어본 적이 없었다. 주인
이 패배를 알지 못했으므로 말도 패배를 알지 못했고 주인이 흔들리
지 않았으므로 말도 두려움을 알지 못했었다. 말이 난생처음 겪는 불
안을 이기지 못하고 길게 울음소리를 내며 앞발을 쳐들었다. 도르곤
이 급히 고삐를 움켜쥐었다.

"명의 조신들이옵니다."

누군가의 속삭임을 도르곤이 고함 소리처럼 들었다. 도르곤이 팔을
올리자 군대가 그 자리에서 멈춰 섰다. 더 이상은 말발굽 소리도 들리
지 않았다. 그 정적을 뚫고 앞으로부터 거대한 외침이 솟아올랐다.

"완쑤이, 완쑤이, 완완쑤이!"

천하를 뒤흔드는 외침이 이명처럼 들렸다. 도르곤이 중원의 말을
모르지 않았으나, 설령 한마디도 익힌 바가 없었다 하더라도 그 말만
큼은 모를 수가 없었다. 완쑤이萬歲, 즉 만세는 황제에게만 바쳐질 수
있는 말이었다. 오직 황제에게만. 허니 들리는 모든 것이 이명이고,
보이는 모든 것이 환영이 아닐 것인가. 명의 조복을 입은 대신들이 일
제히 길거리에 엎어져 있었다. 저항은 어디에도 없었고, 오히려 황금
빛 수레가 길 가운데에 놓여 도르곤을 기다리고 있는 중이었다. 허니,
이것이 어찌 환영이 아닐 수 있을 것인가.

도르곤이 서 있는 곳이 조양문의 5리 밖이었다. 성의 정남쪽에 있는 조양문을 저들이 국문國門이라 부른다는 것을 도르곤이 이미 알고 있었다. 그가 지금 명의 조신들의 경하를 받으며, 명의 국문으로 들기 직전인 것이다. 그가 이 순간을 위해 평생을 기다려왔었다. 그의 모든 것이 바로 이날에 있었다. 헌데, 기다림의 끝이 어찌하여 어지러움인가.

"완쑤이, 완쑤이, 완완쑤이!"

외침이 끊이지 않고 이어지고 있었다.


1368년 태조 주원장이 열어 정확히 276년 동안 중원을 다스렸던 명나라는 16명의 천자를 낳고, 17대에 이르러 그 문을 닫았다. 명의 마지막 황제 숭정은 성문 앞에 이른 비적을 이기지 못하고 끝내 자진했다. 숭정 17년 3월 19일의 일이었다. 숭정이 죽은 후에 비적의 우두머리인 이자성은 스스로 황제의 자리에 올랐고 국호를 대순이라 명했다. 그리고 명의 마지막 저항선인 산해관을 치기 위해 출정했다. 산해관의 장수 오삼계는 비적에게 투항하는 대신 청과 손잡아 관문 위에 백기를 내걸고 청군을 맞아들였다. 청은 산해관에서 대승을 거둔 후 곧바로 북경으로 진격했다. 산해관을 떠나 북경에 이르기까지 열흘 동안, 가벼운 전투 한 번 없이 부대가 앞으로만 진군했다. 도르곤이 마침내 북경의 성문 앞에 이르니, 그날이 숭정 17년, 순치로는 원년 5월 2일의 일이었다.

"말에서 내려 어가에 오르소서!"

대왕들이 말을 올리고, 수하들이 그 뒤를 이어 일제히 도르곤을 쳐다봤다. 말을 올린 대왕의 목소리도 떨리고 있었고, 수하들의 눈빛도 떨리고 있었다. 그러나 도르곤이 여전히 말에서 내리지 않았다. 그가 묻고 싶은 말이 있었던 것이다.

"말하라. 누구든 내게 말하라. 내가 누구인가."

도르곤의 앞에 놓여 있는 것이 황제의 어가御駕였다. 명의 조신들이 그의 앞에 황제의 어가를 놓고, 그에게 완쑤이를 외치며 성문을 열어 놓고 있었다. 허나 자신이 누구인지를 알기 전에는 도르곤이 그 어가에 오를 수가 없었다.

"누구든지 말하라, 내가 누구인가. 내가 황제인가. 내가 그러한가?"

아무도 대답할 수 없는 물음이었다. 대답은 도르곤의 내부에만 있었다.

누르하치에게서 태어나 형제들 중에서 가장 큰 총애를 받았고, 열한 살 나이에 이미 소왕의 자리에 올랐으나 아비가 때 이르게 죽은 후 모든 것을 잃어버렸던 도르곤이었다. 아비가 죽고 어미가 순장당하면서 그에게 주어졌던 약속은 모두 지워졌다. 황제의 자리 역시 마찬가지였다. 그때 그에게 남은 것이 유예된 목숨뿐이었다. 목숨은 충성과 복종으로만 허락되었다. 그는 모든 전쟁에 나가야 했고, 모든 전쟁에서 승리해야만 했다. 그렇게 그는 살아남았으나, 살아남아서는 무엇이 되고자 했던 것일까.

북경의 성은 조카의 황위를 찬탈한 명의 황제 영락제에 의해 세워진 것이다. 모든 것의 승리 뒤에는 늘 가장 잔혹한 죽음이 있다. 어가에 오르면서 도르곤은 자신의 조카인 심양의 어린 황제를 생각했다. 어린 황제는 말해줄 수 없을 것이다. 그는 누구인가…… 지금 이곳에서 황제의 어가에 오르고 있는 그는 누구인가.

성안의 풍경은 참혹했다. 도망치는 비적들이 닥치는 대로 불태워 남아 있는 것이 불탄 자리의 흔적뿐이었다. 궐은 더욱 참혹했다. 도르곤을 태운 어가가 깨진 기왓장과 불탄 나무토막을 밟고 가느라 쉴 새 없이 흔들렸다. 어가가 멈춘 곳이 간신히 불탄 것을 면한 무영전 앞이었다. 무영전의 한가운데에 놓인 보좌가 새 주인을 앉히기 위해 품을 벌리고 있었다. 이제 새 시대의 무게를 고스란히 견뎌야 할, 그래서 찬란하게 아름다운 보좌였다. 도르곤이 그 보좌를 향해 걸어갔다.

누르하치가 만력 44년에 대금을 세운 후 정확히 28년 만의 일이었다. 아비의 꿈, 그리고 선대 황제인 홍타이지의 꿈이 모두 여기에 있었다. 수십 년 동안 이어진 전쟁에서 죽어간 모든 자들의 꿈이기도 했다. 보좌에 앉은 도르곤을 향해 청의 장수들이 모두 무릎을 꿇었다. 그 뒤로 명의 조신들이 모두 바닥에 엎드렸다. 만주 말과 중원 말이 뒤섞여 다시 외침이 드높았다. 도르곤은 일어나라고 명하지 않았다. 무릎을 꿇은 자의 무릎뼈가 저리고, 엎드린 자들의 등뼈가 굳을 때까지 도르곤은 그들을 내려다보고만 있었다.

정적이 끝없이 흘러갔다.

세자도 거기에 있었다. 세자가 무릎 꿇거나 엎드리는 것을 면한 몇 안 되는 자들 중의 하나였다. 세자가 눈을 돌려 도르곤을 바라보았다.

황제가 아니나 황제의 자리에 앉아 있는 그를 무어라 부를 것인가. 중요한 것은 지금 중원의 보좌에 앉아 있는 자가 심양의 어린 황제 순치가 아니라 바로 도르곤이라는 사실이었다. 그에게 있는 것이 모든 권력일 뿐만 아니라 모든 세상이었다. 그가 그러니까 세상의 중심, 세상의 가장 높은 데에 있는 것이다. 불탄 냄새가 가시지 않고, 비적들의 냄새가 가시지 않고, 또한 죽은 숭정의 시취가 가시지 않은 보좌는, 그러나 기다림이 무엇인지 알고 있는 자를 받아들였다. 도르곤이 거기에 있었다.

그는 지금 무슨 생각을 하고 있을 것인가. 세상을 뜬 아비를 생각하고, 순장당해 죽은 어미를 생각하고, 또한 죽은 선대 황제를 생각할 것이다. 그가 제거해야 했던 정적들을 또한 떠올릴지도 모른다. 그의 가장 치명적인 정적이었던 하오거는 심양에 연금되어 있었다. 순치를 황제의 자리에 올릴 때에는 그에게 하오거를 죽일 힘이 없었다. 그러나 중원의 보좌에 앉아 있는 지금, 그는 하오거를 죽일 수 있고 하오거가 아닌 그 누구도 죽일 수 있었다. 그가 누구나 죽일 수 있으니, 이제 그 누구도 그를 죽일 수는 없었다.

보좌란 것이 바로 그런 것이었다. 그가 다시는 보좌에서 내려가지 않을 수도 있었다. 그가 보좌에 앉은 채, 죽는 날까지 그러고 있을 수 있을 것이다. 밥을 먹고 잠을 자고, 똥을 눠도 보좌에서 할 수 있을 것이다. 조신과 수하들이 모두 그를 '완쑤이'라고 부를 터이니, 그가 만세토록 그리할 수 있을 것이다. 그가 중원을 넘어 천하를 다스릴 것이며, 그가 알거나 알지 못하는 곳까지 모두 다스리게 될 것이다. 그리하여 그가 지금 생각하는 것이 죽은 아비나 죽은 어미가 아니라, 심양에 살아 있는 어린 황제 순치일 것을 세자가 알았다.

세자가 바라보는 것을 알지 못한 채로, 알 생각도 없는 채로, 도르곤은 정적을 지키고 있었다. 도르곤의 눈알이 붉었다. 불탄 냄새와 먼지 때문일 수도 있었다. 감당할 수 없게 차오르나 힘껏 눌러야 하는 격정 때문일 수도 있었다. 마침내 도르곤의 외침이 들렸다.

"숭정 황제의 시신을 거두어 성대히 장례케 하라!"

그가 수하와 대신들을 위무하는 말 한마디 없이 곧바로 명을 내리기 시작했다.

"우리가 너희를 멸하러 오지 않고, 구하러 왔음이다! 충성을 맹세하는 자는 그 보답을 크게 받을 것이고, 반하는 마음을 가진 자는 그 대가를 호되게 치를 것이다. 아무도 죽이지 말고 무엇도 약탈하지 말라. 그러나 죽어야 할 자는 반드시 죽일 것이고, 갖지 말아야 할 것을 가진 것은 반드시 뺏을 것이다. 내가 너희에게 다시 말한다. 내가 너희를 멸하러 오지 않고 구하러 왔음이다! 반하지 말라. 내가 너희의 원수를 갚아주고, 너희의 목숨과 재산을 지켜줄 것이다!"

간신히 고개를 쳐들었던 수하와 명의 조신들이 다시 머리를 땅에 박았다. 머리를 땅에 박는 소리가 완쑤이 외침에 묻혀 들리지 않았다.

# 또 하나의 영웅

세자는 무영전 앞 좁은 행랑채에 들었다. 그후 다시 무영전의 동쪽 방으로 옮겼다가, 궐 밖의 관청 건물로 처소를 정했다. 이때에 이르러서야 수하와 일행들이 모두 한곳에 모일 수 있었다. 처소는 넓어졌으나 전쟁 뒤의 사정은 나아지지 않아, 세자에게 올리는 밥에도 썩은 쌀이 섞였다. 그러나 세자는 남기지 않고 그 밥을 다 먹었다.

세자의 처소가 전성문 밖이라 궐이 코앞이었으므로 불타지 않았다면 세자가 처소에서 태자궁과 문연각을 보았을 것이다. 허나 보이는 모든 것들이 불탄 자리뿐이었다. 불탄 거리에는 어느새 변발을 내린 자들이 가득했다. 그들이 청에서 내려온 청인들뿐만 아니라 전날까지는 앞머리를 밀지 않았던 명나라 사람들이기도 했다. 서둘러 문을 연 가발 가게에 변발이 주렁주렁하고 그 변발을 사서 머리꼭지에 붙이려는 자들이 문전성시를 이룬다 했다. 가발 가게에서 파는 것이 길고 숱 많은 변발이라 평생을 그렇게 산 청인들보다 가짜 꽁지머리가 더 아름다웠다. 가발을 사지 못한 자들은 급한 대로 앞머리를 밀어 비록 아름답지는 않으나 변발의 흉내만은 내었다. 여전히 올려붙인 명의 머리를 하고 있는 자들은 변발이 무엇인지도 모르는 무지한 백성들뿐이었다. 그들이 머리를 밀려거든 차라리 내 모가지를 가져가라, 목을 길게 내민다 했다. 그리고 또한 저들이 그 모가지를 가차 없이 내리쳤다. 입성한 후 약탈과 살육을 금한 섭정왕은 쳐야 할 목까지 붙여두지는 않았다. 머리를 민 자들에게만 그 자비가 돌아갔으니, 그것이 굴복의 대가였다.

전쟁은 계속되고 있었다. 팔왕과 십왕이 비적의 잔당들을 쫓아 계속해서 진군을 하고 있었고, 투항하고 이미 머리를 민 오삼계도 마찬가지였다. 세자가 북경에 들어와서야 오삼계의 소문을 들었다. 그자가 비적들에게 사로잡힌 애첩을 구하느라 청군에게 산해관의 관문을 열어주었다는 소문이었다. 세자가 그 말을 들을 때 자신도 모르는 사이에 긴 탄식 소리를 내지 않을 수 없었다. 봉림이 곁에 있었다면 세자가 물었을 것이다.

내가 어디에다가 귀를 씻어야겠느냐. 이 더러운 말들을 씻을 정한 물이 어디에 있겠느냐.

세자는 아침마다 무영전에 들었다. 작은 몸체의 섭정왕이 며칠 사이에 더욱 말라 몸에 남아 있는 것이 살과 뼈가 아니라 시퍼런 기운뿐인 듯했다. 내부의 것을 감추었던 살과 뼈가 앙상하여졌으니 기운이 칼의 날처럼 더욱 날카로웠다. 그러나 섭정왕이 세자의 문안을 받을 때마다 부드러운 표정을 지어 보였다.

"전쟁이 머지않아 끝날 터이니 세자의 환국도 머지않을 것입니다."

"전쟁이 아직 다 끝나지 않았으니 황공한 말씀을 지금 받잡기 어렵습니다. 사사로운 일을 지금 어찌 아뢰겠습니까."

"그것이 사사로운 일이 아님은 세자께서 아시고 나도 아는 일이지요."

목소리는 부드러우나 비어 있는 말을 하는 섭정왕이 아니었다. 섭정왕이 역관 하나만을 남기고 수하들을 물리쳤다. 그가 보좌에서 내려와 세자와 자리를 같이했다.

"전쟁은 곧 끝날 것입니다."

"그것이 저의 소망이기도 합니다."

"전쟁이 끝나면 무엇이 남으리라고 생각하십니까?"

섭정왕의 물음에 세자가 곧 대답하지 못했다.

"정치가 남을 것이니 누구에게도 영원한 안식은 없을 것입니다."

세자가 여전히 아무 대답도 하지 않은 채 섭정왕을 바라보기만 했다. 섭정왕의 말뜻을 헤아려야 했다. 지금 중요한 것은 입 밖의 말이 아니라 입속에 숨겨진 뜻인 것이다.

"우리가 8년 전에 조선을 쳤습니다."

"……."

"큰 적을 치기 위해 작은 적을 먼저 쳤다고 생각하십니까? 나는 그렇게 생각하지 않습니다. 적은 다만 적일 뿐입니다. 큰 적도 작은 적도 없습니다. 지금 내게 누가 가장 주된 적인가. 중요한 것은 그것뿐입니다."

"조선을 여전히 적으로 보시옵니까?"

세자가 망설이는 기색도 없이 마음의 말을 물었다. 전쟁을 겪은 것은 섭정왕 도르곤만이 아니었다. 전쟁을 겪은 후 몸이 마른 것도 섭정왕만이 아니었다. 세자의 눈빛에도 남은 것이 감출 수 없는 기운뿐이었다. 섭정왕이 세자의 눈을 바라보며 부드럽게, 그러나 날카로움을 끝내 감추지 않는 미소를 지었다.

"누구나 영원히 적입니다. 내가 여기까지 올 수 있었던 것은 그걸 잊지 않았기 때문입니다. 8년 전, 조선은 그걸 몰랐습니다. 조선의 적이 청뿐만 아니라 명이기도 하다는 것을 아셨어야 했습니다."

세자의 입에서 미소가 흘러나왔다.

"어리석어 다 알지는 못하였겠으나, 그때 누가 가장 주된 적인가는 알았겠지요."

섭정왕의 입에서 호탕한 웃음소리가 터져 나왔다. 그러나 웃음이 끝났을 때, 그의 눈빛이 다시 날카로웠다.

"나는 이 자리에 앉아 많은 사람을 기억합니다."

"……."

"내가 기억하는 모든 사람들이 전쟁을 같이했던 사람들입니다. 장수는 모든 것을 다 잊어도 전장의 동지만은 잊지 못합니다. 세자 역시 내게 그러한 사람입니다."

"……."

"세자께서는 모든 것을 다 보시었습니다. 보지 않으신 것이 없습니다. 그렇지 않습니까?"

세자가 지그시 입술을 깨물었다가 놓았다.

"보지 말아야 할 것도 보았다, 말씀 올려도 되겠는지요?"

이번에는 섭정왕 쪽에서 말이 없었다. 세자가 말을 이었다.

"제가 군사의 힘만을 보지 않았습니다. 전쟁의 시대였으나 보다 무서운 것은 정치라는 것을 보았습니다. 전쟁은 오직 죽음을 위해 있지만 정치는 죽음까지 농락합니다. 그러나 그것이 없으면 백성을 어찌 살리겠습니까? 나라를 어찌 번성케 하겠습니까? 굴욕을 참아야 할 이유가 어디에 있게 되겠습니까? 기다려야 할 무슨 이유가 있겠습니까?”

“……”

“제가 다만 조선의 백성들을 생각할 따름입니다.”

섭정왕은 다만 미소를 지었다. 더는 호탕한 웃음도 없었다.

“세자는 나의 적입니다.”

“……”

“그러나 알아두십시오. 나는 적이 될 수 있는 자만을 벗으로 여깁니다. 위대하지 않은 자는 적도 벗도 될 수 없습니다.”

섭정왕이 세자의 어깨를 잡았다.

“나는 벗을 위해서는 무엇이든 합니다. 언젠가는 적이 될 것이나, 그것을 기다려야 하는 것 또한 운명인 것입니다. 나와 세자가 그런 자리에 있습니다.”

“그날을 위해 8년을 기다렸습니다.”

“……”

“대왕은 나의 적입니다.”

섭정왕의 입에서 미소가 사라졌다. 그러나 미소가 사라진 뒤에 남은 것이 싸늘함이 아니라, 그렇게 보아도 된다면, 그것이 그리움이었다. 8년 전 세자를 볼모로 호송하는 적장이었던 도르곤…… 그가 조선의 벌판에서 새우던 밤을 기억하는 것이다. 그는 그때 볼모가 된 적국의 세자가 사로잡혀 있는 막차 쪽을 바라보며 어쩌면 생각했을지

도 모른다. 자신과 나이가 같은 적국의 세자와 언젠가는 이런 대화를
나누게 되리라…… 그런 생각을 하며 그는 문득 슬픔에 잠겼었을 터
인데, 그것은 그날까지 그가 살아 있을지를 알 수 없었기 때문이었다.
적국의 세자 역시 마찬가지였다. 그들이 어디에서 무엇에 의해 생을
다하게 될지 알 수 없었다. 벌판에 세워져 있는 또 하나의 막차 안에
서 적국의 세자 역시 같은 생각을 하고 있으리라고 믿었다.

그러나 같은 시간, 세자는 결코 그런 생각을 하고 있지 않았을 것
이다. 이긴 자와 진 자의 자리가 다르다는 것을, 완전히 굴복해보지
않은 자는 다 알지 못하는 것이다. 진 자의 자리는 바닥이 아니라 바
닥 아래보다 더 낮은 곳이었다. 더는 내려갈 곳이 없으므로 그 자리가
바로 죽음이었다. 하나의 생이 그때에 끝났고, 또 하나의 생이 그때에
시작되었던 것이다. 벌판에 세워져 있던 또 하나의 막차 안에서 패국
의 세자는 언젠가 그들의 자리가 바뀌게 될 날만을 기다렸던 것이다.
자신의 생이 다하는 날까지 기다려도 안 된다면 그다음 생에, 또 그다
음 생이 있을 것이다. 조선이 살아남는다면 결국 그리하게 될 것이다.
그것이 세자의 염원이었다.


그러나 세상은 여전히 정복자의 것이었다. 또한 정복자의 세월이
었다. 세자가 매산에 올라 성안을 내려다보았다. 산은 높지 않았으나,
높은 산이 없는 성도가 한눈에 모두 들어왔다. 그중에서도 가장 잘 보
이는 것이 궐의 지붕들이었다. 황금빛 유리기와를 얹은 궐은 모두
9,999간이라 하였고, 그 이름이 자금성이라 하였다. 비적에 의해 불

탔으나, 불탄 자리가 넓어 궐이 더욱 넓어 보였다. 한때는 천조天朝라 불렸던 명의 위세가 궐의 불탄 자리와 함께 참혹한 흔적이 되었다.

궐이 한눈에 내려다보이니 매산은 아무나 오를 수 있는 산이 아니었다. 세자가 섭정왕의 윤허를 받아 매산에 오를 수 있었다. 산에 오르기 전 세자가 수하들을 물리쳤다. 홀로 오르리라 하였다. 세자의 수하들은 산의 아래에서 멈춰 섰으나 청의 군사들이 세자를 산의 절반까지 쫓아 올랐다가 내려갔다. 청의 군사들이 세자의 뒤를 멀찌감치 쫓고 있을 때, 세자가 숭정이 목을 매달았다는 나무 곁을 지나쳤다. 세자가 눈물을 흘릴 것을 염려하여 청의 군사들이 뒤를 쫓고 있었던가. 그러나 세자는 울지 않았다. 세자가 다만 잠시 걸음을 멈추고 그 나무를 올려다보았을 뿐이다. 황제는 죽어서도 황제일 것인가. 망한 나라의 황제도 그러할 것인가.

내려다보는 궐의 담장을 둘러싸고 불탄 파편으로 뒤덮인 해자가 보였다. 산은 해자를 판 흙더미로 쌓여진 것이라 했다. 산을 이룰 만큼 흙을 토해낸 해자였다. 버려졌던 흙은 산으로 쌓이고, 풀의 씨앗을 머금고, 나무의 뿌리로 거세지고, 마침내 황제의 목을 매달아도 좋을 만큼 튼튼한 나무들을 자라게 했다. 그러니 산이 명의 영욕이었다.

그 영욕의 정상에서 세자가 걸음을 멈추었다. 낮은 산이어도 오르는 고생이 적지 아니하였던가. 이마에서 땀이 뚝뚝 흘렀다. 어쩌면 흘리지 못한 눈물 때문인지도 모른다. 온몸이 땀을 줄줄 흘려내고 있는데, 산 위에서 부는 바람도 그 땀을 말려주지 못했다.

세자가 깃발을 내려다보았다. 궐과 성도의 곳곳에 출렁이는 것이 청군의 깃발이다. 청이 깃발로 일어선 나라이니 그 깃발이 어느 때고 내려지지 않았다. 정복된 성도는, 그러나 아름다웠다. 불에 타지 않은 것은 더욱 아름답고 불에 탄 것도 역시 아름다웠다. 여기에 모든 뜻이 다 있다 하였다. 조선의 글 읽는 자들이 누구나 다 이쪽을 향하여 절을 했다. 그러나 불탄 자리를 본 자는 아무도 없었다. 불타버린 뜻을 본 자도 역시 아무도 없었다.

그리하여 세자가, 오직 거기에 있을 뿐이었다.

정복자의 세상, 정복자의 세월이었다. 세자가 문득 어금니를 물고 생각했다. 부국하고, 강병하리라. 조선이 그리하리라. 그리되기를 위하여 내가 기다리고 또 기다리리라. 절대로 그 기다림을 멈추지 않으리라. 그리하여 나의 모든 죄가 백성의 이름으로 사하여지리라. 아무 것도, 결코 아무것도 잊지 않으리라.

문득 바람이 멈춰, 다시 온 얼굴에서 땀이 쏟아졌다. 그중에 흘러내린 것이 눈물인지도 몰랐다. 세자가 흘러내리는 모든 것을, 그대로 흘러내리도록 가만 놔두었다. 바람이 멈추고, 또 빗방울이 떨어지기 시작하니, 불탄 자리에서 다시 새순을 돋아나게 하기 위함일 터였다. 세자가 비를 맞고 서 있었다.

## 모든 것을 말하거나, 모든 것을 꿈꾸거나

불탄 것들 중에서도 남아 있는 것들이 있었다. 그것이 아름다운 것들보다 저들이 지니고 있던 힘의 흔적들이었다. 명의 서책과 앞선 문물의 기록들은 세자가 심양에 있을 때에도 접했던 것들이지만, 멀리 서역에서 온 것들의 기이한 풍습들과 신기한 문물들은 어디에서도 보지 못했던 것들이었다. 세자가 곤궁하고 바쁜 틈을 타서라도 책방들이 있는 거리와 서역의 교회당들이 있는 거리를 거닐었다. 세자에게는 귀신같이 낯선 색목인들이었으나, 그들에겐 또 기묘한 복장의 세자 무리가 낯익을 수 없는 것이어서 거리에서 마주치면 서로가 서로를 서서 바라보았다. 색목인들이 중원의 말로 세자에게 먼저 인사를 건네곤 했다.

세자가 거리에 나섰던 어느 날, 웬 자가 색목인 하나와 손짓 발짓을 섞어 말하는 것이 신기하여 바라보았더니, 놀랍게도 그자가 만상이란 자였다. 만상도 곧 세자의 행차를 알아보았다. 그가 고꾸라질 듯 달려와 세자의 앞에서 허리를 반 너머 접어 숙였다.

"저하를 중원에서 뵙사오니 이리 반가울 데가 없사옵니다!"

세자가 눈살을 깊이 찌푸려 만상을 외면하고, 수행관들에게 길을 계속 가라 일렀다. 그랬음에도 만상이 한참 동안이나 세자를 쫓아오며, 세자가 듣거나 말거나 계속하여 말을 올리는데, 그중의 어느 한마디도 정신 성한 놈의 말로 들리지가 않았다.

“저하, 계시는 곳이 어디이옵니까? 이놈이 아직 절을 올리지 못하였습니다!”

만상이 세자 곁으로 따라붙는 것을 군관 하나가 발길질을 하여 쫓았다.

그러나 세자가 다시 처소로 돌아왔을 때, 문간에 서 있는 자가 또 만상이었다. 그자가 어찌어찌 세자 머무는 곳을 알아내어 먼저 와 있었던 모양이었다. 만상이 문간에서 넙죽 절을 올렸다. 헌데 그 절이 감히 고두배이니, 그것이 머리를 땅에 부딪쳐 절하는 것으로 임금에게나 올리는 것이었다. 미친놈이 미친 짓으로 하는 것이니 세자가 눈에 담지 않았다. 그러나 그자가 세자의 행차를 쫓아 문 안으로 들어서는 것을 세자가 굳이 막지는 않았다. 성하지 못한 소리라도 그자에게 들을 말이 있으리라. 심양에서도 그자가 곧잘 미친 짓을 하였는데, 그때마다 내뱉는 말들이 오히려 은밀한 것들이었다. 상스러운 놈이 살자니 그런 삿된 수를 배웠던 것이다.

“저하, 이놈이 살아서는 저하를 못 뵈올 줄 알았사옵니다. 제가 연경에 이르기까지 죽을 고비를 넘긴 것이 한두 번이 아니었습니다. 허니, 지금 붙어 있는 모가지가 내 것인지 남의 것인지도 모르겠사옵니다. 헌데 연경이 어디이옵니까. 중원의 것들이 과연 배짱들이 두둑하여 이놈이 당한 일은 콧구멍에 붙은 코딱지만큼도 안 여기니 제가 참으로 기가 찰 일이옵니다. 해도 제가 참 오래 살아남았습니다. 이놈이 지천명은커녕 불혹에 이르기도 전에 중원을 제 눈으로 보았습니다. 여한이 없다 할 것이옵니다.”

만상이 떠드는 말을 세자가 막지 않고 그대로 들었다.

"저하, 제가 이제 다른 세상에 이르렀으니 전날의 만상이란 놈이 아니옵니다. 이놈이 그동안 미친 짓을 한 것이 한두 가지가 아니오나 전날의 이놈은 다 잊어주시옵소서. 이놈이 아주 정신 바짝 차리고, 이제는 한번 사는 것처럼 살아볼 양입니다."

세자가 만상의 말을 한마디도 귀에 담지는 않았으나, 저자가 저렇게 떠벌이는 와중에 뭔가 하고자 하는 말이 있으리라고는 여겼다.

"네가 어느 날에 연경에 도착하였더냐."

세자가 물었다.

"오는 길에 정신이 거지반 나가 어느 날에 도착하였는지는 기억도 못 하겠으나 떠나던 날은 기억하옵지요. 그날 기집을 땅에 묻었으니, 가만있자 그게 며칠이더라……."

세자와 함께 만상이 하는 짓을 쳐다보고 있던 수행관 중의 하나가 기어코 참지 못해 '저놈이!' 소리를 질렀다. 만상의 맹랑함이 도를 넘었던 것이다. 만상이 시늉으로나마 머리를 땅에 박을 듯하다가 다시 재게 말을 이었다.

"이놈이 또 죽을죄를 지었사옵니다, 마마. 연경까지 오는 길에 험한 꼴을 하도 여러 번 당해 저도 어쩔 수 없게 정신이 들락날락하옵니다. 기집 운운하는 것이 저하께 올릴 말씀이 감히 아닌 줄을 제가 이제 알겠사옵니다. 헌데 그 기집이 또한 저하께서도 아는 기집이니, 그년이 바로 대학사 댁 작은마님의 몸종이었던 막금이란 년이 아니겠습니까. 그 얼뜬 년이 작은마님께 불려갔다가 무슨 모진 것을 보았던

지, 무슨 모진 말을 들었던지 그날로부터 기신기신 앓다가 끝내 숨을
넘겨버렸습니다요. 대군 마마 환국하시고, 조선에서 금부도사가 왔
다 간 다음이니…… 가만있자, 그날이 며칠인고 하니…….”

“마마, 미친놈을 내쫓으오리까?”

소리를 질렀던 수행관이 세자의 분부를 받잡고자 했다. 세자가 고
개를 가로저었다.

“저자가 돈푼깨나 아쉬워 목숨이 아까운 줄도 모르고 예까지 찾아
왔으리니.”

그리고 세자가 간격을 두었다가 다시 말했다.

“저자를 안으로 들게 하라. 가소로운 것이나 옛 인연을 생각하여
내가 푼돈이나마 은자를 내리리라.”

만상이 세자를 쫓아 안으로 들었다. 그자가 안에 들어서도 맹랑하
기 짝이 없는 말을 그치려고 들지 않았다.

“저하, 이놈이 모가지보다 더욱 중하게 여기는 것이 재물이라 모가
지는 잃어도 그것만큼은 악착같이 움켜쥐고 있었으니 여전히 지닐
만큼은 지녔다 하올 것입니다. 허나, 더 있어 나쁜 것이 아니겠기에
은혜를 받잡겠사옵니다.”

“네가 은자를 무엇으로 받으려 하느냐?”

세자가 낮은 목소리로 물었다. 만상이 누런 이를 드러내며 웃어 보
였다.

“저하께서 그리 황공한 말씀을 내리시니, 이놈이 무엇이든 올릴 수
있는 것이 있어야 할 것이나, 이놈의 주제에 그러한 것이 천만 있을

리가 없을 터. 다만 보지 못한 서찰이 한 장 있습지요."

"서찰이라 하였더냐?"

"되지 못한 놈이 어떻게 천은을 입어 글줄을 좀 읽을 줄은 압지요. 서찰이 대학사 댁 작은마님에게서 나왔다가 대학사 나으리의 손을 거쳐 대군 마마의 손으로 들어갔습지요. 헌데 그 서찰이 워낙에는 석경이란 자에게로 가던 것이었으니, 그 서찰이 길을 잃어도 한참 잃었습니다요."

"네놈이 정녕 모가지가 아깝지 않더냐?"

"저하께서 하실 일이 되지 못한 놈의 모가지를 끊으시는 일이겠사옵니까? 제가 그리 여기지 않사옵니다."

"정녕 죽고 싶은 게로구나."

"이놈이 은자 대신 죽으라는 명을 받습니다요."

세자가 더는 말하지 않았다. 이놈의 모가지를 끊어내기 전에는 하고자 하는 말을 막지는 못하리라. 그러나 더러운 놈의 모가지를 끊어 무엇을 할 것인가. 세자가 차갑게 만상을 내려다보기만 했다.

"서찰의 내용을 아니 물어보시니 이놈도 감히 입을 열지 못하겠사옵니다. 보지 않은 서찰이니 말씀 올릴 것도 없겠사오나, 이놈은 보지 않았는데 간신히 까막눈은 면한 이놈의 눈이 그 서찰을 훔쳐보았으니, 말씀을 올려도 그것이 제가 하는 말이 아니라 이놈의 되지 못한 눈이 하는 말이옵니다."

멈추지도 않고 주절거리던 말을 끊고 만상이 눈을 들어 올려 세자의 눈치를 살폈다. 그것이 두려움을 알아서가 아니라 오히려 두려움을 모르는 짓으로 여겨졌다. 과연 그자가 곧 다시 입을 열어 말을 지껄이기 시작했다.

"그 서찰이 세상의 모든 말을 적고 있더이다. 전쟁에 대해서 적고 섭정왕에 대해서도 적고 태후 마마에 대해서도 적었더이다. 조선의 임금에 대해서도 적었으니 저하에 대해서야 말해 무엇 하오리까. 내 그토록 많은 말을 적은 서찰을 태어나 본 적이 없으니 그 순간에 기겁을 하고 숨이 넘어가지 않은 것이 다행이나……."

"내 정녕 너의 목을 베고 말리라!"

세자가 기어코 참지 못한 채 일어서 벽에 기대어져 있던 장도를 들어 칼집에서 칼을 빼냈다. 그런데도 만상이 말을 멈추려고 들지 않았다.

"하여 그 서찰이 백지였더라, 이 소리이옵니다."

칼을 뽑아 든 세자가 멈칫했다.

"이놈이 어리석어 처음에는 그 뜻을 알지 못하였으나, 중원 오는 길에 제가 그 뜻을 알았습니다요. 제가 오는 길에 글자 하나 안 새겨진 명 황제의 공덕비를 보았습니다요. 중원의 황제들이 죽으면 그 덕을 기려 비를 세우는데 남겨야 할 얘기가 하도 많아 다 새기지를 못한다 이거였습니다. 이놈이 그 말을 듣고서야 그 서찰의 뜻을 알았습지요. 허니, 보지 못한 서찰이라 하는 이놈의 말을 저하께서 이제 믿어 주실 것입니다."

만상이 말을 마치며 다시 한 번 눈을 들어 올려 세자의 얼굴을 바라보았다. 순간, 세자의 얼굴이 무섭게 차가웠다. 손에 든 칼보다 그 눈빛이 더욱 차가우니, 만상의 아랫도리가 자신도 모르는 사이에 뜨거워졌다.

세자가 만상을 차갑게 쏘아보는 눈길을 거두지 않았다. 이자가 흔이란 계집만큼이나 요망한 자였다. 흔에게서 나와 대학사에게로 갔다가 석경에게 가지 못한 채 봉림에게 닿은 서찰이 백지라 하였다. 만상이란 놈이 거짓을 말하는 것은 아닐 터였다. 쓰이지 않은 글자의 무서움을 세자가 모르지 않는 것이다. 흔이 살기 위해 무엇이든 하겠다는 것이고, 또한 석경에게 그리하라고 말을 전한 것일 터였다. 석경이 입을 어떻게 놀리는가에 따라 세자에 대한 임금의 의심이 돌이킬 수 없는 지경에 이를 터이니, 백지에 감추어진 말은 무엇일 것인가.

세자가 석경을 생각했다. 그러나 그것이 불안이 아니고 노여움도 아니었다. 그것이 바로 슬픔이었다. 아비의 자식으로 태어났으나 아비에게 버려졌고, 나라의 백성으로 태어났으나 나라에게 버려진 목숨이었다. 그의 마지막 모습을 세자는 보지 못했다. 볼 수 있었더라도 보지 않았을 것이다. 자신이 줄 수 있는 것이 없었으니, 마지막 모습을 본다 한들 무엇을 할 것인가. 세상을 탓하거라, 말하고 싶지 않았다. 잘못 태어난 시대를 탓하거라, 말하고 싶지도 않았다. 내가 모두를 살릴 수 있는 자리에 설 것이니 너의 억울함을 그때에 위로받거라, 말하고 싶지도 않았다. 세자가 단지 한마디를 할 수 있을 뿐이었다. 입 밖에 내지 못한 채, 그러나 마음 깊은 곳에서, 진심을 다하여……잘 가거라…… 네가 죽음으로도 너의 이름을 남기지 못할 것이나 내가 이름을 남길 수 없는 자들의 죽음을 기억할 것이다…… 잘 가거

라. 내가 너를 기억할 것이다…….

"저하?"

세자의 침묵이 길어지자 만상이 다시 입을 놀리려고 들었다. 세자가 만상을 노려보는 눈길을 거두지 않은 채 말했다.

"가거라. 네가 죽이지 못한 목숨이 너를 살렸음이다."

세자가 그 말을 내뱉고 만상에게서 시선을 거두었다. 만상이 그쯤에서는 알아듣고 일어섰어야 했을 것이다. 그러나 그자가 실성을 한 것이 틀림없었다. 저의 처량한 신세와 제가 가졌던 것을 모두 잃어버린 허망함이 그자를 미치게 했으리라. 그자가 다시 입을 놀렸다.

"저하, 제가 그날 두 분의 명을 받잡았습지요. 한 분이 두 번 명을 내리지는 않았을 것이니, 두 분의 명이었겠습지요. 제게 칼이 두 자루였으니 찌르기도 두 번을 찔러 넣었습지요. 헌데도 그자가 살아났습니다요. 이놈이 이해할 수 없는 것이 이것이오니, 저하, 감히 묻사옵건데, 저하께서 그를 죽이셨습니까요, 살리셨습니까요?"

세자가 더는 대꾸하지 않고 밖을 향해 소리쳤다.

"이자를 끌어내라!"

군관들이 달려 들어와 만상의 어깨를 잡아 올리다가 멈칫, 손을 떼내었다. 만상이 오줌을 싸고 있었던 것이다. 실성을 한 듯 나불나불 입을 놀려대는 와중에도 그가 두려움을 아주 잊어버리고 있지는 않았던 것이다. 그자가 끌려나가기 전에 마지막으로 내뱉은 말이, 또한 실성한 자의 그것이었다.

"저하, 막금이란 년의 신령이 이놈에게 붙어 귓속에서 떨어지지를 않고 자꾸 중얼거리니, 이승이 모두 무간지옥이라 합니다! 저하, 제가 조선의 말을 다 잊어버리면 그 말을 더는 듣지 않게 되겠사옵니까? 그러하옵니까?”

내관들이 달려 들어와 세자의 처소에 더럽혀진 자리들을 닦아내기 시작했다. 세자가 마당으로 나서 해가 지는 자리의 반대편을 향해 섰다. 임금이 계신 곳이다. 언젠가 자신이 돌아갈 곳이기도 했다. 환국을 한 봉림이 또한 거기에 있을 터이니, 세자가 그쪽을 향해 선 것만으로도 외롭지 않았다. 백지의 서찰이 봉림에게 닿았다 했다. 봉림이 쓰이지 않은 글자들 너머로 더 많은 것을 보았으리라는 것을 세자는 알았다. 그것이 자신의 슬픔이고 고독일 것이라는 것도 알았다.

세자가 심양의 관소에 있을 때, 봉림과 단둘이 그렇게 임금이 계신 곳을 향해 서 있곤 했었다. 몸이 약해 잦은 배앓이를 하고, 잦은 기침을 하는 세자를 봉림이 부드럽게 부축하고, 어디가 편안치 못하신가를 조심스레 묻곤 했다. 성정이 뜨겁고 마음이 격한 봉림은 세자와 그렇게 서 있는 자리에서만은 뜨거움과 격함을 드러내지 않았다. 둘이 함께 꿈을 꾸고 있었던 것이다. 언젠가 조선으로 돌아갈 날, 조선의 궐 안에 함께 있는 꿈을 꾸고 있는 것이다.

그들은 한날한시에 볼모로 잡혀와 적의 모든 것을 함께 보았다. 적에게서 받은 능욕이 같았다. 적이 어떻게 강해져가는지를 또한 같은 자리에서 보았다. 봉림의 고독과 세자의 고독이 다르지 않았다.

“외롭지 아니하냐?”

세자가 묻고 봉림이 대답했었다.

"저하의 곁에서 감히 외로움을 말하지 못함입니다."

"네가 곁에 있어, 내가 외롭지 않다."

그 어느 날의 저녁, 해가 등 뒤로 지고 있을 때 세자가 봉림의 손을 잡았었다. 임금이 반정에 성공하고 세자가 사저를 떠날 때, 가마에 오르는 세자의 손을 봉림이 잡았었다. 봉림의 나이 그때 겨우 네 살이었다. 어린아이의 땀 찬 손의 힘이 너무나 억세, 세자가 그 손의 힘을 오래 잊지 못했다.

세자가 아마도 죽는 날까지 그 손을 잊지 못할 것이다. 죽는 날까지도 고독이 계속된다면, 아마도 그러할 것이다. 지는 해의 그림자가 세자의 앞으로 길게 늘어났다.


## 나는 조선의 세자, 임금의 아들이다


모든 것이 불탄 중에도 불타지 않은 것이 있구나. 잿더미 위에서도 봄이 완연하도다. 불타버린 집에서 나온 제비들이 높게, 혹은 낮게 하늘을 까맣게 가리어 날아가니 '봄제비가 숲에 둥우리를 튼다〔春燕巢林〕'는 말이 과연 헛말이 아닌가 하노라. 제비가 둥우리를 틀면 새끼들이 번성할 것이니, 제비의 날들이 무한하지 않겠느냐.

내가 연경에 이르렀으나, 여전히 강남이 어딘 줄은 알지 못하겠노라. 강남을 넘어가면 또 다른 세계가 있어 그곳에서는 색목인들이 넘쳐나고, 그자들은 짐승을 잡아 피 흘리는 날것을 뜯어 먹는다고 하는구나. 무작스러운 야만인들이 틀림없겠으되, 야만인이라 하기에는 그자들이 가진 것이 신통하였다. 내가 그들에게서 지구의地球儀라는 것을 얻었다. 그것이 둥근 공과 같은 것인데, 내가 사는 땅을 그 둥근 공이라 하였고 그 이름을 지구라 한다 하였다. 세계가 공처럼 둥글다 하는 것이 대체 무슨 뜻이겠느냐. 그것이 무한히 넓다 하는 뜻이 아니겠느냐. 가을이 되면 제비가 날아 강남을 갈 것이나, 세계가 무한히 둥글고 또한 무한히 넓으니 제비가 어디에 이르러 그곳을 강남이라 할 것이냐.

청이 중원을 장악한 것이 태조가 창을 쥔 이래로 고작 50년의 세월이었다. 그중의 8년을 내가 그들과 함께 있었구나. 허니 내가 무엇을 알지 못한다 할 것이냐. 이기고 지는 것의 환멸을 알았다 하지는 않을 것이다. 나는 조선의 세자, 임금의 아들이다. 내가 아는 것 중에 가장 밝히 아는 것이 그것이 아니겠느냐. 내가 내 뼈를 갈고, 적의 똥을 핥는 한이 있더라도, 저들이 보여준 모든 것을 아무것도 잊지 않으리라. 상께는 차마 올리지 못할 말이나 내가 상이 당하신 치욕을 이제 내 살을 깎는 아픔으로 안다. 통한이 무엇을 일컫는 글자였는지도 이제 알겠구나. 적들이 모든 것의 위에 선 이때에 내가 비로소 그것을 안다. 허나, 잊지 않을 것 중의 가장 큰 것이 어찌 굴욕이겠느냐. 내가 저들이 어떻게 이겨 어떻게 여기에까지 이르렀는지를 잊지 않으리라. 잊지 않음이 굴욕을 삼키는 길이 되더라도, 그리하리라.

색목인의 손에 이끌려 내가 밤하늘을 보았다. 그가 보라 하는 물건을 통하여 보니, 하늘이 가깝게 보였다. 밤하늘이 검지도 않고 푸르게 보이는데, 거기에 무수한 별들이 총총하였다. 하늘의 별들을 셀 수 있겠느냐 물었더니 그것도 무한하다 하였다. 세상에 존재하는 모든 무한한 것 아래에 내가 서 있었다. 내 몸이 별들로 가득 차는 듯하였다. 무한하나 무상한 것은 생각하지 않는다. 새로운 날들이 곧 오게 될 것이기 때문이다.

적들이 중원에 이르렀으니, 내가 곧 조선으로 돌아가게 될 날이 멀지 않았음을 아노라. 적에게서 보낸 세월이 헛되지 않을 터이니, 내가 무엇을 가지고 돌아가야겠느냐. 안타까이 경영하느라 애썼던 나의 재산은 적고, 어떻게든 움켜쥐려 애썼던 나의 지식은 짧도다. 무한한 세계는 어떻게 한 바퀴를 돌고, 이름 없는 백성들과 군사들은 어떻게 제 목숨을 다하며, 그 억울한 목숨들은 죽어 어디에 이르겠느냐. 그리고 너와 나는 그때에 어디에 있겠느냐. 흔들리지 말라. 환멸하지 말라. 망설이지도 말라. 어디에 있든 네가 나와 한 몸이다.

상께서는 안녕하시냐. 환우는 어떠하신 것이냐. 내가 상을 생각하지 않는 날이 없고 상을 향해 엎드려 절하지 않는 날이 없노라. 자식으로서 그러하고 신하로서 그러하다. 상의 깊고 깊으신 뜻을 언제야 모두 이해할 수 있으랴. 언제에 이르러서야 상의 마음에 가득 미치는 자식이 될 수 있으랴.

그러나 내가 조선의 세자, 임금의 아들이다. 미천함과 부족함을 논할 자리에 있지 않으니, 나의 유일함을 세상에 떨칠 날이 있으리라. 그러한 날이 오리라. 그때에 네가 나와 함께 있을 것이니, 나의 한 몸인 형제여. 어디에 있거나, 어느 자리에 있거나, 어질고 강건하거라.


## 그리고 남은 것들


세자는 1645년 2월에 볼모의 신분이 풀려 조선으로 영구히 환국했다. 청이 북경을 점령한 후, 약 1년 만의 일이었다. 세자는 그사이에 심양으로 돌아갔다가 청이 북경으로 천도를 선포한 후, 황실과 함께 다시 돌아왔다. 이때 어린 황제 순치도 태후인 장비와 함께 북경으로 들어왔다. 섭정왕 도르곤은 스스로 황제의 자리에 오르는 대신 황제보다 더 높은 자리의 권력을 선택하고 유지했다. 북경을 장악했다고는 해도 전쟁이 다 끝난 것은 아니었기 때문이었다. 그리하여 죽는 날까지도 그의 꿈은 끝나지 않았다. 그는 살아서는 황숙부黃叔父, 심지어는 황부黃父로까지 불렸으며, 죽어서는 황제로 추존되었다. 그의 묘호는 성종이었다.

도르곤은 말에서 떨어져 죽었다. 순치 7년, 그의 나이 39세 때의 일이다. 평생의 절반 이상을 말 등 위에서 보냈으며 바로 그 말 등 위에서 세상을 정복했던 도르곤은 사냥터에서 낙마한 뒤, 그 후유증을 이겨내지 못했다. 주인이 죽어가는 동안 마구간에 갇힌 말이 수시로 긴 울음소리를 냈다. 주인이 자신의 등에서 떨어질 때에도, 말은 긴 울음소리를 냈었다. 오르는 것은 떨어지기 위해서였다. 누구도 피할 수 없는 길이었다.

도르곤은 죽어서야 황제의 칭호를 얻었다. 그러나 그것은 사후 몇 년 동안뿐이었다. 여섯 살에 황제의 자리에 올랐던 순치는 스무 살에 이르러 친정을 선포했는데, 명실상부 황제가 된 순치가 가장 먼저 한 일이 이미 죽은 도르곤의 완전한 제거였다. 도르곤이 생전에 역모를 꾀했다는 고변이 올라왔고, 순치는 기다렸다는 그 고변을 받아들였다. 고변은 다른 사람의 입을 통해 올라왔으나, 뜻은 순치의 것이었다. 순치는 죽은 지 오래된 도르곤의 시체를 파헤쳐 뼈와 문드러진 살에 가죽 채찍을 내리치게 하고, 모가지를 자르게 했다. 부관참시였다. 시체의 모가지는 저잣거리에 매달렸다. 그에게 바쳐졌던 모든 존호는 사라졌고, 가산은 적몰되었고, 가솔도 죽거나 유배에 처해졌다. 자신을 황제로 만들어주었으며 자신에게 중원을 선사한 도르곤을 순치는 그렇게 마침내, 최종적으로 제거했다.

세자는 환국 후, 두 달 만에 세상을 떴다. 그 난데없는 죽음을 사료에서는 공식적으로 '학질'이라고 기록하고 있다. 세자의 환국부터 죽음까지 모든 것을 기록한 《을유동궁일기》에 세자의 질병에 대한 묘사가 상세히 나와 있다. "약방이 임금에게 아뢰었다. 왕세자가 23일 사시 말에 다시 추워 떠는데, 갖옷을 겹으로 입어도 추워 움츠러드는 것을 막을 수 없습니다…… 번열이 계속되어 정신이 혼미해졌다가 청심원을 복용하고 나서 조금 진정되었습니다…… 그러나 열기가 아직 물러가지 않아 밤새 시달리며 침소에 들지 못하였고, 목마른 증세도 심하여 정화수를 올려도 조금도 그치지 않았으며, 천식이 거칠고 급하여 편히 눕지도 못하였습니다……." 그날 《을유동궁일기》의 또 다른 기록이다. "묘시와 진시에 햇무리가 졌다. 밤 1경에 화성이 적시성을 범하였다. 5경에 달무리가 지고, 흰 구름 한 줄기가 연기처럼 곤방에서 일어나 곧바로 무리 위로 뻗쳤다. 길이는 10장 남짓이고 너비는 1척쯤이며 차츰 달 곁으로 옮겨가더니 한참 있다가 사라졌다." 이틀 후 4월 26일에 《을유동궁일기》는 또 기록했다. "오시 정각에 왕세자가 창경궁 환경당에서 세상을 떠났다."

임금의 눈물에 대한 기록은 없다. 임금은 사사로이 울지 않았다. 세자의 장례를 예에 맞춰 성대히 치러야 한다는 대신들의 주청을 임금이 물리쳤다. 대신들이 엎드려 주청하는 말이 간곡할수록 그것을 물리치는 임금의 목소리가 더욱 냉정했다. 우는 것은 임금이 하는 일이 아니었다.

세자를 살리지 못한 의관들을 벌하라는 주청도 받아들여지지 않았다. 번침에 능했던 의관 이형익이 표적이 되었으나, 임금이 그의 의술을 의심하지 말라 했다. 적국에서 세자를 보필했고, 환국한 뒤에도 세자를 모셨던 시강원도 신속히 폐지되었다. 임금이 보위에 있는 동안 그토록 결단이 빨랐던 때가 없었다. 그러나 세자가 세상을 떴으니 속히 원손을 세손으로 봉하시라는 주청에 대해서만큼은 서두를 것 없다는 하교가 내려졌다. 시절이 수상하니 어린 원손이 그 큰일을 감당하지 못하리라 했다. 임금이 사사로운 정이 아니라 오직 나라의 운명을 생각한다고 했다. 아무도 임금을 의심해서는 안 되었다. 임금에 대한 의심이 곧바로 역심이었다.

세자가 세상을 뜨고 한 해 후에는 세자빈 강빈이 임금을 저주했다는 혐의를 입어 사약을 받았다. 이때에 세자의 세 아들도 모두 유배형에 처해졌다. 한때는 원손이었고, 아비가 살아 있기만 했다면 세손이 되었을 것이며 임금의 자리에도 올랐을 석철은 그의 동생 석견과 함께 제주에서 굶어 죽었다. 그때 석철의 나이 겨우 열두 살이었다.

임금의 고독이 깊고, 길었다. 자식이 죽고, 자식의 자식이 죽어도, 임금은 멸할 수 없는 자리에 있는 자였다. 임금이 어느 날 어느 밤에 홀로 울었는지, 혹은 통곡을 삼켰는지는 기록에 남아 있지 않다. 사관이 그 밤에 잠을 잤을 것이고, 깨어난 이튿날에도 임금의 부은 눈을 바라보지 않았으리라.

그에 앞서 심기원의 아들 심석경은 조선에 압송되어 주살되었고, 심기원도 물론 죽었다. 흔의 아비인 회은군 이덕인도 죽었다. 심기원의 역모 사건 후 조선에서는 회은군 이덕인의 딸을 엄히 처리해줄 것을 청에 줄기차게 요구했다. 그러나 흔에 관한 공식적인 기록은 더 이상 존재하지 않는다.

봉림은 세자가 죽었다는 소식을 길 위에서 들었다. 청이 북경을 점령한 후 다시 볼모 노릇을 하기 위해 북경에 들어와 있던 봉림은 세자가 영구 환국하고 한 달 후, 역시 볼모의 신분에서 풀려났다. 세계가 안정된 이때에 조선의 우의를 믿노라, 하는 것이 섭정왕이 내린 말이었다. 섭정왕이 세자의 안부를 궁금해하고, 그들이 쌓았던 우정을 그리워한다는 말도 덧붙였다. 봉림이 그 말을 세자에게도 임금에게도 전할 생각이 없었다.

다시는 돌아오지 않을, 반드시 그래야 할 길을 떠나며 봉림이 행차를 재촉하지 않고 오히려 천천히 가게 했다. 그가 자주 길 위에 멈춰 떠나온 곳을 돌아보았다. 볼모로서는 다시 되돌아오지 않을 길이었으니 다시 되돌아온다면 그는 적의 적이 되어 있을 것이다. 그래서 그 길이 또한 반드시 되돌아와야 할 길이기도 했다.

봉림은 세자와 함께 모든 것을 보았다. 그가 보기를 원한 것이 적이 멸하는 것이었으나, 불행히 그가 본 것이 적의 완전한 승리였다. 거세어지던 끝에 마침내 모든 것의 위에 있게 된 적을 바라보았다. 멸해야 할 것이 더욱 크니, 아름답지 않은가. 결기를 드러내지 않은 채, 봉림이 다만 속으로만 생각했다.

세자의 사망 소식이 오던 시각에 봉림은 국경의 언덕 위에 있었다. 그가 언덕에 서서 강물을 내려다보았다. 봄날의 햇살이 모래 먼지 하나 묻히지 않고 맑고 따사롭게 내리쪼여 강물이 은비늘처럼 빛났다. 흐르는 것은 멈추지 않는다. 모든 것이 그러할 것이다. 그가 그 흐르는 강을 저어 갈 것이다.

조선에서 오는 배 한 척이 보였다. 그가 아직은 그 배가 싣고 오는 소식이 무엇인지 알지 못했다. 그가 곧 임금의 자리에 오르게 되리라는 것도 알지 못했고, 그 자리를 자신이 거절하지 않게 되리라는 것도 알지 못했다.

강물이 거슬러 흘러 그의 발목을 적시게 되더라도 다만 그에게 변하지 않는 것이 있을 것이라는 것을 그가 생각하고 있었을 뿐이었다. 세자와 나란히 서서 같은 곳을 바라보던 기억들…… 그때 고요히 흘러넘치던 세자의 고독을…… 드러낼 수 없어 더욱 깊은 외로움이 자신의 몸으로 전해지던 것을 그가 잊을 수 없을 것이다. 거슬러 흘러 그의 발목을 적신 강물이 그를 마침내 진실로 고독하게 만들 것이므로 더욱 그러할 것이다. 그때에는 자신의 곁에 누구도 없으리라는 사실을 봉림이 알지 못했다.

문득 가슴속으로 울컥 무언가가 차오르는데 그것이 눈물 같았다. 봉림이 이유를 알 수 없는 채로 그 언덕에 서서 눈물을 흘렸다. 새 한 마리가 맑고 따사로운 햇살을 가로질러 날아갔다. 강남에서 날아온 새가 어느새 그 먼 곳, 북쪽에까지 이르러 있었던 것이다.

소현세자의 사인은 공식적으로는 학질이지만, 실은 그가 인조 임금의 지시에 의해 살해되었을 것이라는 의혹이 공공연했다. 세자의 치료를 맡았던 의관 이형익의 침술이 문제가 됐다. 그가 인조의 지시를 받아 세자를 살해했을 것이라는 의혹이다. 그러나 오래된 사건은 확정적인 증거를 남기지 않았거나, 혹은 사라지게 했다. 다만 의심이 남았다. 소현세자가 죽은 후 그의 일가족이 몰살되었던 것이 깊은 의심의 근거가 되었다. 인조 임금이 소현세자 사후 그의 핏줄들을 아무도 살려두려고 하지 않았던 것만큼은 분명해 보인다. 소현의 핏줄이 존재하는 한, 새로운 세자, 즉 봉림의 정통성이 끝없이 문제가 될 것이기 때문이었다. 인조는 자신의 사후, 새롭게 열릴 봉림의 시대가 완전하기를 바랐다.

인조가 자신의 아들인 소현세자를 살해했는지 아닌지는 내 관심사가 아니다. 그랬을 수도 있고 그렇지 않았을 수도 있으리라. 작가로서 내가 관심을 갖는 것은 그랬을 수도 있을 거라고 믿어지는 정황들이다. 그러한 정황 속에 숨겨져 있는 아비의 고독이며, 또한 그 아들의 고독이다. 역시 마찬가지로 그렇지 않았을 수도 있으리라고 믿어지는 정황들이다. 그러한 상황 속에서도 역시 아비는 고독하고 아들도 고독하다. 소설을 쓰는 내내 소현의 고독이 내 몸속에 들어와 늘 어딘가가 아팠다. 그가 온전히 허구적인 인물일 수 있었다면 나는 그의 고독을 덜어줄 수 있었으리라. 그러나 물론 나는 그렇게 할 수 없었다.

역사소설을 장편으로 쓴 것이 이번이 처음이다. 실재했던 역사의 실존했던 인물을 내 소설 속으로 불러들이는 일이 결코 쉽지 않았던 것이 사실이다. 고증이나 그 시절의 풍경을 되살려내는 일이 문제가 아니었다. 내가 그를 위해서 할 수 있는 일이 없다는 것, 나는 다만 이해하고 상상하기만 할 뿐이라는 것…… 나는 그를 죽일 수도 살릴 수도 없다는 것…… 그를 위로할 수도 그를 위해 변명할 수도 없다는 것…… 그러므로 그의 삶과 죽음을 있는 힘을 다해 이해할 뿐이라는 것, 그렇게 하지 않으면 안 된다는 것…… 그런데 역설적으로도 상상력은 이때 극대화되었다. 상상하지 않으면 아무것도 가능하지 않았기 때문이었다. 그리고 상상력은 매 순간 검증되어야만 했다. 진실한가? 아픈가? 행복한가? 그것은 나의 감정이 아니라 소현의 감정에 대한 물음이었다.

2008년 겨울쯤 이 소설의 주 무대인 심양에 갔었다. 그때 이미 소설의 거의 전부를 완성한 상태였기 때문에 새삼스레 자료가 필요해서는 아니었다. 때로는 지나친 자료가 오히려 글쓰기를 방해하는 탓에 《소현》을 쓰기 시작한 이후로는 일부러라도 더 심양 쪽으로는 가려고 하지 않았었다. 작년에는 다른 일로 심양에 갔다가 시간이 남은 김에 관소의 유적지를 찾아가게 되었다. 나는 한동안 그냥 그 마당에 서 있었다. 아무 생각도 하려고 하지 않았다. 지나친 자료와 지나친 생각은 금물이었다. 그런데 나중에 내가 찾아갔던 그곳이 사실은 관소의 유적지가 아니라는 것을 알게 되었다. 그러니까 잘못된 정보를 가지고 잘못된 곳을 찾아갔었던 것이다. 그렇더라도 내가 그곳에서 아무 생각도 하지 않으려고 애쓰며, 그러나 실은 오만가지 생각과 감상에 사로잡힌 채 한동안 서 있었다는 사실은 달라지지 않는다. 나는 그때 360년 전의 시간 속에 머물러 있었고, 그 시간이 영원하다는 것을 느꼈으며, 그러므로 내가 이 소설을 사랑하거나 자랑스러워해도 좋다고 생각했다.

《소현》은 내겐 행복한 글쓰기였다. 행복한 시간이 참 오래 흘렀다. 아마도 한 5년? 첫 단락을 써놓고 망설이고, 다시 그 뒤를 이어 붙인 후 한동안을 더듬거렸다. 본격적으로 쓰기 시작한 이후로는 미친 듯했다. 5년 동안 어떤 문장은 수백 번쯤 읽고 수백 번쯤 생각했을 것 같은데, 이제 마지막으로 파일을 닫아야 할 순간에 이르니, 또 미치겠다. 소현이 자꾸 내게 말을 걸어서가 아니라 내게 여전히 소현에게 걸고 싶은 말이 남아서이다. 평생 가겠다.

감사의 말을 전해야 한다. 지나친 자료는 금물이라고 했지만, 친절하고 훌륭한 자료들이 없었다면 이 소설은 결코 쓰일 수 없었을 것이다. 클릭만 하면 어떤 정보든 쉽게 찾아낼 수 있게 데이터화된 '한국역사정보통합시스템'은 내 소설의 절반을 써준 것이나 마찬가지다. 고전들을 현대문으로 국역화해준 모든 분들께 감사드린다. 《심양장계》를 두꺼운 책으로 출판해준 창비, 그리고 《심양일기》를 국역하여 출판해준 역자들과 출판사에게도 감사드린다. 《심양일기》는 민속원에서 완역으로 간행되기 전에 이석호 선생에 의해 1988년에 번역 출판되었다. 나는 그 책을 헌책방에서 구해야만 했다. 감사드린다. 그 책에서 빠져 있던 1643년과 1644년의 기록은 인터넷에서 어렵게 뒤져 원문으로 다운받았었다. 해독하는 일이 괴로웠다. 완역 출판해준 민속원에 감사한다. 중국의 자료들은 가급적 중국어 원문서적에서 받아썼다. 중국어 실력이 좋았다면 《청사고》라도 읽었겠지만, 그렇지를 못해 주로 해석집들을 읽었다. 그러면서 한 가지 발견한 사실이 있다. 청나라가 명나라를 정복할 당시의 기록들, 그 격변의 시기의 기록들을 중국 학자들이 조선왕조의 기록에서 빌려다 쓰고 있다는 사실이다. 조선의 기록 문화는 그야말로 놀랍다. 경의를 금할 수가 없다. 너무나 냉정하여 너무나 무한한 이야기들이 그 안에 있다.

나의 누추한 상상력이 그 순정한 기록들에 누를 끼치지 않기를 바랄 뿐이다. 마지막으로 소현이 죽던 날의 《인조실록》(《조선왕조실록》, 국사편찬위원회)의 기록을 가감 없이 덧붙인다.


왕세자가 창경궁昌慶宮 환경당歡慶堂에서 죽었다.

세자는 자질이 영민하고 총명하였으나 기국과 도량은 넓지 못했다. 일찍이 정묘호란 때 호남에서 군사를 무군撫軍할 적에 대궐에 진상하는 물품을 절감하여 백성들의 고통을 제거하려고 힘썼다. 또 병자호란 때에는 부왕을 모시고 남한산성에 들어갔는데, 도적 청인淸人들이 우리에게 세자를 인질로 삼겠다고 협박하자, 삼사가 극력 반대하였고 상도 차마 허락하지 못하였다. 그런데 세자가 즉시 자청하기를, "진실로 사직을 편안히 하고 군부君父를 보호할 수만 있다면 신이 어찌 그곳에 가기를 꺼리겠습니까" 하였다. 그들에게 체포되어 서쪽으로 갈 적에는 몹시 황급한 때였지만 말과 얼굴빛이 조금도 변함없었고, 모시고 따르던 신하들을 대우하는 데 있어서도 은혜와 예의가 모두 지극하였으며, 무릇 질병이 있거나 곤액을 당한 사람이 있으면 그때마다 힘을 다하여 구제하였다.

그러나 세자가 심양에 있은 지 이미 오래되어서는 모든 행동을 일체 청나라 사람이 하는 대로만 따라서 하고 전렵田獵하는 군마軍馬 사이에 출입하다 보니, 가깝게 지내는 자는 모두가 무부武夫와 노비들이었다. 학문을 강론하는 일은 전혀 폐지하고 오직 화리貨利만을 일삼았으며, 또 토목 공사와 구마狗馬나 애완愛玩하는 것을 일삼았기 때문에 적국敵國으로부터 비난을 받고 크게 인망을 잃었다. 이는 대체로 그때의 궁관宮官 무리 중에 혹 궁관답지 못한 자가 있어 보도輔導하는 도리를 잃어서 그렇게 된 것이다. 세자가 10년 동안 타국에 있으면서 온갖 고생을 두루 맛보고 본국에 돌아온 지 겨우 수개월 만에 병이 들었는데, 의관醫官들 또한 함부로 침을 놓고 약을 쓰다가 끝내 죽기에 이르렀으므로 온 나라 사람들이 슬프게 여겼다. 세자의 향년은 34세인데, 3남 3녀를 두었다.

이제 상상력은 독자 여러분들의 몫이다.

# 소현

ⓒ 김인숙, 2010

초판　1쇄 발행일 | 2010년 3월 8일
초판 15쇄 발행일 | 2018년 8월 13일

지은이 | 김인숙
펴낸이 | 강병철
펴낸곳 | 더이룸출판사
출판등록 | 1997년 10월 30일 제1997-000129호
주소 | 04047 서울시 마포구 양화로6길 49
전화 | 편집부 (02)324-2347, 경영지원부 (02)325-6047
팩스 | 편집부 (02)324-2348, 경영지원부 (02)2648-1311
이메일 | munhak@jamobook.com

ISBN 978-89-5707-484-8 (03810)